送给教师的
读书指南

主编／黄德灿

华中科技大学出版社
http://www.hustp.com
中国·武汉

图书在版编目(CIP)数据

送给教师的读书指南/黄德灿主编.—武汉:华中科技大学出版社,2019.7 (2021.4重印)

ISBN 978-7-5680-5306-8

Ⅰ.①送… Ⅱ.①黄… Ⅲ.①散文集-中国-现代 ②散文集-中国-当代 Ⅳ.①I266

中国版本图书馆 CIP 数据核字(2019)第 141349 号

送给教师的读书指南

黄德灿　主编

Songgei Jiaoshi de Dushu Zhinan

| 策划编辑:靳　强　李娟娟 |
| 责任编辑:靳　强　刘　丽　赵　丹　郭妮娜　刘巧月 |
| 封面设计:杨玉凡　廖亚萍 |
| 责任校对:曾　婷 |
| 责任监印:周治超 |
| 出版发行:华中科技大学出版社(中国·武汉)　　电话:(027)81321913 |
| 　　　　　武汉市东湖新技术开发区华工科技园　邮编:430223 |
| 录　　排:华中科技大学出版社美编室 |
| 印　　刷:武汉市金港彩印有限公司 |
| 开　　本:880mm×1230mm　1/32 |
| 印　　张:16 |
| 字　　数:370 千字 |
| 版　　次:2021 年 4 月第 1 版第 3 次印刷 |
| 定　　价:88.00 元 |

本书若有印装质量问题,请向出版社营销中心调换
全国免费服务热线:400-6679-118　竭诚为您服务
版权所有　侵权必究

前言

  一个不爱读书的民族,是可怕的民族;一个不爱读书的民族,是没有希望的民族。所以,读书应该成为我们的信仰。从个人角度来看,如果读书成为我们的信仰,就少了一分轻浮,多了一分稳重;少了一分空虚,多了一分充实。在功利主义的世界里,我们要拥有一种超然现实的心态,保持一种向理想进发的热情,读书最为重要。

  读书对人的影响是潜移默化的,它会影响你的思维方式,改变你的举止谈吐,让你看见一个更好的具有独特的眼光和人生智慧的自己。读书使我们获得思想尊严,读书培养了我们的良知和责任,读书让我们拥有诗意情怀和创造热情。

  作为一名教师,我们担负着传道、授业、解惑的责任,我们是文化传承者和学生心灵成长的引导者。教师素质的高低决定了人才培养的质量;教师读书的观念和视野影响了学生的阅读人生以至人生走向。当我们感到职业倦怠时,读书让我们精神振奋；当我们感到职业艰辛时，读书使我们获得一种幸福快感。教学需要智慧，智慧来源于读书。

面临着浩瀚的书海，读什么书？泛读还是精读？读不懂怎么办？认同还是辩难？我们经常讨论何时读书、读什么书、怎样读书的问题，何不走进国学大师，走进文学家、史学家、哲学家、教育家、美学家、科学家的世界，看看他们怎样读书，看看他们怎样指导读书。这就是我们编辑这本读书指南的目的。

古往今来，指导读书的文章汗牛充栋。我们如何在很短的时间内获得阅读指导甚至是人生智慧的精华？在今天全国上下倡导弘扬传统文化、掀起学习国学的热潮中，在国家倡导教师终身学习的背景下，我们以大师为榜样，从大师的读书心得中借鉴阅读的成功经验不能不说是一种快捷、高效的方式。

本书立足大阅读理念，在选文上以阅读与人生、阅读与哲学、阅读与审美、阅读与方法等为侧重点，从专业知识、教育理念、人文视野等层面精心挑选了几十位大师的文章。一篇大师的文章，一则大师的简介，一个有关大师文章的内容提要，一篇与我们教师人生、视野、教学有关的感悟短文，一组大师指导读书的名言，组成了全书的结构框架。既有理论上的指导，又有技术上的提示，把人文性和工具性结合起来，注重实用性，注重操作性。所选文章有国学底蕴，目的是给读者一个高品位的阅读指南，适合今天的教师（也适合学生、家长、教育管理者）阅读。编写过程中，由于篇幅所限，对个别篇目进行了少量的删改。

"大师简介"言简意赅，介绍大师的生平和影响，旨在帮助读者对大师有一个基本了解。"内容提要"对选文内容进行简要概括,或者是一个提纲,或者是对原文内容进行一个压缩,提取文章精华,概括大师的读书经验要点,使读者阅读前文以后获得一个脉络式整体印象。"阅读感悟"中,编者以一个教师的身份,在阅读前文以后写一篇类似于读后感的文章,立足于今天的社会现实,和大师对话,突出自我的阅读体验,对前文进行个性化解读。"大师名言"精选大师有关读书、治学中具有代表性的观点,给读者一束思想火花。

我们有这样一个预期:读完这一本书,我们对国学有一种理解,对哲学有一种认识,对文化有一种自信,对人生有一种感悟,对知识有一种视野,对阅读有一种帮助。

打开这本书吧,在诗和远方中有本书为伴,你会感觉诗意更浓,你会发现远方的风景更美。

黄德灿

2019 年 7 月

目录

001	看书不可不知所择	/曾国藩
007	我的读书经验	/蔡元培
013	读中国书	/梁启超
022	人间词话(节选)	/王国维
028	谈谈我的一些读书经验	/陈　垣
037	读书杂谈	/鲁　迅
047	读书的方法	/吕思勉
054	阅读什么	/夏丏尊
065	青年与古书	/钱玄同
073	读什么书	/陈中凡
083	读书漫谈	/王云五
096	读书与读自然书	/李四光
102	唐宋大诗人诗中的物候	/竺可桢
111	读书与用书	/陶行知
119	为什么要读书	/胡　适

001

129	卖书	/郭沫若
136	怎样读书	/顾颉刚
142	做学问的八层境界	/梁漱溟
153	如何读中国书	/蒙文通
159	我的读书经验	/冯友兰
167	读书与做人	/钱 穆
180	读书的艺术	/林语堂
193	爱读的书	/茅 盾
202	谈读书	/朱光潜
212	读书与自动研究	/宗白华
219	读书要重经典	/周谷城
227	我的苦学经验	/丰子恺
238	写与读	/老 舍
249	谈谈我的学词经历	/夏承焘
259	谈谈怎样读书	/王 力
268	要把金针度与人	/姜亮夫
277	读书方法与思想方法	/贺 麟
293	漫谈读书	/苏步青
299	漫谈读书(两篇)	/梁实秋
310	年轻人应该如何读书	/徐复观
320	谈读书	/钟敬文
328	我的"仓库"	/巴 金
334	书太多了	/吕叔湘
345	书和读书	/冯 至
354	广博与专精	/傅振伦

364	书	/吴伯箫
373	论读书(两篇)	/唐君毅
385	读经与读子	/张岱年
393	读伊索寓言	/钱锺书
401	我最喜爱的书	/季羡林
409	书读完了	/金克木
420	谈读书	/叶　曼
431	朋友们的书	/于光远
442	读书在于明理,而非谋生	/南怀瑾
450	读书与治学	/周汝昌
459	书痴	/黄　裳
469	读书要点、面、线结合(两篇)	/吴小如
477	我是这样爱上读书的	/余光中
489	谈读书与写文章	/李泽厚

看书不可不知所择

曾国藩（1811—1872），清末洋务派和湘军首领。湖南湘乡白杨坪（今属双峰）人。道光进士，曾任内阁学士兼礼部侍郎等职。1853年初（咸丰二年）为对抗太平天国，以在籍侍郎身份在湖南办团练，旋扩编为湘军。1860年升两江总督，授钦差大臣，督办江南军务，节制苏、皖、赣、浙四省军务。与李鸿章创办上海江南机器制造总局等近代军事工业，奏请派遣幼童留学美国。1868年授武英殿大学士，调任直隶总督。有《曾文正公全集》，今辑有《曾国藩全集》。

字谕纪泽儿：

前次于诸叔父信中，复示尔所问各书帖之目。乡间苦于无书，然尔生今日，吾家之书，业已百倍于道光中年矣。买书不可不多，而看书不可不知所择。以韩退之为千古大儒，而自述其所服膺之书，不过数种：曰《易》、曰《书》、曰《诗》、曰《春秋左传》、曰《庄子》、曰《离骚》、曰《史记》、曰相如、子云。柳子厚自述其所得：正者，曰《易》、曰《书》、曰《诗》、曰《礼》、曰《春秋》；旁者，曰《穀梁》、曰《孟》《荀》、曰《庄》《老》、曰《国语》、曰《离骚》、曰《史记》。二公所读之书，皆不甚多。

本朝善读古书者，余最好高邮王氏父子，曾为尔屡言之矣。今观怀祖先生《读书杂志》中所考订之书，曰《逸周书》、曰《战国策》、曰《史记》、曰《汉书》、曰《管子》、曰《晏子》、曰《墨子》、曰《荀子》、曰《淮南子》、曰《后汉书》、曰《老》《庄》、曰《吕氏春秋》、曰《韩非子》、曰《杨子》、曰《楚辞》、曰《文选》，凡十七种。又别著《广雅疏证》一种。伯申先生《经义述闻》中所考订之书，曰《易》、曰《书》、曰《诗》、曰《周官》、曰《仪礼》、曰《大戴礼》、曰《礼记》、曰《左传》、曰《国语》、曰《公羊》、曰《穀梁》、曰《尔雅》，凡十二种。王氏父子之博，古今所罕，然亦不满三十种也。

余于《四书》《五经》之外，最好《史记》、《汉书》、《庄子》、"韩文"四种，好之十余年，惜不能熟读精考。又好《通鉴》《文选》及姚惜抱所选《古文辞类纂》、余所选《十八家诗抄》四种，共不过十余种。早岁笃志为学，恒思将此十余书贯串精通，略作札记，仿顾亭林、王怀祖之法。今年齿衰老，时事日艰，所志不克成就，中夜思之，每用愧悔。泽儿若能成吾之志，将《四书》《五经》及余所好之八种一一熟读而深思之，略作札记，以志所得，以著所疑，则余欢欣快慰，夜得甘寝，此外别无所求矣。至王氏父子所考订之书二十九种，凡家中所无者，尔可开一单来，余当一一购得寄回。

学问之途，自汉至唐，风气略同；自宋至明，风气略同；国朝又自成一种风气，其尤著者，不过顾（亭林）、阎（百诗）、戴（东原）、江（慎修）、钱（辛楣）、秦（味经）、段（懋堂）、王（怀祖）数人，而风会所扇，群彦云兴。尔有志读书，不必别标汉学之名目，而不可不一窥数君子之门径。

凡有所见闻，随时禀知，余随时谕答，较之当面回答，更易长进也。

【内容提要】

要多买书，但看书要选择。韩退之被尊为千古大儒，他所钦佩的书也不过是几种而已。柳子厚是博学之人。两个人读的书都不是很多，只是选择得很精。本朝会读古书的高邮王氏父子，学识渊博，古今十分少见，但其所看的书总共也不到三十种。如果能把《四书》《五经》，外加《史记》《汉书》等十余种书都熟读并深入研究，略作札记，记下心得体会和疑难问题，那是令人无比欣慰和高兴的。古今治学的方法大致一样；直到本朝又自形成一种风气，所以人才辈出。

要有专心读书的志向,不需要标榜汉学的名目,要多多了解名人的治学方法。

【阅读感悟】

  在历史上有一个人,毛泽东如此评价他:"予于近人,独服曾文正。"这个人就是被称作清代"中兴名臣""一代儒宗"的国学大师曾国藩。就是这样一位大学问家,他是这么评价自己的:"余性鲁钝,他人目下二三行,余或疾读不能终一行。"说白了就是一个读书的"笨人"。我们很好奇,很想了解这么一个"笨人"的读书经验。阅读这封家信得知,原来曾国藩读书的经验是看书必须懂得选择,"买书不可不多,而看书不可不知所择。""熟读而深思之,略作札记,以志所得,以著所疑。"

  为何要强调"择要而读"?因为人的精力有限,不可能什么文章都熟读,所以要有选择。大儒韩愈、柳宗元是这样,学识渊博、古今十分少见的高邮王氏父子也是这样。今天我们生活在一个信息急速增多的时代,据统计,目前仅中国每年出版的书籍就有几十万种。即使某一类专门的书籍,也是汗牛充栋。我们如何阅读?现在,有一种"碎片化阅读"方法颇为盛行。诚然,我们需要通过"碎片化阅读"了解更多的信息,这是一个现代人了解社会的一种需要,可是"择要而读"仍然是深入思考的必然选择。否则,阅读碎片化了,思想也碎片化了。

  曾国藩领导着一支临时组织起来的地方武装,坚持六字方针:结硬寨,打呆仗!硬生生地把清王朝拽了回来,实在是令人惊叹不已。他在读书上何尝不同样是"结硬寨，打呆仗"？有所选择，熟读而深思应该就是他读书"结硬寨，打呆仗"成功的经验总结。

我们经常讨论"博"和"约"的关系，也经常讨论"泛读"与"精读"的关系，但是如果没有自己的"深思"，没有务实的"札记"，没有属于自己的"所疑"，即没有这些读书的笨办法，所谓的"约"和"博"都是空洞的概念。曾国藩如果活到现在，一定会说："不错，这就是我当年读书、打仗的经验。"

我们做教师的不妨认真读一读《曾国藩家书》，以曾国藩为读书榜样，指导学生读书也可以借鉴他的教子读书经验。要有专心读书的志向，要"结硬寨，打呆仗"，不要全面出击，要一旦扎营，死守阵地。

（黄德灿）

【大师名言】

人之气质，由于天生，很难改变，唯读书则可以变其气质。古之精于相法者，并言读书可以变换骨相。

——《曾国藩家书》

吾辈读书，只有两事：一者进德之事，讲求乎诚正修齐之道，以图无忝所生；一者修业之事，操习乎记诵词章之术，以图自卫其身。

——《曾国藩家训》

盖士人读书，第一要有志，第二要有识，第三要有恒。有志则断不甘为下流。有识则知学问无尽，不敢以一得自足，如河伯之观海,如井蛙之窥天,皆无识也。有恒则断无不成之事。此三者缺一不可。

——《曾文正公全集》

我的读书经验

蔡元培（1868—1940），中国民主革命家、教育家。浙江绍兴人。主张教育应从造成现世幸福出发，而以达到"实体世界"（即观念世界）为最终目的，并认为军国民教育、实利教育与公民道德教育是造成现世幸福的教育，世界观教育是追求实体世界的教育，美感教育则为达到实体世界之手段。1917年任北京大学校长，提倡"思想自由""兼容并包"的办学方针，多方罗致学有所长者，实行教授治校，使北京大学成为新文化运动的发祥地。著作编为《蔡元培全集》等。

我自十余岁起，就开始读书。读到现在，将满六十年了，中间除大病或其他特别原因外，几乎没有一日不读点书的。然而我没有什么成就，这是读书不得法的缘故。我把不得法的概略写出来，可以作前车之鉴。

我的不得法，第一是不能专心。我初读书的时候，读的都是旧书，不外乎考据、词章两类。我的嗜好，在考据方面，是偏于诂训及哲理的，对于典章名物，是不大耐烦的；在词章上，是偏于散文的，对于骈文及诗词，是不大热心的。然而以一物不知为耻，种种都读；并且算学书也读，医学书也读，都没有读通。所以我曾经想编一部《说文声系义证》，又想编一本《公羊春秋大义》，都没有成书。所为文辞，不但骈文及诗词，没有一首可存的，就是散文也太平凡了。到了四十岁以后，我开始学德文，后来又学法文，我都没有好好儿做那记生字、练文法的苦工，而就是生吞活剥地看书，所以至今不能写一篇合格的文章，做一回短期的演说。在德国进大学听讲以后，哲学史、文学史、文明史、心理学、美学、美术史、民族学，统统去听，那时候，这几类的参考书，也就乱读起来了。后来虽勉自收缩，以美学与美术史为主，辅以民族学，然而他类的书终不能割爱，所以想译一本美学，想编一部比较的民族学，也都没有成书。

我的不得法，第二是不能动笔。我的读书，本来抱一种利己主义,就是书里面的短处,我不大去搜寻它,我只注意于我所认为有用的或可爱的材料。这本来不算坏。但是我的坏处,就是我虽读的时候注意于这几点,但往往为速读起见,无暇把这几点摘抄出来,或在书上做一点特别的记号。若是有时候想起来,除了德文书检目特详,尚易检寻外,其他的书,几乎不容易寻到了。我国现在有人编"索引""引得"等,又专门的辞典也逐渐增加,寻检较易,但各人有各自的注意点,普通的检目,断不能如自己记的方便。我尝见胡适之先生有一个时期出门常常携一两本线装书,在舟车上或其他忙里偷闲时翻阅,见到有用的材料,就折角或以铅笔作记号。我想他回家后或者尚有摘抄的手续。我记得有一部笔记,说王渔洋读书时,遇有新隽的典故或词句,就用纸条抄出,贴在书斋壁上,时时览读,熟了就揭去,换上新得的,所以他记得很多。这虽是文学上的把戏,但科学上何尝不可以仿作呢?我因为从来懒得动笔,所以没有成就。

我的读书的短处,我已经经验了许多的不方便,特地写出来,望读者鉴于我的短处,第一能专心,第二能动笔,这一定有许多成效。

【内容提要】

天天读书,然而没有什么成就,这是读书不得法的缘故。第一是不能专心。种种书都读,都没有读通;曾经想编一部《说文声系义证》,又想编一本《公羊春秋大义》,都没有成书。至今不能写一篇合格的文章，做一回短期的演说。第二是不能动笔。往往为速读起见，无暇摘抄出来，或在书上做一点特别的记号。因为从来懒得动笔，所以没有成就。特地写出自己读书的短处，给读者借鉴：第一能专心，第二能动笔。

【阅读感悟】

蔡元培是教育家、革命家、政治家，担任过北京大学校长，是公认的国学大师。就是这么一位让人佩服得五体投地的大师级的人物，在论及"我的读书经验"时，对自我的评价是读书不得法："第一是不能专心""第二是不能动笔"，特地写出来读书的短处，给读者借鉴。如果说这是蔡元培先生故意矫情，恐怕不妥，读一读这篇文章，我们分明感受到一种质朴，从字里行间读出一份真诚、谦虚和严谨。

读书需要一种真诚。少年时读书，这份真诚是不用怀疑的，到了青年、中年，心思太多，真诚就非常可贵了。因为只有真诚，我们才会专心致志，才能避免"不大耐烦""不大热心"的功利心，才会将一本书读通、读透。我老觉得这"不大耐烦""不大热心"说的就是我这样的人。扪心自问，我真的没有读通、读透过一本书，其根源不就是缺少一份读书的真诚吗？

读书需要一种谦虚。我们无论是读经典著作，还是读其他的一般文章，总要先存一点谦逊的心理。有了这份谦虚，我们才能避免浮躁，从而虚心地向别人学习，否则稍有一点见识就狂妄自大，动不动翻白眼，我们就会变得很肤浅。蔡元培先生肯定胡适和王渔洋的读书方法，以他那样的身份和学识，这本身就是一种谦虚的表现。蔡先生说自己"生吞活剥地看书""至今不能写一篇合格的文章，做一回短期的演说"，这不是谦虚是什么？和大师对照一下，我们连谦虚的资格也没有。

读书需要一种严谨。蔡元培先生曾经想编书，没有成书；学习了外文，想翻译书，也没有成功。果真是他读书"懒得动笔"，积累不厚，学识不够吗？恐怕都不是，先生是在反思自我读书的经验，谦虚的背后隐藏着一种读书治学的严谨。看看我们身边的某些人，没有扎实读过几本书，就想确立某某教育理论模式，这些人应该感到脸红心跳。

蔡元培先生是教育家，论及读书，大师表现出的是一种真诚、谦虚和严谨，在教育家面前，我们只是一般的教师，除了自己读书以外，还要指导学生读书，应该怎样去做？很值得反思。

（黄德灿）

【大师名言】

我的读书的短处，我已经经验了许多的不方便，特地写出来，望读者鉴于我的短处，第一能专心，第二能动笔。这一定有许多成效。

——《我的读书经验》

我们教书，并不是像注水入瓶一样，注满了就算完事，最重要的是引起学生读书的兴味。

　　　　　　　　　　——《普通教育和职业教育》

　　最好使学生自己去研究，教员竟不讲也可以，等到学生实在不能用自己的力量了解功课时，才去帮助他。

　　　　　　　　　　——《普通教育和职业教育》

读中国书

梁启超（1873—1929），中国近代维新派领袖，学者。广东新会（今江门市新会区）人。清光绪举人。与其师康有为倡导变法维新，并称"康梁"。1895年（光绪二十一年）赴北京参加会试，追随康有为发动"公车上书"。1896年在上海主编《时务报》，发表《变法通议》，编辑《西政丛书》，次年主讲长沙时务学堂，积极鼓吹和推进维新运动。早年所作政论文，流利畅达，感情奔放。晚年在清华学校讲学。著述涉及政治、经济、哲学、历史、语言、宗教及文化艺术、文字音韵等。其著作编为《饮冰室合集》。今有《梁启超全集》。

学生做课外学问，是最必要的。若只求讲堂上功课及格，便算完事，那么，你进学校，只是求文凭，并不是求学问。你的人格，先已不可问了。再者，此类人一定没有"自发"的能力，不特不能成为一个学者，亦断不能成为社会上治事领袖人才。

课外学问，自然不专指读书：如试验，如观察自然界，……都是极好的。但读课外书，最少要算课外学问的主要部分。

一个人总要养成读书趣味，打算做专门学者，固然要如此。打算做事业家，也要如此，因为我们在工厂里、在公司里、在议院、在……里做完一天的工作出来之后，随时立刻可以得着愉快的伴侣，莫过于书籍，莫便于书籍。

但是将来这种愉快得着得不着，大概是在学校时代已经决定。因为必须养成读书习惯，才能尝着读书趣味。人生一世的习惯，出了学校门限，已经铁铸成了。所以在学校中不读课外书以养成自己自动的读书习惯，这个人简直是自己剥夺自己终身的幸福。

读书自然不限于读中国书。但中国人对于中国书，最少也该和外国书作平等待遇，你这样待遇他，他给回你的愉快报酬，最少也和读外国书所得的有同等分量。

中国书没有整理过，十分难读，这是人人公认的。但会做学问的人，觉得趣味就在这一点，吃现成饭，是最没有意思的事，是最没有出息的人才喜欢的。一种学问，被别人做完了，四平八正的编成教科书样子给我读，读去自然是毫不费力。但从这不费力上头，结果便令我的心思不细致不刻入，专门喜欢读这类书的人，久而久之，会把自己创作的才能汩没哩，在纽约、芝加哥笔直的马路崭新的洋房里舒舒服服混一世，这个人一定是过的毫无意味的平庸生活，若要过有意味的生活，须是哥伦布初到美洲时。

中国学问界，是千年未开的矿穴，矿苗异常丰富。但非我们亲自绞脑筋绞汗水，却开不出来。翻过来看，只要你绞一分脑筋一分汗水，当然还你一分成绩，所以有趣。

所谓中国学问界的矿苗，当然不专指书籍。自然界和社会实况，都是极重要的，但书籍为保存过去原料之一种宝库，且可以为现在实测各方面之引线。就这点看来，我们对于书籍之浩瀚，应该欢喜感谢他，不应该厌恶他。因为我们的事业比方要开工厂，原料的供给，自然是越丰富越好。

读中国书，自然像披沙拣金，沙多金少。但我们若把他作原料看待，有时寻常人认为极无用的书籍和语句，也许有大功用。须知工厂种类多着呢，一个厂里头还有许多副产生物哩，何止金有用，沙也有用。

若问读书方法，我想向诸君上一个条陈：这方法是极陈旧的极笨极麻烦的，然而实在是极必要的。什么方法呢？是抄录或笔记。

我们读一部名著，看见他征引那么繁博，分析那么细密，动辄伸着舌头说道：这个人不知有多大记忆力，记得许多东西，这是他的特别天才，我们不能学步了。其实哪里有这回事。好记性的人不见得便有智慧；有智慧的人比较的倒是记性不甚好,你所看见者是他发表出来的成果,不知他这成果原是从铢积寸累困知勉行得来。大抵凡一个大学者平日用功,总是有无数小册子或单纸片,读书看见一段资料觉其有用者,立刻抄下。(短的抄全文,长的摘要记书名、卷数、页数。)资料渐渐积得丰富,再用眼光来整理分析他,便成一篇名著。想看这种痕迹,读赵瓯北的《廿二史札记》,陈兰甫的《东塾读书记》,最容易看出来。

这种工作,笨是笨极了,苦是苦极了,但真正做学问的人,总离不了这条路。做动植物的人,懒得采集标本,说他会有新发明,天下怕没有这种便宜事。

发明的最初动机在注意。抄书便是促醒注意及继续保存注意的最好方法。当读一书时,忽然感觉这一段资料可注意,把他抄下,这件资料,自然有一微微的印象印入脑中,和滑眼看过不同。经过这一番后,过些时碰着第二个资料和这个有关系的,又把他抄下,那注意便加浓一度,经过几次之后,每翻一书,遇有这项资料,便活跳在纸上,不必劳神费力去找了。这是我多年经验得来的实况,诸君试拿一年工夫去试试,当知我不说谎。

先辈每教人不可轻言著述,因为未成熟的见解公布出来,会自误误人,这原是不错的。但青年学生"斐然有述作之志",也是实际上鞭考学问的一种妙用。譬如同是读《文献通考》的《钱币考》和各史《食货志》中钱币项下各文,泛泛读去,没有什么所得。倘若你一面读一面便打主意做一篇《中国货币沿革考》。这篇《中国货币沿革考》做得好不好是另一问题,你所读的自然加几倍受用了。譬如同读一部《荀子》,某甲泛泛读去,某乙一面读一面打主意做部《荀子学案》,读过之后,两个人的印象深浅,自然不同。所以我很奖励青年好著书的习惯。至于著的书,拿不拿给人看,什么时候才认作成功,这还不是你的自由吗?

每日所读之书,最好分两类:一类是精读的,一类是涉览的,因为我们一面要养成读书心细的习惯,一面要养成读书眼快的习惯。心不细则毫无所得,等于白读;眼不快则时候不够用,不能博搜资料。诸经、诸子、四史、《通鉴》等书,宜入精读之部,每日指定某时刻读他,读时一字不放过,读完一部才读别部。想抄录的随读随抄。另外指出一时刻,随意涉览。觉得有趣,注意细看;觉得无趣,便翻次页。遇有想抄录的,也俟读完再抄,当时勿室其机。

诸君勿因初读中国书勤劳大而结果少,便生退悔。因为我们读书,并不是想专向现时所读这一本书里头现钱现货的得多少报酬。最要紧的是涵养成好读书的习惯和磨炼出善读书的脑力。青年期所读各书,不外借来做达这两个目的的梯子。我所说的前提倘若不错,则读外国书和读中国书当然都有益处。外国名著,组织得好,易引起趣味;他的研究方法,整整齐齐摆出来,可以做我们模范,这是好处。我们滑眼读去,容易变成享现成福的少爷们,不知甘苦来历,这是坏处。中国书未经整理,一读便是一个闷头棍,每每打断趣味,这是坏处。逼着你披荆斩棘,寻路来走,或者走许多冤枉路,(只要走路断无冤枉,走错了回头,便是绝好教训。)从甘苦阅历中磨炼出智慧,得苦尽甘来的趣味,那智慧和趣味却最真切。这是好处。

还有一件：我在前项书目表（注：指《国学入门书要目及其读法》）中，有好几处写"希望熟读成诵"字样。我想诸君或者以为甚难，也许反对说我顽旧。但我有我的意思，我并不是奖励人勉强记忆。我所希望熟读成诵的有两种类。一种类是最有价值的文学作品；一种类是有益身心的格言。好文学是涵养情趣的工具。做一个民族的分子，总须对于本民族的好文学十分领略，能熟读成诵，才在我们的"下意识"里头，得着根柢，不知不觉会"发酵"。有益身心的圣哲格言，一部分久已在我们全社会上形成共同意识。我既做这社会的分子，总要彻底了解他，才不至和共同意识生隔阂。一方面我们应事接物时候，常常仗他给我们的光明。要平日摩得熟，临时才用得着。我所以有些书希望熟读成诵者在此。但亦不过一种格外希望而已；并不谓非如此不可。

最后我还专向清华同学诸君说几句话：我希望诸君对于国学的修养比旁的学校学生格外加功。诸君受社会恩惠，是比别人独优的。诸君将来在全社会上一定占势力，是眼看得见的。诸君回国之后对于中国文化有无贡献，便是诸君功罪的标准。饶你学成一位天字第一号形神毕肖的美国学者，只怕于中国文化没有多少影响。若这样便有影响，我们把美国蓝眼睛的大博士抬一百几十位来便够了，又何必诸君呢。诸君须要牢牢记着你不是美国学生，是中国留学生。如何才配叫作中国留学生，请你自己打主意罢。

【内容提要】

学生做课外学问，是最必要的。课外学问，自然不专指读书，但读课外书，最少要算课外学问的主要部分。一个人总要养成读书趣味，必须养成读书习惯，才能尝着读书趣味。读书自然不限于读中国书。若问读书方法，这方法是抄录或笔记。每日所读之书，最好分两类：一类是精读的，一类是涉览的，因为我们一面要养成读书心细的习惯，一面要养成读书眼快的习惯。心不细则毫无所得，等于白读；眼不快则时间不够用，不能博搜资料。还有一件，那就是对于国学的修养要格外加功，对于中国文化有所贡献。

【阅读感悟】

如果我们做一个有心人，读完梁启超先生的这篇文章，就会发现一个有趣的现象，那就是十二个"但"字的含义很有意思。例如课外学问，自然不专指读书，但读课外书，最少要算课外学问的主要部分。读书自然不限于读中国书，但中国人对于中国书，最少也该和外国书作平等待遇。中国书十分难读，但会做学问的人，觉得趣味就在这一点。"但"一般来说用得最多的是一个转折连词。为什么要做这么多"转折"呢？在一个转折复句中，往往是承认前面的事实，强调后面的看法。梁先生在这篇文章中提到的很多读书方法和习惯当然值得我们注意，我以为最值得我们关注的是读书的辩证观，是梁先生提出的读中国书的最终目的，那就是学生"对于国学的修养"和对于中国文化的贡献。

在读书问题上，有很多对立的观点：是精读，还是泛读；是根据兴趣去读，还是带着任务去读；是按照名家指引的方法去读，还是根据自己的个性体验去读；是多读一点古代经典著作，还是多了解一些当代作品；是按照专业需要的去读，还是要注意阅读一些专业以外的著作；是熟读成诵，还是仅仅了解一个大意……其实没有一个绝对的结论，辩证地对待是最好的读书态度和方法。懂得一点读书的辩证法，我们就没有必要进行无谓的争论了。就以读中国书为例，一个中国人当然要读中国书，在今天对外开放、重视国学、弘扬传统文化的热潮中，又有谁说不要读外国书？只是强调不要忘了中国文化的根基，这是中国立足于世界民族之林的根基。就算你是一个专门研究外国文化的著名学者，难道你的最终目的不是借鉴外国文化来滋养中国文化吗？

中国学生核心素养中特别提到文化底蕴、科学精神和国家认同，我们读中国书强调的就是一种文化底蕴和国家认同，怎样读中国书需要的是一种科学精神，梁先生倡导读中国书正好是我们今天要特别重视的课题；梁先生的"但"说，正是在引导我们如何读中国书应具有的一种辩证思维。一个教育工作者，是不是应该好好体会一下？梁先生有一句话振聋发聩：对于中国文化有无贡献，便是功罪的标准。这是对学生提出的读中国书的要求，难道不是对我们教师教书提出的警告？

（黄德灿）

【大师名言】

《论语》如饭,最宜滋养;《孟子》如药,最宜袪除及兴奋。

——《读书指南》

要而论之,《大学》《中庸》不失为儒门两篇名著,读之甚有益于修养,且既已人人诵习垂千年,形成国民常识一部分,故今之学者,亦不可以不一读。但不必尊仰太过,反失其相当之位置耳。

——《读书指南》

诸经、诸子、四史、《通鉴》等书,宜入精读之部,每日指定某时刻读它,读时一字不放过,读完一部才读别部,想抄录的随读随抄。

——《读书指南》

人间词话(节选)

王国维(1877—1927),学者。浙江海宁人。1903年起,任通州、苏州等地师范学堂教习,讲授哲学、心理学、逻辑学,著有《静安文集》。1907年起,任学部图书局编辑,从事中国戏曲史和词曲的研究,著有《曲录》《宋元戏曲考》《人间词话》等,开创了研究戏曲史的风气。1913年起从事中国古代史、古器物、古文字学、音韵学的考订,尤致力于甲骨文、金文和汉晋简牍的考释,主张以地下实物资料参订文献史料,提出著名的"二重证据法"。生平著作62种,收入《海宁王静安先生遗书》(一称《王国维遗书》)的有42种,以《观堂集林》最为著名。

词以境界为最上。有境界则自成高格，自有名句。五代、北宋之词所以独绝者在此。

境非独谓景物也。喜怒哀乐，亦人心中之一境界。故能写真景物、真感情者，谓之有境界；否则谓之无境界。

"红杏枝头春意闹"，著一"闹"字而境界全出。"云破月来花弄影"，著一"弄"字而境界全出矣。

境界有大小，不以是而分优劣。"细雨鱼儿出，微风燕子斜"，何遽不若"落日照大旗，马鸣风萧萧"。"宝帘闲挂小银钩"，何遽不若"雾失楼台，月迷津渡"也。

严沧浪《诗话》谓："盛唐诸公，唯在兴趣。羚羊挂角，无迹可求。故其妙处，透彻玲珑，不可凑拍。如空中之音、相中之色、水中之影、镜中之象，言有尽而意无穷。"余谓北宋以前之词，亦复如是。然沧浪所谓兴趣，阮亭所谓神韵，犹不过道其面目，不若鄙人拈出"境界"二字，为探其本也。

古今之成大事业、大学问者，必经过三种之境界："昨夜西风凋碧树。独上高楼，望尽天涯路"，此第一境也；"衣带渐宽终不悔，为伊消得人憔悴"，此第二境也；"众里寻他千百度，回头蓦见，那人正在灯火阑珊处"，此第三境也。此等语皆非大词人不能道。然遽以此意解释诸词，恐为晏、欧诸公所不许也。

词忌用替代字。美成《解语花》之"桂华流瓦"，境界极妙；惜以"桂华"二字代"月"耳。梦窗以下，则用代字更多。其所以然者，非意不足，则语不妙也。盖意足则不暇代，语妙则不必代。此少游之"小楼连苑""绣毂雕鞍"，所以为东坡所讥也。

南宋词人，白石有格而无情，剑南有气而乏韵。其堪与北宋人颉颃者，唯一幼安耳。近人祖南宋而祧北宋，以南宋之词可学，北宋不可学也。学南宋者，不祖白石，则祖梦窗；以白石、梦窗可学，幼安不可学也。学幼安者，率祖其粗犷、滑稽；以其粗犷、滑稽处可学，佳处不可学也。幼安之佳处，在有性情，有境界。即以气象论，亦有"横素波、干青云"之概，宁后世龌龊小生所可拟耶？

"明月照积雪""大江流日夜""中天悬明月""长河落日圆"，此种境界，可谓千古壮观。求之于词，唯纳兰容若塞上之作，如《长相思》之"夜深千帐灯"，《如梦令》之"万帐穹庐人醉，星影摇摇欲坠"差近之。

言气质，言神韵，不如言境界。境界为本也；气质、格律、神韵，末也。有境界，而三者随之矣。

"秋风吹渭水，落叶满长安"，美成以之入词，白仁甫以之入曲，此借古人之境界为我之境界者也。然非自有境界，古人亦不为我用。

稼轩《贺新郎》词"送茂嘉十二弟"，章法绝妙，且语语有境界，此能品而几于神者。然非有意为之，故后人不能学也。

谭复堂《箧中词选》谓："蒋鹿潭《水云楼词》与成容若、项莲生，二百年间，分鼎三足。"然《水云楼词》小令颇有境界，长调唯存气格。《忆云词》亦精实有馀，超逸不足，皆不足与容若比。然视皋文、止庵辈，则倜乎远矣。

文文山词，风骨甚高，亦有境界，远在圣与、叔夏、公谨诸公之上，亦如明初诚意伯词，非季迪、孟载诸人所敢望也。

【内容提要】

本文节选的主要是有关"境界"的直接内容。词以境界为最上。有境界则自成高格，自有名句。五代、北宋之词所以独绝者在此。境非独谓景物也。境界有大小，不以是而分优劣。南宋词人，白石有格而无情，剑南有气而乏韵。其堪与北宋人颉颃者，唯一幼安耳。言气质，言神韵，不如言境界。境界为本也；气质、格律、神韵，末也。有境界而三者随之矣。

境界说是理论核心，一切词以境界为最上，而词的境界主要表现在三个方面：第一是情、景的统一，第二是情感的真实，第三是表达情感。

【阅读感悟】

提到王国维，无论是文科教师还是理科教师，都不会忘记《人间词话》。这是一本怎样的书？直白来说，是作者阅读了唐五代到北宋、南宋词人的词以后的心得体会。只不过这个体会很不一般。最关键的是作者提出了词评的理论核心"境界"。什么叫境界？境界是指人的思想觉悟和精神修养，即修为、人生感悟。对于境界，在各个不同的领域有着不同的看法和见解，故境界是一种很微妙的感觉。《人间词话》就是王国维读词的微妙感觉。每个人阅读唐诗宋词，都会有属于自己的感觉，王国维不仅读出了诗词创作、评价的境界，同时还读出了人生追求的境界。古今之成大事业、大学问者，必经过三种之境界："昨夜西风凋碧树。独上高楼，望尽天涯路"，此第一境也；"衣带渐宽终不悔，为伊消得人憔悴"，此第二境也；"众里寻他千百度，回头蓦见，那人正在灯火阑珊处"，此第三境也。这里的"境界说"影响了一代又一代人。国学大师季羡林在《研究学问的三个境界》中就特别钟情于王国维的名言。原来的词句不是描写爱情的吗？怎么联想到事业和学问？没有自己的体验和经验，这种境界从何说起？可以这样说，有境界的人才能品出诗文的境界，有学问的人才能提出做学问的境界。

由王国维的境界说，联想到我们做教师的境界。如何做一名有境界的教师？读书学习肯定是非常重要的，然而更重要的恐怕是思想觉悟和精神修养。教师教给学生知识和技能，探索、掌握不同的教育方法是所有教师应有的基本功。如果心里没有如何面对世界、人生的理想，哪里看得见教育的气象？明白教育的真谛？不说教育家，就是出类拔萃的教师一定是在思想觉悟和精神修养上站在一个与众不同的高度的人。如果套用一下王国维的三种境界，是不是可以这样说，你不"乐教"怎么会"懂教"？你不"懂教"，何谈"善教"？如果我们进入了"善教"，你不是教育家，也会是一位名副其实的优秀教师。

我们要做一位快乐、幸福的教师，要获得一种诗意的生活，从王国维的《人间词话》中，就能够获得一种感悟。请记住诗词的境界、事业的境界。

（黄德灿）

【大师名言】

诗人对宇宙人生，须入乎其内，又须出乎其外。入乎其内，故能写之。出乎其外，故能观之。入乎其内，故有生气。出乎其外，故有高致。

——《人间词话》

古今成大事业大学问者，必经过三种之境界："昨夜西风凋碧树，独上高楼，望尽天涯路"，此第一境也；"衣带渐宽终不悔，为伊消得人憔悴"，此第二境也；"众里寻他千百度，回头蓦见，那人正在灯火阑珊处"，此第三境也。

——《人间词话》

三代以下之诗人，无过于屈子、渊明、子美、子瞻者，此四子者苟无文学之天才，其人格亦自足千古。故无高尚伟大之人格，而有高尚伟大之文学者，殆未之有也。

——《文学小言》

谈谈我的一些读书经验
——与北京师范大学历史系 1961 届毕业生谈话纪要

陈垣（1880—1971），历史学家。广东新会（今江门市新会区）人。早年在广州参加反清斗争，后从事历史研究和教育工作。治学精勤刻苦，对火祆、摩尼、佛、道、天主等宗教史，及元史、年代学、校勘、辑佚、史讳等，均有开创性的学术成就。抗日战争期间，在北平著《通鉴胡注表微》，坚持民族气节，表现了热爱祖国的精神。著有《二十史朔闰表》《中西回史日历》《史讳举例》《元典章校补》《元西域人华化考》《中国佛教史籍概论》《明季滇黔佛教考》等书。

你们马上就要毕业了，本来我有很多话想说，但也不能一下都谈到，今天只谈谈有关读书的一些问题。这可能对你们毕业后在工作中自己进修时有所帮助。先谈一下我个人读书的经过。

十二岁以前，在学馆读《四书》《五经》，只是呆板地死背，不能背就挨打，只有用逃学一法来躲避。

十三岁发现张之洞的《书目答问》，书中列举很多书名，下面注着这书有多少卷，是谁所作，什么刻本好。我一看，觉得这是个门路，就渐渐学会按着目录买自己需要的书看。

十五岁广州大疫，学馆解散，因此不用学习科举的八股文，所以有时间读自己喜欢读的书，在三年时间里看了读了不少书，打下初步基础。

十八岁入京应试，因八股不好，失败。误听同乡一老先生的劝告，十九岁一面教书，一面仍用心学八股。等到八股学好，科举也废了，白白糟蹋了两年时间。不过也得到一些读书的办法。有人问我当时读书是用什么办法，其实也没有什么别的办法，法子是很笨的，我当时就是"苦读"，也就是我们现在所说的刻苦钻研，专心致志，逐渐养成了刻苦读书的习惯。

科举废后，不受八股文约束，倒可以一面教书，一面读书。当时读书，就是想研究史学。中间有几年还学过西医，办过报纸，但读书和教书从未间断，因此《四库全书总目提要》读过好几遍。可惜《四库全书总目提要》所著录的书，许多在广州找不到。

辛亥革命后重入北京，当时热河文津阁《四库全书》移贮京师图书馆，因此可以补读从前在广州未见的书。如是者十年，渐渐有所著述。

我读书是自己摸索出来的，没有得到老师的指导，有两点经验，对研究和教书或者有些帮助。

1. 从目录学入手，可以知道各书的大概情况。这就是涉猎，其中有大批的书可以"不求甚解"。

2. 要专门读通一些书，这就是专精，也就是深入细致，"要求甚解"。经部如论、孟，史部如史、汉，子部如庄、荀，集部如韩、柳，清代史学家书如《日知录》《十驾斋养新录》等，必须有几部是自己全部过目、常翻常阅的书。一部《论语》才一万三千七百字，一部《孟子》才三万五千四百字，都不够一张报纸字多，可见我们专门读通一些书也并不难。这就是有博、有约，有涉猎、有专精，在广泛的历史知识的基础上，又对某些书下一些功夫，才能做进一步的研究。

我们研究历史科学，需要知道的知识幅度很大，要了解古今中外，还要有自己较专门的学问。如果样样都去深钻，势必由于时间、精力有限，反使得样样都不能深、不能透。但是也不能只有专精，孤立地去钻研自己的专业，连一般的基础知识都不去注意，没有广泛丰富的知识，专业的钻研也将受到影响。学习历史也是如此，中国不是孤立于世界之外的，不了解世界历史，学中国史就必然受到限制，就不能很好地懂得中国。研究宋史，不知道整个中国历史发展过程，则宋史也学不通。研究任何朝代的断代史，都不能没有通史的知识作基础,也不能没有其他必要的各方面的知识。

不管学什么专业,不博就不能全面,对这个专业阅读的范围不广,就很像以管窥天,往往会造成孤陋寡闻,得出片面褊狭的结论。只有得到了宽广的专业知识,才能融会贯通,举一反三,全面解决问题。不专则样样不深,不能得到学问的精华,就很难攀登到这门科学的顶峰,更不要说超过前人了。博和专是辩证的统一,是相辅相成的,二者要很好地结合,在广博的基础上才能求得专精,在专精的钻研中又能扩大自己的知识面。

中国历史资料丰富,浩如烟海,研究的人,不可能也不必要把所有的书都看完,但不能不知道书的概况。有些书只知道书名和作用就可以了,有些书要知道简单的内容,有些书则要认真钻研,有些书甚至要背诵,这就是有的要涉猎、有的要专精。世界上的书多得很,不能都求甚解,但是要在某一专业上有所成就,也一定要有"必求甚解"的书。

同学们毕业之后,当然首先要把书教好,这是你们主要的任务;另外,在自修的时候,可以翻阅一下过去的目录书,如《书目答问》《四库总目》等。这些书都是前人所作,不尽合于现在使用,但如果要对中国历史做进一步的研究,看一看也还是有好处的。

懂得目录学,则对中国历史书籍,大体上能心中有数。目录学就是历史书籍的介绍,它使我们大概知道有什么书,也就是使我们知道究竟都有什么文化遗产,看看祖遗的历史著述仓库里有什么存货,要调查研究一下。如果连遗产都有什么全不知道,怎能批判?怎能继承呢?萧何入关,先收秦图籍,为的是可以了解其关梁厄塞、户口钱粮等，我们作学问也应如此，也要先知道这门学问的概况。目录学就好像一个账本，打开账本，前人留给我们的历史著作概况，可以了然，古人都有什么研究成果，要先摸摸底，到深入钻研时才能有门径，找自己所需要的资料，也就可以较容易地找到了。经常翻翻目录书，一来在历史书籍的领域中，可以扩大视野；二来因为书目熟，用起来得心应手，非常方便，并可以较充分地掌握前人研究成果，对自己的教学和研究工作都会有帮助。

有人说，有些青年基础知识差，这当然也是一个重要的问题，你们在校四年，虽然已经打下一些基础，但我们要更高地要求自己，今后还要在这方面多多注意。基础知识好比盖房时的地基，地基不打结实，房子就会倒塌。我国各行各业都有注意基本训练的优良传统，拳术、武术，初学时要花很多时间练好一招一式；戏剧科班，先学唱做念打，先练基本功。读书更如此，古人读书，先背诵一些基本书籍，写字先学会拿笔和写字姿势，讲究横平竖直，作诗先学做联句对句，学习诗韵。研究一门科学，基本知识更是起码条件，不打好基础，就好像树没有根。当然前人对基本知识的要求与我们现在不同，但尽管有不同，而基本知识总是应当注意的。如学习历史，就必须学会阅读古文，要至少学会一种外语，而且要有一定的写作能力，这都是必不可少的。大家在哪些方面还没学好，今后还要在这方面多多努力。

要想获得丰富的知识，必须经过自己钻研和努力，没有现成的。只要踏踏实实地念书，就会有成绩，不要以为学问高不可攀，望而生畏，但也不能有不劳而获的侥幸思想。

不管别人介绍多少念书经验，指出多少门径，但别人总不能替你念，别人念了你还不会，别人介绍了好的经验，你自己不钻研、不下功夫，还是得不到什么。而且别人的经验也不见得就适用于自己，过去的经验，也不一定就适用于今天，只能作为参考，主要还是靠自己的刻苦努力。

读书的时候，要做到脑勤、手勤、笔勤，多想、多翻、多写，遇见有心得或查找到什么资料时，就写下来，多动笔可以免得忘记，时间长了，就可以积累不少东西，有时把平日零碎心得和感想联系起来，就逐渐形成对某一问题的较系统的看法。收集的资料，到用的时候，就可以左右逢源，非常方便。

学习是不能间断的，更是不能停止的，要注意学习政治，学习马列著作、毛主席著作，并要经常学习党的政策。要趁着年富力强的时刻，刻苦钻研，努力读书，机不可失，时不待人。

【内容提要】

"苦读"的故事，其实是一部在逆境之中，刻苦自修、砥砺玉成的故事，之中尤多读书经验，更教人如何做研究和如何教书。涉猎最好从目录学入手，便可以对各种书籍，尤其是中国历史书籍大体有数，扩大视野；同时，在教学和科研中想用到什么资料时，便可以得心应手。读书要有"不求甚解"的，因为精力有限；也要有"必求甚解"的，否则无法专精。但不管怎样，读书是为了让自己打好基础，这是来不得半点假的。

【阅读感悟】

读陈垣先生的"苦读"史,唏嘘不已,也陡生感悟,我撷取一二,算是续貂。

感悟之一:人要读书,教书之人更要读书。

陈先生说,他读书不过是"笨"法子,即苦读。但我以为,"笨"不要紧,怕的是"懒"。

很多人,包括我们教师,有时倒常以"懒"字来自嘲,似还能显出点落拓不羁的气质。殊不知,"懒"于读书,究竟还是因为没有"读书"能力,于是也就没有读书的动力。

陈先生的苦读,恰好是他能从读书中自我提升与自我拓宽的能力。读书让自我达到生长与修成,读书于他,苦中都是乐。

——西南联大的棚子里,全是读书的人,管他时时地屋漏与轰炸。

陈先生那里,向上,没有其他门径,不过是"笨笨"的读书罢了。——自个儿才能成全自个儿。

感悟之二:读书要学会利用书目。

读陈先生的阅读经验之前,我确实没有思考过这个问题。但大师就是大师,每句都有来路,也有去处。讲两个故事——

彭斐章,武汉大学图书情报学院(现武汉大学信息管理学院)原院长,20多年前就指出:"具备起码的目录学知识是每一个科学工作者科学研究基本功的重要内容。"

教师搞科研,最好有点目录学知识,这样,容易知道自家的阁楼上囤了些什么宝贝，用时好找。

徐特立20岁的时候，拜访有名的陈云峰先生，陈举人送给他一把扇子，并在扇面上题写了一段话："读书贵有师，尤贵有书。乡村无师又无书，但书即师耳。张之洞《书目答问》即买书之门径，《輶轩语》即读书门径，得此二书，终生受用不尽。"徐特立非常高兴，马上跑到书铺买了这两本书带回家，作为自学指南。后来，徐特立很有感触地说："我一生知道读书的方法，就得益于那位举人先生。"

如今当教师的，别的不谈，想要书，倒是大大有的。民国时期，广州一中学教员的一个月工资可以买一平方多米的房子，但只能订像《广州民国日报》之类的报纸全年的5份。今天买房买不起的，书可以买得尽兴，网络版图书常常1元钱可以买一本，只怕你读不完。书的确是多了，怎么读，读什么？这时，书目之类的就是一个地图——想起出国去奥特莱斯"血拼"的场景，一个人时间精力就那么多，你不可能把所有店子逛了，总要拿一张地图，想买什么价位的，什么品牌的、哪方面的，一目了然。否则想要的没找到，不中意的还耽搁你的时间，弄不好时间到了，找不到北，则只有"不由径路，恸哭而返"。

（杨幼萍）

【大师名言】

多做机械的工夫、笨的工夫，那就是一人劳而万人逸，一时劳而多时逸。

——《中国史料的整理》

学问要就自己环境,如果家藏书籍丰富的,则宜于博览;如果家中书籍少的,则宜于专精。

——《励耘家书》

然则我辈舍读书外,尚有何可做?风雨如晦,鸡鸣不已,正是吾人向学要诀。

——《陈垣年谱配图长编》

读书杂谈
——七月十六日在广州知用中学演讲

鲁迅（1881—1936），文学家、思想家和革命家。浙江绍兴人。1918年5月，首次用笔名"鲁迅"发表中国现代文学史上第一篇白话小说《狂人日记》。出版了《呐喊》《坟》《热风》《彷徨》《野草》《朝花夕拾》《华盖集》《华盖集续编》《而已集》《三闲集》《二心集》《南腔北调集》《伪自由书》《准风月谈》《花边文学》《且介亭杂文》等小说、散文、杂文集。创作了《故事新编》，编著《中国小说史略》《汉文学史纲要》，整理《嵇康集》，辑录《会稽郡故书杂集》《古小说钩沉》《唐宋传奇集》《小说旧闻钞》等。

因为知用中学的先生们希望我来演讲一回,所以今天到这里和诸君相见。不过我也没有什么东西可讲。忽而想到学校是读书的所在,就随便谈谈读书。是我个人的意见,姑且供诸君参考,其实也算不得什么演讲。

说到读书,似乎是很明白的事,只要拿书来读就是了,但是并不这样简单。至少,就有两种:一是职业的读书,一是嗜好的读书。所谓职业的读书,譬如学生因为升学,教员因为要讲功课,不翻翻书,就有些危险的就是。我想在座的诸君之中一定有些这样的经验,有的不喜欢算学,有的不喜欢博物,然而不得不学,否则,不能毕业,不能升学,对将来的生计便有妨碍了。我自己也这样,因为做教员,有时即非看不喜欢看的书不可,要不这样,怕不久便会于饭碗有妨。我们习惯了,一说起读书,就觉得是高尚的事情,其实这样的读书,和木匠的磨斧头、裁缝的理针线并没有什么分别,并不见得高尚,有时还很苦痛,很可怜。你爱做的事,偏不给你做;你不爱做的,倒非做不可。这是由于职业和嗜好不能合一而来的。倘能够大家去做爱做的事,而仍然各有饭吃,那是多么幸福。但现在的社会还做不到,所以读书的人们的最大部分,大概是勉勉强强的,带着苦痛的为职业的读书。

现在再讲嗜好的读书罢。那是出于自愿,全不勉强,离开了利害关系的。——我想,嗜好的读书,该如爱打牌的一样,天天打,夜夜打,连续地去打,有时被警察局捉去了,放出来之后还是打。诸君要知道真打牌的人的目的并不在赢钱，而在有趣。牌有怎样的有趣呢，我是外行，不大明白。但听得爱赌的人说，它妙在一张一张地摸起来，永远变化无穷。我想，凡嗜好的读书，能够手不释卷的原因也就是这样。他在每一页每一页里，都得着深厚的趣味。自然，也可以扩大精神、增加知识的，但这些倒都不计及，一计及，便等于意在赢钱的博徒了，这在博徒之中，也算是下品。

  不过我的意思，并非说诸君应该都退了学，去看自己喜欢看的书去，这样的时候还没有到来；也许终于不会到，至多，将来可以设法使人们对于非做不可的事发生较多的兴味罢了。我现在是说，爱看书的青年，大可以看看本分以外的书，即课外的书，不要只将课内的书抱住。但请不要误解，我并非说，譬如在国文讲堂上，应该在抽屉里暗看《红楼梦》之类；乃是说，应做的功课已完而有余暇，大可以看看各样的书，即使和本业毫不相干的，也要泛览。譬如学理科的，偏看看文学书，学文学的，偏看看科学书，看看别个在那里研究的，究竟是怎么一回事。这样子，对于别人、别事，可以有更深的了解。现在中国有一个大毛病，就是人们大概以为自己所学的一门是最好、最妙、最要紧的学问，而别的都无用、都不足道的，弄这些不足道的东西的人，将来该当饿死。其实是，世界还没有如此简单，学问都各有用处，要定什么是头等还很难。也幸而有各式各样的人，假如世界上全是文学家，到处所讲的不是"文学的分类"便是"诗之构造"，那倒反而无聊得很了。

不过以上所说的，是附带而得的效果，嗜好的读书，本人自然并不计及那些，就如游公园似的，随随便便去，因为随随便便，所以不吃力，因为不吃力，所以会觉得有趣。如果一本书拿到手，就满心想道："我在读书了！""我在用功了！"那就容易疲劳，因而减掉兴味，或者变成苦事了。

我看现在的青年，为兴味的读书的是有的，我也常常遇到各样的询问。此刻就将我所想到的说一点，但是只限于文学方面，因为我不明白其他的。

第一，是往往分不清文学和文章。甚至于已经来动手做批评文章的，也免不了这毛病。其实粗粗地说，这是容易分别的。研究文章的历史或理论的，是文学家，是学者；作作诗，或戏曲小说的，是做文章的人，就是古时候所谓文人，此刻所谓创作家。创作家不妨毫不理会文学史或理论，文学家也不妨做不出一句诗。然而中国社会上还很误解，你做几篇小说，便以为你一定懂得小说概论，做几句新诗，就要你讲诗之原理。我也尝见想做小说的青年，先买小说法程和文学史来看。据我看来，是即使将这些书看烂了，和创作也没有什么关系的。

事实上，现在有几个做文章的人，有时也确去做教授。但这是因为中国创作不值钱，养不活自己的缘故。听说美国小说家的一篇中篇小说，时价是二千美金；中国呢，别人我不知道，我自己的短篇寄给大书铺，每篇卖过二十元。当然要寻别的事，例如教书，讲文学。研究是要用理智，要冷静的，而创作须情感，至少总得发点热，于是忽冷忽热，弄得头昏，——这也是职业和嗜好不能合一的苦处。苦倒也罢了，结果还是什么都弄不好。那证据，是试翻世界文学史，那里面的人，几乎没有兼做教授的。

还有一种坏处，是一做教员，未免有顾忌；教授有教授的架子，不能畅所欲言。这或者有人要反驳：那么，你畅所欲言就是了，何必如此小心。然而这是事前的风凉话，一到有事，不知不觉他也要从众来攻击的。而教授自身，纵使自以为怎样放达，下意识里总不免有架子在。所以在外国，称为"教授小说"的东西倒并不少，但是不大有人说好，至少，是总难免有令人发烦的炫学的地方。

所以我想，研究文学是一件事，做文章又是一件事。

第二，我常被询问：要弄文学，应该看什么书？这实在是一个极难回答的问题。先前也曾有几位先生给青年开过一大篇书目。但从我看来，这是没有什么用处的，因为我觉得那都是开书目的先生自己想要看或者未必想要看的书目。我以为倘要弄旧的呢，倒不如姑且靠着张之洞的《书目答问》去摸门径去。倘是新的，研究文学，则自己先看看各种的小本子，如本间久雄的《新文学概论》，厨川白村的《苦闷的象征》，瓦浪斯基们的《苏俄的文艺论战》之类，然后自己再想想，再博览下去。因为文学的理论不像算学，二二一定得四，所以理论很分歧。如第三种，便是俄国的两派的争论，——我附带说一句，近来听说连俄国的小说也不大有人看了，似乎一看见"俄"字就吃惊，其实苏俄的新创作何尝有人介绍，此刻译出的几本，都是革命前的作品，作者在那边都已经被看作反革命的了。倘要看看文艺作品呢，则先看几种名家的选本，从中觉得谁的作品自己最爱看，然后再看这一个作者的专集，然后再从文学史上看看他在史上的位置；倘要知道得更详细，就看一两本这人的传记，那便可以大略了解了。如果专是请教别人，则各人的嗜好不同，总是格不相入的。

第三，说几句关于批评的事。现在因为出版物太多了，——其实有什么呢，而读者因为不胜其纷纭，便渴望批评，于是批评家也便应运而起。批评这东西，对于读者，至少对于和这批评家趣旨相近的读者，是有用的。但中国现在，似乎应该暂作别论。往往有人误以为批评家对于创作是操生杀之权，占文坛的最高位的，就忽而变成批评家；他的灵魂上挂了刀。但是怕自己的立论不周密，便主张主观；有时怕自己的观察别人不看重，又主张客观；有时说自己的作文的根底全是同情，有时将校对者骂得一文不值。凡中国的批评文字，我总是越看越糊涂，如果当真，就要无路可走。印度人是早知道的，有一个很普通的比喻。他们说：一个老翁和一个孩子用一匹驴子驮着货物去出卖，货卖去了，孩子骑驴回来，老翁跟着走。但路人责备他了，说是不晓事，叫老年人徒步，他们便换了一个地位；而旁人又说老人狠心，老人忙将孩子抱到鞍鞯上，后来看见的人却说他们残酷，于是都下来；走了不久，可又有人笑他们了，说他们是呆子，空着现成的驴子却不骑。于是老人对孩子叹息道，我们只剩了一个办法了，是我们两人抬着驴子走。无论读，无论做，倘若旁征博访，结果是往往会弄到抬驴子走的。

不过我并非要大家不看批评，不过说看了之后，仍要看看本书，自己思索，自己做主。看别的书也一样，仍要自己思索，自己观察，倘只看书，便变成书橱，即使自己觉得有趣，而那趣味其实是已在逐渐硬化，逐渐死去了。我先前反对青年躲进研究室，也就是这意思，至今有些学者，还将这话算作我的一条罪状哩。

听说英国的培那特萧（Bernard Shaw），有过这样意思的话：世间最不行的是读书者。因为他只能看别人的思想艺术，不用自己。这也就是勖本华尔（Schopenhauer）之所谓脑子里给别人跑马。较好的是思索者。因为能用自己的生活力了，但还不免是空想，所以更好的是观察者，他用自己的眼睛去读世间这一部活书。

这是的确的，实地经验总比看、听、空想确凿。我先前吃过干荔枝、罐头荔枝、陈年荔枝，并且由这些推想过新鲜的好荔枝。这回吃过了，和我所猜想的不同，非到广东来吃就永不会知道。但我对于萧的所说，还要加一点骑墙的议论。萧是爱尔兰人，立论也不免有些偏激的。我以为假如从广东乡下找一个没有历练的人，叫他从上海到北京或者什么地方，然后问他观察所得，我恐怕是很有限的，因为他没有练习过观察力。所以要观察，还是先要经过思索和读书。

总之，我的意思是很简单的：我们自动的读书，即嗜好的读书，请教别人是大抵无用，只好先行泛览，然后抉择而入于自己所爱的较专的一门或几门；但专读书也有弊病，所以必须和现实社会接触，使所读的书活起来。

【内容提要】

读书分两种情形：一是职业的读书，一是嗜好的读书。所谓职业的读书，是为了学业和工作的需要，不得不读书；

而嗜好的读书则是出于自愿，全不勉强，是离开了利害关系的。应该在做好职业读书的同时，读一些自己有兴趣的书。

弄文学要看文学批评，但读书不要盲从，要做一个思索者和观察者。观察者能用自己的眼睛去读世间这一部活书，但如果没有练习过观察力，所得还是有限的，所以要观察，还是先要经过思索和读书。

【阅读感悟】

鲁迅从小养成的读书习惯，是"书在手头，不管它是什么，总要拿来翻一下"，提倡的是"博采众家，取其所长"。他在《读书杂谈》中建议："应做的功课已完而有余暇，大可以看看各样的书，即使和本业毫不相干的，也要泛览。譬如学理科的，偏看看文学书，学文学的，偏看看科学书，……这样子，对于别人、别事，可以有更深的了解。"

这种"嗜好的读书"对教师也非常适用。

世界之大，无奇不有。读书明理，不妨涉猎广博一些，长久地读单一的书籍，难免有失偏颇，让人头脑单一，陷于混沌。读书的种类要丰富，文学名著，写尽世间百态，人情冷暖，可浸淫其中，体味人生；社科类书籍，可开阔视野，提升见解；理论类书籍，取法先贤，或能开悟……随手取来一本书读读，反复玩味，乐在其中，持之以恒，或有心得。

现代社会，信息爆炸，学生的知识含量早已超出课本许多，学科交叉情况也时常出现，只专精不广博，教师可能连学生的问题和自己的课堂都应对不了。广博的知识，是你站上讲台最重要的资本，而阅读就是最好的备课，阅读视野广阔，获取智慧的概率就更大。所以教师读书贵在打破专业壁垒，理科教师涉猎人文历史哲学，关注经济中的金融风暴……文科教师了解物理化学生物，知道最新科技是什么……只有这样，面对问题才能得心应手，游刃有余。

教师始终是学生参看的榜样。学生从师而学，不只是关注教师的智慧，也会观察教师的学习姿态。学生看不到教师读书的样子，只看到教师终日忙忙碌碌，听到教师一味地告诫学生刻苦，也很难领略"学习"的趣味。教师爱读会读，有智慧，有趣味，有激情，学生观察讲台前站立的这个人，也就可能对"学习"有清晰的认识，明白"人"是如何立起来的。

学校有这样的教师，校园才会有书香，学生跟随读书人，教育才会是生命礼物而不是精神负担。

（张明兰）

【大师名言】

不过只看一个人的著作，结果是不大好的：你就得不到多方面的优点。必须如蜜蜂一样，采过许多花，才能酿出蜜来。倘若叮在一处，所得就有限，枯燥了。

——《给颜黎明的信》

读死书会变成书呆子，甚至于成为书橱……读死书是害己，一开口就害人。

——《读几本书》

"随便翻翻"是用各种别的矿石来比的方法,很费事,没有用真的金矿来比得明白、简单。我看现在青年常在问人该读什么书,就是要看一看真金,免得受硫化铜的欺骗。而且一识得真金,一面也就真的识得了硫化铜,一举两得了。

——《随便翻翻》

读书的方法

吕思勉（1884—1957），历史学家。江苏武进（今常州）人。曾任上海光华大学教授、历史系主任。1951年起，任华东师范大学教授。生平从事中国古代史研究，1921年出版《白话本国史》四册，是较早的一部有系统的中国通史，对当时史学界有一定影响。后又著成《中国通史》两册。晚年从事断代史研究，先后出版有《先秦史》《秦汉史》《两晋南北朝史》《隋唐五代史》等。另著有《中国民族史》《史通评》《燕石札记》等书。生平勤于写读史札记，着重综合研究，讲究融会贯通，有《吕思勉读史札记》。

读书，到底是有益的，还是有害的事？这话是很难说的。"学问在于空间，不在于纸上。"要读书，先得要知道书上所说的，就是社会上的什么事实。如其所说的明明是封建时代的民情，你却把来解释资本主义时代的现象；所说的明明是专制时代的治法，你却把来应付民治主义时代的潮流；那就大错了。从古以来，迂儒误国；甚至被人讪笑不懂世事；其根源全在于此。所以读书第一要留心书上所说的话，就是社会的何种事实。这是第一要义。这一着一差，满盘都没有是处了。

知道书上的某种话，就是社会上的某种事实，书就可以读了。那么，用何种方法去读呢？

在《书经》的《洪范篇》上，有"沉潜刚克，高明柔克"两句话。这两句话，是被向来讲身心修养的人，看作天性不同的两种人所走的两条路径的。其实讲研究学问的方法，亦不外乎此。这两种方法：前一种是深入乎一事中，范围较窄，而用力却较深的；后一种则范围较广，而用功却较浅。这两种方法：前一种是造就专家，后一种则养成通才。固然，走哪一条路，由于各人性之所近，然其实是不可偏废的。学问之家，或主精研，或主博涉，不过就其所注重者而言，决不是精研之家，可以蔽聪塞明，于一个窄小的范围以外，一无所知，亦不是博涉之家，一味地贪多务得，而一切不能深入。

治学的程序，从理论上讲：第一，当先知现在共有几种重要的学问。第二，每一种学问，该知道它现在的情形是如何？最重要的，有哪部书？第三，对于各种重要学问，都得知其崖略。第四，自己专门研究的学问，则更须知道得深一些。第五，如此者，用功既深，或则对于某种现象，觉得其足资研究，而昔人尚未研究及之，我们便可扩充研究的范围。又或某种现象，昔人虽已加以分析，然尚嫌其不够细密，我们就可再加分析，划定一更小的范围，以资研究。又或综合前人的所得，更成立一个较大的范围。又或于前人所遗漏的加以补充，错误的加以改正。如此，就能使新学问成立，或旧学问进步了。然则入手之初，具体的方法，又当如何呢？那亦不外乎刚克、柔克，二者并用。

　　专门研究的书，是要用沉潜刚克的方法的。先择定一种，作为研究的中心，再选择几种，作为参考之用。"一部书的教师，是最不值钱的。"一部书的学者，亦何莫不然。这不关乎书的好坏。再好的，也不能把一切问题包括无遗的，至少不能同样注重。这因为著者的学识，各有其独到之处，于此有所重，于彼必有所轻。如其各方面皆无所畸轻，则亦各方面无所畸重，其书就一无特色了。无特色之书，读之不易有所得。然有特色的书，亦只会注重于一两方面，而读者所要知道的，却不是以这一两方面为限的。这是读书所以要用几种书互相参考的理由。这一层亦是最为要紧的。每一种书中，必有若干问题，每一个问题，须有一个答案，这一个答案，就是这一种学问中应该明白的义理。我们必须把它弄清楚，而每一条义理，都不是孤立的，各个问题必定互相关联。把它们联结起来,就又得一种更高的道理,这不但一种学问是如此,把各种学问联结起来,亦是如此,生物学中竞争和互助的作用,物理学生质力不灭的法则,都可以应用到社会科学上。便是一个最浅显的例子,学校的教授,有益于青年,其故安在?那(1)缘其所设立的科目,必系现今较重要的学问;(2)缘其所讲授的,必系一种学问中最重要的部分;(3)而随着学生的进修,又有教师为之辅导,然即无缘入学的青年,苟能留意于学问的门径,并随时向有学问者请益,亦决不是不可以自修的。

  基础的科学,我们该用沉潜刚克的法子,此外随时泛滥,务求其所涉者广,以恢廓我们的境界,发抒我们的意气的,则宜用高明柔克的法子。昔人譬喻如用兵时的略地,一过就算了,不求深入。这种涉猎,能使我们的见解,不局于一隅,而不至为窒塞不通之论。这亦是很要紧的。因为近代的专门学者,往往易犯此病。

  两途并进,"俛焉日有孳孳",我想必极有趣味。"日计不足,月计有余",隔一个时期,反省一番,就觉得功夫不是白用的了。程伊川先生说:"不学便老而衰。"世界上哪一种人是没有进步的?只有不学的人。

【内容提要】

  读书要留心书上所说的话反映社会何种事实,这是第一要义。在此基础上用"沉潜刚克,高明柔克"的方法。前者深入一事,用力较深;后者范围较广,而用功较浅。二者不可偏废。专门研究的书,用沉潜刚克的方法。先择定一种,作为研究的中心,再选择几种,作为参考。把书中的义理联结起来,就又得一种更高的道理。把各种学问联结起来,亦是如此。此外随时泛滥,务求其所涉者广,以恢廓境界,发抒意气的,宜用高明柔克的法子。这种涉猎,能使我们的见解,不局于一隅。两途并进,时时反省,功夫就不是白用的了。

【阅读感悟】

"沉潜刚克,高明柔克。"吕思勉先生认为,研究学问的方法,不外乎此。二者不可偏废。"沉潜"二字,于我尤是一种点醒。生于俗世,俗务缠身。多少次捧起的书本,因为种种琐事又放下,在这个喧哗与躁动的时代,静下心来读书似乎成了一种奢侈。其实,又怎么能把这一切归咎于时代呢?究其本源,还是自身未达到"沉潜刚克"的境界吧。

何谓"沉潜"?"沉"是沉静下来,"潜"是潜入进去。

沉静下来,就是要能拒绝诱惑,心无旁骛;甘于寂寞,享受孤独。林徽因说:"真正的平静,不是避开车马喧嚣,而是在心中修篱种菊。"除却浮躁和急功近利,需要有明确的目标,秉承一颗初心。不忘初心,才能在繁华处沉潜,在寂寞地坚执。吕思勉先生默默耕耘,不喜应酬,不求闻达,自甘寂寞,五十年笔耕不辍;钱锺书《管锥编》后声名鹊起,却闭门治学,对慕名而来者"避之唯恐不及"。正因为他们看中的是内心的丰盈与满足,更执着的是一颗做学问的初心。作为教育工作者,应秉承一颗终生学习、传承文明的初心,在教书育人的道路上砥砺前行。

潜入进去,就是要有水滴石穿的毅力,专心一域的执着,不浅尝辄止的坚持,厚积薄发的智慧。曹雪芹呕心沥血十余载,成就文学巨著《红楼梦》,司马迁沉寂十四年写成五十二万余字《史记》,歌德更是用六十年之精力凝结而成名剧《浮士德》,他们这冷板凳一坐就是十年、二十年,甚至六十年,他们让我们感受到:应景的只能是应付,浮躁的只能是肤浅,只有潜身才能潜深,只有潜深才能成就深邃与永恒。

然而,沉潜不是偏执,只在一处发力;沉潜不是目不窥园,只在一地耕耘。钉子固然入墙颇深,但范围狭窄。七百多年前意大利先哲圣·托马斯·阿克那斯曾告诫我们:"小心那些只读过一本书的人。"吕先生说:"一部书的教师,是最不值钱的。"再伟大的著作,也必然有所重,有所轻,无法包罗万象。一辈子只咀嚼一本书的人,知识的营养必然贫瘠,视野难免狭窄,思维难以开阔。所以,还需要有广泛的涉猎,选用几本书甚或几个学科领域的知识互为参考,在义理的相互印证中,你会洞见更深的学问。这也就是"高明柔克"的道理。

(邹丽娟)

【大师名言】

读书当各随其时的事实解之,不必执定成见,亦不必强以异时代的事情相比附。

——《中国简史》

学术思想,是一个民族的灵魂,看似虚悬无薄,实则前进的方向全是受其指导。

——《中国简史》

　　要之古书不可轻信，亦不可抹煞。昔人之弊，在信古过甚，不敢轻疑；今人之弊，则又在一概吐弃，而不求其故。

——《吕思勉谈读书治学》

阅读什么

夏丏尊（1886—1946），作家、出版家。浙江上虞人。早年留学日本弘文学院。1907年回国，先后执教于浙江两级师范学堂、湖南第一师范、春晖中学、暨南大学等校。曾任开明书店总编辑，是中国新文学运动的先驱。他提倡人格教育和爱的教育，对学生既严格要求又关怀备至。在语文教学上，提倡白话文，是中国最早提倡语文教学革新的人。与陈望道、刘大白、李次九等三人积极支持新文化运动。1930年创办《中学生》杂志。1936年被选为中国文艺家协会主席。1937年创办《月报杂志》，任社长。著有散文集《平屋杂文》，并译有意大利亚米契斯的《爱的教育》。

阅读什么

中学生诸君：

我在这回播音所担任的是中学国语科的节目。国语科有好几个方面，我想对诸君讲的是些关于阅读方面的话。预备分两次讲，一次讲"阅读什么"，一次讲"怎样阅读"。今天先讲"阅读什么"。

让我在未讲到正文以前，先发一句荒唐的议论。我以为书这东西是有消灭的一天的。书只是供给知识的一种工具，供给知识其实并不一定要靠书。试想，人类的历史不知已有多少年，书的历史比较起来是很短很短的。太古的时代并没有书，可是人类也竟能生活下来，他们的知识远不及近代人，却也不能说全没有知识。足见书不是知识的唯一的来源，要得知识并不一定要靠书的了。古代的事，我们只好凭想象来说，或者有些不可靠，再看现在的情形吧。今天的讲演是用无线电播送给诸君听的，假定听的有一万人，如果我讲得好，有益于诸君，那效力就等于一万个人各读了一册"读书法"或"读书指导"之类的书了。我们现在除无线电话以外还有电影可以利用，历史上的事件，科学上的制造，如果用电影来演出，功效等于读历史书和科学书。假定有这么一天，无线电话和电影发达得很进步普遍，放送的材料有人好好编制，适于各种人的需要，那么书的用处会逐渐消灭，因为这些利器已可代替书了。我们因了想象知道太古时代没有书，将来也可不必有书，书的需要，可以说是一种过渡时代的现象。

今天所讲的题目是"阅读什么",方才这番议论好像有些荒唐,文不对题。其实我的意思只是想借此破除许多读书的错误观念。我也承认书本在今日还是有用的,我们生存在今日,要求知识,最普通、最经济的方法还是读书。可是一向传下来的读书观念,还有许多是错误的。有些人把读书认为是高尚的风雅事情,把书本当作好玩品、古董品,好像书这东西是与实际生活无关,读书是实际生活以外的消遣工作。有些人把书认为是唯一的求学的工具,以为所谓求知识就是读书的别名,书本以外没有知识的来路。这两种观念都是错误的,犯前一种错误的以一般人为多,犯后一种错误的大概是青年人,尤其是日日手捏书本的中学生诸君。

我以为书只是求知识的工具之一,我们为了要生活,要使生活的技能充实,就得求知识。所谓知识,绝不是什么装饰品,只是用来应付生活、改进生活的技能。譬如说,我们因为要在自然界中生存,要知道利用自然界、理解自然界的情形,才去学习物理、化学和算学等科目;我们因为要在这世界上做人,才去学习世界情形,修习世界史和世界地理等科目;我们因为要做现在的中国人民,才去学习本国历史、地理、公民等科目。学习的方法可有各式各样,有时需用实验的方法,有时需用观察的方法,有时需用演习的方法,并不一定都依靠书。只因为书是文字写成的,文字是最便利的东西,可把世间一切的事情、一切的道理都记载出来,印成了书,随时随地可以翻看,所以书就成了求知识的重要的工具,值得大众来阅读了。

以上是我对于书的估价，下面就要讲到今天的题目"阅读什么"了。

青年人应该读些什么书？这是一个从古以来的大问题，对于这问题从古就有许多人发表过许多议论，近十年来这问题也着实热闹，有好几位先生替青年开过书目单，其中比较有名的是梁启超先生和胡适之先生所开的单子。诸君之中想必有许多人见过这些单子的。我今天不想再替诸君另开单子，只想大略地告诉诸君几个着手的方向。

我想把读书和生活两件事连成一气、打成一片来说。在我的见解，读书并不是风雅的勾当，是改进生活、丰富生活的手段；书籍并不是茶余酒后的消遣品，乃是培养生活上知识技能的工具。一个人该读些什么书，看些什么书，要依了他自己的生活来决定、来选择。我主张把阅读的范围，分成三个：一是关于自己的职务的，二是参考用的，三是关于趣味或修养的。举例子来说，做内科医生的，第一，应该阅读的是关于内科的书籍杂志，这是关于自己职务的阅读，属于第一类。次之，是和自己的职务无直接关系，可以作研究上的参考，使自己的专门知识更丰富确切的书，如因疟疾的研究，而注意到蚊子的种类，便去翻某种生物学书；因了疟蚊的分布，便去翻阅某种地理书；因了某种药物的性质，便去查检某种的植物书、矿物书；因了某一词的怀疑，便去翻查某种辞典，这是参考的阅读，属于第二类。再次之，这位医生除了医生的职务以外，当然还有趣味或修养的生活，在趣味方面，他如果是喜欢下围棋的，不妨看看关于围棋的书；如果是喜欢摄影的，不妨看看关于摄影的书；如果是喜欢文艺的，不妨看看诗歌、小说一类的书。在修养方面，他如果是有志于品性的修炼的，自然会去看名人传记或经典格言之类的书；如果是觉得自己身体非锻炼不可的，自然会去看游泳、运动之类的书。这是趣味或修养方面的阅读，属于第三类。第一类关于职务的书是各人不相同的，银行家所该阅读的书和工程师不同，农业家所该阅读的书和音乐家不同。第二类的参考书，是因了专门业务的研究随时连带牵涉到的，也不能划出一定的种数。至于第三类的关于趣味或修养的书，更该让各个人自由分别选定。总而言之，读书和生活应该有密切的关联。

上面我把阅读的范围分为三个：一是关于个人职务的；二是参考的；三是关于趣味或修养的。下面我将根据这几个原则对中学生诸君讲"阅读什么"的问题。

先讲关于职务的阅读。诸君的职务是什么呢？诸君是中学生，职务就在学习中学校的各种功课。诸君将来也许会做官吏、做律师、开商店、做教师，各有各的职务吧，现在却都在中学校受着中等教育，把中学校所规定的各种功课好好学习，就是诸君的职务了。诸君在职务上该阅读的书，不是别的，就是学校规定的各种教科书。诸君对于我这番话也许会认为无聊吧，也许有人说，我们每日捧了教科书上课堂、下课堂，本来天天在和教科书作伴侣，何必再要你来嘈杂呢？可是，我说这番话，自信态度是诚恳的。不瞒诸君说，我也曾当过许多年的中学教师，据我所晓得的情形，中学生里面能够好好地阅读教科书的人并不十分多。有些中学生喜欢读小说，随便看杂志，把教科书丢在一边；有些中学生爱读英文或国文，看到理化算学的书就头痛。这显然是一种偏向的坏现象。一般的中学生虽没有这种偏向的情形，也似乎未能充分地利用教科书。教科书专为学习而编，所记载的只是各种学科的大纲，原并不是什么了不得的著作，但对于学习还是有价值的工具。学习一种功课，应该以教科书为基础，再从各方面加以扩充，加以比较、观察、实验、证明等种种切实的工夫，并非胡乱阅读几遍就可了事。举例来说，国语科的读本，通常是用几篇选文编成的，假定一册国文读本共有三十篇文章，你光是把这三十篇文章读过几遍，还是不够，你应该依据这些文章做种种进一步的学习，如文法上的习惯咧、修辞上的方式咧、断句和分段的式样咧，诸如此类的事项，你都须依据这些文章来学习，收得扼要的知识才行。仅仅记牢了文章中所记的几个故事或几种议论，不能算学过国语一科的。再举一个例子来说，算学教科书里有许多习题，你得一个一个地演习，这些习题，一方面是定理或原则的实际上的应用，一方面是使你对于已经学过的定理或原则更加明了的。例如四则问题有种种花样，龟鹤算咧、时计算咧、父子年岁算咧，你如果只演习了一个个的习题，而不能发现这些习题中的共通的关系或法则，也不好称为已学会了四则。依照这条件来说，阅读教科书，并非容易简单的工作了。中学科目有十几门，每门的教科书先该平均地好好阅读，因为学习这些科目是诸君现在的职务。

次之讲到参考书。如果诸君之中有人问我，关于某一科应看些什么参考书？我总是无法回答。我以为参考书的需要因特种的题目而发生，是临时的，不能预先决定。干脆地说，对于第一种职务的书籍阅读得马马虎虎的人，根本没有阅读参考书的必要。要参考，先得有题目，如果心里并无想查究的题目，随便拿一本书来东翻西翻，是毫无意味的傻事，等于在不想查生字的时候去胡乱翻字典。就国语科举例来说，诸君在国语教科书里读到一篇陶潜的《桃花源记》，如果有不曾明白的词，得翻辞典，这时辞典（假定是《辞源》）就成了参考书。这篇文章是晋朝人做的，如果诸君觉得和别时代人所写的情味有些两样，要想知道晋代文学的情形，就会去翻《中国文学史》（假定是谢无量编的《中国文学史》），这时《中国文学史》就成了诸君的参考书。这篇文章里所写的是一种乌托邦思想，诸君平日因了师友的指教，知道英国有一位名叫马列斯的社会思想家写过一本《理想乡消息》和陶潜所写的性质相近，拿来比较，这时，《理想乡消息》就成了诸君的参考书。这篇文章是属于记叙一类的，诸君如果想明白记叙文的格式，去翻看《记叙文作法》（假定是孙俍工编的），这时《记叙文作法》就成了诸君的参考书。还有，这篇文章的作者叫陶潜，诸君如果想知道他的为人，去翻《晋书·陶潜传》或《陶集》，这时《晋书·陶潜传》或《陶集》就成了诸君的参考书。这许多参考书是因为有了题目才发生的，没有题目，参考无从做起，学校图书室虽藏着许多的书，诸君自己虽买有许多的书，也毫无用处。国语科如此，别的科目也一样。诸君上历史课听教师讲"英国的工业革命"一课，如果对于这件历史上的事迹，发生了兴趣或问题，就自然会请问教师，得到许多的参考书，图书馆里藏着的《英国史》、各种经济书类，以及近来杂志上所发表过的和这事有关系的单篇文字,都成了诸君的参考书了。所以,我以为参考书不能预先开单子,只能照了所想参考的题目临时来决定。在到图书馆去寻参考书以前,我们应该先问自己,我所想参考的题目是什么?有了题目,不知道找什么书好,这是可以问教师、问朋友、查书目的,最怕的是连题目都没有。

  上面所讲的是关于参考书的话。再次,要讲第三种关于趣味修养的书了。这类的书可以说是和学校功课无关的,不妨全然照了自己的嗜好和需要来选择。一个人的趣味是会变更的,一时喜欢绘画的人,也许不久会喜欢音乐;喜欢文学的人,也许后来会喜欢宗教。至于修养,方面更广,变动的情形更多。在某时候觉得自己身心上的缺点在甲方面,该补充矫正;过了些时,也许会觉得自己身心上的缺点在乙方面,该补充矫正了。这种自然的变更,原不该勉强拘束,最好在某一时期,勿把目标更动。这一星期读陶诗,下一星期读西洋绘画史,趣味就无法涵养了。这一星期读《曾国藩家书》,下一星期读程、朱语录,修养就难得效果了。所以,我以为这类的书,在同一时期中,种数不必多,选择却要精。选定一二种,须定了时期来好好地读。假定这学期定好了某一种趣味上的书,某一种修养上的书,不妨只管读去。正课以外,有闲暇就读,星期日读,每日功课完毕后读,旅行的时候在车上船上读,逛公园的时候坐在草地上读,如果读到学期完了,还不厌倦,下学期依旧再读,读到厌倦了为止。诸君听了我这番话,也许会骇异吧。我自问不敢欺骗诸君,诸君读这类书,目的不在会考通过,也不在毕业迟早,完全为了自己受用,一种书读一年、读半年,全是诸位的自由,但求有益于自己就是，用不着计较时间的长短。把自己欢喜读的书永久地读，是有意义的。赵普读《论语》，是有名的历史故事。日本有一位文学家名叫坪内逍遥的，新近才死，他活了近 80 岁，却读了五十多年的莎士比亚剧本。

我的话已完了，现在来一个结束。我以为，书是供给知识的一种工具，读书是改进生活、丰富生活的手段，该读些什么书要依了生活来决定选择。首先该阅读的是关于职务的书，第二是参考书，第三是关于趣味或修养的书。中学生先该把教科书好好地阅读，因为中学生的职务就在学习中学校课程。参考书可因了所要参考的题目去决定，最要紧的是发现题目，至于趣味修养的书可自由选择，种数不必多，选择要精，读到厌倦了才更换。

【内容提要】

书这东西是有消灭的一天的。书只是供给知识的一种工具，供给知识，其实并不一定要靠书。太古时代没有书，将来也可不必有书，书的需要，可以说是一种过渡时代的现象。学习的方法可有各式各样，有时须用实验的方法，有时须用观察的方法，有时须用演习的方法，并不一定都依靠书。读书并不是风雅的勾当，是改进生活、丰富生活的手段，书籍并不是茶余酒后的消遣品，乃是培养生活上知识技能的工具。一个人该读些什么书，看些什么书，要依了他自己的生活来决定、来选择。首先该阅读的是关于职务的书，第二是参考书，第三是关于趣味修养的书。

【阅读感悟】

　　文人雅士会说书是人类智慧的结晶，凡夫会看到书中的"黄金屋""颜如玉"的世俗功用。大概没有人会否认书籍的重要，但是夏丏尊却说书籍会消亡！这在当时可以称得上是极其有远见的观点。是啊，站在人类几百万年的历史长河上俯瞰，书籍这出世未久的小娇儿，很可能在人工智能的浪潮下形变为人脑中的芯片。那么以文字为载体，靠视觉吸收信息的书籍，也许在某一天就遁于无形之中。现在"电子书"不是很普及了吗？用手机和电脑读书的人不是越来越多吗？可是，这和以前捧着一本纸质的书阅读有什么本质区别？头脑冷静下来想想，无论有形还是无形，"书籍"这个概念永远会存在，因为人类的一切文明成果都需要"书籍"这个载体。只不过这个载体在形式上发生了巨大的改变，在实质功能上并没有什么不同。

　　随着阅读的现代化手段不断变化，值得注意的是，很多人又回过头来重视纸质书籍。纸质书在形式上更具真实感和文化重量，也使读者更能体会到阅读的氛围和趣味。它能够令读者心无旁骛，更深入地投入到阅读当中。纸质书不仅可以提供文字之美，更可以通过图书的装帧、设计以及纸张的质感，甚至是印刷带来的墨香，创造一个整体的美的氛围。倒是读电子书，看似方便，实际上不仅对人的身体有很多的损害（尤其是眼睛），而且还很容易分散人的阅读注意力，一不留神就钻进来一个广告，一不小心就插进一段视频，要专心致志阅读，还真需要一种定力。很多人信誓旦旦，为了所谓的方便迅捷，所谓获得更大的阅读信息量，视电子产品为宝贝，读着读着就被阅读以外的信息俘虏了。看看我们身边，这样的人还少吗？

其实，夏丏尊先生在二十世纪提出书籍消亡说，看似荒谬的言论背后却深藏师长对学生的关切，时代进步快，读书要抓紧。读书是改进生活、丰富生活的手段，是培养生活上知识技能的工具。

既然书籍还未消亡，在人类文明正值青春的黄金时代，渺如蝼蚁的生命个体如能少些低俗的消遣，多些对规律的探究、对真理的追寻，那么，在时间长河中，我们亦曾卷起过一丝小小的浪花，推动了历史的一点点进步，这就足够了！

（胡　晶）

【大师名言】

要谈中学生的国文学习法，先须预定中学生应具的国文程度。有了一定的程度，然后学习才有目标，也才有学习法可言。

——《关于国文的学习》

阅读的人如不能抽出这潜藏在文字背后的真意，只就每句的文字表面支离求解，结果每句是懂了，而全文的真意所在仍是茫然。

——《关于国文的学习》

读过一篇文字，不但收得其本身的效果，还可以连带了习得种种的知识。较之胡乱读过就算者，有天渊之差了。知识不是可以孤立求得的，必须有所凭借，就了某一点分头扩张追讨，愈追讨关联愈多，范围也愈广。好比雪球，愈滚愈会加大起来。

——《关于国文的学习》

青年与古书

钱玄同（1887—1939），语言文字学家。原名钱夏，字德潜，又号疑古、逸谷，常效古法将号缀于名字之前，称为疑古玄同。浙江吴兴（今湖州）人。吴越国太祖武肃王钱镠之后。早年留学日本，师事章炳麟。历任北京大学、北京师范大学教授。五四时期参加新文化运动，提倡白话文，致力于国语运动和汉字改革，曾创议并参加拟制国语罗马字拼音方案。著有《文字学音篇》及《重论经今古文学问题》《古韵二十八部音读之假定》《古音无邪纽证》等论文。今编有《钱玄同先生五四时期言论集》。

现在的青年，应不应该叫他们读古书，这是教育上一个很重要的问题。社会上对于这问题的意见，约有三派：

（甲）主张应该读的。这又可分为两派。A派以为："古书中记着许多古圣先贤的懿训格言和丰功伟绩，我们应该遵照办理；古书的文章又是好到了不得的，我们应该拿它来句摹字拟。"这派算是较旧派。B派对于A派的议论也以为然，不过还要加上几句话，便是什么"国于天地，必有与立，中国的道德文章是我们的国魂国粹，做了中国人便有保存它光大它的义务；这些国魂国粹存在于古书之中，所以古书是应该读的"这类话。这派自命为新派。

（乙）主张不应该读的。他们以为："中国过去的道德，是帝王愚民的工具；中国过去的文章，是贵族消遣的玩意儿。它在过去时代即使适用，但现在时移世易，它已经成为历史上的僵尸了。我们自己受它的累真受够了，断不可再拿它来贻误青年。所以青年不应该再读古书。"这派中还有人以为："中国过去的文化，和辫子小脚是同等的东西。这些东西，赶快廓清它还来不及，把它扔到茅厕里去才是正办，怎么还可以叫青年去遵照办理呢！"

（丙）也主张应该读的，可是和甲派绝对不同。他们以为："古书上的记载的都是中国历史（广义的，后同）的材料。人类的思想是不断地演进的，绝非凭空发生的，所以我们一切思想决不能不受旧文化的影响，决不能和我们的历史完全脱离关系。因为如此，所以不论我们的历史是光荣的或是耻辱的,我们都应该知道它。这是应该读古书的理由。"

我对于这三派的议论,是同意于丙派的。现在先把甲乙两派批评一下。甲派之中,A派的主张,完全不成话;用乙派的话,足以打倒它了。至于B派,虽然自命为新派,其实他那颟顸之态既无异于A派,而虚骄之气乃更甚于A派。国魂国粹是什么法宝,捧住了它,国家便不会倒霉了吗?那么,要请问,两千年来,天天捧住这法宝,并未失手,何以五胡、沙陀、契丹、女真、蒙古、满洲闯了进来,法宝竟不能耀灵,而捧法宝的人对于闯入者,只好连忙双膝跪倒,摇尾乞怜,三呼万岁,希图苟延蚁命?这样还不够,他们又把这种法宝献给闯入者,闯入者便拿它来往他们头上一套,像唐僧给孙行者戴上观音菩萨送来的嵌金花帽那样;套好之后,闯入者也像唐僧那样,念起紧箍儿咒来,于是他们便过那猪圈里的生活了。嘿!真好法宝!原来有这样的妙用!到了近年,帝国主义者用了机关枪大炮等来轰射,把大门轰破了,有几个特殊的少数人溜到人家家里去望望,望见人家请了赛先生(Science)、德先生(Democracy)、穆姑娘(Moral)当家,把家道弄得非常地兴旺,觉得有些自惭形秽,于是恍然大悟,幡然改图,回来想要如法炮制。最高明的,主张"欧化全盘承受";最不济的,也来说什么"西学为用"。这总要算大病之后有了一线生机。不意他们"猪油蒙了心",还要从灰堆里扒出那件法宝来自欺欺人,要把这一线生机摧残夭阏,真可谓想入非非!说他虚骄,还是客气的话,老实说吧,这简直是发昏做梦,简直是不要脸!抱了这种谬见去叫青年读古书，真是把青年骗进"十绝阵"中去送死！

乙派的见解，我认为大致是对的。他们之中，有把旧文化看得与辫子小脚同等，说应该把它扔到茅厕里去。这话在温和派看来，自然要嫌他过火，批他为偏激；这或者也是对的。但是现在甲派的惑世诬民，方兴未艾，他们要"率兽食人"，则有心人焉能遏止其愤慨？我以为乙派措辞虽似偏激，而在现在是不可少的。我们即使不作过情之论，也应该这样说：旧文化的价值虽不是都和辫子小脚同等，但现在的人不再去遵守它的决心却应该和不再留辫子不再缠小脚的决心一样；旧文化虽然不必一定把它的全数扔下茅厕，却总应该把它的极大多数束之高阁！

可是无论说扔下茅厕吧，说束之高阁吧，这自然都是指应该有这样的精神而言，自然不是真把一部一部的古书扔下茅厕或束之高阁。那么，古书汗牛充栋，触目皆是，谁有遮眼法能够不给青年看见呢？有人说：遮眼法之说不过是戏谈，而禁止阅看或者可以办到。我说：禁止之法，乃是秦之嬴政与清之爱新觉罗·弘历这种独夫民贼干的把戏，我们可以效法吗？要是禁止了而他们偷看，难道可以大兴文字狱而坑他们吗？

据我看来，青年非不可读古书，而且为了解过去文化计，古书还是应该读它的。古书是古人思想、情感、行为的记录，它在现代，只是想得到旧文化的知识者之工具而已。工具本是给人们使用的东西，但使用之必有其道。得其道，则工具定可利人；不得其道，则工具或将杀人。例如刀，工具也，会使的人，可以拿它来裁纸切肉；不会使的，不免要闹到割破手指头了。使用古书之道若何？曰：不管它是经是史是子是集（经史子集这种分类，本是不通之至的办法），一律都当它历史看；看它是为了要满足我们想知道历史的欲望，绝对不是要在此中找出我们应该遵守的道德的训条、行事的轨范、文章的义法来。

若问为什么要知道历史，却有两种说法。一是人类本有求知的天性，无论什么东西，他都想知道，祖先的历史当然也在其中。这是为知道历史而知道历史，质言之，是无所为的。一是我们现在的境遇，不能不说是倒霉之至了。这倒霉之至的境遇是谁给我们的？是祖先给的呀。我常说，两千年来历代祖先所造的恶因，要我们现在来食此恶果。我们食恶果的痛苦是没法规避的，只有咬紧牙根忍受之一法。但我们还该查考明白，祖先究竟种了多少恶因；还有，祖先于恶因之外，是否也曾略种了些善因。查考明白了，对于甚多的恶因，应该尽力芟夷；对于仅有的善因，更应该竭诚向邻家去借清水和肥料来尽力浇灌，竭力培植。凡此恶因或善因的账，记在古书上的很不少（自然不能说大全），要做查账委员的人，便有读古书之必要了。这是为除旧布新而知道历史，是有所为的。无论无所为或有所为，只要是用研究历史的态度来读古书，都是很正常的。

对于青年读古书，引纳于正轨而勿使走入迷途，这是知识阶级的责任。但是近来看见《京报副刊》中知识阶级所开列"青年必读书"，有道理的固然也有，而离奇的选择、荒谬的说明，可真不少。我对于这般知识阶级，颇有几分不信任，觉得配得上做青年的导师的实在不多,而想把青年骗进"十绝阵"去的触目皆是。这实在是青年们的不幸。可是,这又有什么法想呢?

  古书虽然可读,可是实在难读。怎样解决这难关,也是一个难于回答的问题。这个问题,浅陋的我,当然更没有解决的法子,不过或者有几句废话要说,这个,过些日子再谈吧。

【内容提要】

  青年应不应该读古书?有人认为,古书中记着许多古圣先贤的懿训格言和丰功伟烈,我们应该遵照办理;中国的道德文章是我们的国魂国粹,我们有保存它光大它的义务;有人认为,中国过去的道德,是帝王愚民的工具;中国过去的文章,是贵族的一种消遣。时移世易,不能拿历史上的僵尸贻误青年;还有人认为,人类的思想是不断地演进的,我们一切思想决不能不受旧文化的影响,决不能和我们的历史完全脱离关系。其实,古书是古人思想、情感、行为的记录,只是工具而已。只要是用研究历史的态度来读古书,都是很正常的。引导青年读古书勿使其走入迷途,是知识阶级的责任。

【阅读感悟】

  作为教师,你听到过这样的声音吗?我们为什么要学国学?难道我们要继承封建纲常伦理思想?难道还要提倡压抑人性、个性?难道还要去研究帝王之术、权谋之方?"民可使由之,不可使知之",你能接受吗?在"唯女子与小人为难养也"的观点面前,作为"女子"和"小人",你不感到气愤?难道我们刻苦学习是为了"书中自有黄金屋,书中自有颜如玉"?你不觉得《弟子规》会严重影响孩子的心理发育?站在家长制的角度上看问题的《弟子规》不是在压抑人的个性?

大家应该很熟悉这种声音,因为它快要击穿我们的耳膜,事实上这种声音在20世纪20年代也如雷贯耳。你听,钱玄同先生的文章中,是不是就有这种声音的回响?青年人读古书,这不是拿历史上的僵尸贻误青年?作为教师,该当何罪?可是钱先生不这样看,古书是古人思想、情感、行为的记录,只要用研究历史的态度来读古书就是正常的。

中华民族是历史悠久的民族,能够绵延几千年,是因为有了中华文化这个基因。时代在发展,社会的节奏在加快,我们要立足于世界之林,就不能动摇传统文化的根基。国学作为传统文化载体,集结了先人的智慧,是我们的精神支柱,它直接地、自然地影响我们的思维方式和行为准则。它给了我们一种文化自信。从个人角度来说,国学经典有益于人格智能的培养,它可以帮助我们修身养性,教会我们怎么做一个有价值的人。总之,国学给我们更多的是精神层面的享受。

在学习国学活动中,有一种观点,那就是"吸取精华,剔除糟粕"。可是究竟哪些是精华,哪些是糟粕,原本见仁见智。如果没有自己的眼光,势必严重误判。

我们为什么不能在一种嘈杂的声音中平静下来?我们为什么很容易被一种极端的观点牵着鼻子走?是因为我们的思维有问题。我们不能够一分为二地看世界,我们不能够透过现象看到事物的本质,所以我们常常迷惑。这种思维不仅会影响我们对待青年读古书(在今天读国学经典)的正确判断,也会影响我们看清现在这个多元的社会。

在今天中小学全面开展学习国学、弘扬传统文化的热潮中,我们担负着引导青少年的责任,应该静心聆听一下钱玄同先生的声音。

(黄德灿)

【大师名言】

我们研究的时候应该常持怀疑的态度才是。我们要是发现了一部书的可疑之点,便不应该再去轻信它;尤其不应该替它设法弥缝。

——《研究国学应该首先知道的事》

我们要看中国书,无论是否研究国学,是否研究国史,这辨伪的工夫是决不能省的。

——《答顾颉刚先生书》

有时读那古人的文章,不过是拿他来做个参考;决不是要句摹字拟,和古人这文做得一模一样的。

——《随感录》

读什么书

陈中凡（1888—1982），古典文学学者。江苏盐城人。1917年毕业于北京大学。历任北京大学国史编纂处纂辑员，北京女子高等师范学校、东南大学、暨南大学、金陵女子文理学院、南京大学教授。1924年主编《国学丛刊》，提倡用科学的方法整理国故。最早研究古代文学批评史，主要著作有《中国文学批评史》《经学通论》《中国韵文通论》《两宋思想述评》等。

现在科学繁重，所以读书要讲求最经济的方法。在从前科举时代，所读的都是中国旧书，但现在学校中各科常识都要研究，读专门书的时间很少，所以读书的观念要改变。在古代，一切书籍多为一般智识者或贵族所垄断，没有现在那样流通，现在是用书时代。书籍是各种智识的宝库，读书为着要解决问题，否则可不必读。我们要用最经济的方法去读最有用的书。

现在各种书籍汗牛充栋，浩繁已极，动植矿物可以分门别类，书也是如此。旧时代采用七分法或四分法。所谓七分法实在只是六分法，例如六艺，后来渐渐觉得这分法太繁。四分法就是把中国旧书分为经、史、子、集四种，但经应该归到文学一类，史是文学书，所以中国旧书可以分为三类，就是史学、哲学思想和文学。现在杜威的十分法，图书馆多经采用，但中国书却不能用那样精密的分法，因为中国书智识很杂，例如《墨子》一部书里要讲到政治、经济、社会等等许多问题，此外也谈到工程学和军学。那么，按照杜威的十分法，你究竟把这部书归入哪一类好呢？这是十分法最大的毛病。总之，在中国旧籍中，只有史学、哲学思想和文学这三类特别发达。我们不能把《淮南子》这部书当作化学，和制豆腐的人不懂得化学原理，不能把制豆腐这件事算是科学一样。我们只能把中国书分成三类。

讲到史学，关于这方面的书籍很多。所谓一部《二十四史》从何处说起，现在我们可以说一部《二十四史》从何处读起。中国的史书大都是帝王家谱，一点用处都没有，可以说没有一种能合于现代史学方法的。史可以分为两种，就是通史和专史。通史或依地方分类，或依时期分类，或依智识分类，或依宗教分类。但这样的通史，中国一部都没有，专史也没有。先说到通史，从前蔡孑民先生主国史编纂处事时曾编过通史，并叫我编教育史。于是我天天从《二十四史》等旧籍中去找材料，遇有和教育有关的，便叫书记抄下去，但这个方法还是不行，后来国史编纂处也就裁撤。那么，究竟用什么方法呢？我们只有用自己方法去钩玄。在史籍中有一部分的神话，是靠不住的、不完全的。此外像纪事本末体这一种书，其内容不相连续，也不算是中国通史，只能算是中国通史的原料或是未成熟的稿本。说到专史，宋代倒有几部学术史，其中有一部叫作《宋儒学案》，要算最完备。明代也有《明儒学案》，到了清代虽有《清儒学案》，但已经是没有什么价值的了。这种专史的材料，我们可以到类书中去找，从《通志》《文献通考》，九通《艺文志》《汉书·艺文志》以及其他经史子集中，我们可以找出许多专门材料。譬如我们把《汉书·礼乐志》《通志》《通考》《乐考》等关于音乐史的材料凑起来，就可以知道古代音乐的起源、乐谱的内容等，再推而至于雕刻、图画之类，也有很多的史实。再说宗教史，中国人可以说是还没有，日本人倒有关于中国佛教史的一类书。

此外关于中国各种重要问题，例如民族问题，像汉之匈奴、唐之突厥，中国哪几次被他们侵略，后来怎样恢复原地等民族消长的情形，在《史记》的《匈奴传》、《通志》的

《四夷传》等篇中,都有详明的记述。还有中国的田赋制以及其他经济制度,我们也可以从类书中去找材料。中国的土地原是公田,在古代有所谓均田井田制,后来渐渐发生买卖土地等情事。于是大部分的土地便被贵族和土豪占据了去。土地革命的事实中国很多,譬如汉朝的王莽就是主张土地革命的一个人。现在所谓平均地权,中国向来已有一部分施行过,我们可以从《三通·食货志》里面找出许多的材料。

中国书很难读,我们要经过一番审查的工夫。从三皇五帝直到《史记》,那时的记载都靠不住,我们不敢相信。自从古物学发现之后,我们知道那时文化很浅,一定做不出那样的书,就是后来的传书也都靠不住,五经也要加以审查,只有算书——例如《周书》——还靠得住,其他都是假的。所以我们要用科学的方法去读古史,我们要懂得地质学、人类学、人种学、算学等科学,不通各科学不能研究古史,要先有普通智识,然后可以进而研究专门学问。

其次要讲到哲学,这是思想的问题。春秋有三大家。第一是道家,就是老子和庄子,他们著书很少。对于这些书有许多人用佛教的眼光去读,这是不对的,我们最好用客观的眼光、用自己的经验去解释,以求其本来的面目,至于一切注释、训诂,都是由后人牵强误会的。第二是儒家,以孔孟为代表。孔子的哲学思想详于《论语》一书,但《孝经》一书却是七十二子以后的人所著的。第三是墨子,包含名家和法家。墨子著有名家的书,法家也有专书,例如《韩非子》。以后到了秦时,产生了一位批评家淮南子,创造了一种批评哲学。汉朝崇尚儒术,但有价值的书很少,董仲舒不过把古人所说的话重说一遍罢了。但那时的名家和法家却很有价值，对于当时的社会情形也批评得很是确当。那时有一种怀疑学派思想，对于儒家，要质问、要讽刺，言论激烈，那就是王充的《论衡》。到了魏晋，一般士大夫喜欢清谈，列子便是魏时的人。那时的人耽于逸乐，富于颓废思想，不想立功立名，只求长生不死，这种思想一部分固然合于医学，但不能认为是一种科学。这还是儒家时代。唐时，代表当时的思想的是佛教，而不是儒家的韩愈。那时的心理学派思想，无论大乘、小乘都很有价值。此外，还有相宗，后来乘与相宗混在一起，儒道墨三家思想互相综合。中国人无论什么事都喜欢综合，譬如外国人写信，在信封上总是先写明街名，然后写到县名、省名，以至国名。中国人却刚刚倒过来，先写国名、省名，然后写县名、街名，思想由大而小，笼统综合，毫无条理，毫无系统。到了宋元明，儒道墨三家思想也合在一起，形成了理学派的思想，其最著名的有朱熹、程颢、程颐的文学，和陆九渊的哲学。最后到了清朝，各种学派渐渐踏上了科学之路，当时有所谓考证派。那时唯理主义和唯情主义两派各趋极端。唯理主义主张打倒一切不合理的思想，而唯情主义的思想家则以为只有有权势的人有理，理为杀人的工具，不合于天下人的欲望，这种思想很有价值。当时社会思想也很发达，有黄梨洲之提倡民族主义，有顾亭林之提倡民生主义，例如山西人的票庄也是顾氏所提倡的。此外，如攻击君主，提倡民权者也有之。

最后讲到文学。研究文学用不着科学方法，科学要求真，而文学则否。文学是感情的产物，愈不近情愈好。文学的目的在表现人生。有环境的关系，它是含有民族性、阶级性、和时代性的，所以一时代有一时代的文学，一民族有一民族的文学，一阶级有一阶级的文学。大概野蛮人感情激烈，平民行为粗豪，对于一切不满意的事，常是信口大骂，出口成章。贵族则把文学当作一种娱乐品，凡事主张含蓄，不主张乐到极点，所谓文人的态度要雍容大雅，要温雅敦厚。这是文学的阶级性，但各有各的特长，我们都不能说哪一种的文学不好。

关于文学书，应读的很多很多，极不容易选择，现在只能提出几个代表作家和他们的代表作品。中国古代是歌谣时代，有许多是神话，是靠不住的、假托的。《诗经》是中国最大的文学宝库，所描写的多是社会实际生活。至于屈原、宋玉的作品，则是属于理想派的，超实际生活的。汉是乐府时代，这是贵族文学，毫无价值，例如祭宗庙的歌，以及铺张扬厉的词赋，都是贵族文学，可不必读。自东汉至隋唐，平民作品很多，平民思想也很发达，那时代表作家有曹家父子，就是曹操、曹植、曹丕。王粲的作品和陶渊明描写山水的诗也很著名。骈文没有什么价值，但王勃的《滕王阁赋》却很好，不过古典太多，读时要查类书，所以不读没有关系。于是进而至于律诗时代，律诗可与音乐合唱。共分两派。第一是李白、杜甫的颓废派，有很多的纪事诗，平民色彩很是浓厚，专描写劳工的痛苦，鸣社会的不平。第二是柳宗元等的山水派。到了南唐，浪漫派的词很盛行，北宋则有苏东坡的豪放派的词。这是词的时代。明末是曲的时代。在元朝就有许多散曲，到了明末，就盛行一时，其最著名的有《昭君和番》，王实甫的浪漫派作品《西厢记》等，所描写的不外乎社会家庭问题和女子痛苦之类。除散曲外，还有许多南曲传奇，其重要的作品有《琵琶记》、汤显祖的《牡丹亭》等，其内容也是有关于家庭问题的。历史剧的出品很多，例如清代的《长生殿》《桃花扇》等，都有很沉痛的描写。词和曲两者的性质刚刚相反：词含意很深，带有弦外余音，曲则尽量发挥，痛快淋漓；词极雅而曲极粗，甚至粗俗得令人看不懂。清代的文学多半学杜甫、陶渊明，带模仿性质，作曲的人很少。说到小说方面，元朝有《水浒》，明朝有《金瓶梅》《三国演义》，清朝有《红楼梦》《儒林外史》。《红楼梦》是描写大家庭的情形，《儒林外史》是描写文人的丑态，是富于讽刺性的社会文学。

现在文学到了新的阶段，文学并没有时间性和地方性的关系，因为人的冲动和感情彼此都是一样。譬如但丁的《神曲》，歌德的《浮士德》和《少年维特之烦恼》等名著，直到现在中国人还是很喜欢读，就是文学的阶级性也并非是固定的，一个阶级也可以了解别个阶级的文学而感受趣味。不过有一点我们应该知道的，就是我们不要模仿前代，我们只可以读古人的名著，来培养自己的感情。

总之，中国的书籍可以分为三大类。至于读书方法的问题，是要先研究科学、数学，以为读书的工具或手段。

【内容提要】

现在科学繁重，学校中各科常识都要研究，读专门书的时间很少，所以读书的观念要改变，要用最经济的方法去读最有用的书。在中国旧籍中,史学、哲学思想和文学这三类特别发达,故而把中国书分成此三类。史书很多,但内容庞杂,缺乏连续性,故我们要用科学的方法去读古史。哲学书籍,相关注释、训诂很多,我们最好用客观的眼光、用自己的经验去求其本来的面目。研究文学用不着科学方法,但我们不要模仿前代,只可读古人的名著,来培养自己的感情。

【阅读感悟】

陈中凡的文章题目是"读什么书",但内容更多的是在介绍中国书籍三大类别的基础上,告诉读者"怎样读书"。诚然,二者不可分割,不同的书有不同的读法,因取舍有道,故应对有别。

先说"读什么书"。陈老认为"读书为着要解决问题,否则可不必读。我们要用最经济的方法去读最有用的书"。这本是饱读诗书者给后辈的建议,但听起来总有些师长说教的味道。"学习这么紧张,哪有工夫读闲书?""新闻热点、素材积累对考试有帮助,一定要多看看",类似的话,当学生的估计耳朵都听出了茧子。功利取代兴致,阅读的收获可想而知。如果不是博览群书的专业学者,我的观点是,不必抱着解决问题的目的,尽可能地多读书,越多越好。五柳先生"好读书,不求甚解,每有会意,便欣然忘食",是为沉醉;木心十九岁,带着两大箱子书,孤身前往莫干山,寂寞山居,览尽书海,是为丰盈;俞敏洪北京大学念书时,作为后进生,为了追赶优等生,4年读了800多本书,基本是在图书馆泡过来的;《锵锵三人行》中被公认为"渊博"的梁文道每天保持5—6小时的阅读，只为"理解和包容这个世界的复杂性"。如果可以，无论什么身份什么年龄，各类书籍广泛阅读，有了储备，有了眼界，才有辨识的能力，才能保持对世界的敏感。想到多年前初为人师给学生开阅读课，一个学生无比沉醉地看《射雕英雄传》，他颇为认真地和我交流小说笔法如何出彩，这已经不是单纯的对故事着迷，而是悟到了写作艺术上的高妙。试问，这样的阅读，是为无用，还是有用？金庸过世，和学生聊起这位"大侠"，阅读者寥寥，说是不被允许，让人唏嘘。诚然，"中国书很难读，我们要经过一番审查的工夫"。然而，唯有博览之后，才有审查的能力。

再说"怎样读书"。网络时代，喧嚣时代，当一卷在手变成电子亮屏，当蛙声虫鸣夜愈静变成霓虹汽笛昼夜明，人各有别，读书方式方法千千万，首要是沉下身、静下心。濡染浸泡之余，才能做到陈老所言"用科学的方法去读古史，用客观的眼光、用自己的经验去解释哲学，读古人的名著，来培养自己的感情"。

当阅读成为日常，当阅读不问功名，无用之后也会成为有用。读书，也是为了在一切已知之外，保留一个超越现在自己的机会。

（刘慧慧）

【大师名言】

不读经文，等于空论；熟读经文，触类旁通。离经，即标点句读；辨志，即断章写段落大意和全篇大意。

——《陈中凡老师在女高》

书籍是各种智识的宝库，读书为着要解决问题，否则可不必读。我们要用最经济的方法去读最有用的书。

——《读什么书》

　　我们要用科学的方法去读古史，我们要懂得地质学、人类学、人种学、算学等科学，不通各科学不能研究古史，要先有普通智识，然后可以进而研究专门学问。

——《读什么书》

读书漫谈

王云五（1888—1979），现代出版家，曾任商务印书馆总经理。广东香山（今中山）人，生于上海，原名云瑞，字岫庐。辛亥革命后，曾任南京临时政府总统府秘书、北洋政府教育部教育司科长。1921年后任上海商务印书馆编译所所长、商务印书馆总经理。发明四角号码检字法，创立中外图书统一分类法，并主编《万有文库》，出版《丛书集成》。

我从小便靠着自己在"工余"偷暇读书，初时只是由于不甘落后的动机而读书，继而愈读愈有兴趣，至今六十余年，渐渐养成一种习惯，宁可一日不吃饭，不肯一日不读书。不管现在已到了七十多岁，偶然听到一种新的学问或理论为自己向所不知者，总是多方搜求有关这一问题的书籍期刊，涉猎一下，然后甘心。由于这样的缘故，我的读书方法，在初期的二三十年，完全属于"试验与错误"的性质；后来毕竟因为路走得多，便求捷径，同时又不自揣，大胆尝试，在最近三四十年间总算获得一两条入门的捷径；但是说来话长，且待他日。现在对于一般青年略谈有关读书的几个问题，那就是（一）为什么读书？（二）读什么书？（三）怎样读书？（四）何时读书？（五）怎样读而不厌？

（一）为什么读书

人类力量不如狮虎，敏捷不如鸟蛇，皮肤不足以御寒暑，胃脏不足以耐饥饿，而卒能制胜万物，支配自然。这固然是由于脑部之发达，能运用思考。但是个人的思考力毕竟有限，尤其是最初运用思考者收获也很微薄。其足以增强个人思考的效用者，实为语言与文字，语言可将一人思考之所得传诸他人，于是不仅集思广益，而且可以利用他人的思考所得为出发点，而由此更进一步，无须人人从头做起，这便是语言对于人类进步的一大贡献。但是语言的传布，在空间与时间上均不能达到远而久。于是人类的思考力渐渐造成一个新的产物，一方面是思考的儿女，另一方面却成为思考的父母。这一个产物便是文字。文字的发展便成为可以传至远方与后世的书籍，书籍也就成为人类思考结果的库藏。读书者可从此无尽的库藏予取予求，任意与尽量满足其欲望。手执一卷可以上对邃古的哲人，远对绝域的学者，而仿佛亲聆其以言词吐露毕生思考的心得。这样的收获，真可谓便宜之至。他人藉手工或机械造成的物质产品，我们必须以相当代价始能获取；他人藉其思考造成的精神产品，我们除支付其物质部分的书籍代价外，都可无条件尽情享用。物质产品的效用有限，精神产品的效用无穷。前者需要代价，后者却可自由取回。许多人对于需付代价的物质产品，往往只恨财力所限，不能尽量购取；但对于不需代价的精神产品却不知尽情享用，这真是一件怪事。想到这里，为什么读书之问题便不难解答，一言以蔽之，只是把上下数千年，纵横数万里中，人类无量数优秀分子穷年累月、殚精竭虑所造成的精神产品，丝毫不付代价，而尽情享用罢了。

（二）读什么书

我们入了一所规模较大的百货公司，如果不按照各部门的招牌或就自己原定的需要，或就临时在此所得的引导，而选购适当的物品，则将感到茫然无措。现在我们面对一个万千倍于世界最大百货公司的规模之人类精神产品库藏，如果不按照各部门的招牌去选取自己的需要，或获得临时的引导，其彷徨无措尤不堪形状。这些精神产品库藏的各部门招牌就是目录学，而目录学的构成，实基于图书的分类法。图书浩如渊海，端赖分类法为之区别，以助选择。我国图书的分类法，始之于汉刘向之《七略》，继之则为自唐迄清代之"四部"；而由于图书之愈出愈多，"七略""四部"的分类较粗疏，已渐感不敷容纳。

及清末西学东渐，新学术的出版品在我国图书中迅即占有重要地位，这些有关新学术的出版物更非原有的四部分类法所能容纳，于是数十年来，国内图书馆专家迭有新分类法的输入或创制，其为用互有短长。我在三十余年前因主持彼时全国藏书最富的东方图书馆，为适应需要计，遂以美国的十进分类法为基础，斟酌损益，创为中外图书统一分类法，一方面使全世界的知识宝库得以保持普遍的类别，且不因转辗翻译而使原本与译本隔离；他方面则中国无量数的图书，由于古来分类的粗疏，使人闻其类别之名而不知其内容何属者，一律使之获有明确之类别。关于后者，试举一二例以明之。例如《镜镜诊痴》一书，旧分类法列入子部杂家类，其书名与类别均未能揭示其内容性质，我因此为清初醉心西学者所著关于光学之书，遂按其性质列于新分类法之自然科学类物理学门光学之下。又如《见物》一书，旧分类法亦列于子部杂家类，我以其为明人所著关于动物学之书，乃改列于新分类法自然科学类动物学门之下。于是一观类别，即知其内容性质，与旧分类法性质模糊者大异其趣。总之，图书分类法无异全知识之分类，而据以分类的图书即可揭示属于全知识之何部门。因此，要想知道应读什么书，首先要对全知识的类别作鸟瞰的观察，然后就自己所需求的知识类别，或针对取求，或触类旁通。从事于自修者固需明了全知识的类别与各图书的性质,俾不至读非所当读;其在学校修业者,亦不当墨守若干本教科书而自满,必需选读有关的补充读物,以补教科书之不足,而增进其了解与应用。凡此都需要对于图书分类法基本的认识。

至于所谓目录,则为根据图书分类法按照种种不同之目的,将有关系的图书编为总表。此类编成之目录较普遍者,有一般书目、专科书目、收藏书目、出版书目、知见书目等,其中入门书目为对研究某一门类知识之人特编的必读图书目录,例如清末张之洞所编的《书目答问》,为当时一般士子读书治学的指南,影响当时的读书界颇大。入民国后关于研究国学入门书目,有梁启超、胡适之诸氏之作,为用颇著。民国二十一年(1932年)间,"国立编译馆"曾奉"教育部"令就我所主编的《万有文库》选取其中四百二十余种,作为中等学校第一辑补充用书,编为目录,也就是入门书目之一例。

(三) 怎样读书

我国向来读书的方法,就速度而言,可分为两种:一种为"一目十行"的读书法,就是只得大意、不求甚解的方法,也就是今所谓"略读"的方法;又一种为"读之千遍"的读书法,就是反复阅读、务期体会入神的方法,也就是现今所谓"精读"的方法。这两种的读书法,在西洋亦早有之。英国哲人培根氏在其所著《谈读书》之一文内,亦分书籍为两类,一为细嚼慢咽的,一为囫囵吞噬的;前者指精读,后者指略读。哪一种书应精读,哪一种书应略读,是读什么书的问题，这里不赘述。至于怎样精读和怎样略读的方法，正是"怎样读书"一问题所统辖。我认为凡要精读的书，最低限度必须履行两项手续：一是检查字典词典，二是编制卡片。关于第一项手续，由于字典可使人知悉字的正确音义，词典可使人明了词的正确应用……故对于精读的书，为彻底了解其所含蓄的意义与理想，首须对于每一字每一词均有确切的认识。我国的字，十之九为形声字，从其偏旁很易获知其读音与意义的大概，但是这种大概的读音与意义，往往不是正确的读音与意义。如果为着节省检查字典的工夫，误认大概的读音与意义为正确的读音与意义，结果难免有若干分之一的大讹误。此项讹误的习惯一经养成，势必很难矫正。又我国的语词，由于沿用之久，往往两字以上联合产生的意义，与每字各自意义的总和相差很远。试举一二显著的例子，如"不轨"一词，分开解释之，则轨为轨道，不轨只是说不合正轨，换句话说，就是不正，但是两字联合产生的意义，"不轨"恒指叛逆而言，正如所谓"谋为不轨"之意。又如"高义薄云"一词，始见于《宋书·谢灵运传》，原意指陈义甚高，但后世不明其来源者，往往用以称述人之有义气，因此，对于词语之望文生义，实际上很易陷于讹误。要避免上述两项的讹误，对于未能彻底了解的单字词语，必须时时检查字典词典，以明其真正的读音与意义。对于术语的原理作用及其他种种性质，必需能知其概要，俾有助于对全文之理解。但是检查我国字典词典，由于向来排列的顺序或按部首，或按笔画；前者难检，甚至检不出，后者虽较易检，却因同笔数的单字词语太多，检查尤为迟缓。因此之故，我国一般青年于其阅读外国书籍时遇有疑义辄查字典者，对于本国书籍之阅读往往不愿多查字典词典；此无他，即由于外国文的字典词典系按二十六字母排列，具有一定的顺序，一检即得，至为便捷，与我国的部首难检而费时，及笔画之检查费时更多者迥不相同，故对于勉能揣测其大意者，辄不愿多费时间以检查字典词典，结果往往以讹传讹，习非成是，终身不改。我因要使我国字典词典能如外国字典词典同样容易检查，以消除上述之弊，曾经消磨了两三年的光阴，创作一种新的检字法，称为四角号码检字法。经过许多次及许多人的实验证明，凡用该法检字者，每字最速只需时十秒点九，比诸按部首法及笔画法检查，每字平均可省时一分三十秒。如果我国一切的工具书皆能按此方法排列检查，则人之一生约可节省时间两年，其合乎速检的条件，至今似尚无他法可以比拟。至于学习之容易，也远非旧日的部首法所及。其详细方法见于我所著的各种字典词典，兹不赘述。

关于利用卡片的方法，凡就所读的书，对其内容某一段落认为足供将来参考者，可以卡片列其标题及所见书籍的页数，再将累积的卡片分类排列，则于应用时一检有关的标题，便可以在已经读过许多书籍的某些页中同时搜集许多有关的资料。英国学者斯宾塞尔氏生平读书治学的方法，极善利用卡片。及其去世，遗下十数万张的卡片皆为其心血之所集中，而按科学的方法为之编次，随时一检即得无量数的资料。这方法比之我国旧日习惯把读过书籍的重要部分各加密圈，或另行抄录者，其省时便捷实远胜之。

以上所述系属于精读的方法，其对于略读的书籍，即我国所谓可以一目十行者，实因读书已有经验之人对于书本所载，一瞥之下便可知其大意。但此非尽人办得到。然而书籍既有精读与略读之分，在读书的经验不深者，其对于应行略读之书未必能一目十行。因此，其所采的方法，在我国向来只是尽速阅读，得其大意，则不必细细推敲。然在外国文的书本与其忠实的译本中，如果是叙述性的著作，其每段的首句往往为全段的主脑，读此居首一句，便不难略知全段的大意；于是要达到一目十行之目的，这却是方法之一。此外欧美出版的书籍与现今国内的若干新书多附有详细的索引，因此，对某一书只要参考其中一部分者尽可随时先检索引，对其中足供参考的资料始予阅读，其无须参考者不妨缺略，这也是略读之一方法，转较一目十行更为迅速了。

（四）何时读书

假使能如理想，则读书固要有适宜的环境，还需要充分的时间。因此，许多人便以为只有学校或研究所中才能够读书，才有充分的时间读书，其实并不如是。就我个人的经验，除小时候在学校读书只有几年，少壮之年在学校教书六七年，中年在"中央研究院"任研究员不满一年以外，其他的时期无论担任何种职务，在百忙中或忧患中，几乎无日不腾出一些时间来读书，数十年来如一日。我因此深深体会，一个人只要志愿读书，断没有腾不出时间的，于一日二十四小时之中，除去睡眠饮食等时间至多不过十小时，工作时间至多也不过十小时外，每日最低限度当有四小时可以读书。星期休假尚不在内。以在学校每日读书的时间计，平均不过十小时；如此则出校以后，愿继续读书，两年半的时光当可等于在学校中之一年，何况学问之道，愈走愈熟，进步也愈速呢？至于一年之中，在学校向有暑假与寒假，尤其是暑假为期特长，似乎在夏季特别不宜于用脑读书。假使寒暑假可利用以供实习观察或其他有用的作业，那还罢了；否则年龄较稚的学生最易荒疏了他们初得门径的功课，年龄较长的学生，最易濡染了社会流行的不良习惯。我远在三十年前曾经发现我对于暑假寒假制度的怀疑，而以为在目前的中国是否有其必要，假使暑假寒假概行取消，是否可藉此缩短学校的修业年限，以减轻国民的负担。即或暑假寒假为着其他的理由，仍有其必要，究竟如何始能维持学生在此期内的适当自修，实亦值得教育界的特别注意。依我的经验，暑期读书实无碍于健康，但如假期另有适当的利用，同时也不使学生完全放弃读书，我也并不反对。

（五）怎样读而不厌

读书能由有恒而达于有成，莫如使其人读而不厌，那就是时时维持读书的兴趣。书籍是知识的宝库，以人类好奇之性出自天然，本来是没有不喜欢读书的，只是由于开始读书之不得法，由自动而变为强迫，于是原有的兴趣随而大减，甚至因兴趣之日减而致生厌。我以为要维持或恢复读书的兴趣，唯有鼓起学生自动读书的心情。依我的见解，首须使学生发生对于读书的需求，而这种需求要能持久，尤其要有一个中心的需求，譬如在中等以上学校的学生都可使其各自认定一个专题，自行研究，有如大学生将近毕业时撰作毕业论文一般。因为要写一个专题的论文，当先在教员指导之下制订大纲，然后靠自己的时力向各种书刊中选取资料，间或作实地的调查和研究。照此办法，一来可以多读书，二来可以组织思想，三来可以练习文字，而多读书的习惯能由此养成特关重大，尤其是针对着一个专题，则读书选材既有一定目标，自然会翻检一切有关系的图书杂志，以求充实其资料。如果得不到相当资料，正如饥思食、渴思饮，其欲望之浓厚可想而知；如果得到相当资料，如淘沙得金，其愉快可想而知。经过这样一番的训练，则读书的兴趣，必定油然而生。或者谓我国大学生作毕业论文尚多敷衍塞责，今更推广至中等学生，其程度既较低，自必更感困难。我则以为专题有深有浅，大学生有大学程度的专题，中学生亦可有中学程度的专题，各按其程度而就专题的范围尽量搜集资料，本没有办不到的事。至于资料如何组织，自可由教师指导。其撰为论文，可各按其对于文字上之程度而发挥之。在理凡能写数百字之一篇论文而通顺达意者，将不难写数千字或数万字之一篇论文，只要其资料能充足，组织能适当耳。

然而组织固可由教师为之指导，资料则当由各本人自动搜集，而搜集资料的过程即可养成读书的浓厚兴趣，其效用殆远胜于任何其他方法，即以其抱着固定之目的而读书，对于所读之书格外感觉可贵，而书中资料得之愈难，尤觉其愈可贵也。

【内容提要】

书，是文字的载体，是文化的传递，是前人穷年累月、殚尽竭虑的精神产品，亦是后人尽情享用、效用无穷的知识库藏。面对如此庞大的"宝库"，还有赖于以合理的分类方法为之区别，助以选择，各取所需。在阅读时，根据需要有不同的方法。一为速读，一目十行，只得大意，不求甚解；二为精读，查字典也好，编制卡片也罢，须确切认识字词，方知书中意义理想。

其实读书并非难事，只要有心，心存喜欢，时间空间皆无碍。读书能由有恒而达于有成。如欲有恒，必以自然的好奇之性，维持读书的兴趣，不将其当成任务，而只为自己所求。越想知，越渴求；越难得，越可贵。

【阅读感悟】

王云五先生言，书是我们无须付出任何代价便可享有前人无穷智慧的结晶。读书，始是为了满足自我所需。可读的越多，发现其中滋味不止于此。读书是会上瘾的。知道的越多，想知道的就更多。能像王云五先生一样，直至"宁可一日不吃饭，不肯一日不读书"的地步，可谓真爱了！

世上不缺少想读书的人，难得的是会读书的人。读书变得这么"困难"，更多时候是想读却"求之不得"，不是不得书，而是不得法、不得用、不得趣。

所谓不得法，是在面对如此庞大的书籍进行选择时，没能找到为之心动的书籍；所谓不得用，是在自己坚持读完之后，发现并不能获得很即时的效用；所谓不得趣，是在兴致勃勃地捧着选到的书籍，却并没有在阅读过程中享受到期望的乐趣。

会读书的人，知道如何选择。王云五先生强推目录分类之法并不无道理。读书之前需先选。若"心有所属"，当为首选；各取所需，是为其次。读书自是多多益善。不过，现实迫使人学会选择。只有读到恰到好处的书，才能真正品读书味，不然，充其量也不过是一句看过。

会读书的人，懂得分清主次。略读者知晓大意，精读者析毫剖厘，这自是因人而异的。至于觉得读书不得趣、不得用者，私以为，这样的人，大多是觉得读书是"应该"，而未必心甘情愿，又怎能得知哪些只点到即可，哪些需细致品味呢？都只是书罢了。

会读书的人，能做到"随时""随地"读书。读书固然需要适宜的环境，也要有充足的时间。但正如王先生所言："一个人只要志愿读书，断没有腾不出时间的。"读书，"何必择地，何必择时，但自问立志之真不真耳。"曾国藩先生如是说，也实为真理！

一位优秀的教师，懂得教育学生要做一个爱读书的人，更要学会做一个会读书的人。首要的，便是能"使学生发生对于读书的需求"，由强迫变为主动。如此，他们会为圣贤孔子而心生敬佩，会为林语堂的幽默而忍俊不禁，会为这书中的大千世界而无比着迷。若终能有"求之不得"便"思之如狂"的感觉，那是真正感受到读书的乐趣了吧。

（蔡　青）

【大师名言】

读书是求知的门径，因为先民的经验和无法亲自接触到的现代人或同时代人的经验，都可从书本上发现，所以读书就是借前人或他人经验而获取知识的方法。

——《读书与求学》

对于应当精读的书采取精读的方法，不仅要一字不苟、一词不苟，而且对于书的体制与背景都不可轻易放过。

——《怎样精读》

我以为读书之动机应以充实人生为主。盖书籍为学问的宝藏，先民努力的成果与时贤研究的结晶，均藉此而保存，而流布。读书便是利用此种宝藏，并由此而促进读者自己思考与努力之成就；凡此对于人生皆有充实之效用。

——《读书十四法》

读书与读自然书

李四光（1889—1971），地质学家。湖北黄冈人。早年从事古生物的研究，创立了"䗴科"分类系统；中国第四纪冰川的发现者。以力学观点研究地质构造的发生、发展及组合的规律，认为各种构造形迹是地应力活动的结果，建立了"构造体系"的概念，创建了地质力学学科；注重研究构造体系对矿产分布的控制，为大庆等中国油田的发现作出了重要贡献。指导铀矿地质勘查，为核工业发展奠定了基础。开辟地震预测预报工作，指导区域稳定性的应用，提出了"安全岛"的理论。论著有《地质力学概论》《天文、地质、古生物资料摘要》等。

什么是书？书就是好事的人用文字或特别的符号或兼用图画将天然的事物或著者的理想（幻想妄想滥想都包在其中）描写出来的一种东西。这个定义如若得当，我们无妨把现在世界上的书籍分作几类：（甲）原著，内含许多著者独见的事实，或许多新理想新意见，或二者兼而有之。（乙）集著，其中包罗各专家关于某某问题所搜集的事实，并对于同项问题所发表的意见，精华丛聚。配置有条，著者或参以己见，或不参以己见。（丙）选著，择录大著作精华，加以锻炼，不遗要点，不失真谛。（丁）窃著，拾取一二人的唾馀，敷衍成篇，或含糊塞责，或断章取义。窃著著者，名者书盗。假若秦皇再生，我们对于这种窃著书盗，似不必予以援助。各类的书籍既是如此不同，我们读书的人应该注意选择。

什么是自然？这个大千世界中，也可说是四面世界（four dimensional world）中所有的事物都是自然书中的材料。这些材料最真实，它们的配置最适当。如若世界有美的事，这一大块文章，我们不能不承认它再美没有。可惜我们的机能有限，生命有限，不能把这一本大百科全书一气读完。如是学"科学方法"的问题发生，什么叫作科学的方法？那就是读自然书的方法。

书是死的，自然是活的。读书的功夫大半在记忆与思索（有人读书并不思索，我幼时读四子书就是最好的一个例子），读自然书，种种机能非同时并用不可，而精确的观察尤为重要。读书是我和著者的交涉，读自然书是我和物的直接交涉。所以读书是间接的求学，读自然书乃是直接的求学。读书不过为引人求学的头一段功夫，到了能读自然书方算得真正读书。只知道书不知道自然的人名曰"书呆子"。

世界是一个整的，各部彼此都有密切的关系，我们硬把它分做若干部，是权宜的办法，是对于自然没有加以公平的处理，大家不注意这种办法是权宜的、是假定的，所以嚷出许多科学上的争论。Levons说按期经济的恐慌源于天象，人都笑他，殊不知我们吃一杯茶已经牵动太阳，倒没有人引以为怪。

我们笑腐儒读书，断章取义咸引为戒。今日科学家往往把他们的问题缩小到一定的范围，或把天然连贯的事物硬划作几部，以为在那个范围里的事物弄清楚了的时候，他们的问题就完全解决了，这也未免在自然书中断章取义。这一类科学家的态度，我们不敢赞同。

我觉得我们读书总应竭我们五官的能力（五官以外还有认识的能力与否我们现在还不知道）去读自然书，把寻常的读书当作读自然书的一个阶段。读自然书时我们不可忘却，我们所读的一字一句（即一事一物）的意义还视全节全篇的意义为意义，否则成一个自然书呆子。

【内容提要】

现在世界上的书籍分作几类：原著、集著、选著、窃著。大千世界中所有的事物都是自然书中的材料。我们不能把这一本大百科全书一口气读完。科学的方法，那就是读自然书的方法。

书是死的、自然是活的。读自然书,精确的观察尤为重要。读自然书是人和物的直接交涉。读自然书乃是直接的求学。读书不过为引人求学,到了能读自然书方算得真正读书。只知道书不知道自然的人名曰"书呆子"。读自然书时我们不可忘却,我们所读的一字一句的意义还视全节全篇的意义为意义,否则成一个自然书呆子。

【阅读感悟】

说到书,联想到"浩如烟海",书很多,读不完;联想到"学富五车",书读得多,学识渊博;联想到"读万卷书,行万里路",读书既要读有字之书,还要读无字之书。"读万卷书,行万里路",特别值得我们思考。显然,一般人说这句话时,多半指的是读社会这本书,依我之见,还应该包括自然这本大书。在科学家李四光看来,大千世界中所有的事物都是自然书中的材料。这就是说,我们所读之书的源头在哪里?源头在自然。我们读到的所有书籍都是对自然的反映。"书是死的,自然是活的。""读自然书乃是直接的求学。""能读自然书方算得真正读书。只知道书不知道自然的人名曰'书呆子'。"寻常的读书只能是读自然书的一个阶段。读自然书,才可以说进入了一个更高的境界。

自然的确是最深邃的大书。自然是哲学的,演绎着永恒的哲学命题。迦叶看见了佛祖拈花,于是得道。王阳明格物致知,成为一代思想大家。自然是文学的,有着诗一般的韵律,散文一般的气质,甚至是小说一般的故事。苏轼路过时,摘取了大江东去的豪迈；李白路过时，取走了长江奔流的浪漫；柳永路过时，撷取了幽怨的柳；鲁迅路过时，拿去了深沉的夜。自然是音乐的，本身就是一种令人陶醉的天籁。它没有乐曲的雄浑或是悠扬，但却可以给予音乐家们以最深的感动。《月光曲》诞生了，《二泉映月》诞生了……都是自然赋予的灵感。从老子、庄子到陶渊明，从谢灵运、李白到苏轼，他们都是自然的精灵，他们都是从自然中感悟世界和人生，进而成为一代文化名人。

李四光是一个读自然书很成功的科学家，也是一位读自然书的榜样。我们如果要成为一个真正的读书人，不仅要读有字之书，还要读社会无字之书，更要读自然之书。

真正的社会文化学者同时也应该是研究自然的学者，真正的文学大家同时也应该是自然美学大家。我们作为教师，无论你是文科教师，还是理科教师，当我们能够从课本、从教室中读出了自然要义，进而引导学生走进了自然，我们才可以说找到了教育的真谛。

在自然面前，我们都是愚昧无知者，我们需要读好自然这本大书。

（黄德灿）

【大师名言】

读自然书是我和物的直接交涉。所以读书是间接的求学，读自然书乃是直接的求学。

——《读书与读自然书》

做科学工作最使人感兴趣的，与其说是问题的解决，恐怕不如说是问题的形成……有了正确的认识,方才可以形成一个问题,做到这一点,问题可算已经解决了一半。

——《地质力学之基础与方法》序言

无论向宇宙或者向我们自己,我们不难一口气发出许多问题,但是这许多问题,不一定都具有独立的且明了的意义,也许根本就不能成立。

——《地质力学之基础与方法》序言

唐宋大诗人诗中的物候

竺可桢（1890—1974），气象学家、地理学家、科学史家和教育家。浙江绍兴人。对建立和发展中国现代气象事业和自然资源综合科学考察事业有重要贡献，长期关注人口、资源、环境问题，是"可持续发展"思想与实践的先行者。研究领域涉及台风、季风、中国区域气候、农业气候、物候学、气候变迁、自然区划、自然科学史。代表作有《远东台风的新分类》《东南季风与中国之雨量》《二十八宿起源之时代与地点》《中国近五千年来气候变迁的初步研究》《物候学》等。有《竺可桢全集》21卷，其中收有1936—1974年的《竺可桢日记》。

我国古代相传有两句诗说："花如解语应多事，石不能言最可人。"但从现在看来，石头和花卉虽没有声音和语言，却有它们自己的一套结构组织来表达它们的本质。自然科学家的任务就在于了解这种本质，使石头和花卉能说出宇宙的秘密。而且到现在，自然科学家已经成功地做了不少工作。

以石头而论，譬如化学家以同位素的方法，使石头说出自己的年龄；地球物理学家以地震波的方法，使岩石能表白自己离开地球表面的深度；地质学家和古生物学家以地层学的方法，初步摸清了地球表面即地壳里三四十亿年以来的石头历史。何况花卉是有生命的东西，它的语言更生动、更活泼。

像上面所讲，贾思勰在《齐民要术》里所指出的那样，杏花开了，好像它传语农民赶快耕土；桃花开了，好像它暗示农民赶快种谷子；春末夏初布谷鸟来了，我们农民知道它讲的是什么话："阿公阿婆，割麦插禾。"从这一角度看来，花香鸟语都是大自然的语言，重要的是我们要能体会这种暗示，明白这种传语，来理解大自然、改造大自然。

我国唐宋的一些诗人，一方面关心民生疾苦，搜集了各地方大量的竹枝词、民歌；一方面又热爱大自然，善于领会鸟语花香的暗示，模拟这种民歌、竹枝词，编成诗句。其中许多诗句，因为含有至理名言，传下来一直到如今，还是被人称道不已。明末的学者黄宗羲说："诗人萃天地之清气，以月、露、风、云、花、鸟为其性情，其景与意不可分也。月、露、风、云、花、鸟之在天地间，俄顷灭没，而诗人能结之不散，常人未尝不有月、露、风、云、花、鸟之咏，非其性情，极雕绘而不能亲也。"换言之，月、露、风、云、花、鸟乃是大自然的一种语言，从这种语言中可以了解到大自然的本质，即自然规律，而大诗人能掌握这类语言的含意，所以能编为诗歌而传之后世。物候就是谈一年中月、露、风、云、花、鸟推移变迁的过程。对于物候的歌咏，唐宋大诗人是有杰出成就的。

唐白居易十几岁时，曾经写过一首咏芳草（《赋得古原草送别》）的诗：

　　　　离离原上草，
　　　　一岁一枯荣。
　　　　野火烧不尽，
　　　　春风吹又生。
　　　　……

诗人顾况看到这首诗，大为赏识。一经顾况的称赞，这首诗便被传诵开来。

这四句五言古诗，指出了物候学上两个重要规律：

第一是芳草的荣枯，有一年一度的循环；

第二是这循环是随气候转移的，春风一到，芳草就苏醒了。

在温带的人们，经过一个寒冬以后，就希望春天的到来。但是，春天来临的标志是什么呢？这从许多唐宋人的诗中我们可找到答案。李白诗：

> 东风已绿瀛洲草,
> 紫殿红楼觉春好。

王安石晚年住在江宁,有诗句云:

> 春风又绿江南岸,
> 明月何时照我还。

据宋洪迈《容斋续笔》中指出:王荆公写这首诗时,原作"春风又到江南岸",经推敲后,认为"到"字不合意,改了几次才用了"绿"字。

李白、王安石他们在诗中统用"绿"字来象征春天的到来,到如今,在物候学上,花木抽青也还是春天的重要指标之一。王安石这句诗的妙处,还在于能说明物候是有区域性的。若把这首诗吟成"春风又绿河南岸",就很不恰当了。因为在黄河以南开封、洛阳一带,春风带来的征象,黄沙比绿叶更有代表性,所以李白《扶风豪士歌》便有"洛阳三月飞胡沙"之句。虽则句中"胡沙"是暗指安史之乱,但河南春天风沙之大也是事实。

树木抽青是初春很重要的指标,这是肯定的。但是,各种树木抽青的时间不同,哪种树木的抽青才能算是初春指标呢?从唐宋诗人的吟咏看来,杨柳要算是最受重视的了。

杨柳抽青之所以被选为初春的代表,并非偶然之事。第一,因为柳树抽青早;第二,因为它分布区域很广,南从五岭,北至关外,到处都有。它既不怕风沙,也不嫌低洼。

唐李益《临滹沱见蕃使列名》诗:

> 漠南春色到滹沱,
> 碧柳青青塞马多。

刘禹锡在四川作《竹枝词》云：

  江上朱楼新雨晴，

  瀼西春水縠文生。

  桥东桥西好杨柳，

  人来人去唱歌行。

足见从漠南到蜀东，人人皆以绿柳为春天的标志。王之涣作《出塞》绝句有"羌笛何须怨杨柳，春风不度玉门关"之句。这句诗是说塞外只能从笛声中听到折杨柳的曲子。但在今日新疆维吾尔自治区，无论天山南北，随处均有杨柳。所以毛泽东《送瘟神》诗中就说"春风杨柳万千条，六亿神州尽舜尧"，如今春风杨柳不限于玉门关以内了。

唐宋诗人对于候鸟，也给以极大注意。他们初春留心的是燕子，暮春、初夏注意的在西南是杜鹃，在华北、华东是布谷。如杜甫晚年入川，对于杜鹃鸟的分布，在《杜鹃》诗中说得很清楚：

  西川有杜鹃，东川无杜鹃。

  涪万无杜鹃，云安有杜鹃。

  我昔游锦城，结庐锦水边。

  有竹一顷余，乔木上参天。

  杜鹃暮春至，哀哀叫其间。

  ……

南宋诗人陆游，在七十六岁时作《初冬》诗：

  平生诗句领流光，

  绝爱初冬万瓦霜。

> 枫叶欲残看愈好,
> 梅花未动意先香。
> ……

这证明陆游是留心物候的。他不但留心物候,还用以预告农时,如《鸟啼》诗可以说明这一点:

> 野人无历日,鸟啼知四时;
> 二月闻子规,春耕不可迟;
> 三月闻黄鹂,幼妇悯蚕饥;
> 四月鸣布谷,家家蚕上蔟;
> 五月鸣鸦舅,苗稚忧草茂。
> ……

陆游可称为能懂得大自然语言的一个诗人。

我们从唐宋诗人所吟咏的物候,也可以看出物候是因地而异、因时而异的。换言之,物候在我国南方与北方不同,东部与西部不同,山地与平原不同,而且古代与今日不同。为了了解我国南北、东西、高下、地点不同,古今时间不同而有物候的差异,必须与世界其他地区同时讨论,方能收相得益彰之效。

【内容提要】

花香鸟语月露风云都是大自然的语言,重要的是我们要能体会这种暗示,明白这种传语,了解到大自然的本质,即自然规律,来理解大自然、改造大自然。物候就是谈一年中月、露、风、云、花、鸟推移变迁的过程,唐宋大诗人诗中就有对于物候的歌咏。我们借此可以看出物候是因地而异、因时而异的。为了了解我国南北、东西、高下、地点不同,古今时间不同而有物候的差异,必须与世界其他地区同时讨论,方能收相得益彰之效。

【阅读感悟】

阅读这篇文章,我想到了《三国演义》。有人把《三国演义》的谋略思想、管理方法、人品人格引入现代经营管理。松下幸之助等日本企业家的经营之道风靡全球,就与《三国演义》大有关系。松下幸之助一生酷爱《三国演义》,尤其崇尚诸葛亮的人格与风格,对诸葛亮的战略思想有独创的研究。《三国演义》在松下经营管理学中占有重要地位。日本许多大企业在培训管理人员时,要求必读《三国演义》。这是企业成功之道。人才的成功之道难道不可以借鉴《三国演义》?诸葛亮不轻易"就业",追求选择一个好"单位",很重视利用一切资源,给自己做广告,最后被刘备三顾茅庐聘为"高管",成就一番事业。曹操与其说挟天子以令诸侯,不如说是看清了天下形势,充分利用国家资源创业,成为杰出政治家。刘备在最贫穷的时候,摆地摊卖草鞋,但是他有雄心壮志,虚心求才,经过努力打拼,终于成功创立蜀汉集团,在"三国板"成功"上市"。吕布在经营人生途中,虽然号称"飞将",时有"人中吕布,马中赤兔"之说,但他不停"跳槽"换项目,最终失败。

经典文学作品本身就是一部教科书。我们如何阅读理解并利用这部教科书"仁者见仁,智者见智"。毛泽东说:"《红楼梦》我至少读了三遍……我是把它当历史读的。"鲁迅说:"一部《红楼梦》,经学家看见《易》,道学家看见淫,才子看见缠绵,革命家看见排满,流言家看见宫闱秘事……"而至少把红楼读了二三十遍的美学家蒋勋,他看到的却是慈悲。他曾说:"我是把《红楼梦》当佛经来读的,因为里面处处都是慈悲,也处处都是觉悟。"

竺可桢是地理学家,他从唐宋大诗人的诗中读出"物候",这不就是一种阅读的智慧吗?我们是语文教师,从唐宋诗中读出了自然与人文景观不是一种收获吗?你是数学教师,你从数学中悟出一种文化、从几何图形中看到一种美学,不也是一种见识吗?你是物理教师,你从物理原理中发掘出一种哲学,进而揭示人生和社会原理,这不就是一种灵气吗?如果我们做到了这一点,你一定是一位很受学生欢迎的教师,你一定是一位很有创意和建树的教师。

(黄德灿)

【大师名言】

科学的方法,公正的态度,果断的决心,统应该在小学时代养成和学习的。

——《竺可桢全集》

所谓求是,不仅限于埋头读书或是实验室做实验。求是的路径,中庸说得最好,就是"博学之,审问之,慎思之,明辨之，笃行之"。单是博学审问还不够，必须深思熟虑，自出心裁，独著只眼，来研辨是非得失。

——《竺可桢全集》

大自然即是一册完好教本，一粒花种种入于地，由发芽而至成长、开花、结子，若日日注意考察其生长状况，则所得何尝不胜读一册自然教本也。

——《竺可桢全集》

读书与用书

陶行知（1891—1946），教育家。安徽歙县人。1920年任中华教育改进社总干事，推动平民教育运动。1926年起草发表《中华教育改进社改造全国乡村教育宣言》。次年创办试验乡村师范学校（即晓庄学校）。"九一八"事变后，组织国难教育社，创办"山海工学团"，主张采用"小先生制"，实行"即知即传"。发起组织生活教育社，1934年出版《生活教育》半月刊。"一二·九"运动后，积极参加抗日民主运动，与沈钧儒等联名发表《团结御侮》宣言，提出教育必须为民族革命和民主革命服务。先后创办育才学校和社会大学。著作编为《陶行知全集》（六卷）、《普及教育》（三集）等。

（一）三种人的生活

中国有三种人：书呆子是读死书，死读书，读书死。工人、农人、苦力、伙计是做死工，死做工，做工死。少爷、小姐、太太、老爷是享死福，死享福，享福死。

（二）三帖药

书呆子要动动手，把那呆头呆脑的样子改过来，你们要吃一帖"手化脑"才会好。我劝你们少读一点书，否则在脑里要长"痞块"咧。工人、农人、苦力、伙计要多读一点书，吃一帖"脑化手"，否则是一辈子要"劳而不获"。少爷、小姐、太太、老爷！你们是快乐死了。好，愿意死就快快地死掉吧。我代你们挖坟墓。倘使不愿意死，就得把手套解掉，把高跟鞋脱掉，把那享现成福的念头打断，把手儿、头脑儿拿出来服侍大众并为大众打算。药在你们自己的身上，我开不出别的药方来。

（三）读书人与吃饭人

与读书联成一气的有"读书人"一个名词，假使书是应该读的，便应使人人有书读；决不能单使一部分的人有书读叫作读书人，又一部分的人无书读叫作不读书人。比如饭是必须吃的，便应使人人有饭吃；决不能使一部分的人有饭吃叫作吃饭人,又一部分的人无饭吃叫作不吃饭人。从另一面看,只知道吃饭,不成为饭桶了吗?只知道读书,别的事一点也不会做,不成为一个活书架了吗?

(四)吃书与用书

有些人叫作蛀书虫。他们把书儿当作糖吃,甚至于当作大烟吃。吃糖是没有人反对,但是整天地吃糖,不要变成一个糖菩萨吗?何况是连日带夜地抽大烟,怪不得中国的文人,几乎个个黄皮骨瘦,好像鸦片烟鬼一样。我们不能否认,中国是吃书的人多,用书的人少。现在要换一换方针才行。

书只是一种工具,和锯子、锄头一样,都是给人用的。我们与其说"读书",不如说"用书"。书里有真知识和假知识。读它一辈子不能分辨它的真假;可是用它一下,书的本来面目便显了出来,真的便用得出去,假的便用不出去。

农人要用书,工人要用书,商人要用书,兵士要用书,医生要用书,画家要用书,教师要用书,唱歌的要用书,做戏的要用书,三百六十行,行行要用书。行行都成了用书的人,真知识才愈益普及,愈易发现了。书是三百六十行之公物,不是读书人所能据为私有的。等到三百六十行都是用书人,读书的专利便完全打破,读书人除非改行,便不能混饭吃了。好,我们把我们所要用的书找出来用吧。

　　　　用书如用刀,
　　　　不快就要磨。
　　　　呆磨不切菜,
　　　　怎能见婆婆。

（五）书不可尽信

孟子说："尽信书则不如无书。"在书里没有上过大当的人，决不能说出这一句话来。连字典有时也不可以太相信。第五十一期《论语》的《半月要闻》内有这样一条：

据二卷十二期《图书评论》载：《王云五大辞典》将汤玉麟之承德归入察哈尔，张家口"收回"入河北，瀛台移入"故宫太液池"，雨花台移入南京"城内"，大明湖移出"历城县西北"。

我叫小孩子们查一查《王云五大辞典》究竟是不是这样，小孩们的报告是，《王云五大辞典》真的弄错了。只有一条不能断定，南京有内城、外城，雨花台是在内城之外，但是否在外城之内，因家中无志书，回答不出。总之，书不可尽信，连字典也不可尽信。

（六）戴东原的故事

书既不可以全信，那么，应当怀疑的地方就得问。学非问不明。戴东原先生在这一点上是给了我们一个很好的引导。东原先生十岁才能开口讲话。《大学》有经一章，传十章。有一条注解说这一章经是孔子的话，由曾子写的；那十章传是曾子之意，由他的门徒记下来的。东原先生问塾师怎样知道是如此。塾师说："朱文公（夫子）是这样注的。"他问朱文公是何时人。塾师说是宋朝人。他又问孔子和曾子是何时人。塾师说是周朝人。"周朝离宋朝有多少年代？""差不多是二千年了。""那么,朱文公怎样能知道呢?"塾师答不出,赞叹了一声说:"这真是个非常的小孩子呀!"

(七) 王冕的故事

王冕十岁时,母亲叫他到面前说:"儿啊!不是我有心耽误你,只因你父亲死后,我一个寡妇人家,年岁不好,柴米又贵,这几件旧衣服和些旧家伙都当卖了。只靠我做些针线生活寻来的钱,如何供得你读书?如今没奈何,把你雇到隔壁人家放牛,每月可得几钱银子,你又有现成饭吃,只在明天就要去了。"王冕说:"娘说的是。我在学堂里坐着,心里也闷,不如往他家放牛,倒快活些。假如我要读书,依旧可以带几本去读。"王冕自此只在秦家放牛。……每日点心钱也不用掉,聚到一两个月,偷空走到村学堂里,见那闯学堂的书客,就买几本旧书,逐日把牛拴了,坐在柳荫树下看。

现在学校教育是对穷孩子封锁,有钱、有闲、有面子才有书念。我们穷人就不要求学吗?不,社会就是我们的大学。关在门外的穷孩子,我们踏着王冕的脚迹来攀上知识的高塔吧。

【内容提要】

书呆子是读死书,死读书,读书死。书呆子要动动手,把那呆头呆脑的样子改过来,药在你们自己的身上。只知道读书,别的事一点也不会做,不成为一个活书架了吗?中国是吃书的人多，用书的人少。我们与其说"读书"，不如说"用书""尽信书则不如无书。"

书既不可以全信，应当怀疑的地方就得问。学非问不明。现在学校教育是对穷孩子封锁，有钱、有闲、有面子才有书念。不，社会就是我们的大学。

【阅读感悟】

读完陶行知这篇文章，我们会发现，陶先生为一个读书人规划了一条完整的线路，提出了一个详细的参考标准，只要我们对号入座。

读书不要成为书呆子。书呆子是读死书，死读书，读书死。《南史·陆澄传》就有这样的记载："澄当世称为硕学，读《易》三年不解文义，欲撰《宋书》竟不成。王俭戏之曰：'陆公，书橱也。'"书读得多是好事，但是读成"两脚书橱"的书呆子就不是什么好事了。

书呆子要动动手，把那呆头呆脑的样子改过来，药在我们自己的身上。药的名字叫"手化脑"，就是一面用手，一面要有思想。在这一点上，孔子早就提醒我们："学而不思则罔，思而不学则殆。"一味读书而不思考，就会因为不能深刻理解书本的意义而不能合理有效利用书本的知识，甚至会陷入迷茫。而如果一味空想而不去进行实实在在的学习和钻研，则终究一无所得。

一个读书人要避免做一个书呆子、成为一个活书架，除读书以外，还得做点别的事情，尤其要参与社会活动，多了解一点社会现实。只知道读书，别的事一点也不会做，这不是一个真正的读书人，客观上来说，也未必能将书读得懂、读得透。

真正会读书的人，一定是一个会用书的人。学以致用最根本的是要把书本知识和实际应用结合起来，然后将生活中遇到的问题，利用学习新的知识来解决，就这样相互促进学习，逐步加深自己对书本知识与实践应用结合的意义的认识。

孟子说："尽信书则不如无书。"这里的"书"指的是《尚书》。《尚书》作为儒家经典之一，在孔、孟的时代也是有着极其权威性的地位。而孟子这种对于权威著作、对经典保持独立思考，勇于怀疑的精神，体现出圣贤人物的治学风范。即便是对于两千多年后的我们来说，也是值得学习的。

书既不可以全信，应当怀疑的地方就得问。学非问不明。这里的"问"就是质疑。宋人朱熹说："读书无疑者须教有疑，有疑者却要无疑，到这里方是长进。"明人陈献章说："前辈谓学者有疑，小疑则小进，大疑则大进。疑者，觉悟之机也。一番觉悟，一番长进。"读书的最主要的收获，大多是在质疑以后。

如果我们没有条件读到书，向王冕学习，也会学有所成。按照陶行知指点的要求读书，还会有错吗？

（黄德灿）

【大师名言】

我们必定要努力把年富力强的人民赶紧的培植起来，使他们个个读书明理并愿为国鞠躬尽瘁。

——《陶行知全集》

每天要四问：一问我的身体有没有进步？二问我的学问

有没有进步？三问我的工作有没有进步？四问我的道德有没有进步？

——陶行知先生在重庆创办育才学校的时候的讲话

教育者不是造神，不是造石像，不是造爱人。他们所要创造的是真善美的活人。真善美的活人是我们的神，是我们的石像，是我们的爱人，教师的成功是创造出值得自己崇拜的人。先生之最大的快乐，是创造出值得自己崇拜的学生。说得正确些，先生创造学生，学生也创造先生，学生先生合作，而创造出值得彼此崇拜之活人。

——《创造宣言》

为什么要读书

胡适（1891—1962），文学家、哲学家。原名洪骍，字适之。安徽绩溪人。早年接触新学，信奉进化论。1910年赴美国，就读于康奈尔大学和哥伦比亚大学，从学于实用主义哲学家杜威。1917年初在《新青年》上发表《文学改良刍议》，提倡白话文，主张文学革命。参加编辑《新青年》，发表新诗集《尝试集》，成为新文化运动的著名人物。倡导"大胆假设，小心求证"的研究方法，影响颇大。著有《中国哲学史大纲》（上卷）、《白话文学史》（上卷）、《胡适文存》等。

从前有一位大哲学家（宋真宗——编者注），做了一篇《读书乐》，说到读书的好处，他说："书中自有千钟粟，书中自有黄金屋，书中自有颜如玉。"这意思就是说，读了书可以做大官，获厚禄，可以不至于住茅草房子，可以娶得年轻的漂亮太太（台下哄笑）。诸位听了笑起来，足见诸位对于这位哲学家所说的话不十分满意，现在我就讲所以要读书的别的原因。

为什么要读书？有三点可以讲：第一，因为书是过去已经知道的知识学问和经验的一种记录，我们读书便是要接受这人类的遗产；第二，为要读书而读书，读了书便可以多读书；第三，读书可以帮助我们解决困难，应付环境，并可获得思想材料的来源。现在我就把以上三点更详细地说一说。

第一，因为书是代表人类老祖宗传给我们的知识的遗产，我们接受了这遗产，以此为基础，可以继续发扬光大，更在这基础之上，建立更高深更伟大的知识。人类之所以与别的动物不同，就是因为人有语言文字，可以把知识传给别人，又传至后人，再加以印刷术的发明，许多书报便印了出来。人的脑很大，与猴不同，人能造出语言，后来更进一步而有文字，又能刻木刻字，所以人最大的贡献就是能累积过去的知识和经验，使后人可以节省很多脑力。非洲野蛮人在山野中遇见鹿，他们就画了一个人和一只鹿以代信，给后面的人叫他们勿追。但是把知识和经验遗给儿孙有什么用处呢？这是有用处的，因为这是前人很好的教训。现在学校里各种教科书，如物理、化学、历史等，都是根据几千年来进步的知识编纂成书的，一年、两年，或者三年教完一科。自小学，中学，而至大学毕业，这十六年所受的教育，都是代表我们老祖宗几千年来得来的知识学问和经验，所谓进化，就是叫人节省劳力。蜜蜂虽能筑巢，能发明，但传下来就只有这一点知识，没有继续去改革改良，以应付环境，没有做格外进一步的工作。人呢，达不到目的，就再去求进步，而以前人的知识学问和经验作参考。如果每样东西，要个个人从头学起，而不去利用过去的知识，那不是太麻烦了吗？所以人有了这知识的遗产，就可以自己去成家立业，就可以缩短工作，使有余力做别的事。

第二点稍复杂，就是为读书而读书，为求过去的知识而读书。不错，知识可以从书本中得来，但读书不是那么容易的一件事情，不读书不能读书，要能读书才能多读书。好比戴了眼镜，小的可以放大，模糊的可以看得清楚，远的可以变近，所以读书要戴眼镜。不读书，学问不能进去；读书没有门径，学问也不能进去。曾子固说过："经而已不足以致经"，所以他对于《本草纲目》、《内经》、小说，无所不读，这样对于经才可以明白一些，所谓"致已知而后读"，读书无非扩充知识而已。我十二岁时，各种小说都看得懂，到了三十年以后，再回头看，很多不懂。讲到《诗经》，从前以为讲的是男女爱情、文王后妃一类的事，从前是戴了一副黑眼镜去看，现在换了一副眼镜，觉得完全不同。现在才知道《诗经》和民间歌谣很有关系。对于民间歌谣的研究，近来很有进步，北平有歌谣周刊、歌谣丛书，关于各地歌谣搜罗很广。我们如果能把歌谣的文章，社会学、人类学，研究一下，就可以知道幼稚时代的环境和生活很有趣味。例如《诗经》里有一段说："白茅包之，有女怀春，吉士诱之。"在从前眼光看来，觉得完全讲不通，现在才知道当时野蛮人社会有一种风俗，就是男子向女子求婚，要打野兽送到女家，若不收，便是不答应。还有《诗经》里"窈窕淑女"一节，从比较民族学眼光看来，我们可以知道当时社会的人，吃饭时可以打鼓弹琴，丝毫没有受礼教的束缚。再从文法方面来观察，像《诗经》里"之子于归""黄鸟于飞""凤凰于飞"的"于"字，此外，《诗经》里又有几百个"维"字，这些都是有作用无意义的虚字，但以前的人却从未注意及此。所以书是越看越有意义，书越多读越能读书。再说在《墨子》一书里，差不多各种学问都有，像光学、力学、逻辑、算学、几何学上的圆和平行线，以及经济学上的购买力和货币，几乎什么都讲到了，但你要懂得光学，才能懂得墨子所说的光，你要懂得各种知识，才能懂得墨子。总之，读书是为了要读书，多读书更可以读书。最大的毛病就在怕读书，怕书难读。越难读的书我们越要征服它们，把它们作为我们的奴隶或向导。我们要打倒难读，这才是我们的"读书乐"，若是我们有了基础的科学知识，那么，我们在读书时便能左右逢源。我再说一遍，读书的目的在于读书，要读书越多才可以读书越多。

第三点，读书可以帮助解决困难，应付环境，供给思想材料，知识是思想材料的来源。思想可分作五步，思想的起源是大的疑问。吃饭拉屎不用想，但逢着三岔路口、十字街头那样的环境,就发生困难了。走东或是走西,这样做或是那样做,困难很多。病有各样的病,发烧、头痛,多得很。第二步要把问题弄清,困难弄清。第三步才想到如何解决。读书就是出主意,暗示,但主意很多,于是又逢着困难。主意多少要看学问多少。都采用也不行。第四步就是要选择一个假定的解决方法。要想到这一个方法能不能解决,若不能,那么,就换了一个,若能就行了。这好比开锁,这一个钥匙开不出就换了一个,假定是可以开的,那么,问题就解决了。第五步就是试验。凡是有条理的思想都要经过这五步,或是逃不了这五个阶段。科学家要解决问题,侦探要侦探案件,多经过这五步。第三步主意或暗示很多,若无主意,便无办法,没有主意,便不知道怎样办,这是因为知识不够,学力不足,经验不丰富,从来没有想到,所以到要解决问题时便没有材料。读书是过去知识学问经验的记录,而知识学问经验就是要用在这时候,所谓养军千日,用兵一朝。否则,学问一些都没有,遇到困难就要糊涂起来。例如达尔文把生物变迁现象研究了几十年,却想不出什么原则去解决,后来无意中看到马尔萨斯的《人口论》,说人口是按照几何学级数一倍一倍地增加,粮食是按照数学级数增加,达尔文研究了这原则,忽然触机,就把这原则应用到生物学上去,创了物竞天择的学说。譬如一条鱼可以产生二百万鱼子,这样,太平洋应该占满了,然而大鱼要吃小鱼,更大的鱼要吃大鱼,所以生物要适应环境才能生存。但按照经济学原则,达尔文主义是很没有条理的,而我们读书就是要解决这个困难。又譬如从前的人以为地球是世界的中心,后来天文学家哥白尼却主张太阳是世界的中心。据罗素说,哥白尼所以这样的解说,是因为希腊人已经讲过这句话,哥白尼想到了这句话可以解决这问题,便采用了。假使希腊没有这句话,在六十几年之后恐怕没有人敢说这句话吧。这就是读书的好处。像这样当初逢着困难后来得到解决的事很多,单说我个人就有许多。在我的书房里有一部小说叫作《醒世姻缘》,是西周生所著,自然用的是假名字,这是17、18世纪间的出品,印好在家藏了六年。这部小说讲到婚姻问题,其内容是这样:有个好老婆,不知何故,后来忽然变坏,作者没有提及解决方法,也没有想到可以离婚,只说是前世作孽,因为在前世男虐待女,女就投生换样子,压迫者变为被压迫者。这种前世作孽,起先相爱,后来忽变的故事,我仿佛什么地方看见过,后来在《聊斋》一书中见到一篇和这相类似的笔记,也是说到一个女子,起先怎样爱着她的丈夫,后来怎样变为凶太太,便想到这部小说大约是蒲留仙或是蒲留仙的朋友做的。去年我看到一本杂志,也说是蒲留仙做的,不过没有证据。今年我在北平,才找到了证据。这一件事可以解释刚才我所说的第二点,就是读书是为了要读书而读书,同时也可以解释第三点,就是读书可以供给出主意的来源。当初若是没有主意,到了逢着困难时便要手足无措,所以读书可以解决问题,就是军事、政治、财政、思想等问题,也都可以解决,这就是读书的用处。我有一位朋友,有一次傍着洋灯看小说,洋灯装有油,但是不亮,因为灯心短了。于是他想到《伊索寓言》里有一篇故事,说是一只老鸦要喝瓶中的水,因为瓶太小,得不到水,它就衔石投瓶中,水乃上来。这位朋友是懂得化学的,加水于灯中恐怕不亮，于是投以铜元，油乃碰到灯心。这是看《伊索寓言》看小说给他的帮助。读书好像用兵，养兵求其能用，否则即使有十万、二十万的大兵也没有用处，有的时候还要兵变呢。

至于"读什么书"，下次陈中凡先生要讲演，今天我也附带他讲一讲。我从五岁起到了四十岁，读了三十五年的书。究竟有几部书应该读，我也曾经想过。其中有条理有系统的书可以说是还没有两三部，至于精心结构之作，两千五百年以来恐怕只有半打。譬如《老子》这部书，今天说一句"道可道"，明天又说一句"非常道"，没有一些系统。集是杂货店，史和子还是杂货店。至于《诗经》《礼记》《易经》也只有一点形式，讲到内容，可以说没有一些东西可以给我们改进道德、增进知识的帮助的。中国书不够读乐趣，我们要另开生路，辟殖民地。读书要读到有乐而无苦。能做到这地步，书中便有无穷。希望大家不要怕读书，起初的确要查阅字典，但假使能下一年苦功，能把所读的书的内容句句分析清楚，这样的继续不断做去，那么，在一二年中定可开辟一个乐园，还只怕求知的欲望太大，来不及读呢。

【内容提要】

为什么要读书？第一，因为书是过去知识学问和经验的一种记录，我们读书便是要接受这人类的遗产，并以此为基础，继续将前人遗产发扬光大，或建立更高深更伟大的知识。第二，为要读书而读书，读了书便可以多读书。读书越多，基础越厚实，视野更开阔，理解力也更强，便于我们去挖掘书中更丰富的内涵,去攻克更多难读的书。第三,读书可以帮助我们解决困难,应付环境,并可获得思想材料的来源。读书增长见识,丰富经验,可以让我们在遇到各种问题时想到更多主意。

【阅读感悟】

宋真宗以未来的利益诱惑士子勤学苦读,胡适先生则以知识的用处来激励年轻人多读书,二者虽然有需求层次的高下之分,但他们的着眼点是相同的,那就是——今天读书是为了日后有用,今天的意义在于为未来奠基。

不管是广义的读书受教育,还是狭义的阅读,读书对未来的意义都毋庸置疑。基于此,家庭、学校、社会所做的努力不可谓不多矣,但现实却是,许多人并没有获得正常的阅读能力,更不用说养成良好的阅读习惯。在应试教育课外培训的卷山题海中成长起来的孩子们,做了许多阅读题,却不知道如何阅读一篇文章。互联网时代,一机在手,别无他求,碎片化的资讯和五花八门的娱乐占据了人们许多时间,一些成年人都很难沉静下来认真读书,更不用说意志力还未养成的未成年人。如此现状之下,任凭你把读书对未来的意义讲得天花乱坠,对于还没有尝到读书好处的孩子来说,无异于对牛弹琴。

如此,我们就无所作为,听之任之?非也!道理总是苍白的,与其以未来虚幻的美好来诱惑孩子刻苦读书,不如在当下引导他们去见识知识的神奇与书籍的魅力。

知识首先应该是个动词。前人留给我们的知识遗产安静地躺在书中，只是去读它背它，即便记住了，也很难说真正拥有。如果教师能创设情境、利用资源，让孩子们重新经历知识产生的过程，真正去知去识，在行动中去感知、体验、发现，那么知识对于他，就不会是书上枯燥的文字，掌握知识也不会是一件令人苦恼的事。

引导阅读，培养阅读能力和习惯，从来都是学校语文教学的重点。但长久以来"肢解"文本的教学方式和应试教育的题海战术，败坏了很多孩子阅读的胃口。孩子的早期阅读特别重要，正如惠特曼的一首诗所说：一个孩子每天向前走去／他看见最初的东西／他就变成那东西／那东西就变成了他的一部分……如果家庭和学校能按照孩子的认知规律，在早期做好阅读引导，让孩子广泛涉猎人类文明中最优秀的作品、最美好的语言，他们就能感受到书籍的魅力，阅读能力和习惯的养成将不是难事。有了这样的基础，传承知识、理解知识、应用知识就是很自然的过程，当我们的孩子再来思考为什么要读书时，将不再仅仅停留于胡适先生所说的这些工具层面。

（李红玉）

【大师名言】

读一书而已则不足以知一书。多读书，然后可以专读一书。

——《读书》

理想中的学者，既能博大，又能精深。精深的方面，是他的专门学问。博大的方面，是他的旁搜博览。博大要几乎无所不知，精深要几乎惟他独尊，无人能及。他用他的专门学问作中心，次及于直接相关的各种学问，次及于间接相关的各种学问，次及于不很相关的各种学问，以次及毫不相关的各种泛览。

——《读书》

所谓有计划地找书，便是用"大胆地假设，小心地求证"方法去找书。

——《找书的快乐》

卖书

郭沫若（1892—1978），文学家、诗人、历史学家、考古学家、古文字学家、社会活动家。原名郭开贞，四川乐山人。1914年初抵日本留学，原学医，后从事文艺运动。1918年开始新诗创作。1921年，出版第一部诗集《女神》，并与郁达夫、成仿吾、张资平等组织创造社。1926年参加北伐战争。1927年"四一二"反革命政变前夕，写了《请看今日之蒋介石》，揭露国民党右派的反动面目，同年参加南昌起义。著有《中国古代社会研究》《甲骨文字研究》《卜辞通纂》《两周金文辞大系考释》等。代表作有《屈原》《虎符》《棠棣之花》《甲申三百年祭》等。

我平生苦受了文学的纠缠，我想丢掉它也不知道有过多少次了，小的时候便喜欢读《楚辞》《庄子》《史记》和唐诗，但在1913年出省的时候，我便全盘把它们丢了。1914年正月我初到日本的时候，只带着一部《文选》。这是1913年的年底在北京琉璃厂的旧书店里买的。走的时候本来也想丢掉它，是我大哥劝我，没有把它丢掉。但我在日本的起初一两年，它被丢在我的箱子里，没有取出来过。

在日本住久了，文学的趣味不知不觉之间又抬起头来。我在高等学校快要毕业的时候，又收集了不少的中外的文学书籍。

那是1918年的初夏，我从冈山的第六高等学校毕了业，以后是要进医科大学了。我决心要专精于医学，文学书籍又不能不和它们断缘了。

我下了决心，又先后把我贫弱的藏书送给了友人。当我要离开冈山的前一天，剩着《庾子山全集》和《陶渊明全集》两书还在我的手里。这两部书我实在是不忍丢掉，但又不能不丢掉。这两部书和科学精神实在是不相投合的，那时候我因为手里没有多少钱，便想把这两部书拿去拍卖。我想起日本人是比较尊重汉籍的，这两部书或许可以卖得一些钱。

那是晚上，天在下雨。我打起一把雨伞向冈山市去。走到一家书店里我去问了一声。我说："我有几本中国书……"

话还没有说完,坐店的一位年青的日本人,在怀里操着两只手,粗暴地反问着我:"你有几本中国书?怎么样?"

我说:"想让给你。"

——"哼,"他从鼻孔里哼了一声,又把下颚向店外指了一下,"你去看看招牌罢,我不是买旧书的人!"说着把头掉开了。

我碰了这样一个大钉子,很失望。这位书贾太不把人当钱了!我就偶尔把招牌认错,也犯不着以这样侮慢的态度来待我!我抱着书仍旧回到寓所去。路从冈山图书馆经过的时候,我突然对于它生出了惜别意来。这儿是使我认识了斯宾诺莎、泰戈尔、伽比尔、歌德、海涅、尼采诸人的地方。我的青年时代的一部分是埋葬在这儿的。我便想把我时下挟着的两部书寄付在这儿,我一下了决心,便把书抱进馆去。那时因为下雨,馆里看书的一个人也没有。我向一位馆员交涉,说我愿意寄付两部书。馆员说馆长回家去了,叫我明天再来。我觉得这是再好也没有的,便把书交给了馆员,诿说明天再来,便走了。

啊,我平生没有遇着过这样快心的事。我把书寄付了之后,觉得心里非常恬静,非常轻松。雨伞上滴落着的雨声都带着音乐的谐调,赤足上蹴触着的行潦也觉得爽腻。啊,那爽腻的感觉!我想就是耶稣脚上受着玛格达伦用香油涂抹时的感觉,也不过是这样吧?——这样的感觉,到现在好像也还留在脚上,但已经隔了六年了。

把书寄付后的第二天,我便离去了冈山。我在那天不消说没有往图书馆去。六年来,我乘火车虽然前前后后地也经过冈山五六次,但都没有机会下车。在冈山的三年间的生活回忆时常在我脑中苏活着;但恐怕永没有重到那儿的希望了。

啊,那儿有我和芳坞同过学的学校,那儿有我和晓芙同住过的小屋,那儿有我时常去登临的操山,那儿有我时常去划船的旭川,那儿有我每天清早上学、每晚放学必然通过的清丽的后乐园,那儿有过一位最后送我上火车的处女,这些都是使我永远不能忘怀的地方。但我现在最初想到的是我那《庾子山集》和《陶渊明集》的两部书呀!我那两部书不知道是否安然寄放在图书馆里?无名氏的寄付,未经馆长的过目,不知道是否遭了登录?看那样书籍的人,我怕近代的日本人中少有吧?即使遭了登录,想来也一定被置诸高阁,或者是被蠹鱼蛀食了。啊,但是哟,我的庾子山!我的陶渊明!我的旧友们哟!你们不要埋怨我的抛撒!你们也不要埋怨知音的寥落!我虽然把你们抛撒了,但我到了现在也还在镂心刻骨地思念着你们。你们即使不遇知音,但假如在图书馆中健在,也比落在贪婪的书贾手中经过一道铜臭的烙印的,总要幸福得多吧?

啊,我的庾子山!我的陶渊明!旧友们哟!现在已是夜深;也是正在下雨的时候,我寄居在这儿的山中,也和你们冷藏在图书馆里的一样。但我想起六年前和你们别离的那个幸福的晚上,我觉得我也算不曾虚度此生了。

你们的生命是比我长久的,我的骨化成灰、肉化成泥时,我的神魂是借着你们永在。

【内容提要】

小时候便喜欢读《楚辞》《庄子》《史记》和唐诗,但在民国二年(1913年)出省的时候,把它们丢了;去日本学医时在哥哥劝说下带了《文选》,后因为决心要专精于医学的研究,迫不得已和文学书籍断缘;再想将在日本期间的藏书卖掉,在书店卖书时因碰钉子而失悔、恼恨,因此将书仍旧抱回寓所;路过冈山图书馆寄付在此;为两部喜爱的书找到归宿之后,心里感到愉快、恬静、轻灵与爽腻;将书寄付之后,又对它们刻骨铭心地思念。书的生命比"我"的生命恒久,"我"的神魂是借着你们永在。

【阅读感悟】

我对郭沫若先生的了解停留在"弃医从文"上,直到读到这篇《卖书》才知先生还有过"弃文重医"的经历。

这其中的机缘巧合,让我想起人与书的种种爱恨情仇,归为一个"缘"字最贴切。

缘起,如同相亲,第一眼是最重要的。先生说小的时候便喜欢读《楚辞》《庄子》《史记》和唐诗,但在民国二年(1913年)出省的时候,便全部把它们丢了。有幸第一眼遇到了高贵典雅的美女,可惜太少,轻狂的少年总是在过来人的嗟叹中毫无悬念地错过了。可书与人又有些不同,很多书相见虽不多时,但缘起情生,如同良友随行,亲疏远近自我掌控,倒是让人欢喜。

缘灭,懂一个人很难,读懂一本书也很难,条件太多的恋爱总不能有好结果，读书也是如此。读书之道也很像情感的路，偶有波折。郭老的书缘被"医学"这个强大的"前任"斩断，我们的书缘也经常被"电视剧""抖音"等谄媚的小妖精打断。情起之时一往情深，缘灭之时转瞬即逝。

再生缘。人与书的相处，恰如人与人的相逢相知：有的倾盖如故，有的白首如新。书柜里的纸书，kindle阅读器里下载的电子书，手机里通过读书软件下载的电子书……就像郭老寄付在日本图书馆里的《庾子山全集》和《陶渊明全集》，托付之时心情轻松愉快，然而六年之后还念念不忘，终于被时光证明了是真爱。那些能够在寂寞里给他温暖、在懦弱时给他勇气、在迷茫时给他指路的书，让他一生难以忘怀。这斩不断的缘分，让他后来对朋友说："医生至多不过是医治少数患者的肉体上的疾病，要使祖国早日觉醒站起来斗争，无论如何必须创立新文学。"再续前缘，郭老携手文学度过了后半生。

为什么要读书？为什么要读佳作？郭老的这篇《卖书》说得透彻。无论人处在什么阶段、什么位置，总要见见优秀的女子，即使与"女神"缘浅，也能提高自己的审美能力；与众佳丽缘灭，至少知道自己的精神追求是什么；即便错过，年龄不是问题，再见也能成就良缘。最重要的是：作为过来人，你的阅历和读过的书都可以像郭老先生一样成为为儿子指路的底气。

向郭沫若先生学习，无论此生还是来生，"我的神魂是借着你们永在"。

（陈　莹）

【大师名言】

人是活的，书是死的。活人读死书，可以把书读活。死书读活人，可以把人读死。

——《郭沫若文集》

我们只愿在真理的圣坛之前低头，不愿在一切物质的权威之前拜倒。

——《向真理低头》

如果大家都回复纯真的童心，那多么好啊。不要有这么多的假面具，这么多装腔作势的表演。大家都恢复赤子之心吧！纯真、朴实，那是诗歌的最美境界，也是人生的最佳境界，让我们永远去追求它吧！

——《郭沫若书信集》

怎样读书

顾颉刚（1893—1980），历史学家、民俗学家。江苏苏州人。历任北京大学、复旦大学等校教授。1927年创办中山大学民俗学会和《民俗周刊》，并编辑"民俗学会丛书"。1934年创办《禹贡》半月刊，次年建立禹贡学会，推动历史地理学的研究，并先后主编《责善》半月刊、《文史杂志》。中华人民共和国成立后任中科院历史研究所研究员和学术委员，主持标点《资治通鉴》、"二十四史"的工作，并深入研究《尚书》，发表大量校释译论。出版有《秦汉的方士与儒生》（原名《汉代学术史略》）、《三皇考》、《史林杂识初编》、《中国历史地图集》（古代史部分）、《吴歌甲集》等。

一个普通人走进了图书馆，看见满屋满架的书，觉得眼睛都花了。这是由于他对世界上的知识没有一方面是有特殊兴趣所致。研究学问的事固然不必每人都参加，但是一方面的特殊兴趣确为任何人所不可少。譬如看报，有人喜欢看专题新闻，有人喜欢看小说文艺，也有人喜欢看商市行情。只要他能够有一件喜欢的，自然拿到了一份报纸就有办法。我们读书的第一件事，是要养成特殊方面的兴趣。

有人读书，只要随便翻翻就抛开了。有人读书，却要从第一个字看到末一个字才罢。其实两种方法都有道理，但永久只用一种方法是不对的。因为我们可以看的书籍太多了，倘使无论哪一部书都要从第一个字看到末一个字，那么，人的生命有限，一生能够读得多少部书呢？但有几部书是研究某种学问的时候，必须细读的，若只随便翻翻，便不能了解那种学问的意义。读书的第二件事，是要分别书籍缓急轻重，知道哪几部书是必须细读的，哪几部书是只要翻翻的，哪几部书只要放在架上不必动，等到我们用得着它的时候才去查考的。要懂得这个法子，只有多看书目，研究一点目录学。

我们的读书，是要借了书本上的记载寻出一条求知的路，并不是要请书本来管束我们的思想。读书的时候要随处会疑。换句话说，要随处会用自己的思想去批评它。我们只要敢于批评，就可分出它哪一句话是对的，哪一句话是错的，哪一句话是可以留待商量的。这些意思就可以写在书端上，或者写在笔记簿上。逢到什么疑惑的地方，就替它查一查。心中起什么问题，就自己研究一下。不怕动手，肯写肯翻，便可以养成自己的创作力。几年之后，对于这一门学问自然有驾驭运用的才干了。我们读书的第三件事，是要运用自己的判断力。只要有了判断力，书本就是给我们使用的一种东西了。宋朝的陆象山说六经"皆我注脚"，就是这个意思。

再有两件事情，也是应当注意的。其一，不可以有成见。以前的人因为成见太深了，只把经史看作最大的学问；经史以外的东西都看作旁门小道。结果，不但各种学问都被抑遏而不得发达，并且由于各种学问都不发达，就是经史的本身也是不能研究得好。近来大家感到国弱民贫，又以为唯有政治经济之学和机械制造之学足以直接救国的，才是有用之学，其余都是无关紧要的装饰品。这个见解也是错误的。学问的范围何等样大，凡是世界上的事物都值得研究，就是我们人类，再研究一万年也还是研究不尽。至于应用的范围却何等样小，是根据我们所需要而走的。昨天需要的东西，今天不要了，就丢了。今天需要的东西，明天不要了，也就丢了。若是为了应用的缘故，一意在应用上着力，把大范围忘了，等到时势一变，需要不同，我们岂不是剩了两只手呢！我们不能一味拿有用无用的标准来判定学问的好坏；就是某种像是没有用的学问，只要我们有研究的兴趣，也是可以研究下去为我们所用的。其二，是应该多赏识。无论哪种学问，都不是独立的，与它关联的地方非常之多。我们要研究一种学问，一定要对别种学问有些赏识，使得逢到关联的地方可以提出问题，请求这方面的专家解决，或者把这些材料送给这方面的专家。以前有人说过,我们研究学问,应当备两个镜子:一个是显微镜,一个是望远镜。显微镜是对自己专门研究的一科用的;望远镜是对其他各科用的。我们要对自己研究的一科极尽精微,又要对别人研究的各科略知一二。这并不是贪多务博,只因为一种学问是不能独立的缘故。

我从前的读书虽然并不希望博洽,但确是没有宗旨,脑子里只有一堆零碎材料,连贯不起来。经过章太炎先生的提示,顿时激起我连贯材料的欲望。我想我的为学,无论治什么东西都可以见出它的地位,不肯随便舍弃,因此对着满眼都是的史料彷徨。但自己近情的学问毕竟还是史学,我就丢了其他勉力做史学。那时我很想做一部中国学术史,名为《学览》。粗粗定了一个目录,钉了二百余本的卷子,分类标题,预备聚集材料,撰写成丛书,现在看来,这种治学门径是对头的。

【内容提要】

读书要养成特殊方面的兴趣,这样我们便能欢喜地读书;另外,要学会取舍与分清缓急轻重,因为人的一生有限,不可能读完所有的书,所以一定要有筛选;再则,读书要运用自己的判断力。

这种判断力表现在几个方面:要敢于质疑,敢于批判;不能有成见,即不是世俗地去看待学问的功利价值;应该多赏识,接纳不同人和不同学科的观点,即便不是为求读书的博洽,也要有一定宗旨,在这个宗旨下,学会联系不同学科与学问,又能勉力于自己近情的学问。

【阅读感悟】

讲个故事，后来成为大学者的徐复观，曾拜一代大儒熊十力为师，熊十力指定其读一批书。后来，徐复观来见老师，熊十力让他评论《读通鉴论》，徐复观对此书进行了一一指瑕。熊十力勃然大怒："你这个东西，怎么会读得进书？看书你只看它的不好之处，如何能有长进？"

可能大家觉得我走题了，不急，听我讲完。

徐复观曾说，有人读书总是"做翻案文章，便出了许多在鸡蛋中找骨头的考据家，有如顾颉刚这类的疑古派"。你看看，徐复观又拿老师骂自己的话来批顾颉刚了。

而此文中，顾先生说："我们的读书……并不是要请书本来管束我们的思想。……要随处会用自己的思想去批评它。"

问题来了，读书之时，到底该不该批判？要不要怀疑？

斗胆说几句吧！"批判"说到底是一种思想上的斗争精神，荀子言："凡斗者必自以为是，而以人为非。"多少年后，"自以为是"已成了一个贬义词。但是，在众人昏昏之时，我独昭昭，这是"自以为是"；不为流俗所动，笃信、坚持"虽千万人，吾往矣"，这是"自以为是"；在做学问上，不从众，"不唯书"，这也是"自以为是"。没有顾先生的"自以为是"，今天我们对《易经》的许多理解都还陷在泥泞之中。但顾先生一生都信奉的"大禹是条虫"的怀疑精神，又把他推到了被（鲁迅等学者）嗤笑的风口浪尖。

我并没有能力评判顾先生与鲁迅、徐复观之间，谁的话更有道理。但忍不住假想，某天某人在看了某本书之后，拍拍自己的脑袋说："哦，原来我错了！"——因为我也喜欢陈丹青说过的"读书便是自以为非"——读书是欣赏与认同他人的过程，也是发现自己"为非"并不断校正修补的过程。英特尔公司有条"达维多定律"，说的是"任何企业在本产业中必须不断更新自己的产品"。这条定律用在读书做人上也都适合，"批判"的"前批判"应指向自己。

所以，对于教师来说，我们读书和教学生读书，都要坚持基本的原则：不盲目从众，亦不矫俗反叛；不人云亦云，更要反躬自省。

（杨幼萍）

【大师名言】

读书人分两类，举子和才子，由《儒林外史》《红楼梦》等书可知，才子去骂举子，得到举子的回骂。才子骂举子禄蠹、俗物。举子骂才子迂想痴情、怪癖，不知经济道德。

——《顾颉刚文集》

我写出许多古史论文，原为科学工作，并不在求青年拥护；青年愿意接近我的，我只望他在学问上自求进展，对于我所说的不妨驳诘，也无须做我的应声虫。

——《顾颉刚自传》

我们的读书，是要借了书本上的记载寻出一条求知的路，并不是要请书本来管束我们的思想。读书的时候要随处会疑。换句话说，要随处会用自己的思想去批评它。

——《怎样读书》

做学问的八层境界
——1928年在广州中山大学的讲演

梁漱溟（1893—1988），中国著名的思想家、哲学家、教育家、社会活动家、国学大师、爱国民主人士。原名焕鼎，字寿铭。祖籍广西桂林，生于北京。主要研究人生问题和社会问题，现代新儒家的早期代表人物之一，有"中国最后一位大儒家"之称。梁漱溟受泰州学派的影响，在中国发起过乡村建设运动，并取得可以借鉴的经验。代表作有《中国文化要义》《东西文化及其哲学》《读书与做人》与《人心与人生》等。

简而言之，所谓学问，就是对问题说得出道理，有自己的想法。想法似乎人人都是有的，但又等于没有。因为大多数人的头脑杂乱无章，人云亦云，对于不同的观点意见，他都点头称是，等于没有想法。我从来没有想过要做学问，走上现在这条路，只是因为我喜欢提问题。提得出问题，然后想要解决它，这大概是做学问的起点吧。

以下分八层来说明我走的一条路。

第一层：因为肯用心思，所以有主见

对一个问题肯用心思，便对这问题自然有了主见，亦即是在自家有判别。记得有名的哲学家詹姆士（James）仿佛曾说过一句这样的话："哲学上的外行，总不是极端派。"这是说胸无主见的人无论对于什么议论都点头，人家这样说他承认不错，人家那样说他亦相信有理。因他脑里原是许多杂乱矛盾未经整理的东西。两边的话冲突不相容亦模糊不觉，凡其人于哲学是外行的，一定如此。哲学家一定是极端的！什么是哲学的道理？就是偏见！有所见便想把这所见贯通于一切，而使成普遍的道理。因执于其所见而极端地排斥旁人的意见，不承认有二或二以上的道理。美其名曰主见亦可，斥之曰偏见亦可。实在岂但哲学家如此！何谓学问？有主见就是学问！遇一个问题到眼前来而茫然的便是没有学问！学问不学问，却不在读书之多少。哲学系的同学，生在今日，可以说是不幸。因为前头的东洋西洋上古近代的哲学家太多了，那些读不完的书，研寻不了的道理，很沉重地积压在我们头背上，不敢有丝毫的大胆量，不敢稍有主见。但如果这样，终究是没有办法的。大家还要有主见才行。那么就劝大家不要为前头的哲学家吓住，不要怕主见之不对而致不要主见。我们的主见也许是很浅薄，浅薄亦好，要知虽浅薄也还是我的。许多哲学家的哲学也很浅，就因为浅便行了。詹姆士的哲学很浅，浅所以就行了！胡适之先生的更浅，亦很行。因为这是他自己的，纵然不高深，却是心得，而亲切有味。所以说出来便能够动人，能动人就行了！他就能成他一派。大家不行，就是因为大家连浅薄的都没有。

第二层：有主见乃感觉出旁人意见与我两样

要自己有了主见，才得有自己；有自己，才得有旁人——才得发觉得前后左右都有种种与我意见不同的人在。这个时候，你才感觉到种种冲突，种种矛盾，种种没有道理，又种种都是道理。于是就不得不有第二步的用心思。

学问是什么？学问就是学着认识问题。没有学问的人并非肚里没有道理，脑里没有理论，而是心里没有问题。要知必先看见问题，其次乃是求解答；问题且无，解决问题更何能说到。然而非能解决问题，不算有学问。我为现在哲学系同学诸君所最发愁的，便是将古今中外的哲学都学了，道理有了一大堆，问题却没有一个，简直成了莫可奈何的绝物。要求救治之方，只有自己先有主见，感觉出旁人意见与我两样，而触处皆是问题；憬然于道理之难言，既不甘随便跟着人家说，尤不敢轻易自信；求学问的生机才有了。

第三层：此后看书听话乃能得益

大约自此以后乃可算会读书了。前人的主张，今人的言论，皆不致轻易放过，稍有与自己不同处，便知注意。而凡于其自己所见愈亲切者，于旁人意见所在愈隔膜。不同，非求解决归一不可；隔膜，非求了解他不可。于是古人今人所曾用过的心思，我乃能发现而得到，以融取而收归于自己。所以最初的一点主见便是以后大学问的萌芽。从这点萌芽才可以吸收滋养料，而亦随在都有滋养料可得。有此萌芽向上才可以生枝发叶，向下才可以入土生根。待得上边枝叶扶疏，下边根深蒂固，学问便成了。总之，必如此才会用心，会用心才会读书；不然读书也没中用处。现在可以告诉大家一个看人会读书不会读书的方法：会读书的人说话时，他要说他自己的话，不堆砌名词，亦无事旁征博引；反之，一篇文里引书越多的一定越不会读书。

第四层：学然后知不足

古人说"学然后知不足"，真是不错。只怕你不用心，用心之后就自知虚心了。自己当初一点见解之浮浅不足以解决问题，到此时才知道了。问题之不可轻谈，前人所看之高过我，天地间事理为我未及知者之尽多，乃打下了一向的粗心浮气。所以学问之进，不独见解有进境，逐有修正，逐有锻炼，而心思头脑亦锻炼得精密了，心气态度亦锻炼得谦虚了。而每度头脑态度之锻炼又皆还而于其见解之长进有至大关系。换言之，心虚思密实是求学的必要条件。学哲学最不好的毛病是说自家都懂。问你，柏拉图懂吗？懂。佛家懂吗？懂。儒家懂吗？懂。老子、阳明也懂；康德、罗素、柏格森……全懂得。说起来都像自家熟人一般。一按其实，则他还是他未经锻炼的思想见地；虽读书，未曾受益。凡前人心思曲折，经验积累，所以遗我后人者乃一无所承领，而贫薄如初。遇着问题，打起仗来，于前人轻致反对者固属隔膜可笑，而自谓宗主前人者亦初无所窥。此我们于那年科学与人生观的论战，所以有大家太不爱读书，太不会读书之叹也。而病源都在不虚心，自以为没什么不懂得的。殊不知，你若当真懂得柏拉图，你就等于柏拉图。若自柏拉图、佛、孔以迄罗素、柏格森数理生物之学都懂而兼通了，那么，一定更要高过一切古今中外的大哲了！所以我劝同学诸君，对于前人之学总要存一我不懂之意。人问柏拉图你懂吗？不懂。柏格森懂吗？不懂。阳明懂吗？不懂。这样就好了。从自己觉得不懂，就可以除去一切浮见，完全虚心先求了解他。这样，书一定被你读到了。

我们翻开《科学与人生观之论战》一看，可以感觉到一种毛病，什么毛病呢？科学派说反科学派所持见解不过如何如何，其实并不如此。因为他们自己头脑简单，却说人家头脑简单；人家并不如此粗浅，如此不通，而他看成人家是这样。他以为你们总不出乎此。于是他就从这里来下批评攻击。可以说是有意无意地栽赃。我从来的脾气与此相反。从来遇着不同的意见思想，我总疑心他比我高，疑心他必有为我所未及的见闻在，不然，他何以不和我做同样判断呢？疑心他必有精思深悟过乎我，不然，何以我所见如此而他乃如彼？我原是闻见最不广，知识最不够的人，聪明颖悟，自己看是在中人以上；然以视前人则远不逮，并世中高过我者亦尽多。与其说我是心虚，不如说我胆虚较为近实。然由此不敢轻量人，而人乃莫不资我益。因此我有两句话希望大家常常存记在心，第一，"担心他的出乎我之外"；第二，"担心我的出乎他之下"。有这担心，一定可以学得上进。《东西文化及其哲学》这本书就为了上面我那两句话而产生的。我二十岁的时候，先走入佛家的思想，后来又走到儒家的思想。因为自己非常担心的缘故，不但人家对佛家儒家的批评不能当作不看见，并且自己留心去寻看有多少对我的批评。总不敢自以为高明，而生恐怕是人家的道理对。因此要想方法了解西洋的道理，探求到根本，而谋一个解决。迨自己得到解决，便想把自己如何解决的拿出来给大家看，此即写那本书之由也。

第五层：由浅入深便能以简御繁

归纳起第一、第二、第三、第四四点，就是常常要有主见，常常看出问题，常常虚心求解决。这样一步一步地牵涉越多，范围越广，辨察愈密，追究愈深。这时候零碎的知识，段片的见解都没有了；在心里全是一贯的系统，整个的组织。如此，就可以算成功了。到了这时候，才能以简御繁，才可以学问多而不觉得多。凡有系统的思想，在心里都很简单，仿佛只有一两句话。凡是大哲学家皆没有许多话说，总不过一两句。很复杂很沉重的宇宙，在他手心里是异常轻松的——所谓举重若轻。学问家如说肩背上负着多沉重的学问，那是不对的；如说当初觉得有什么，现在才晓得原来没有什么，那就对了。其实，直仿佛没话可讲。对于道理越看得明透越觉得无甚话可说，还是一点不说的好。心里明白，口里讲不出来。反过来说，学问浅的人说话愈多，思想不清楚的人名词越多。把一个没有学问的人看见真要被他吓坏！其实道理明透了，名词便可用，可不用，或随意拾用。

第六层：是真学问使有受用

有受用没受用仍就在能不能解决问题。这时对于一切异说杂见都没有摇惑，而身心通泰，怡然有以自得。如果外面或里面还有摆着解决不了的问题，那学问必是没到家。所以没有问题，因为他学问已经通了。因其有得于己，故学问可以完全归自己运用。假学问的人，学问在他的手里完全不会用。比方学武术的十八般武艺都学会了，表演起来五花八门很像个样。等到打仗对敌，叫他抡刀上阵，却拿出来的不是那个，而是一些幼稚的拙笨的，甚至本能的反射运动，或应付不了，跑回去搬请老师。这种情形在学术界里，多可看见。可惜一套武艺都白学了。

第七层：旁人得失长短二望而知

这时候学问过程里面的甘苦都尝过了，再看旁人的见解主张，其中得失长短都能够看出来。这个浅薄，那个到家，这个是什么分数，那个是什么程度，都知道得很清楚；因为自己从前皆曾翻过身来，一切的深浅精粗的层次都经过。

第八层：自己说出话来精巧透辟

每一句话都非常的晶亮透辟，因为这时心里没有一点不透的了。此思精理熟之象也。

现在把上面的话结束起来。如果大家按照我的方法去下功夫，虽天分较低的人，也不至于全无结果。盖学至于高明之域，诚不能不赖有高明之资。然但得心思剀切事理，而循此以求，不急不懈，持之以恒者，则祛俗解蔽，未尝不可积渐以进。而所谓高明正无奥义可言，亦不过俗祛蔽解之真到家者耳。此理，前人早开掘出以遗我，第苦后人不能领取。诚循此路，必能取益；能取益古人则亦庶几矣。

至于我个人，于学问实说不上。上述八层，前四层诚然是我用功的路径；后四层，往最好里说，亦不过庶几望见之耳——只是望见，非能实有诸己。少时妄想做事立功而非学问；二三十岁稍有深思，亦殊草率；近年问题益转到实际的具体的国家社会问题上来。心思之用又别有在，不如是不得心安者。后此不知如何，终恐草草负此生耳。

末了，我要向诸位郑重声明：我始终不是学问中人，也不是事功中人。我想了许久，我是什么人？我大概是问题中人！

（本文节选自梁漱溟先生1928年在广州中山大学哲学系的讲演，原题为《如何成为今天的我》）

【内容提要】

总的来说，做学问就是一个不断提出问题、解决问题从而不断长益精进的过程。做学问有八层境界：第一层，肯用心思，通过思考形成自己的主见；第二层，发现自己的主见不能解释许多问题，对世界产生疑惑；第三层，会读书，"看书听话"能得到益处；第四层，进一步学习从而知道自己的不足，能站在更高维度提出新的问题和形成新的认识；第五层，以上四个阶段不断螺旋式上升，从而形成系统的知识；第六层，能自如运用学问解决问题；第七层，自己能清楚看到别人的问题；第八层，语言精辟通透。

【阅读感悟】

回顾梁漱溟先生的一生，他对自己的概括真是精辟："我大概是问题中人！"能不是"问题中人"吗？

梁先生年少时正值清末，接受的是当时少见的新式教育，后来倾向变法维新、对社会主义感兴趣，在他对这些当时新潮的学说充满热情时，佛学又让他有了出世的想法。五四运动之后，西方思潮盛行，他却又做了一次更不顺应潮流的选择：否定对西学的崇尚而呼吁重拾对国学的信心，学问做到高处却转而投身于农村建设的实践。

回顾梁先生的一生，他的每一步都走得那么坚定，他常常与外界、与曾经的自己强烈碰撞，而每一次碰撞之后必定会产生一个又一个令人痛苦的问题。问题常常摧毁人，却成就了梁先生。读梁先生的文章，我看到一个把问题当资粮的智者。带着资粮，梁先生坦然行走在自己的读书路上，不断走入新境界。

因为把问题当资粮，所以他知道，资粮虽然沉重，但也是一路上补充力量的来源。所以他珍惜，他坚持，哪怕别人可能觉得他有点傻，甚至显得格格不入。

因为把问题当资粮，所以他力图解决问题，像一个最会养生的人，认真咀嚼每一颗米粒，将其消化吸收，从而使自己更强壮。

因为把问题当资粮，所以他不会对问题视而不见，对待问题，他像一个颗粒归仓的老农，又像一个胃口极佳的"吃货"。

因为把问题当资粮，所以不是问题吞没了他，而是他消化掉了问题，因而，他越来越强大。

先生的读书路，于凡夫俗子而言，就是"倒行逆施"。我是那种发现自己的见解与别人不一样就马上圆滑地放弃的"没有问题"的人，我是那种问题没来就如临大敌，问题来了像鸵鸟一样把头埋进泥土的人，我是那个希望读书之路只有阳光雨露与鲜花、顺利无阻的人，最后，我是那个几十年每日与书为伴，却被困难挡在书山脚下兜兜转转的人。

怯懦逃避、害怕问题是人性；勇敢坦然、以困难为资粮也是人性。读懂一点先生的"问题"人生，愿能拿出勇气，在自己的生命之河里展开一段逆流而上的旅程吧。

（黄　涛）

【大师名言】

凡一种教育有成效见于社会，因而社会要求发展此教育，教育有其发展之前途者便是。反之，教育没有成效可见，却为社会制造出许多问题来，招致社会的诅咒，要求其改造，那样教育便是无出路的。

——《教育的出路与社会的出路》

一生之中，时而劳攘奔走，时而退处静思，动静相间，三番五次不止。是以动不盲动，想不空想。其幸免于随俗浅薄者，赖有此也。

——《中华文化要义》

学问必经自己求得来者，方才切实受用。反之，未曾自求者就不切实，就不会受用。

——《我的自学小史》

如何读中国书

蒙文通（1894—1968），历史学家。原名尔达，四川盐亭人。四川国学院毕业。1927年任成都大学、成都师范大学、成都国学院教授，后历任中央大学、河南大学、北京大学、四川大学、东北大学、华西大学教授，四川省图书馆馆长。中华人民共和国成立后，历任华西大学、四川大学教授，兼中国科学院历史研究第一所研究员；致力经学、史学、理学、佛学、民族史研究。著有《孔氏古文说》《中国禅学考》《越史丛考》《古史甄微》《经学抉原》《周秦少数民族研究》等。

读基础书要慢点读，仔细读。不仅是读过，而且要熟。更不在多，多是余事。只熟也还无用，而是要思。但思不是乱出异解，不是穿凿附会，只是能看出问题。

读史，史书上讲的尽是故事，切不可当作小说读，要从中读出问题来，读出个道理来，读出一个当时的社会来。否则，便不如读小说。

读书贵能钻进去，并不在于读罕见的书，要能在常见书中读出别人读不出来的问题。

读宋、明理学书，不能当作学知识，而要当作是学道理，读时应顺着书中所说去体会其道理，要在能懂，不可求快。初读时宜读选本，周汝登《圣学宗传》、孙奇逢《理学宗传》都可（《明儒学案》每家分量稍重，《宋元学案》更重，不宜初学），能读懂哪家，能理会其道理者，不妨多读几遍，然后再读全集。通一家后，再如前法选读他家。总之，选自己有兴趣的、能读懂的来读，而不要勉强硬读。只有这样读，此才能真有所得，才能做到"心知其意"深刻理解。"不入虎穴，焉得虎子。"不能深刻懂得古人何所道，是谈不到分析批判的。

孟子说："观水有术，必观其澜。"观史亦然，须从波澜壮阔处着眼。浩浩长江，波涛万里，须能把握住它的几个大转折处，才能把长江说个大概；读史也须能把握历史的变化处，才能把历史发展说个大概。

读中国哲学，切不可执着于名相，因个人所用名词术语常有名同而实异者，故必细心体会各家所用名词术语的涵义，才能进行分析比较。如果内涵不清，仅就名相上进行分析，皮毛而已，是不着实际的。

有些著作，看似零散、无系统，其实是有系统的。如顾炎武之《日知录》，赵瓯北之《廿二史札记》，就可说是自成体系的通史，只不过没有把人所共知的史实填充进去而已。然清人札记之能与二书相比者盖鲜。

象山言：我这里纵不识一个字，亦须还我堂堂地做个人。又说：人当先理会所以为人，若不知人之所以为人，而与之讲学，是遗其大而言其细，便是放饮流歠而无问齿决。不管做哪门学问，都应该体会象山这层意思。

一个心术不正的人，做学问不可能有什么大成就。

学生总得超过先生。如不能超过先生，纵学得和先生一样，还要你这样学生作何用？

做学问犹如江河行舟，会当行其经流，乘风破浪，自当一泻千里。若苟沿边逡巡，不特稽迟难进，甚或可能误入洄水沱而难于自拔。故做学问要敢抓、能抓大问题、中心问题，不要去搞那些枝枝节节无关大体的东西，谨防误入洄水沱。

中国地广人众，而能长期统一，就因为有一个共同的传统文化。欧洲较中国小、人口较中国少，反而长期是个分裂的局面，就因为没有一个共同的传统文化。中国这个传统文化，说到底就是儒家思想。要把中国的历史和现实讲清楚，离开了儒家思想是不行的。

学问贵成体系。但学力不足、才力不够是达不到的。体系有如几何学上点、线、面、体的"体"。清世学者四分之三以上都是饾饤之学，只能是点。其在某些分支上前后贯通自成系统者,如段玉裁之于文字学,可以算是线,还不能成面。如欧阳竟无先生之于佛学、廖季平先生之于经学,自成系统,纲目了然,但也只限于一面。能在整个学术各个方面都卓然有所建树而构成一个整体者,则数百年来盖未之见。做真学问者必须有此气魄。

做学问必选一典籍为基础而精熟之,然后再及其他。有此一精熟之典籍作基础,与无此一精熟之典籍作基础大不一样。无此一精熟之典籍作基础,读书有如做工者之以劳力赚钱,其所得者究竟有限。有此精熟之典籍作基础,则如为商者之有资本,乃以钱赚钱,其所得将无限也。

每一学问必有其基础典籍:清代汉学,不离《说文》;今古文学,则不离《五经异议》《白虎通义》;宋学则一《近思录》;文学则《昭明文选》《文心雕龙》。此学者之所能知。治史则当以《文献通考》为基础,则世之学者鲜能首肯者也。

【内容提要】

求学读书要下真功夫,要慢读、细读、熟读,不求多,但要思考,要能钻进去。对不同的中国书,读法各有侧重:史书要读出问题,读出道理,读出社会;宋、明理学书,应从自己有兴趣的、读得懂的书入手,由选本而后全本;读哲切不可执着于名相。总的来说,读书做学问要有大目标,要有系统意识,要为人正派敢于超越老师,要善于抓大问题,而要做好这些"大",又必得从"小"做起,从一部基础典籍开始,老老实实地进行精读。

【阅读感悟】

在从教生涯中，经常碰到学生问我读什么书、怎么读书。今天读蒙文通先生此文，我觉得对教师来说，要想回答好学生的此类问题，自己必得是一个清清楚楚的读书人，只有这样才能带领学生在读书路上少走弯路。

年轻时给学生荐书常常是跟着流行走。让学生今天读《谁动了我的奶酪》，明天读《三重门》，后天又读一读《飘》，学生们多多少少都读了一些书，花了一些时间，收获的却大多是读书的虚荣。

年轻时给学生荐书常想树立自己有智慧的形象。米兰·昆德拉的小说，我是没大弄明白的，我却一次次向学生推荐《不能承受的生命之轻》，以展示自己高深的知识，弄到有的学生毕业好多年回来还会说哪些我推荐的书没看懂。

年轻时给学生荐书常想树立自己博学的形象，一会儿推荐《挪威的森林》以显文艺，一会儿推荐《细胞生命礼赞》以示热爱科学，也会推荐《宽容》显摆自己对历史哲学的兴趣。其实，文艺、科学、哲学于我似乎都不沾边。

年轻时给学生荐书还有一个奇怪的爱好，就是喜欢在细微描写处津津乐道，常常不顾整篇要义，更别谈一书、一家、系统。我很担心我的学生现在聊起丰子恺会意兴盎然地谈起《吃瓜子》里的描写是多么细致有趣，但他们不知道丰先生在这有趣的细节里藏着深深的生命之悲、民族之忧，这得归咎于我这个"一叶障目，不见森林"的老师。

书都是好书，都可推荐，问题在于作为教师，我荐书时的心态有问题。没有想过让学生从我这儿系统地得到一些什么，没有想过学生们若是读不懂会不会从此不愿再读书，没有考虑过不同的学生会有不同的阅读兴趣。

年轻时的我为什么在给学生们推荐图书时显得那么没谱呢？因为我自己的读书观在那时就是很有问题的。追时髦，不求系统、不求弄懂；求"读书人"的虚荣帽子，却不肯下功夫老老实实地读基础书；图轻松，只愿意在细枝末节上玩味，却不想动脑筋学道理：做一个知识分子有这样的读书观就是对"心术不正"的最好诠释。蒙老先生说得对，"一个心术不正的人，做学问不可能有什么大成就"，隔着时空，他批评的就是我。

所幸，"朝闻道，夕死可矣"，只要想读书，"亡羊而补牢，未为迟也"。愿与有幸在更年轻的时候读到蒙老先生此篇文章的你共勉。

（黄　涛）

【大师名言】

《庄》《老》沉疴，若在膏肓；荀、韩所陈，有同废疾；思、孟深粹，墨守无间。必读而辨之，而后知东方文化之东方文化，斯于学为最美。

——《古史甄微·自序》

一个心术不正的人，做学问不可能有什么大成就。

——《蒙文通学记·治学杂语》

人当先理会所以为人，若不知人之所以为人，而与之讲学，是遗其大而言其细，便是放饮流歠而问无齿决。

——《蒙文通学记·治学杂语》

我的读书经验

冯友兰(1895—1990),哲学家、哲学史家。河南唐河人。1915年入北京大学文科中国哲学门。1919年赴美留学,获哲学博士学位。回国后历任中州大学、中山大学、北京大学、清华大学教授。抗战初期任西南联大教授兼文学院院长。1952年起任北京大学教授。20世纪30年代初出版两卷本《中国哲学史》,把中国哲学史分为"子学时代"和"经学时代",肯定了传统儒学的价值。1937—1946年写《新理学》《新事论》《新世训》《新原人》《新原道》《新知言》,以程朱理学结合新实在论,构建其"新理学"体系。中华人民共和国成立后,著有《中国哲学史新编》等,论著编为《三松堂全集》。

我今年八十七岁了，从七岁上学起就读书，一直读了八十年，其间基本上没有间断，不能说对于读书没有一点经验。我所读的书，大概都是文、史、哲方面的，特别是哲。我的经验总结起来有四点：(1) 精其选；(2) 解其言；(3) 知其意；(4) 明其理。

先说第一点。古今中外，积累起来的书真是多极了，真是浩如烟海。但是，书虽多，有永久价值的还是少数。可以把书分为三类，第一类是要精读的，第二类是可以泛读的，第三类是只供翻阅的。所谓精读，是说要认真地读，扎扎实实地一个字一个字地读。所谓泛读，是说可以粗枝大叶地读。只要知道它大概说的是什么就行了。所谓翻阅，是说不要一个字一个字地读，不要一句话一句话地读，也不要一页一页地读。就像看报纸一样，随手一翻，看看大字标题，觉得有兴趣的地方就大略看看，没有兴趣的地方就随手翻过。听说在中国初有报纸的时候，有些人捧着报纸，就像念五经四书一样，一字一字地高声朗诵。照这个办法，一天的报纸，念一年也念不完。大多数的书，其实就像报纸上的新闻一样，有些可能轰动一时，但是昙花一现，不久就过去了。所以，书虽多，真正值得精读的并不多。下面所说的是就值得精读的书而言。

怎样知道哪些书是值得精读的呢？对这个问题不必发愁。自古以来，已经有一位最公正的评选家，有许多推荐者向它推荐好书。这个评选家就是时间，这些推荐者就是群众。历来的群众,把他们认为有价值的书,推荐给时间。时间照着他们的推荐,对于那些没有永久价值的书都刷下去了,把那些有永久价值的书流传下来。从古以来流传下来的书,都是经过历来群众的推荐,经过时间的选择,流传了下来。我们看见古代流传下来的书,大部分都是有价值的,我们心里觉得奇怪,怎么古人写的东西都是有价值的。其实这没有什么奇怪,他们所作的东西,也有许多没有价值的,不过这些没有价值的东西,没有为历代群众所推荐,在时间的考验上,落了选,被刷下去了。现在我们所称谓"经典著作"或"古典著作"的书都是经过时间考验,流传下来的。这一类的书都是应该精读的书。当然随着时间的推移和历史的发展,这些书之中还要有些被刷下去。不过直到现在为止,它们都是榜上有名的,我们只能看现在的榜。

我们心里先有了这个数,就可随着自己的专业选定一些需要精读的书。这就是要一本一本地读,所以在一段时间内只能读一本书,一本书读完了才能读第二本。在读的时候,先要解其言。这就是说,首先要懂得它的文字;它的文字就是它的语言。语言有中外之分,也有古今之别。就中国的汉语说,笼统地说,有现代汉语,有古代汉语,古代汉语统称为古文。详细地说,古文之中又有时代的不同,有先秦的古文,有两汉的古文,有魏晋的古文,有唐宋的古文。中国汉族的古书,都是用这些不同的古文写的。这些古文,都是用一般汉字写的,但是仅只认识汉字还不行。我们看不懂古人用古文写的书,古人也不会看懂我们现在的《人民日报》。这叫语言文字关。攻不破这道关,就看不见这道关里边是什么情况,不知道关里边是些什么东西，只好在关外指手画脚，那是不行的。我所说的解其言，就是要攻破这一道语言文字关。当然要攻这道关的时候，要先做许多准备，用许多工具，如字典和词典等工具书之类。这是当然的事，这里就不多谈了。

　　中国有句老话说是"书不尽言，言不尽意"，意思是说，一部书上所写的总要比写那部书的人的话少，他所说的话总比他的意思少。一部书上所写的总要简单一些，不能像他所要说的话那样啰唆。这个缺点倒有办法可以克服。只要他不怕啰唆就可以了。好在笔墨纸张都很便宜，文章写得啰唆一点无非是多费一点笔墨纸张，那也不是了不起的事。可是言不尽意那种困难，就没有法子克服了。因为语言总离不了概念，概念对于具体事物来说，总不会完全合适，不过是一个大概轮廓而已。比如一个人说，他牙痛。牙是一个概念，痛是一个概念，牙痛又是一个概念。其实他不仅止于牙痛而已。那个痛，有一种特别的痛法，有一定的大小范围，有一定的深度。这都是很复杂的情况，不是仅仅牙痛两个字所能说清楚的，无论怎样啰唆他也说不出来的，言不尽意的困难就在于此。所以在读书的时候，即使书中的字都认得了，话全懂了，还未必能知道作书的人的意思。从前人说，读书要注意字里行间，又说读诗要得其"弦外音，味外味"。这都是说要在文字以外体会它的精神实质。这就是知其意。司马迁说过："好学深思之士，心知其意。"意是离不开语言文字的，但有些是语言文字所不能完全表达出来的。如果仅只局限于语言文字，死抓住语言文字不放，那就成为死读书了。死读书的人就是书呆子。语言文字是帮助了解书的意思的拐棍。既然知道了那个意思以后,最好扔了拐棍。这就是古人所说的"得意忘言"。在人与人的关系中,过河拆桥是不道德的事。但是,在读书中,就是要过河拆桥。

　　上面所说的"书不尽言""言不尽意"之下,还可再加一句"意不尽理"。理是客观的道理;意是著书的人的主观的认识和判断,也就是客观的道理在他的主观上的反映。理和意既然有主观客观之分,意和理就不能完全相合。人总是人,不是全知全能的。他的主观上的反映、体会、判断和客观的道理,总要有一定的差距,有或大或小的错误。所以读书仅只得其意还不行,还要明其理,才不至于为前人的意所误。如果明其理了,我就有我自己的意。我的意当然也是主观的,也可能不完全合乎客观的理。但我可以把我的意和前人的意互相比较,互相补充,互相纠正。这就可能有一个比较正确的意。这个意是我的,我就可以用它处理事务,解决问题。好像我用我自己的腿走路,只要我心里一想走,腿就自然而然地走了。读书到这个程度就算是能活学活用,把书读活了。会读书的人能把死书读活;不会读书的人能把活书读死。把死书读活,就能把书为我所用,把活书读死,就能把我为书所用。能够用书而不为书所用,读书就算读到家了。

　　从前有人说过:"六经注我,我注六经。"自己明白了那些客观的道理,自己有了意,把前人的意作为参考,这就是"六经注我"。不明白那些客观的道理,甚而至于没有得古人所有的意,而只在语言文字上推敲,那就是"我注六经"。只有达到"六经注我"的程度,才能真正地"我注六经"。

【内容提要】

书虽多，有永久价值的却是少数。怎样知道哪些书是值得精读的呢？这个评选家就是时间，这些推荐者就是群众。可随着自己的专业选定一些需要精读的书。在读的时候，先要解其言，在文字以外体会它的精神实质。读书要明其理。理是客观的道理；意是著书的人的主观的认识和判断，也就是客观的道理在他的主观上的反映。理和意有主观客观之分，不能完全相合。会读书的人能把死书读活，不会读书的人能把活书读死。把死书读活，书为我所用；把活书读死，我为书所用。能够用书而不为书所用，读书就算读到家了。

【阅读感悟】

如果有人问，你是一个读书人吗？我们会说这还用问，只要读过书的人不就是读书人？其实只有真正读过书的人才算得上是读书人。这样理解看起来有点像绕口令，但是在你读过冯友兰先生的这篇文章之后，一定对"读书人"这个概念有一个新的认识。

究竟怎样才算是真正地读书？宋代理学家陆九渊有一句名言："六经注我，我注六经。"真正会读书的人是"六经注我"，不会读书的人是"我注六经"。冯友兰先生解释得更直白：自己明白了那些客观的道理，自己有了意，把前人的意作为参考，这就是"六经注我"；不明白那些客观的道理，甚至没有得古人所有的意，只在语言文字上推敲，那就是"我注六经"。只有达到"六经注我"的程度，才能真正地"我注六经"。"读书到这个程度就算是能活学活用，把书读活了"，"能够用书而不为书所用，读书就算读到家了"。

冯友兰先生是著名的哲学家，毫无疑问是一个"读书就算读到家了"的人，一般人读书达不到这样的境界和高度。冯友兰先生总结的经验是"精其选，解其言，知其意，明其理"。我对这四点的理解是，"精其选"不光是读书不多的人要注意，书读得很多的人更要注意，因为我们的精力有限，我们要读很多书，获得最大的读书回报，精选书籍非常重要，这是我们要走好的第一步。"解其言"就是指要了解大意，在这一点上可以"不求甚解"，只不过"不求甚解"是建立在基本理解大意的基础之上，只是没有深究而已。走好了这一步，我们就知道了所读之书的表面意思，为"知其意"做好了准备。经过自己的深入研究，"知其意"这一步才算完成。一般人往往停留在这一步，还不能算一个真正的读书人，真正的读书人一定要"明其理"，那就是结合个人的个性感悟，读出字缝里的意思。字缝里的意思是什么？是只属于读者个人的感悟，是读者的独特发现，有时这个感悟或发现超出了书籍作者原始的写作意图。

我们是教师，泛泛来说也算是一个读书人，至于是不是一个真正的读书人，那还得自己问一下自己，用镜子照一下，看脸红了没有。

（黄德灿）

【大师名言】

诗人想要传达的往往不是诗中直接说了的，而是诗中没有说的。

——《中国哲学简史》

人在名利途上要知足；在学问途上要知不足。在学问途上，聪明有余的人，认为一切得来容易，易于满足于现状。靠学力的人则能知不足，不停留于现状。学力越高，越能知不足。知不足就要读书。

——《宗璞小说散文选》

自然、社会、人生这三部大书是一切知识的根据，一切智慧的泉源。真是浩如烟海，无边无际。一个人如果能够读懂其中的三卷五卷或三页五页，就可以写出"光芒万丈长"的文章。古今中外的真正伟大的作家，都是能读懂一点这样的书的人。

——《宗璞小说散文选》

读书与做人

钱穆(1895—1990),中国现代著名历史学家、思想家、教育家。字宾四,江苏无锡人。中国学术界尊之为"一代宗师",学者谓其为中国最后一位士大夫、国学宗师,与吕思勉、陈垣、陈寅恪并称为"现代中国四大史学家"。1949年赴香港,创办新亚书院(香港中文大学前身)。1967年迁居台北,任"中国文化学院"(今"中国文化大学")史学教授。他毕生弘扬中国传统文化,高举现代新儒家的旗帜,产生了巨大的影响。

今天在这讲堂里有年轻的同学,有中年人,更有老年人,真是一次很有价值、很有意义的盛会。如按年岁来排,便可分为三班,所以讲话就比较难。因为所讲如是年轻人比较喜欢的,可能年长的不大爱听;反之亦然。现在我准备所讲将以年长人为主,因为年轻人将来还得做大人;但年老了,却不能复为年轻人。并且年幼的都当敬重年老的,这将好让将来的年轻人也敬重你们。至于年老的人,都抱着羡慕你们年轻人的心情,自然已值得年轻人骄傲了。

我今天的讲题是"读书与做人",实在与年轻人也有关。婴孩一出世,就是一个人,但还不是我们理想中要做的一个人。我们也不能因为日渐长大成人了,就认为满足;人仍该要自己做。所谓做人,是要做一个理想标准高的人。这须自年幼时即学做;即使已届垂暮之年,仍当继续勉学、努力做。所谓"学到老,做到老",做人工夫无止境。学生在学校读书,有毕业时期;但做人却永不毕业——临终一息尚存,他仍是一人,即仍该做;所以做人须至死才已。

现在讲到读书。因为只有在书上可以告诉我们如何去做一个有理想高标准的人。诸位在学校读书,主要就是要学做人;即如做教师的亦然。固然做老师可当是一职业,但我们千万不要以为职业仅是为谋生,当知职业也在做人道理中。做人理当有职业,以此贡献于社会。人生不能无职业,这是从古到今皆然的。但做一职业,并不即是做人之全体,而只是其一部分。学生在校求学,为的是为他将来职业做准备。

然而除在课堂以外,如在宿舍中,或是在运动场上,也都是在做人,亦当学。在课堂读书求学,那只是学做人的一部分;将来出了学校,有了职业,还得要做人。做人圈子大,职业圈子小。做人当有理想,有志愿。这种理想与志愿,藏在各人内心,别人不能见,只有他自己才知道。因此,读书先要有志。其次,当能养成习惯,离开了学校还能自己不断读书。读书亦就是做人之一部分,因从读书可懂得做人的道理,可使人格上进。

唯在离开了学校以后的读书,实与在学校里读书有不同。在学校里读书,由学校课程硬性规定,要笔记,要考试,战战兢兢,担心不及格,不能升级,不能毕业,好像在为老师而读书,没有自己的自由。至于离开了学校,有了职业,此时再也没有讲堂,也没有老师了,此时再读书,全是自由的,各人尽可读各人自己喜欢的书。当知在学校中读书,只是为离学校求职业做准备。这种读书并不算真读书。如果想做一位专门学者,这是他想以读书为职业。当知此种读书,亦是做人中一小圈子。我们并不希望,而且亦不大可能要人人尽成为学者。我此所讲,乃指我们离开学校后,不论任何职业、任何环境而读书,这是一种业余读书。这种读书,始是属于人生大圈子中尽人应有之一事,必需的,但又是自由的。今问此种读书应如何读法?下面我想提出两个最大的理想、共同的目标来。

一是培养情趣。人生要过得愉快、有趣味,这需用工夫去培养。社会上甚至有很多人怕做人了,他觉得人生乏味,对人生发生厌倦,甚至于感到苦痛。譬如:我们当教师,有人觉得当教师是不得已,只是为谋生,只是枯燥沉闷,挨着过日子。但当知:这非教师做不得,只是他失了人生的情趣了。今试问:要如何才能扭转这心理,使他觉得人生还是有意义有价值?这便得先培养他对人生的情趣,而这一种培养人生情趣的工夫,莫如好读书。

二是提高境界。所谓境界者,例如这讲堂,在调景岭村中,所处地势,既高又宽阔,背山面海。如此刻晴空万里,海面归帆遥驶,或海鸥三五,飞翔碧波之上;如开窗远眺,便觉眼前呈露的,乃是一片优美境界,令人心旷神怡;即或朗日已匿,阴雨晦冥,大雾迷蒙,亦仍别有一番好景。若说是风景好,当知亦从境界中得来;若换一境界,此种风景也便不可得。居住有境界,人生亦有境界,此两种境界并不同。并非住高楼美屋的便一定有高的、好的人生境界,住陋室茅舍的便没有。也许住高楼华屋,居住境界好,但他的人生境界并不好。或许住陋室茅舍,他的居住境界不好,而他的人生境界却尽好。要知人生境界别有存在。这一层,或许对青年人讲,一时不会领会,要待年纪大了、经验多、读书多才能体会到此。我们不是总喜欢过舒服快乐的日子吗?当知人生有了好的高的境界,他做人自会多情趣,觉得快活舒适。若我们希望能到此境界,便该好好学做人;要学做人,便得要读书。

为什么读书便能学得做一个高境界的人呢?因为在书中可碰到很多人,这些人的人生境界高、趣味深,好做你的榜样,目前在香港固然有三百几十万人之多,然而我们大家的做人境界却不一定能高,人生趣味也不一定能深。我们都是普通人。但在书中遇见的人可不同，他们是由千百万人中选出，又经得起长时间的考验而保留以至于今日，像孔子，距今已有二千六百年，试问中国能有几个孔子呢？又如耶稣，也快达二千年；其他如释迦牟尼、穆罕默德等人。为什么我们敬仰崇拜他们呢？便是由于他们的做人。当然，历史上有不少人物，他们都因做人有独到处，所以为后世人所记忆，而流传下来了。世间绝没有中了一张马票，成为百万富翁而能流传后世的。即使做大总统或皇帝，亦没有很多人能流传，让人记忆，令人向往。中国历代不是有很多皇帝吗？但其中大多数，全不为人所记忆，只是历史上有他一名字而已。哪里有读书专来记人姓名的呢？做皇帝亦尚无价值，其余可知。中马票固是不足道，一心想去外国留学、得学位，那又价值何在、意义何在呀？当知论做人，应别有其重要之所在。假如我们诚心想做一人，"培养情趣，提高境界"，只此八个字，便可一生受用不尽；只要我们肯读书，能遵循此八个字来读，便可获得一种新情趣，进入一个新境界。各位如能在各自业余每天不断读书，持之以恒，那么长则十年二十年，短或三年五年，便能培养出人生情趣，提高了人生境界。那即是人生之最大幸福与最高享受了。

　　说到此，我们当再进一层来谈一谈读书的选择。究竟当读哪些书好？我认为，业余读书，大致当分下列数类。

　　一是修养类的书。所谓修养，犹如我们栽种一盆花，需要时常修剪枝叶，又得施肥浇水。如果偶有三五天不当心照顾，便决不会开出好花来，甚至根本不开花，或竟至枯死了。栽花尚然，何况做人！当然更须加倍修养。

中国有关人生修养的几部书是人人必读的。首先是《论语》。切不可以为我从前读过了，现在毋须再读。正如天天吃饭一样，不能说今天吃了，明天便不吃；好书也该时时读。再次是《孟子》。《论语》《孟子》这两部书，最简单，但也最宝贵。如能把此两书经常放在身边，一天读一二条，不过花上三五分钟，但可得益无穷。此时的读书，是个人自愿的，不必硬求记得，也不为应考试，亦不是为着要做学问专家或是写博士论文，这是极轻松自由的，只如孔子所言"默而识之"便得。只这样一天天读下，不要以为没有什么用。如像诸位每天吃下许多食品，不必也不能时时去计算里面含有多少维他命、多少卡路里，只吃了便有益；读书也是一样。这只是我们一种私生活，同时却是一种高尚享受。

孟子曾说过："君子有三乐，而王天下不与存焉。"连做皇帝、王天下都不算乐事，那么看电影、中马票，又算得什么？但究竟孟子所说的那三件乐事是什么？我们不妨翻读一下《孟子》，把他的话仔细想一想，那实在是有意义的。人生欲望是永远不会满足的。有人以为月入二百元能加至二百五十元就会有快乐，哪知等到你如愿以偿，你始终觉得仍然不快乐——即使王天下，也一样会不快乐。我们试读历史，便知很多帝王比普通人活得更不快乐。做人确会有不快乐，但我们不能就此便罢，我们仍想寻求快乐。人生的真快乐，我劝诸位能从书本中去找，只花三两块钱到书店中去，便可买到《论语》《孟子》，即使一天读一条，久之也有无上享受。

还有一部《老子》，全书只五千字。一部《庄子》，篇幅较巨,文字较深,读来比较难。但我说的是业余读书,尽可不必求全懂。要知:即是一大学者,他读书也会有不懂的,何况我们是业余读书。等于放眼看窗外风景,或坐在巴士、渡轮中欣赏四周景物,随你高兴看什么都好,不一定要全把外景看尽了,而且是谁也看不尽。还有一部佛教禅宗的《六祖坛经》,是用语体文写的,内中故事极生动,道理极深邃,花几小时就可一口气读完,但也可时常精读。其次,还有朱子的《近思录》与阳明先生的《传习录》。这两部书,篇幅均不多,而且均可一条条分开读,爱读几条便几条。我常劝国人能常读上述七部书。中国传统所讲修养精义,已尽在其内。而且此七书不论你做何职业,生活如何忙,都可读。今天在座年幼的同学们,只盼你们记住这几部书名,亦可准备将来长大了读。如果大家都能每天抽出些时间来,有恒地去读这七部书,准可叫我们脱胎换骨,走上新人生的大道去。

其次便是欣赏类的书。风景可以欣赏,电影也可以欣赏,甚至品茶喝咖啡,都可有一种欣赏。我们对人生本身也需要欣赏,而且需要能从高处去欣赏。最有效的莫如读文学作品,尤要在读诗。这并非要大家都做一个文学家,只要能欣赏。谚语有云:"熟读唐诗三百首,不会作诗也会吟。"诗中境界,包罗万象;不论是自然部分,不论是人生部分,中国诗里可谓无所不包。一年四季,天时节令,一切气候景物,乃至飞潜动植,一枝柳、一瓣花,甚至一条村狗或一只令人讨厌的老鼠,都进入诗境,经过诗人笔下晕染,都显出一番甚深情意,趣味无穷;进入人生所遇,喜、怒、哀、乐,全在诗家作品中。当我们读诗时,便可培养我们欣赏的自然,欣赏的人生，让诗中境界成为我们心灵欣赏的境界。如能将我们的人生投放沉浸在诗中，那真趣味无穷。

如陶渊明诗：

  狗吠深巷中，鸡鸣桑树颠。

这十个字，岂非我们在穷乡僻壤随时随地可遇到？但我们却忽略了其中情趣。经陶诗一描写，却把一幅富有风味的乡村闲逸景象活在我们眼前了。我们能读陶诗，尽在农村中过活，却可把我们带进人生最高境界中去，使你如在诗境中过活，那不好吗？

又如王维诗：

  雨中山果落，灯下草虫鸣。

诸位此刻住山中，或许也会接触到这种光景：下雨了，宅旁果树上，一个个熟透了的果子掉下来，可以听到"扑扑"的声音；草堆里小青虫跟着雨潜进屋里来了，在灯下"唧唧"地鸣叫着。这是一个萧瑟幽静的山中雨夜，但这诗中有人。上面所引陶诗，背后也有人。只是一在山中，一在村中；一在白天，一在晚上。诸位多读诗，不论在任何境遇中，都可唤起一种文学境界，使你像生活在诗中，这不好吗？

纵使我们也有不能亲历其境的，但也可以移情神游，于诗中得到一番另外境界。如唐诗：

  松下问童子，言师采药去。
  只在此山中，云深不知处。

那不是一幅活的人生画像吗？那不是画的人，却是画的人生。那一幅人生画像，活映在我们眼前，让我们去欣赏。在我想，欣赏一首诗，应比欣赏一张电影片有味，因其更可使我们长日神游，无尽玩味。不仅诗如此，即中国散文亦然。诸位纵使只读一本《唐诗三百首》，只读一本《古文观止》也好，当知我们学文学，并不为自己要做文学家。因此，不懂诗韵平仄，仍可读诗。读散文更自由。学文学乃为自己人生享受之用，在享受中仍有提高自己人生之收获，那真是人生一秘诀。

第三是博闻类。这类书也没有硬性规定；只求自己爱读，史传也好，游记也好，科学也好，哲学也好，性之所近，自会乐读不倦，增加学识，广博见闻，年代一久，自不寻常。

第四是新知类。我们生在这时代，应该随时在这时代中求新知。这类知识，可从现代出版的期刊杂志上，乃至报章上找到。这一类更不必详说了。

第五是消遣类。其实广义说来，上面所提，均可作为消遣；因为这根本就是业余读书，也可说即是业余消遣。但就狭义说之，如小说、剧本、传奇等，这些书便属这一类。如诸位读《水浒传》《三国演义》《红楼梦》，可作是消遣。

上面已大致分类说了业余所当读的书。但诸位或说生活忙迫，能在什么时候读呢？其实人生忙，也是应该的。只在能利用的空闲，如欧阳修的"三上"，即枕上、厕上和马上。上床了，可有十分一刻钟睡不着；上洗手间，也可随便带本书看看；今人不骑骡马，但在舟船上读书，实比在马上更舒适。古人又说"三余"：冬者岁之余，夜者日之余，阴雨时之余。现在我们生活和古人不同，但每人必有很多零碎时间，如清晨早餐前、傍晚天黑前，又如临睡前，一天便有三段零碎时间了。恰如一块布，裁一套衣服以后，余下的零头，大可派做别的用场。另外，还有周末礼拜天，乃及节日和假期；尤其是做教师的还有寒暑假。这些都可充分利用，作为业余读书时间的。假如每日能节约一小时，十年便可有三千六百个小时。又如一个人自三十岁就业算起，到七十岁，便可节余一万四千四百个小时，这不是一笔了不得的大数目吗？现在并不是叫你去吃苦做学问，只是以读书为娱乐和消遣，亦像打麻雀、看电影，哪会说没有时间的！如果我们读书也如打麻雀、看电影般有兴趣、有习惯，在任何环境、任何情况下都可读书。这样，便有高的享受，有好的娱乐，岂非人生一大佳事！读书只要有恒心，自能培养出兴趣，自能养成为习惯，从此可以提高人生境界。这是任何数量的金钱所买不到的。

今日香港社会读书风气实在太不够，中年以上的人，有了职业，便不再想到要进修，也不再想到业余还可再读书。我希望诸位能看重此事，也不妨大家合作，有书不妨交换读，有意见可以互相倾谈。如此，更易培养出兴趣。只消一年时间，习惯也可养成。我希望中年以上有职业的人能如此，在校的青年们他日离了学校亦当能如此，那真是无上大佳事。循此以往，自然人生境界都会高，人生情味都会厚。人人如此，社会也自成为一好社会。我今天所讲，并不是一番空泛的理论，只是我个人的实际经验，今天贡献给各位，愿与大家都分享这一份人生的无上宝贵乐趣。

【内容提要】

读书的两个最大的理想和共同目标是培养情趣和提高境界，当然需要养成习惯。所谓养成习惯，就是读书要积累，要找到读书的乐趣，有兴趣就容易养成习惯。读书成了享受和娱乐，便能培养出兴趣；养成为习惯，便可以提高人生境界。

读书除了职业要求以外，更应该有工作求学之后的业余读书，这种读才是读书的自由境界。业余读书，大致分为如下几类：一是修养类的书；二是欣赏类的书，最有效的是读文学作品，尤其要读诗；第三是博闻类；第四是新知类；第五是消遣类。

【阅读感悟】

法国思想家蒙田曾说："天色不佳，令人不快的时候，我将'度日'看作是'消磨光阴'。而风和日丽的时候，我却不愿意去'度'，这时我是在慢慢赏玩、领略美好的时光。"

可钱老断不要我们"消磨光阴"，不论在任何时候。他说："人生的真快乐，我劝诸位能从书本中去找。"

是啊，纵使人生有一百年，除去睡眠时间剩下约 67 年；待在我们这个秋脖子不长、春脖子更短的地方，夏日酷热、冬日寒冷，那日历上又要划去一半多的时间；剩下的春秋两季算 33 年吧，有时春寒料峭，有时秋雨绵绵的，时时还遭遇个"四面霾伏"，把这些时间也除去，"风和日丽"的日子也没有多少天，这真是"人生苦短"啊！

但读书之后，我觉得不然。正如钱老所说，读书使人提升境界，增添趣味，其实就会更认同"春有百花秋有月，夏有凉风冬有雪。若无闲事挂心头，便是人间好时节"。真正的读书之人，可以在内心造境，阴晴在我。正如某天，天气骤变，便在签名上写一个"任他天气变，我自成气候"；正如此刻，读到王维的"雨中山果落，灯下草虫鸣"，于是便忍不住打下"水将空合色，云与我无心"几个字；而看到"烛花烧夜红，一尊留好客"，即对明天天气预报说要降温的消息陡生期待之情。所以读书可以使人"生长"出一种态度，悦纳与欣赏"物我"——正如钱老所言："风景可以欣赏，电影也可以欣赏，甚至品茶喝咖啡，都可有一种欣赏。我们对人生本身也需要欣赏。"

又如钱老所说，其实读其他几种书，包括修养类、博闻类、新知类，如果你喜欢，便都可谓为"消遣类"。我们不妨也可以生发，如果你喜欢，一切阅读都可谓"欣赏"。甚或是在生活之中，即便繁华落尽，亦可欣赏一地荒芜。对于"一介书生、两袖清风"的教师们，大约更需要这种自由的、自得的欣赏式阅读态度。因为它不一定和职称的高低与奖金的多少相关，却和一个教师的"自我达成"呈密切正相关。

最后加一句，"阅读"亦不仅仅是读书，读人、读物、读事、读世，都可以增长我们的"阅历"。阅尽书本、阅尽人生之后，正如一幅漫画中所绘的：一个人站在书垫起来的不同高度，站得最低的人看到风和日丽、站在中等高度的人看到阴云蔽日，而站得最高的人看到的是云淡风和——阅读的高度决定视线的高度,视线的高度决定视野的广度。此时的"看山是山,看水是水"可能才是世界的本来模样。

(杨幼萍)

【大师名言】

读书当一意在书,游山水当一意在山水,乘兴所至,心无旁及。

——《八十忆双亲师友杂忆》

关着门,独自寻求,别有会心,才能成一家言,有创造。纵不说是科学方法,也是做学问一正法。耐得寂寞,才可做一人物。

——《中国史学名著》

读书为学,不先融会大义,只向零碎处考释,则此路无极,将永远无到头之期。照此下去,尽可遍天下是读书人,而实际并无一真正读书人。

——《近百年来诸儒论读书》

读书的艺术

林语堂（1895—1976），作家、翻译家、语言学家。福建龙溪（今漳州）人。毕业于上海圣约翰大学。1919年去美国留学，后转赴德国留学，获语言学博士学位。1923年归国，任北京大学英文教授。曾参加语丝社。1926年，任厦门大学文学院长，次年到武汉国民政府外交部任外交秘书。1932年起在上海编辑《论语》《人间世》《宇宙风》等刊物，提倡"幽默闲适"的小品文。1936年赴美国，以英文写作介绍中国文化的《吾国与吾民》等，并用英文翻译了中国古籍《论语》《老子》等。主持编纂《当代汉英词典》。代表作有《京华烟云》（一译《瞬息京华》）、《苏东坡传》等。

读书的艺术

读书或书籍的享受素来被视为有修养的生活中的一种雅事，而在一些不大有机会享受这种权利的人们看来，这是一种值得尊重和妒忌的事。当我们把一个不读书者和一个读书者的生活上的差异比较一下，这一点便很容易明白。那个没有养成读书习惯的人，以时间和空间而言，是受着他眼前的世界所禁锢的。他的生活是机械化的，刻板的；他只跟几个朋友和相识者接触谈话，他只看见他周遭所发生的事情。他在这个"监狱"里是逃不出去的。可是当他拿起一本书的时候，他立刻走进一个不同的世界；如果那是一本好书，他便立刻接触到一个世界上最健谈的人。这个谈话者引导他前进，带他到一个不同的国度或不同的时代，或者对他发泄一些私人的情绪，或者跟他讨论一些他从来不知道的学问或生活问题。一个古代的作家使读者随一个久远的死者交通；当他读下去的时候，他开始想象那个古代的作家相貌如何，是哪一类的人。孟子和中国最伟大的历史学家司马迁都表达过同样的观念。一个人在十二个小时之中，能够在一个不同的世界里生活两个小时，完全忘怀眼前的现实环境：这当然是那些禁锢在他们的身体监狱里的人所妒羡的权利。这么一种环境的改变，由心理上的影响说来，是和旅行一样的。

不但如此，读者还往往被书籍带进一个思想和反省的境界里去。纵使那是一本关于现实事情的书，亲眼看见那些事情或亲历其境，和在书中读到那些事情，其间也有不同的地方，因为在书本里所叙述的事情往往变成一片景象，而读者也变成一个冷眼旁观的人。所以,最好的读物是那种能够带我们到这种沉思的心境里去的读物,而不是那种仅在报告事情的始末的读物。我认为人们花费大量的时间去阅读报纸,并不是读书,因为一般阅报者大抵只注意到事件发生或经过的情形的报告,完全没有沉思默想的价值。

据我看来,关于读书的目的,苏东坡的朋友,宋代的诗人黄山谷所说的话最妙。他说,三日不读书,便觉语言无味,面目可憎。他的意思当然是说,读书使人得到一种优雅和风味,这就是读书的整个目的,而只有抱着这种目的的读书才可以叫作艺术。一个人读书的目的并不是要"改进心智",因为当他开始想要改进心智的时候,一切读书的乐趣便丧失净尽了。他对自己说:"我非读莎士比亚的作品不可,我非读索福客俪(Sophoclee)的作品不可,我非读伊里奥特博士(Dr. Eliot)的《哈佛世界杰作集》不可,它们使我能够成为有教育的人。"我敢说那个人永远不能成为有教育的人。他有一天晚上会强迫自己去读莎士比亚的《哈姆雷特》(Hamlet),读毕好像由一个噩梦中醒来,除了可以说他已经"读"过《哈姆雷特》之外,并没有得到什么益处。一个人如果抱着义务的意识去读书,便不了解读书的艺术。这种具有义务目的的读书法,和一个参议员在演讲之前阅读文件和报告是相同的。这不是读书,而是寻求业务上的报告和消息。

所以,依黄山谷的话,那种以修养个人外表的优雅和谈吐的风味为目的的读书,才是唯一值得嘉许的读书法。这种外表的优雅显然不是指身体上之美。黄氏所说的"面目可憎",不是指身体上的丑陋。丑陋的脸孔有时也会有动人之美，而美丽的脸孔有时也会令人看来讨厌。我有一个中国朋友，头颅的形状像一颗炸弹，可是看到他却使人欢喜。据我在图画上所看见的西洋作家，脸孔最漂亮的当推吉斯透顿。他的髭须、眼镜、又粗又厚的眉毛和两眉间的皱纹，合组而成一个恶魔似的容貌。我们只觉得那个头额中有许许多多的思想在活动着，随时会从那对古怪而锐利的眼睛里迸发出来。那就是黄氏所谓美丽的脸孔，一个不是脂粉装扮出来的脸孔，而是纯然由思想的力量创造起来的脸孔。讲到谈吐的风味，那完全要看一个人读书的方法如何。一个人的谈吐有没有"味"，完全要看他的读书方法。如果读者获得书中的"味"，他便会在谈吐中把这种风味表现出来；如果他的谈吐中有风味，他在写作中也免不了会表现出风味来。

所以，我认为风味或嗜好是阅读一切书籍的关键。这种嗜好跟对食物的嗜好一样，必然是有选择性的，属于个人的。吃一个人所喜欢吃的东西终究是最合卫生的吃法，因为他知道吃这些东西在消化方面一定很顺利。读书跟吃东西一样，"在一人吃来是补品，在他人吃来是毒物。"教师不能以其所好强迫学生去读，父母也不能希望子女的嗜好和他们一样。如果读者对他所读的东西感受不到趣味，那么所有的时间全都浪费了。袁中郎说过，所不好之书，可让他人读之。

所以，世间没有什么"一个人必读之书"。因为我们智能上的趣味像一棵树那样地生长着，或像河水那样地流着。只要有适当的树汁，树便会生长起来，只要泉中有新鲜的泉水涌出来，水便会流着。当水流碰到一块花岗岩石时，它便由岩石的旁边绕过去；当水流到一片低洼的溪谷时，它便在那边曲曲折折地流着一会儿；当水流涌到一个深山的池塘时，它便恬然停留在那边；当水流冲下急流时，它便赶快向前涌去。这么一来，虽则它没有费什么气力，也没有一定的目标，可是它终究有一天会到达大海。世上无人人必读的书，只有在某时某地、某种环境和生命中的某个时期必读的书。我认为读书和婚姻一样，是命运注定的或阴阳注定的。纵使某一本书，如《圣经》之类，是人人必读的，读这种书也有一定的时候。当一个人的思想和经验还没有达到阅读一本杰作的程度时，那本杰作只会留下不好的滋味。孔子曰："五十以学《易》。"便是说，四十五岁时候尚不可读《易经》。孔子在《论语》中的训言的冲淡温和的味道，以及他的成熟的智慧，非到读者自己成熟的时候是不能欣赏的。

  同一本书，同一读者一时可读出一时之味道来。其景况如看一名人相片，或读名人文章，未见面时，是一种味道，见了面交谈之后，再看其相片，或读其文章，自有另外一层深切的理会。或是与其人绝交以后，看其照片，读其文章，亦另有一番味道。四十学《易》是一种味道，到五十岁看过更多的人世变故的时候再去学《易》，又是一种味道。所以，一切好书重读起来都可以获得益处和新乐趣。我在大学的时代被学校强迫去读《西行记》（Westward Ho）和《亨利·埃士蒙》（Henry Esmond），我在十余岁时候虽能欣赏《西行记》的好处，可是《亨利·埃士蒙》的真滋味却完全体会不到，后来渐渐回想起来，才疑心该书中的风味一定比我当时所能欣赏的还要丰富得多。

  由是可知读书有两方面，一是作者，一是读者。对于所得的实益，读者由他自己的见识和经验所贡献的分量，是和作者自己一样多的。宋儒程伊川先生谈到孔子的《论语》时说："读《论语》，有读了全然无事者；有读了后，其中得一两句喜者；有读了后，知好之者；有读了后，直有不知手之舞之、足之蹈之者。"

我认为一个人发现他最爱好的作家，乃是他的知识发展上最重要的事情。世间确有一些人的心灵是类似的，一个人必须在古今的作家中，寻找一个心灵和他相似的作家。他只有这样才能够获得读书的真益处。一个人必须独立自主去寻出他的老师来，没有人知道谁是你最爱好的作家，也许甚至你自己也不知道。这跟一见倾心一样。人家不能叫读者去爱这个作家或那个作家，可是当读者找到了他所爱好的作家时，他自己就本能地知道了。关于这种发现作家的事情，我们可以提出一些著名的例证。有许多学者似乎生活在不同的时代，相距多年，然而他们思想的方法和他们的情感却那么相似，使人在一本书里读到他们的文字时，好像看见自己的肖像一样。以中国人的语法来说，我们说这些相似的心灵是同一灵魂的化身，例如：有人说苏东坡是庄子或陶渊明转世的，袁中郎是苏东坡转世的。苏东坡说，当他第一次读庄子的文章时，他觉得他自从幼年时代起似乎就一直在想着同样的事情，抱着同样的观念。当袁中郎有一晚在一本小诗集里，发现一个名叫徐文长的同代无名作家时，他由床上跳起，向他的朋友呼叫起来，他的朋友开始拿那本诗集来读，也叫起来，于是两人叫复读，读复叫，弄得他们的仆人疑惑不解。伊里奥特（George Eliot）说她第一次读到卢梭（Rousseau）的作品时,好像受了电流的震击一样。尼采(Nietzsche)对叔本华(Schopenhauer)也有同样的感觉,可是叔本华是一个乖张易怒的老师,而尼采是一个脾气暴躁的弟子,所以这个弟子后来反叛老师,是很自然的事情。

只有这种读书方法,只有这种发现自己所爱好的作家的读书方法,才有益处可言。像一个男子和他的情人一见倾心一样,什么问题都没有了。她的高度、她的脸孔、她的头发的颜色、她的声调和她的言笑,都是恰到好处的。一个青年认识这个作家,是不必经他的教师的指导的。这个作家是恰合他的心意的:他的风格、他的趣味、他的观念、他的思想方法,都是恰到好处的。于是读者开始把这个作家所写的东西全都拿来读了,因为他们之间有一种心灵上的联系,所以他把什么东西都吸收进去,毫不费力地消化了。这个作家自会有魔力吸引他,而他也乐于为之所吸引;过了相当的时候,他自己的声音相貌,一颦一笑,便渐与那个作家相似。这么一来,他真的浸润在他的文学情人的怀抱中,而从这些书籍中获得他的灵魂的食粮。过了几年之后,这种魔力消失了,他对这个情人感到有点厌倦,开始寻找一些新的文学情人;到他已经有过三四个情人,而把他们"吃掉"之后,他自己也成为一个作家了。有许多读者永不曾堕入情网,正如许多青年男女只会卖弄风情,而不能钟情于某一个人。随便哪个作家的作品,他们都可以读,但他们是不会有什么收获的。

这么一种读书艺术的观念,把那种视读书为责任或义务的见解完全打破了。在中国,常常有人鼓励学生"苦学"。有一个实行苦学的著名学者,有一次在夜间读书的时候打盹,便拿锥子在股上一刺。还有一个学者在夜间读书的时候,叫一个丫头站在他的旁边,看见他打盹便唤醒他。这真是荒谬的事情。如果一个人把书本排在面前,而在古代智慧的作家向他说话的时候打盹,那么,他应该干脆地上床去睡觉。把大针刺进小腿或叫丫头唤醒他,对他都没有一点好处。这么一种人已经失掉一切读书的趣味了。有价值的学者不知道什么叫作"磨炼",也不知道什么叫作"苦学"。他们只是爱好书籍,情不自禁地一直读下去。

这个问题解决之后,读书的时间和地点的问题也可以找到答案。读书没有合宜的时间或地点。一个人有读书的心境时,随便什么地方都可以读书。如果他知道读书的乐趣,他无论在学校内或学校外,都会读书,无论世界有没有学校,也都会读书。他甚至在最优良的学校里也可以读书。曾国藩在一封家书中,谈到他的四弟拟入京读较好的学校时说:"苟能发奋自立,则家塾可读书,即旷野之地,热闹之场,亦可读书,负薪牧豕,皆可读书。苟不能发奋自立,则家塾不宜读书,即清净之乡,神仙之境,皆不能读书。"有些人在要读书的时候,在书台前装腔作势,埋怨说他们读不下去,因为房间太冷,板凳太硬,或光线太强。也有些作家埋怨说他们写不出东西来,因为蚊子太多,稿纸发光,或马路上的声响太嘈杂。宋代大学者欧阳修说他的好文章都在"三上"得之,即枕上、马上和厕上。有一个清代的著名学者顾千里,据说在夏天有"裸体读经"的习惯。在另一方面,一个人不好读书,那么,一年四季都有不读书的正当理由:

> 春天不是读书天，夏日炎炎最好眠；
> 等到秋来冬又至，不如等待到来年。

那么，什么是读书的真正艺术呢？简单的答案就是有那种心情的时候便拿起书来读。一个人读书必须出其自然，才能够彻底享受读书的乐趣。他可以拿一本《离骚》或奥玛·开俨（Omar Khayyam，波斯诗人）的作品，牵着他的爱人的手到河边去读。如果天上有可爱的白云，那么，让他们读白云而忘掉书本吧，或同时读书本和白云吧。在休憩的时候，吸一筒烟或喝一杯好茶则更妙不过。或许在一个雪夜，坐在炉前，炉上的水壶铿铿作响，身边放一盒淡巴菰，一个人拿了十几本哲学、经济学、诗歌、传记的书，堆在长椅上，然后闲逸地拿起几本来翻一翻。找到一本爱读的书时，便轻轻点起烟来吸着。金圣叹认为雪夜闭户读禁书，是人生最大的乐趣。陈继儒（眉公）描写读书的情调，最为美妙："古人称书画为丛笈软卷，故读书开卷以闲适为尚。"在这种心境中，一个人对什么东西都能够容忍了。这位作家又说："真学士不以鲁鱼亥豕为意，好旅客登山不以路恶难行为意，看雪景者不以桥不固为意，卜居乡间者不以俗人为意，爱看花者不以酒劣为意。"

关于读书的乐趣，我在中国最伟大的女诗人李清照（号易安居士）的自传里，找到一段最佳的描写。她的丈夫在太学作学生，每月领到生活费的时候，他们夫妻总立刻跑到相国寺去买碑帖、水果，回来后夫妻相对展玩咀嚼，一面剥水果，一面赏碑帖，或者一面品佳茗，一面校勘各种不同的版本的碑帖。她在《金石录后序》这篇自传小记里写道：

余性偶强记，每饭罢，坐归来堂烹茶，指堆积书史，言某事在某书某卷第几页第几行，以中否角胜负，为饮茶先后。中即举杯大笑，至茶倾覆怀中，反不得饮而起。甘心老是乡矣！故虽处忧患困穷，而志不屈。……于是几案罗列，枕席枕藉，意会心谋，目往神授，乐在声、色、狗、马之上。……

这篇小记是她晚年丈夫已死的时候写的。当时她是个孤独的女人，因金兵侵入华北，只好避乱南方，到处漂泊。

【内容提要】

一个人，是受着他眼前的世界所禁锢的。可是当他拿起一本好书，作者就会带他到一个不同的国度或不同的时代，让他完全忘怀眼前的现实环境。所以说，读书如旅行；最好的读物是那种能够带我们到思想和反省的境界里去的读物，而不是那种仅在报告事情的始末的读物；以修养个人外表的优雅和谈吐的风味为目的的读书，才是唯一值得嘉许的读书法；风味或嗜好是阅读一切书籍的关键。一个人必须在古今的作家中，寻找一个心灵和他相似的作家，像一个男子和他的情人一见倾心一样——这样才能够发乎自然，不受时间地点限制，获得读书的真正益处。

【阅读感悟】

关于读书，幽默大师林语堂先生有一个有趣的比喻，他说"读书如婚姻"，读者必须寻找一个心灵和他相似的作家，才能够获得读书的真正益处。

的确如此，爱上读书的过程，就是一个寻到真爱并幸福生活下去的美好故事。如果我们教师能用自己的人生阅历和阅读经验帮助学生找到他喜欢的作家和作品，何愁学生不爱读书？

不能否认，世上真有一见钟情的浪漫，有如某位学生凭着天生对文学的敏感，对某位作家一见倾心。他不必经过教师的指导，就被这位作家的风格、趣味、观念、思想深深吸引住。于是，他会把这位作家所写的东西全都拿来读，与这位作家建立起一种心灵上的联系，从此开启一段跨越时空的美丽对话。与现实不同的是，读者和作者之间，不必两情相悦，完全可以由读者来"单相思"，因为这种"单相思"带给当事人的体验不是痛苦，而是甜蜜。

世上婚姻，更多的不是一见钟情，比较遭诟病的是因"父母之命、媒妁之言"而结成的婚姻。如果教师按照自己的好恶标准来指导学生读书，而学生对教师推荐的作家和作品不感兴趣，那么学生读书就得不到什么益处，就是在浪费时间；碰到有点个性的学生，教师越是强迫他读书，他越是反感，最后连书都不想读，更不用谈读书的乐趣了，这就是读书的悲剧。

可是，历史上也不乏因"父母之命、媒妁之言"获得了幸福婚姻的例子，比如林语堂先生自己。如果在现实生活中，教师不得不当"父母"和"媒妁"，也可以研究一下学生的接受心理，改变一下指导学生的方式——比如针对不同的学生及其不同的性格好恶，来制订个性化的读书书目，让学生能愉快地接受你的"命"和"言"，在与作家作品逐渐深入了解的过程中慢慢地爱上作家，爱上读书。这也是人间美满的"婚姻"啊！

让人羡慕的当然是自由恋爱，可是再自由的恋爱，也得有对象啊！这个时候的教师，摇身一变，变成"红娘"啦！与《西厢记》中一对一牵线的红娘不同，我们的教师得给学生介绍好多作家作品，让他们自由"恋爱"，哦不，自由读书之用。那么，这就要求教师首先自己得涉猎广泛，这样才能尽可能多地介绍好的作家作品；而且教师还得理性客观，这样才不会过度影响学生的选择。万一，学生受你的"撺掇"接触了某位作家，过不久发现不喜欢，他还是无法真正爱上读书。

自由恋爱是否一定幸福？非也。如果诸如门当户对之类的条件先行，恐怕连幸福都无法触及，当事人就会拂袖而去吧！就像教师在送你一本书的同时，告诉你看完了得交一篇读书笔记一样，读书顿时变得索然无味。

与现实婚姻不同的是，读者不必忠诚于某一位作家。他可以朝秦暮楚、移情别恋；他还可以同时爱上几位作家。只要他能从读书中收获他所需要的东西，能够得到快乐，他就是幸福的读书人。

（张　娟）

【大师名言】

学问的实质，像天国一样，在于本身，必须出自内心。

——《林语堂自传》

有教养的人或受过理想教育的人,不一定是个博学的人,而是个知道何所爱何所恶的人。

——《人生的盛宴》

有价值的学者不知道什么叫作"磨炼",也不知道什么叫作"苦学"。他们只是爱好书籍,情不自禁地读下去。

——《生活的艺术》

爱读的书

茅盾（1896—1981），文学家、社会活动家。原名沈德鸿，字雁冰，浙江桐乡人。1927—1928年，以五四到"大革命"前后的社会斗争为背景，创作了中篇小说《幻灭》《动摇》《追求》，总称《蚀》三部曲。1932年完成长篇小说《子夜》。此外还发表了《林家铺子》《春蚕》等小说及一些散文随笔。1941年皖南事变后不久，在香港创作长篇小说《腐蚀》，之后还写有长篇小说《霜叶红似二月花》和剧本《清明前后》等。中华人民共和国成立后曾任文化部长，当选为中国文联副主席和中国作协主席。主编《人民文学》和《译文》等刊物，撰写《夜读偶记》等文艺理论和文艺批评论著。

小说之类，从前谓之"闲书"，读"闲书"，不外因为"有闲"而求消遣。这是一种旧观念。现在虽然也还有不少人为了消遣而读小说之类的文学作品，但"闲书"这名称到底也不大时行了。文学作品现已被公认为精神食粮之一种。写作者的态度是严肃的，写作出来的东西不是供人消遣的。

　　不过又有了"趣味"说。据这一说，人们读文学作品，大抵各就所好；同一作品，甲乙丙丁的观感各有不同，因为各人之趣味不同。但各人的趣味何以有不同呢？这本来可以从各人身世、教养、思想意识来加以解释的，本文范围因另有所在，兹姑不喋喋。

　　如果一个人的趣味跟他的身世、教养等等没有关系，那么他将无常嗜；如果人人无常嗜，则文学杰作之永久性与普遍性将成为不可思议。但事实上，古典作品到今天还为广大读者所爱好。或者有人要说：古典作品因其恢宏博大，包有多方面的趣味，所以能够适应古往今来无数读者各有所偏的嗜好。但这一说，恐亦未必然，古典作品之至今传诵不歇者，亦尽多方面单纯的，而且凡读古典作品者谁又是跳行抽读而只取其一部分呢？

　　我们的好恶当然与希特勒之流法西斯不同，奴隶主的好恶当然与奴隶不同；好恶不同，当然对于文学作品的趣味就不同了。最大多数人之所好者：自由、平等、博爱。凡因争取此三者而表现之勇敢、坚决与牺牲的精神,凡因说明此三者之可贵而加以暴露的压迫、欺骗、奸诈和卑劣的行为,当然也是最大多数人"兴趣"之所在。文学杰作之永久性和普遍性,应当从这里去说明,所谓超然物外的纯趣味,实际上是没有的。

自来的文学作品,粗粗可分为历史的、当代现实的和幻想的(灵怪变异)三类。历史的与当代现实的两类,都以人事为描写对象,但历史的作品其人其事及其环境,——生活方式习惯等等,和当代的现实是有不少距离的;至于幻想的一类,或写鬼神精怪,或以禽兽拟人,总之其对象非人。然而这三类中的杰作,一样可以使人百读不厌。这未必是因为生于今日的人看厌了现代生活而想换换口味罢?真正的原因,恐怕还是在于历史和幻想的作品之杰出者是包含了人们所企求的真理,赞美了人们之所好,而指斥了人们之所恶的。

所以我们的"兴趣",有时会从现代转到古代,乃至子虚乌有的幻想的世界。我个人爱读的文学作品,就有不少是历史的和幻想的。

在中国古典作品中,很少好的历史小说。虽然"演义"是中国小说的一大宗派,但除了《三国演义》和《水浒传》而外,耐人再三咀嚼的作品好像也不多,而我尤爱《水浒》。这两部大作,虽同属"讲史"之流,不过也有不同之处。《三国演义》被称为"无一事无来历",此所谓"来历",主要是前人的记载。《水浒》也有"来历",却不是前人的记载，而是当时的民间传说。这一点差别，就使得《水浒》中间几个主要人物的性格更为读者所爱好了。描写的技巧，《水浒》也比《三国》更好。例如林冲和杨志，鲁达和武松，都是直写到他们的故事的末了这才使性格的发展告一结束。但因他们的故事的发展常常被别人的故事所间隔，所以匆忙的读者每每失却了注意，如果把林冲或杨志的故事首尾自相连接，另写为单独的故事，我以为对于人物性格描写的学习必大有裨益。

大仲马的《三个火枪手》，也是我所爱读的。我读过这书的英文译本，也读过伍光健先生的中译本。伍先生的译本是节本，可是我觉得经他这一节，反更见精彩。大仲马描写人物的手法，最集中地表现在达特安这人物的身上。（要研究达特安的性格发展，还须读《达特安三部曲》的第二部即《三个火枪手》的续编《二十年以后》，中文伍译《续侠隐记》。）达特安个性很强，然而又最善于学习他人之所长。达特安从他的朋友们（三个火枪手）身上学取了各人的优点，但朋友们这些优点到达特安那里就更成达特安固有的东西了。我们并看不出他有任何地方像他的朋友，达特安还是达特安，不过已经不是昨日的达特安。而这样的性格发展的过程，完全依伏于故事的发展中，完全不借抽象的心理描写或叙述。

托尔斯泰的《战争与和平》和《安娜·卡列尼娜》不用说也是我最爱读的。关于这两部巨著，值得使我们佩服的，就不单是人物性格的描写了。一些大场面——如宴会、打猎、跳舞会、打仗、赛马，都是五色缤纷，在错综中见整齐，而又写得那么自然，毫不见吃力。这不但《水浒》望尘莫及，即大仲马的椽笔比之亦有逊色，然而托翁作品结构之精密，尤可钦佩。以《战争与和平》而言，开卷第一章借一个茶会点出全书主要人物和中心的故事，其后徐徐分头展开，人物愈来愈多，背景则从圣彼得堡到莫斯科，到乡下，到前线，回旋开合，纵横自如，那样的大篇幅，那样多的人物，那样纷纭的事故，始终无冗杂，无脱节。司各特的历史小说写场面，写人物，都不能说不为卓杰，结构也极其谨严，然而终不及托翁的伟大和变化不居。所以我觉得读托翁的大作至少要做三种功夫：一是研究他如何布局（结构），二是研究他如何写人物，三是研究他如何写热闹的大场面。

在幻想的小说中，《西游记》我最喜欢。小时看的第一部"闲书"也就是《西游记》，现在我要是手头别无他书而只有一部《西游记》时，看上了还是放不落手的。神怪小说中国本来很多，但《西游记》之优长，我以为尚不在它的想象的瑰奇（当然这是其他神怪小说之不可及处），而在它所写的神仙精怪都是那么富于人情味，而又特多诙谐。是幻想，然而托根于现实。没有现实基础的幻想，那就只足供人一时的消遣了，看过以后不想再看第二遍。基于同样的原因，我也喜欢《聊斋志异》中的若干篇。《聊斋》中的鬼狐实在是现实生活中常常遇到的人而无异于禽兽或不如禽兽者。欧洲中世纪的作品《列那狐的故事》（中文有伍光健与郑振铎两先生的译本），也是同类的杰作。大凡托根于现实的幻想的作品，因其诡谲而恣肆，常比直写现实生活者更为动人。幻想作品之不足观者，大抵作者先自存了"画鬼容易画人难"的观念，而欲以偏锋取胜，却不知道为画鬼而画鬼结果是人所不乐观的。尽管想象力丰富，亦不过徒劳而已。

至于反映当代现实的作品，我所爱读的范围就很大了：清末的"谴责小说"，当代自鲁迅先生以至各作家的作品，不及列举。我有一个见解：凡同国同时代的作品，对于一个写作者或多或少总有助益，我们从鲁迅的作品固然得的益处很多，但从一位青年作家的作品里，也常有所得，例如一个口语的巧妙的活用，一二新鲜的感觉，新颖的句法，都能够给我们以启迪。即使是描写失败之处，也因其能使我们借鉴而预防，故亦有益。但是同时人的作品如果意图歪曲现实，或只在供人消遣的，那就不是我所愿意聆教的了。

同样，我也抱了这见解去读当代外国人的作品：高尔基和其他苏联的有名作家，巴比塞、萧伯纳、德莱塞，——也曾醉心于罗曼·罗兰。高尔基的作品使我增长了对现实的观察力（这跟鲁迅的作品给我的最大益处是相同的），而其特有的处置题材的手法，也使我在所知的古典作品的手法而外，获见了一个新的境界。可惜不懂原文，英译和中译的高尔基作品，狂妄地批评一句，可使我满意者不多，大概高氏的那种强悍而明快的风格（据一些外国评论家所说）难以表现在非俄罗斯的文字中罢？正如鲁迅作品的风格，在英文译本中总比原文逊色些。

【内容提要】

文学作品现已被公认为精神食粮之一种。写作者的态度是严肃的，写作出来的东西不是供人消遣的。如果一个人的趣味跟他的身世、教养等等没有关系，那么他将无常嗜；如果人人无常嗜，则文学杰作之永久性与普遍性将成为不可思议。自来的文学作品，粗粗可分为历史的、当代现实的，和幻想的（灵怪变异）三类。这三类中的杰作，都可以使人百读不厌。只要作者的态度是严肃的，那么作品就不应该只被视作消遣。

【阅读感悟】

学生读"闲书"怎么办？我想许多教师都碰到过这样的问题，但我想说，这不是个问题，却又实在是个问题。说它不是个问题，是因为学生喜欢读书，总是一件好事，"开卷有益"；说它又实在是个问题，是因为读"闲书"或许耽误应试，沉迷于格调不高的"闲书"，也确实很难提升阅读能力。

说实话，现实生活中，大部分学生的阅读取向，确实只是文学体裁单一且格调不高的玄幻、言情、穿越等小说，或动漫、体育、时尚、娱乐类杂志。我们教师，大多将其视为洪水猛兽。怎么办？

对青少年学生来说，兴趣是阅读的第一原动力，他们渴望读自己喜欢读的书，阅读的出发点主要是满足自己兴趣的需要。所以简单粗暴地禁止，只会让学生产生逆反心理，不是扼杀了他们的阅读兴趣，就是让他们阳奉阴违地将读"闲书"转为"地下工作",最终,问题还是得不到解决。

既然你无法阻止,不如因势利导:先允许他们读,但要做出计划,合理安排时间;然后你也参与进来,读学生所读,知他们所想,因为你只有了解了学生的人生观,才能帮助他们建立自己正确的人生观;之后,师生共同分析、点评,形成一定共识,分享彼此的阅读体验,最终达到提升学生阅读品位的目的。

当然,"亲其师"的目的是为了让学生们"信其道"。"阅读目的"的教育必不可少,在阅读交流中,要使学生深刻认识到阅读的社会意义和个人意义,了解社会对学生的要求,把阅读和个人的前途联系起来,变社会教育要求为自己的内在要求,从而提高他们阅读的积极性和自觉性。

当然,说起来容易,做起来却并不简单。"闲书"不"闲",所需要的还是我们良好的阅读习惯,可毕竟学生的阅读习惯,是家庭、学校、社会等客观因素和个人的主观因素共同影响下,逐步形成和发展起来的。即便排除所有不利因素,也少不了教师的爱心、耐心和恒心,甚至还少不了教师自己对阅读的重视、理解和智慧。我想,所谓"教学相长",其道理就在其中吧。

(刘　祺)

【大师名言】

不读书者不一定就不能独立思考;然而,读死书、死读书、只读一面的书而不读反面的和其他多方面的书,却往往会养成思考时的"扶杖而行",以致最后弄到独立思考能力的萎缩。

——《谈独立思考》

如果广博的知识是孕育独立思考的，那么，哺养独立思考的便应是民主的精神。

——《谈独立思考》

读死书是没有用的，要知道怎样用眼睛去观察，用脑子去思想才行。

——《虹》

谈读书

朱光潜（1897—1986），美学家。安徽桐城人。1925 年起先后赴英国、法国研习哲学、心理学和艺术史，获博士学位。1933 年回国。曾任四川大学、武汉大学、北京大学教授，全国美学学会会长，中国科学院哲学社会科学部委员等职。早年接受克罗齐、里普斯的美在直觉说、移情说，后提出美是主观与客观的统一、美是一种价值等观点。主要著作有《文艺心理学》《谈美》《西方美学史》《悲剧心理学》等；主要译著有黑格尔《美学》、莱辛《拉奥孔》、柏拉图《文艺对话集》、克罗齐《美学原理》、维科《新科学》等。

十几年前我曾经写过一篇短文《谈读书》,这问题实在是谈不尽,而且这些年来我的见解也有些变迁,现在再就这问题谈一回,趁便把上次谈学问有未尽的话略加补充。

学问不只是读书,而读书究竟是学问的一个重要途径。因为学问不仅是个人的事而是全人类的事,每科学问到了现在的阶段,是全人类分工努力日积月累所得到的成就,而这成就还没有淹没,就全靠有书籍记载流传下来。书籍是过去人类的精神遗产的宝库,也可以说是人类文化学术前进轨迹上的里程碑。我们就现阶段的文化学术求前进,必定根据过去人类已得的成就做出发点。如果抹煞过去人类已得的成就,我们说不定要把出发点移回到几百年甚至几千年前,纵然能前进,也还是开倒车落伍。读书是要清算过去人类成就的总账,把几千年的人类思想经验在短促的几十年内重温一遍,把过去无数亿万人辛苦获来的知识教训,集中到读者一个人身上去受用。有了这种准备,一个人才能在学问途程上做万里长征,去发现新的世界。

历史愈前进,人类的精神遗产愈丰富,书籍愈浩繁,而读书也就愈不易。书籍固然可贵,却也是一种累,可以变成研究学问的障碍。它至少有两大流弊。第一,书多易使读者不专精。我国古代学者因书籍难得,皓首穷年才能治一经,书虽读得少,读一部却就是一部,口诵心惟,嘴嚼得烂熟,透入身心,变成一种精神的原动力,一生受用不尽。现在书籍易得,一个青年学者就可夸口曾过目万卷。"过目"的虽多,"留心"的却少,譬如饮食,不消化的东西积得愈多,愈易酿成肠胃病,许多浮浅虚骄的习气都由耳食肤受所养成。其次,书多易使读者迷方向。任何一种学问的书籍现在都可装满一个图书馆,其中真正绝对不可不读的基本著作往往不过数千部甚至于数部。许多初学者贪多而不务得,在无足轻重的书籍上浪费时间与精力,就不免把基本要籍耽搁了;比如学哲学的尽管看过无数种的哲学史和哲学概论,却没有看过一种柏拉图的《对话集》。学经济学的尽管读过无数种的教科书,却没有看过亚当·斯密的《原富》。做学问如作战,须攻坚挫锐,占住要塞。目标太多了,掩埋了坚锐所在,只东打一拳,西踢一脚,就成了"消耗战"。

读书并不在多,最重要的是选得精,读得彻底。与其读十部无关轻重的书,不如以读十部书的时间和精力去读一部真正值得读的书;与其十部书都只能泛览一遍,不如取一部书精读十遍。"旧书不厌百回读,熟读深思子自知",这两句诗值得每个读书人悬为座右铭。读书原为自己受用,多读不能算是荣誉,少读也不能算是羞耻。少读如果彻底,必能养成深思熟虑的习惯,涵泳优游,以至于变化气质;多读而不求甚解,则如驰骋十里洋场,虽珍奇满目,徒惹得心慌意乱,空手而归。世间许多人读书只为装点门面,如暴发户炫耀家私,以多为贵。这在治学方面是自欺欺人,在做人方面是趣味低劣。

读的书当分种类,一种是为获得现世界公民所必需的常识,一种是为做专门学问。为获常识起见,目前一般中学和大学初年级的课程,如果认真学习,也就很够用。所谓认真学习，熟读讲义课本并不济事，每科必须精选要籍三五种来仔细玩索一番。常识课程总共不过十数种，每种选读要籍三五种，总计应读的书也不过五十部左右。这不能算是过奢的要求。一般读书人所读过的书大半不止此数，他们不能得实益是因为他们没有选择，而静读时又只潦草滑过。

常识不但是现世界公民所必需，就是专门学者也不能缺少它。近代科学分野严密，治一科学问者多固步自封，以专门为借口，对其他相关学问毫不过问。这对于分工研究或许是必要，而对于渊通深造却是牺牲。宇宙本为有机体，其中事理彼此息息相关，牵其一即动其余，所以研究事理的种种学问在表面上虽可分别，在实际上却不能割开。世间绝没有一科孤立绝缘的学问。比如政治学须牵涉到历史、经济、法律、哲学、心理学以至于外交、军事等等，如果一个人对于这些相关学问未曾问津，入手就要专门习政治学，愈前进必愈感困难，如老鼠钻牛角，愈钻愈窄，寻不着出路。其他学问也大抵如此，不能通就不能专，不能博就不能约。先博学而后守约，这是治任何学问所必守的程序。我们只看学术史，凡是在某一科学问有大成就的人，都必定于许多它科学问有深广的基础。目前我国一般青年学子动辄喜言专门，以至于许多专门学者对于极基本的学科毫无常识。这种风气也许是在国外大学做博士论文的先生们所酿成的。它影响到我们的大学课程，许多学系所设的科目"专"到不近情理，在外国大学研究院里也不一定有。这好像逼吃奶的小孩去嚼肉骨，岂不是误人子弟？

有些人读书，全凭自己的兴趣。今天遇到一部有趣的书就把预拟做的事丢开，用全副精力去读它；明天遇到另一部有趣的书，仍是如此办，虽然这两书在性质上毫不相关。一年之中可以时而习天文，时而研究蜜蜂，时而读莎士比亚。在旁人认为重要而自己不感兴味的书都一概置之不理。这种读法有如打游击，亦如蜜蜂采蜜。它的好处在使读书成为乐事，对于一时兴到的著作可以深入，久而久之，可以养成一种不平凡的思路与胸襟。它的坏处在使读书泛滥而无所归宿，缺乏专门研究所必需的"经院式"的系统训练，产生畸形的发展，对于某一方面知识过于重视，对于另一方面知识可以很蒙昧。我的朋友中有专门读冷僻书籍，对于正经正史从未过问的，他在文学上虽有造就，但不能算是专门学者。如果一个人有时间与精力允许他过享乐主义的生活，不把读书当作工作而只当作消遣，这种蜜蜂采蜜式的读书法原亦未尝不可采用。但是一个人如果抱有成就一种学问的志愿，他就不能不有预定计划与系统。对于他，读书不仅是追求兴趣，尤其是一种训练、一种准备。有些有趣的书他须得牺牲，也有些初看很枯燥的书他必须咬定牙关去硬啃，一久了他自然还可以啃出滋味来。

读书必须有一个中心去维持兴趣，或是科目，或是问题。以科目为中心时，就要精选那一科的要籍，一部一部地从头到尾读，以求对于该科得到一个概括的了解，做进一步高深研究的准备。读文学作品以作家为中心，读史学作品以时代为中心，也属于这一类。以问题为中心时，心中先须有一个待研究的问题，然后采关于这问题的书籍去读,用意在搜集材料和诸家对于这问题的意见,以供自己权衡去取,推求结论。重要的书仍须全看,其余的这里看一章,那里看一节,得到所要搜集的材料就可以丢手。这是一般做研究工作者所常用的方法,对于初学不相宜。不过初学者以科目为中心时,仍可约略采取以问题为中心的微意。一书作几遍看,每一遍只着重某一方面。苏东坡与王郎书曾谈到这个方法:

少年为学者,每一书皆作数次读之。当如入海百货皆有,人之精力不能并收尽取,但得其所欲求者耳。故愿学者每一次作一意求之,如欲求古今兴亡治乱圣贤作用,且只作此意求之,勿生余念;又别作一次求事迹文物之类,亦如之。他皆做此。若学成,八面受敌,与慕涉猎者不可同日而语。

朱子尝劝他的门人采用这个方法。它是精读的一个要诀,可以养成仔细分析的习惯。举看小说为例,第一次但求故事结构,第二次但注意人物描写,第三次但求人物与故事的穿插,以至于对话、词藻、社会背景、人生态度等等都可如此逐次研求。

读书要有中心,有中心才易有系统组织。比如看史书,假定注意的中心是教育与政治的关系,则全书中所有关于这问题的史实都被这中心联系起来,自成一个系统。以后读其他书籍如经、子、专、集之类,自然也常遇着关于政教关系的事实与理论,它们也自然归到从前看史书时所形成的那个系统了。一个人心里可以同时有许多系统中心,如一部字典有许多"部首",每得一条新知识,就会依物以类聚的原则,汇归到与它的性质相近的系统里去，就如拈新字贴进字典里去，是人旁的字都归到人部，是水旁的字都归到水部。大凡零星片段的知识，不但易忘，而且无用。每次所得的新知识必须与旧有的知识联络贯串，这就是说，必须围绕一个中心归聚到一个系统里去，才会生根，才会开花结果。

记忆力有它的限度，要把读过的书所形成的知识系统，原本枝叶都放在脑里储藏起来，在事实上往往不可能。如果不能储藏，过目即忘，则读亦等于不读。我们必须于脑以外另辟储藏室，把脑所储藏不尽的都移到那里去。这种储藏室在从前是笔记，在现在是卡片。记笔记和做卡片有如植物学家采集标本，须分门别类订成目录，采得一件就归入某一门某类，时间过久了，采集的东西虽极多，却各有班位，条理井然。这是一个极合乎科学的办法，它不但可以节省脑力，储有用的材料，供将来的需要，还可以增强思想的条理化与系统化。预备做研究工作的人对于记笔记和做卡片的训练，宜于早下功夫。

【内容提要】

读书不在于多，而在于选得精，读得彻底。与其读十部无关轻重的书，不如把相同的时间，花在一部经典著作上。与其粗略翻看十部书，不如静下心来，细细地将一部书读十遍。

如果为了学习或者研究学问，读书一定要有计划和系统，围绕一个中心展开学习：一般是"以科目为中心"，即精选围绕该科目的要籍，一部一部读，从入门到深入研究，层层递进；还有一种是"以问题为中心"的阅读法，即先提炼出一个待研究的问题，然后把重心放在与该问题有关的章节上，着重搜集资料和各家对该问题的意见，而非读完全书。

好书要重读，"旧书不厌百回读，熟读深思子自知"，在重读中，我们会和书籍一起多角度地"丰满"起来。

【阅读感悟】

一部电影走红，我们就去找原著来翻翻；被某个读书榜诱惑，会去买一批书看看；朋友圈里发现一个大家都追捧的读书软件，立马安装"爆款"……好像我们非但没有不读书，名字还在"读书排行榜"里高高地挂着，可是这样的"读书"却让我们觉得心虚、底气不足。究其原因，正是朱光潜先生所说的"多读而不求甚解，则如驰骋十里洋场，虽珍奇满目，徒惹得心慌意乱，空手而归"。

读书若能只凭兴趣，自然是极舒服和自在的，但那是消遣，不是工作，不是做学问，也不是教学生做学问的教师该有的读书状态。朱先生说："它的坏处在使读书泛滥而无所归宿，缺乏专门研究所必需的'经院式'的系统训练，产生畸形的发展。""杂"的基础是"专"，只有专业的知识、专门的体系、专精的研读才能支撑你的教学框架，在此基础之上的"杂"才是锦上添花，而不是空中楼阁。

教书其实也是一门技术活，必备的知识和技能不可少。教育学、心理学的理论知识的确有些枯燥，但是没有丰富的理论知识就无法提升专业发展的质量，即使这是难啃的骨头也得咬紧牙关硬啃，啃久了也许还可以啃出滋味来。语文教师不说要通读二十四史、诸子百家的著作,《史记》《汉书》《宋史》《明史》《论语》《孟子》也应该有几百篇记在心头;数学教师对方法论总是应该研究的,只有这样才能在潜移默化中教学生认识客观规律,影响学生的思想;物理教师要读关于物理发展史的专著,这样才能给学生一个完整的体系;政治教师需要了解的政治经济学的基本原理,历史教师需要了解的中外历史概况,都要从专门的论著中获得。教师是需要一种专业知识的职业,没有这种专业知识,教育必然是肤浅的。教师的专业知识和专业实践都需要阅读的支撑。可以说,如果教师拿起课本、教参就奔向教室上课,背后没有丰厚的理论知识作为支撑,也从不参考各家的观点,从不借鉴各家的实践经验,这样设计出来的教案是很难有"智慧"的。

朱先生说:"一个人如果抱有成就一种学问的志愿,他就不能不有预定计划与系统。对于他,读书不仅是追求兴趣,尤其是一种训练、一种准备。"教师一直在教学生读书、教学生如何做学问,为何不从自己开始呢?

(张明兰)

【大师名言】

你与其读千卷万卷的诗集,不如读一部《国风》或《古诗十九首》,你与其读千卷万卷谈希腊哲学的书籍,不如读一部柏拉图的《理想国》。

——《朱光潜谈读书》

你要知道读书好比探险，也不能全靠别人指导，自己也须费些工夫去搜求。

——《朱光潜谈读书》

凡值得读的书至少须读两遍。第一遍须快读，着眼在醒豁全篇大旨与特色。第二遍须慢读，须以批评态度衡量书的内容。

——《朱光潜谈读书》

读书与自动研究

宗白华（1897—1986），美学家、诗人。本名之櫆，字白华、伯华，江苏常熟人。早年曾加入少年中国学会，毕业于同济大学。1920年起赴德国研习哲学、美学。回国后，历任东南大学、南京大学、北京大学教授，全国美学学会顾问。从事中西美学比较研究，指出中国传统美学有重意境、骨力、空灵、虚实、气韵生动、飞动之美等民族特色，中国书画艺术有独特的审美特征。著有《宗白华全集》《美学散步》《美学与意境》，译有康德《判断力批判》、瓦尔特·赫斯《欧洲现代画派画论选》等。

我们的思想、见解、学识,可以从两个源泉中得来:(一)从过去学者的遗籍;(二)从社会、人生与自然的直接观察。第一种思想的源泉叫作"读书",第二种思想的源泉叫作"自动的研究",或"自动的思想"。这两种思想源泉孰优孰劣,是我今天所想讨论的问题。

读书,是把古人的思想重复思考一遍。这中间有几种好处,就是(一)脑力经济:古人由无数直接经验和研究得来的有价值的思想,如科学中的种种律令,我们可以不费许多脑力,不费许多劳动就得着了。这不是很经济吗?(二)时间经济:古人用毕生的时间得着的新发现,像开普勒的行星运行律令,我们可以在一点钟的时间内就领会了,这不是很经济吗?所以"读书"确有很大的价值,我们不能不承认。但是它也有很多的流弊,我们不可不知道,不可不预防。流弊中最大的危险,就是我们读书读久了,安于读书,习于以他人的思想为思想,渐渐地把自己"自动研究""自动思想"的能力消灭了。关于这一层我记得德国哲学家叔本华说得极透彻。我就把他书中的话,暂时代表我的自动的研究贡献诸君。

叔本华说:读书是拿他人的头脑,代替自己的思想。读书读久了,当会使自己的思想,不能成一个有系统的自内的发展。我们的头脑中充满了许多外来的思想,这种外来思想纷呈堆积,东一块,西一块,好像一堆乱石;不比那由我们自己心中亲切体验发展出来的思想,可以自成一个有生气的、有机体的系统。我们常常以他人的思想为思想,以读书为唯一的思索的时间，离了书本，就茫然不能思索，得了书本，就犹鱼得水，这种脑筋是没有用了，至多不过是一个没有条理的藏书楼。所以，我们要直接地向大自然的大书中读那一切真理的符号，不要专在书房中，守着古人的几篇陈言。我们要晓得古人留下来的书籍，好比是他在一片沙岸上行走时留下来的足印。我们虽可以从他这足印中看出他所行走的道路与方向，但却不能知道他在道路所看见的是些什么景物，所发生的是些什么感想；我们果真要了解这书籍中的话，获得这书籍的益，还是要自己按着这书籍所指示的道路，亲自去行走一番，直接地看这路上有些什么景物、能发生些什么感想。

所以叔本华并不是绝对的反对读书，——他自己读书之多，在欧洲学者中要算得很稀少的——不过他极力鼓吹自动地观察，自动地思想，他还有个譬喻说得好，他说书籍中的知识譬如武士的盾甲，一个强有力的武士，运用沉重的盾甲，可以自卫，可以攻战；一个能力薄弱的人担负了一身沉重的盾甲，反而不能行动了。所以天才能多读书而不为书籍学问所拖累；普通人多读了书，反而减少了学识，对于社会、人生、自然失去了亲切的了解，只牢记得些书本中的死知识，不能运用，不能理解。

以上我引了叔本华书本中的几句死话。他这话对不对，还要我们亲自去看。不过人家要问我：我们不去专读死书，又怎么样呢？我们怎样去自动地研究，怎样去自动地思想呢？我必答道，我们自动地研究也要有方法，有途径。不是盲动的、乱动的，乃是有条理、有步骤的活泼有趣的动作。这种动作是什么？这种动作就是科学方法的活动研究。这种活动就是走到大自然中，自动地观察，自动地归纳。从这种自由动作中得来的思想，才是创造的思想，才是真实的学问，才是亲切的知识。这是一切学术进步的途径，这是一切天才成功的秘诀。这个途径不唯近代大科学家如是，就是古代天才的思想家也是如此。就看中国周秦时的庄子，我们从他的书中，可以知道他每天并不是坐在家中读死书，他是常常走到自然中观察一切，思想一切，到处可以触动他的灵机，发挥他的妙想。他书中引用自然间现象作譬喻的非常之多。以他那种爱在自然中活动，又富于伟大的理解能力的特性，若生于现在、知道了许多科学实验的方法与器具，不也是一个大科学家吗？但是他所得的结果也已经不小了。以我所知道的中国哲学家看来，创造的思想之丰富，恐怕要推庄子第一。

庄子是中国学术史上与自然最接近的人，最富于自动地观察的人，所以也是个最富于创造的思想的人。我们模仿他的学者人格，再具有精密的科学方法，抱着丰富的科学知识，向着大自然间，作自动的研究，发挥自动的思想，恐怕这神秘万方的自然，也要悄悄地告诉我们几件未曾公开的秘密呢！

【内容提要】

我们的思想、见解、学识，可以从两个源泉中来：一是读过去学者的遗籍，二是直接观察社会、人生与自然。读书是把古人的思想重复思考一遍，其好处在于可以节省脑力、节约时间，弊端是容易让自己的头脑被别人的思想占满，渐渐磨灭"自动研究"和"自动思想"的能力。直接观察社会、人生与自然，则可由自身亲切的体验，发展出一个有生气、有机体、有系统的思想。走到大自然中，主动观察、主动归纳，从这种自由动作中得来的思想，才是具有创造性的思想，才是真实的学问，才是"亲切"的知识。这是一切学术进步的途径，是一切天才成功的秘诀。

【阅读感悟】

读书的好处，人们谈论得已经太多，事实上书籍的发明、知识的传播与社会的发展就是人类认识到读书好处的明证。真理如此昭彰，然而，有人因读书而闹笑话，有人被读书耽误，甚至因读书而遭受灾难，历史上也是屡有其事的。否则，我们就不会有"纸上谈兵"的典故，不会有"书呆子""掉书袋"的嘲讽，不会有"百无一用是书生"的牢骚，也不会有"尽信书不如无书"的古训。

读同样的书，有人获得知识与智慧，有人却浪费了时间与精力；有人因阅读而变得学识丰富而有灵性，有人却变得迂腐或者傲慢。当我们阅读前人思想的精华，享受节省脑力、节约时间的好处，同时也担着迷失自我、让自己的大脑成为别人思想跑马场的风险。如果教师为了讲好一篇课文，首先不是潜心研读，而是广泛查阅资料，把别人的理解当作自己的观点，然后在讲台上旁征博引、滔滔不绝、自我感觉良好，长此以往，教师会发现自己越来越依赖资料，渐渐丧失了独立解读文本的能力，而学生也很难从教师这里真正有所获益。

如何才能规避读书的风险？其实说来也简单，就像英国作家伍尔夫所说，首先要当作者的朋友，竭尽所能地去理解他，然后再当作者的敌人，竭尽所能地去批判他。多问几个"为什么"，多思考一些"是否果真如此"，我们就不会被作者牵着鼻子走了。

对于有良好的思考习惯和思维能力的人来说，这都不是难事。但现实却是，思考并不是人类的本能，相反，放弃思考常常是大众的首选，思维的惰性深深积淀在我们的基因里。这些年应试教育常用的题海战术，让学生通过反复的机械训练，达到熟练掌握知识的目的，无疑也遏制了学生主动思考的意识，加重了思维惰性。这样的背景之下，要培养思考习惯和提升思维品质是比较困难的。

但是我们不得不提高自己与学生的思维能力。宗白华先生的这篇文章谈到的发展"自动研究""自动思想"的能力，特别是到大自然中自动观察、自动归纳，是非常好的方法。这里所说的"自动"，应该是自觉主动之意。亲近自然、远离人群，可以降低盲从的可能性。大自然只提供现象，提供启示的可能，不会让我们产生思维的惰性，相反会增强我们主动思考的意识。只有具备了主动思考的意识与能力，我们才可能了解自然、社会和人生，从而形成属于自己的见解与思想。

（李红玉）

【大师名言】

中国古代一位影响不小的哲学家——庄子，他好像整天是在山野里散步，观看着鹏鸟、小虫、蝴蝶、游鱼，又在人间世里凝视一些奇形怪状的人：驼背、跛脚、四肢不全、心灵不正常的人，很像意大利文艺复兴时大天才达·芬奇在米兰街头散步时速写下来的一些"戏画"，现在竟成为"画院的奇葩"。庄子文章里所写的那些奇特人物大概就是后来唐、宋画家画罗汉时心目中的范本。

——《美学散步》

中国古代抒情诗里有不少是纯粹的写景，描绘一个客观境界，不写出主体的行动，甚至于不直接说出主观的情感，像王国维在《人间词话》里所说的"无我之境"，但却充满了诗的气氛和情调。

——《美学散步》

我们要直接地向大自然的大书中读那一切真理的符号，不要专在书房中，守着古人的几篇陈言。

——《读书与自动研究》

读书要重经典

**周谷城**（1898—1996），著名历史学家、教育家、社会活动家，曾任全国人大常委会副委员长，中国史学会常务理事兼首任执行主席、中国太平洋历史学会会长、上海市哲学社会科学联合会副主席、上海市历史学会会长。生于湖南益阳长湖口的农民家庭。自1942年秋起，周谷城一直在复旦大学执教，任历史系主任、教务长等职。后任全国人大常委会副委员长兼教育科学文化卫生委员会主任委员，曾任中国农工民主党副主席、主席。

我是真正的贫下中农出身,我在土洋结合的小学里,首先接触的就是古典。我初次接触的古典是中国有名的"经学",在别的地方我不提这两个字,但在我们历史系的同学这里,我要提一提,而且今后还要提。中国过去有所谓"五经":《诗》《书》《易》《礼》《春秋》。有时也称之为"六经",就是再加上一个《乐经》,这个《乐经》没有了,大家一般都不再提了;有时又称之谓"九经"。这些名词今天我们学一学,也还是有用处的。"九经"指《礼》有三礼,《春秋》有三传;有时叫作"十三经"就是在"九经"后面再加"四经":论(《论语》)、孟(《孟子》)、孝(《孝经》)、雅(《尔雅》)。在十三经的古典中,我一共读过十经,可以称得上是"饱学",而且读得相当熟,只有《易经》不太容易读,《尚书》也比较难上口,所以至今我一直建议,将《易经》《尚书》翻成白话文,但这件事太难,可以说没有几个人能做得好。我读了《诗》《书》《易》三经,《礼》读了二经,就是《周礼》和《礼记》,只有《仪礼》我没有读,三传中我读过了一部《公羊传》、一部《左氏传》,《穀梁传》我没有读。《论语》《孟子》《孝经》三者我读过了,《尔雅》没有读过。就是说十三经中,只有《仪礼》《穀梁传》《尔雅》这三经我没有读过。经典是中国古代文化的大源,这些经典,在世界上是很有名的,是很重要的。

经典究竟是什么东西?有什么用?我现在举出三家的意见来。第一家的意见,就是章实斋的《文史通义》说"六经皆史",章实斋的这个说法是好的,我是同意的。章实斋这个名字对同学们来讲,应该知道,他很有名。我们历史系有一位已经去世的教授周予同先生在"六经皆史"的后面加一个"料"字,叫它"六经皆史料"。我认为是妥当的,但不加更妥当。"料"与"学"谁能分清?写的书,印的书,如章太炎的书,到底是"料"还是"学"?章太炎一辈子搅脑筋,写出书来,要说没有"学"的意味也难说,现在称它为"料",何年化它为"学"?也难说,不如率直称"史",不讲"料"也不说"学"。我是一个逃避麻烦的人,章实斋说"六经皆史",我就说"六经皆史",这是推崇的话。第二家的意见是年轻的教授刘师培,在北京大学教书,三十多岁就死了,刘师培著有《左庵全集》,是很大的一部书,其中讲经学的这部分,他说所有的社会科学、哲学都在经学中有根基。人家说外国的月亮比中国的亮,他说中国的月亮比外国的亮,就是说他认为我们的经书里样样都有,甚至自然科学,都能在这部经书中找得到,这更是推崇备至。第三种意见就是我自己的意见。周予同先生不否定经典,而且他自成一派,如果他能活到今天,他会把我拖到他的"派"里面去。其实我并不是他那个"派",不过我们两人的意见是相投的,到底经典是什么?我今天借这个机会谈谈我的看法,但要说明,我不是提倡读经,不是复古,绝对不是复古。我认为经典是中国古史上,奴隶制时代出现的一种文化遗产。同时也更应该说是世界古史上奴隶制时代出现的一种文化遗产。这与周予同先生的看法不同,予同先生认为经典出现于封建时代,我不赞成,我认为是出现于奴隶制时代。它与世界上的其他经典，是一系列的东西。世界上的其他经典有犹太《旧约》，是奴隶制时代的东西；基督教的《新约》是奴隶制时代的东西；波斯袄教经典，是奴隶制时代的东西；印度的《吠陀》经典、佛教经典，是奴隶制时代的东西；阿拉伯的《古兰经》，是奴隶制时代的东西。中国的六经未便独异，它是这一系列的东西，是奴隶制时代的东西，我的这一看法与周予同先生不同。但予同在世的时候，我曾和他讲笑话说，我著大六经，你著小六经。我的所谓大六经是指：《旧约》、《新约》、波斯袄教经典、印度《吠陀》经典、阿拉伯《古兰经》经典，再加上中国的六经，合起来是大六经；周予同先生就著他的《诗》《书》《礼》《乐》《易》《春秋》，合起来的小六经，小六经是大六经中之一种。我今天仍然坚持这种观点，就是经典要翻译成现代文。这件事当然不必在座的史学系的同学个个都搞，但总要有几个人搞，总有几个人会把它翻译成现代文。我们不把它译成现代文，而洋人却早把它译成外文，而且译得很早很早，译得很多很多，英文、德文、法文的译本都有。十三经的外文，尤其是英文版，来得多，连注解都译进去了，印刷时都是英汉对照，上面是汉语，下面是英语，读起来很方便，例如《易经》同《尚书》，我常常读不懂原文，用翻译成英文的来读，反而容易读懂。在座各位一定会想问，外国人为什么这么喜欢翻译这类书呢？他们认为这是世界的文化遗产，并不是中国一国的文化遗产，他们有此气魄。外国人中有不少的人知道一些中国文化，这是一个原因，就是把经典翻译过去了。翻译工作，你们以为是很难，又很了不起的事情，其实非常容易。

《诗》《书》《礼》《易》《春秋》等十三经一共多少字？商务印书馆出的一部书，白文十三经总共只有六十四万字，这个数字算什么了不起的东西！我所写的书就不止六十四万字。今后如果外国人再研究，我们至少不要浇冷水，汤志钧到日本讲学，讲戊戌变法，讲康有为的经学，轰动了日本，说是从中国上海来了一个年轻的教师，讲经学，这说明他们重视。我们不必附而和之，不必追随，但也不必浇冷水，这是祖国的文化遗产。

这个文化遗产究竟有什么用处呢？什么用处我讲不出来。如果说它没有用处吧，可它构成中国文化史上的遗产，没有这个东西，文化史就不能够成功，就要缺一大块。这就是我在土洋结合的小学里首次接触的经典。那个时候我莫名其妙，直到现在，我才可以发这样一段议论。

【内容提要】

"经典是中国文化的大源"，也正因为此，所以我们读书应特别重视经典。"文化的大源"是个宏观概念，清代思想家章学诚认为"六经皆史"，近代学者刘师培指出经典其实包罗万象。其实，经典即是文化遗产，我们作为文化的继承者必须予以足够的重视。外国人为什么这么喜欢翻译我们的经典？他们认为这是世界的文化遗产，并不是中国一国的文化遗产，他们有此气魄。读经典不是为了复古，而是为能从中吸取营养。要把我国的古代经典都翻译成现代文，以便现代人能更好地继承和发展它们。

【阅读感悟】

"读书要重经典",我想不会有人反对。究竟何为经典?卡尔维诺曾说:"经典就是我们常听人说,'我在重读'而不是'我在读'的那些书。"因为"经典"是要怀着对历史和文化的敬畏并用自己的生命注解,才能读懂的书。经典可以帮助我们认识人、认识世界、认识自己;可以让我们与杰出的灵魂共舞,摆脱平庸,从容面对这个喧嚣的、物质的世界。

作为教师,我们更不会否认经典的意义,可当我们拿出一部经典准备读的时候,却常常出了问题——我们读不懂或者说常常误读了经典。

我曾问过很多人一个问题:"'学而时习之,不亦说乎'是什么意思?"几乎所有人都说:"就是'学习并且时常温习,不也是件快乐的事吗?'"于是我问:"温习的时候你快乐吗?"他们笑了,似乎想说:"温习常是为考试,有何快乐可言?要是经典说,学而时习之,不亦'苦'乎,那才是我辈心声!"

我们知道,《论语》是儒家经典,而儒学是一门重品德修养的学说,尤其注重人与人之间的伦理关系,并强调将其运用到社会实践中。如此看来,"学而时习之"中的"学"就不只指学一般的知识技能,还指要学做人,甚至是学做君子。

再说这个"时"字。这个"时",不应该当"时常"讲,因为在孔子的时代,"时"意为"在适当的时候"。我没有瞎说,如果你去查《广雅》,会发现"时"就是"伺"。"伺",就是观望并随时侍奉的意思,不就是当"在适当的时候"讲吗?

至于这个"习",也并非温习、复习的意思,而应当实习、练习讲,因为儒家是特别强调社会实践的。但人们却非把"时习"解释为"时常温习",这就讲不通了,毕竟孔子的时代,没有那么多考试,总让人复习干吗呢?所以这句话正确的解释是:"学习各种技能和为人之道,并适时加以实践,不也是一件快乐的事吗?"是啊,学有所用,焉能不乐?

所以,我们只知经典好,闲来翻阅经典,可不求甚解,实在是对不起经典。现在到处推广经典诵读,可经典诵读,哪里有对经典的诠释重要?人云亦云地诵读经典,不仅辜负了经典,还糟蹋了文化,更有可能把精华化为糟粕而害了自己!因此,我们应该改变自己机械而冷漠的阅读方式,在时代的大潮中去品味经典,去讨论经典,去诠释经典。活学活用的经典,才是有意义的经典,才是与时俱进的经典!

(刘 祺)

【大师名言】

我不是提倡读经,不是复古,绝对不是复古。我认为经典是中国古史上,奴隶制时代出现的一种文化遗产。同时也更应该说是世界古史上奴隶制时代出现的一种文化遗产。

——《读书要重经典》

史料只可视为寻找历史之指路碑，只可视为历史之代表或片段的痕迹，却并不是历史之自身。

——《中国通史》

　　不研究生活本身，全凭自己的意见，来高谈那虚无缥缈的人生观，终究是谈不出什么结果的。

——《生活系统》

我的苦学经验

丰子恺（1898—1975），画家、文学家、美术和音乐教育家。浙江桐乡人。1921年去日本。回国后在上海、浙江、重庆等地从事美术和音乐教学。五四运动后创作漫画，早期漫画多暴露旧中国的黑暗，后期常作古诗词新画，并常以儿童生活作题材；造型简括，画风朴实，受清画家曾衍东（七道士）和日本画家竹久梦二的影响。中华人民共和国成立后，任上海中国画院院长、中国美术家协会上海分会主席。著有《丰子恺漫画》《音乐入门》《缘缘堂随笔》，译有《西洋画派十二讲》和外国文学作品《源氏物语》《猎人日记》等。擅长散文和诗词，文笔隽永清朗，语淡意深。

读我这篇自述的青年诸君！你们也许以为我的读书生活是幸运而快乐的；其实不然，我的读书是很苦的。你们都是正式求学，正式求学可以堂堂皇皇地读书，这才是幸运而快乐。但我是非正式求学，我只能伺候教课的余暇而偷偷隐隐地读书。做教师的人，上课的时候当然不能读书，开议会的时候不能读书，监督自修的时候也不能读书，学生课外来问难的时候又不能读书，要预备明天的教授的时候又不能读书。担任了它一小时的功课，便是这学校的先生，便有参加议会、监督自修、解答问难、预备教授的义务；不复为自由的身体，不能随了读书的兴味而读书了。我们读书常被教务所打断，常被教务所分心，决不能像正式求学的诸君的专一。所以我的读书，不得不用机械的方法而下苦功，我的用功都是硬做的。

我在学校中，每每看见用功的青年们，闲坐在校园里的青草地上，或桃花树下，伴着了蜂蜂蝶蝶、燕燕莺莺，手执一卷而用功。我羡慕他们，真像潇洒的林下之士！又有用功的青年们，拥着棉被高枕而卧在寝室里的眠床中，手执一卷而用功。我也羡慕他们，真像耽书的大学问家！有时我走近他们去，借问他们所读为何书，原来是英文、数学或史、地、理、化，他们是在预备明天的考试。这使我更加要羡慕煞了。他们能用这样轻快闲适的态度而研究这类知识科学的书，岂真有所谓"过目不忘"的神力么？要是我读这种书，我非吃苦不可。我须得埋头在案上，行种种机械的方法而用笨功，以硬求记诵。诸君倘要听我的笨话，我愿把我的笨法子一一说给你们听。

在我，只有诗歌、小说、文艺，可以闲坐在草上花下或奄卧在眠床中阅读。要我读外国语或知识学科的书，我必须用笨功。请就这两种分述之。

第一，我以为要通一国的国语，须学得三种要素，即构成其国语的材料、方法，以及其语言的腔调。材料就是"单语"，方法就是"文法"，腔调就是"会话"。我要学得这三种要素，都非行机械的方法而用笨功不可。

"单语"是一国语的根底。任凭你有何等的聪明力，不记单语决不能读外国文的书，学生们对于学科要求伴着趣味，但谙记生字极少有趣味可伴，只得劳你费点心了。我的笨法子即如前所述，要读 Sketch Book（素描书），先把 Sketch Book 中所有的生字写成纸牌，放在匣中，每天摸出来记诵一遍。记牢了的纸牌放在一边，记不牢的纸牌放在另一边，以便明天再记。每天温习已经记牢的字，勿使忘记。等到全部记诵了，然后读书，那时候便觉得痛快流畅。其趣味颇足以抵偿摸纸牌时的辛苦。我想熟读英文字典，曾统计字典上的字数，预算每天记诵二十个字，若干时日可以记完。但终于未曾实行。倘能假我数年正式求学的日月，我一定已经实行这计划了。因为我曾仔细考虑过，要自由阅读一切的英语书籍，只有熟读字典是最根本的善法。后来我向日本购买一册《和英根底一万语》，假如其中一半是我所已知的，则每天记二十个字，不到一年就可记完，但这计划实行之后，终于半途而废。阻碍我的实行的，都是教课。记诵《和英根底一万语》的计划,我现在还保留在心中,等候实行的机会呢。我学习日本语,也是用机械的硬记法。在师范学校时,就在晚上请校中的先生教日语。后来我买了一厚册的《日语完璧》,把后面所附的分类单语,用前述的方法一一记诵。当时只是硬记,不能应用,且发音也不正确;后来我到了日本,从日本人的口中听到我以前所硬记的单语,实证之后,我脑际的印象便特别鲜明,不易忘记。这时候的愉快也很可以抵偿我在国内硬记时的辛苦。这种愉快使我甘心消受硬记的辛苦,又使我始终确信硬记单语是学外国语的最根本的善法。

关于学习"文法",我也用机械的笨法子。我不读文法教科书,我的机械的方法是"对读"。例如拿一册英文圣书和一册中文圣书并列在案头,一句一句地对读。积起经验来,便可实际理解英语的构造和各种词句的腔调。圣书之外,他种英文名著和名译,我亦常拿来对读。日本有种种英和对译丛书,左页是英文,右页是日译,下方附以注解。我曾从这种丛书得到不少的便利。文法原是本于论理的,只要论理的观念明白,便不学文法,不分 noun(名词)与 verb(动词)亦可以读通英文。但对读的态度当然是要非常认真。须要一句一字地对勘,不解的地方不可轻轻通过,必须明白了全句的组织,然后前进。我相信认真地对读几部名作,其功效足可抵得学校中数年英文教科。——这也可说是无福享受正式求学的人的自慰的话;能入学校中受先生教导,当然比自修更为幸福。我也知道入学是幸福的,但我真犯贱,嫌它过于幸福了。自己不费钻研而袖手听讲,由先生拖长了时日而慢慢地教去,幸福固然幸福了,但求学心切的人怎能耐烦呢?求学的兴味怎能不被打断呢？学一种外国语要拖长许久的时日，我们的人生有几回可供拖长呢？语言文字，不过是求学问的一种工具，不是学问的本身。学些工具都要拖长许久的时日，此生还来得及研究几许学问呢？拖长了时日而学外国语，真是俗语所谓"拉得被头直，天亮了"！我固然无福消受入校正式求学的幸福；但因了这个理由，我也不愿消受这种幸福，而宁愿独自来用笨功。

关于"会话"，即关于言语的腔调的学习，我又喜用笨法子。学外国语必须通会话。与外国人对晤当然须通会话，但自己读书也非通会话不可。因为不通会话，不能体会语言的腔调；腔调是语言的神情所寄托的地方，不能体会腔调，便不能彻底理解诗歌、小说、戏剧等文学作品的精神。故学外国语必须通会话。能与外国人共处，当然最便于学会话。但我不幸而没有这种机会，我未曾到过西洋，我又是未到东京时先在国内自习会话的。我的学习会话，也用笨法子，其法就是"熟读"。我选定了一册良好而完全的会话书，每日熟读一课，克期读完。熟读的方法更笨，说来也许要惹人笑。我每天自己上一课新书，规定读十遍。计算遍数，用选举开票的方法，每读一遍，用铅笔在书的下端画一笔，便凑成一个字。不过所凑成的不是选举开票用的"正"字，而是一个"读"字。例如第一天读第一课，读十遍，每读一遍画一笔，便在第一课下面画了一个"言"字和一个"士"字。第二天读第二课，亦读十遍，亦在第二课下面画一个"言"字和一个"士"字，继续又把昨天所读的第一课温习五遍，即在第一课的下面加了一个"四"字。第三天在第三课下画一"言"字和"土"字，继续温习昨日的第二课，在第二课下面加一"四"字，又继续温习前日的第一课，在第一课下面再加了一个"目"字。第四天在第四课下面画一"言"字和一"土"字，继续在第三课下加一"四"字，第二课下加一"目"字，第一课下加一"八"字，到了第四天而第一课下面的"读"（繁体字"讀"是这样的）字方始完成。这样下去，每课下面的"读"字，逐一完成。"读"字共有二十二笔，故每课共读二十二遍，即生书读十遍，第二天温五遍，第三天又温五遍，第四天再温二遍。故我的旧书中，都有铅笔画成的"读"字，每课下面有了一个完全的"读"字，即表示已经熟读了。这办法有些好处：分四天温习，屡次反复，容易读熟。我完全信托这机械的方法，每天像和尚念经一般地笨读。但如法读下去，前面的各课自会逐渐地从我的唇间背诵出来，这在我又感到一种愉快，这愉快也足可抵偿笨读的辛苦，使我始终好笨而不迁。会话熟读的效果，我于英语尚未得到实证的机会，但于日本语我已经实证了。我在国内时只是笨读，虽然发音和语调都不正确，但会话的资料已经完备了。故一听到日本人的说话，就不难就自己所已有的资料而改正其发音和语调，比较到了日本而从头学起来的，进步快速得多。不但会话，我又常从对读的名著中选择几篇自己所最爱读的短文，把它分为数段，而用前述的笨法子按日熟读。例如 Stevenson（斯蒂文生）和夏目漱石的作品，是我所最喜熟读的材料。我的对于外国语的理解，和对于文学作品的理解，都因了这熟读的方法而增进一些。这益使我始终好笨而不迁了。——以上是我对于外国语的学习法。

第二，对于知识学科的书的读法，我也有一种见地：知识学科的书，其目的主要在于事实的报告；我们读史、地、理、化等书，亦无非欲知道事实。凡一种事实，必有一个系统。分门别类，源源本本，然后成为一册知识学科的书。读这种书的第一要点，是把握其事实的系统。即读者也须源源本本地谙记其事实的系统，却不可从局部着手。例如研究地理，必须源源本本地探求世界共分几大洲，每大洲有几国，每国有何种山川形胜等。则读毕之后，你的头脑中就摄取了地理的全部学问的梗概，虽然未曾详知各国各地的细情，但地理是什么样一种学问，我们已经知道了。反之，若不从大处着眼，而孜孜从事于局部的记忆，即使你能背诵喜马拉雅山高几尺、尼罗河长几里，也只算一种零星的知识，却不是研究地理。故把握系统，是读知识学科的书籍的第一要点。头脑清楚而记忆力强大的人，凡读一书，能处处注意其系统，而在自己的头脑中分门别类，作成井然的条理；虽未看到书中详叙细事的地方，亦能知道这详叙位在全系统中哪一门、哪一类、哪一条之下，及其在全部中重要程度如何。这仿佛在读者的头脑中画出全书的一览表，我认为这是知识书籍的最良的读法。

但我的头脑没有这样清楚，我的记忆力没有这样强大。我的头脑中地位狭窄，画不起一览表来。倘教我闲坐在草上花下或奄卧在眠床中而读知识学科的书，我读到后面便忘记前面。终于弄得条理不分，心烦意乱，而读书的趣味完全灭杀了。所以我又不得不用笨法子。我可用一本 notebook（笔记本）来代替我的头脑，在 notebook 中画出全书的一览表。

所以我读书非常吃苦，我必须准备notebook和笔，埋头在案上阅读。读到纲领的地方，就在notebook上列表，读到重要的地方，就在notebook上摘要。读到后面，又须时时翻阅前面的摘记，以明此章此节在全体中的位置。读完之后，我便抛开书籍，把notebook上的一览表温习数次。再从这一览表中摘要，而在自己的头脑中画出一个极简单的一览表。于是这部书总算读过了。我凡读知识学科的书，必须用notebook摘录其内容的一览表。所以十年以来，积了许多的notebook，经过了几次迁居损失之后，现在的废书架上还留剩着半尺多高的一堆notebook呢。

我没有正式求学的福分，我所知道于世间的一些些事，都是从自己读书而得来的；而我的读书，都须用上述的机械的笨法子。所以看见闲坐在青草地上、桃花树下，伴着了蜂蜂蝶蝶、燕燕莺莺而读英文、数学教科书的青年学生，或拥着棉被高枕而卧在眠床中读史、地、理、化教科书的青年学生，我羡慕得真要怀疑！

【内容提要】

"只有诗歌、小说、文艺，可以闲坐在草上花下或奄卧在眠床中阅读"，而要读外国语或知识学科的书，须埋头在案上，用笨功硬记下来。学习外国语，需要学好三种要素：单词、语法和对话。单词是外国语的根本，需要每天记诵，每天温习，全部记诵后再读书，便觉痛快流畅。学习语法的机械方法不是读语法教科书，而是一句一句地"对读"名作，一句一字地斟酌。学习会话的笨法子则是"熟读"，按日熟读，逐一读完。对于知识学科的书的读法，要把握系统，分门别类；读到纲领的地方，用笔记本画出全书的一览表，读到重要的地方在笔记本上做摘要；读到后面，时时翻阅前面的摘记，进而在头脑中画出一个极简单的一览表。这部书就算读过了。

【阅读感悟】

想要把书读好，除了下苦功夫外，没有其他捷径可走。丰子恺先生用自己的读书经历诚恳地告诫我们，学问做得好的人没有什么神力，都是自己踏踏实实一点点做出来的，话说得朴实又接地气。

读书是一件很苦的事情，古来就如此。文坛巨擘苏东坡的才学众人皆知，史书上往往记载苏轼的才气的故事多，使大家误以为才子是天生的，鲜知其刻苦读书的故事。他晚年对弟子王古说："我每读一部经典，都是从头抄到尾。"《西塘集耆旧续闻》中就有记载，众人都认为苏轼的文采好，却不知他抄三遍《汉书》的事。读书无疑是一件苦差事，"学海无涯苦作舟"，读书的过程确是煎熬的、痛苦的，那读书之乐又从哪里来呢？

翁森说："读书之乐乐何如，绿满窗前草不除；读书之乐乐无穷，瑶琴一曲来熏风；读书之乐乐陶陶，起弄明月霜天高；读书之乐何处寻，数点梅花天地心。"读书可以让人有所思、有所悟、有所得，使人明智，使人灵秀，这便是读书之乐，是从读书的目的和功用来说的。

每当看到学生学得苦不堪言时，我也在思索，能不能把读书变成一种享受,能不能快乐地学习呢?现在不是有很多人提倡"悦读"吗?也曾和学生说过,要把读书当成一件快乐的事情去做,要学会享受。其实说这话时,心里也是清楚的,他们此刻的读书生活怎么可能是快乐的呢,尤其是读自己不喜欢的书,是相当痛苦的。如果我们没有尝到读书的甜头,怎么会感到快乐?读书的过程必然是痛苦的,就像唐僧师徒必须经过九九八十一难才能功德圆满,当我们读书获得了"真经",快乐不就在其中吗?

我们畅想的读书状态应该是酣畅淋漓、醍醐灌顶,可是在现实生活当中,因为读书苦不堪言的学生大有人在,对相当一部分学生来讲,读书就是一种煎熬。若和他们说什么读书是一件很快乐的事情,他们可能会觉得教师在说谎,因为他们感受到的除了痛苦,还是痛苦。我想,作为教师,我们在和学生讨论读书是一件乐事的时候,能够现身说法,揭示读书的真谛,那是再有说服力不过的了。

陆游的诗云:"古人学问无遗力,少壮工夫老始成。"读书的甜头儿,岂是说尝就能尝到的,有量变才有质变。

(宋海燕)

【大师名言】

所谓艺术的生活,就是把创作艺术、鉴赏艺术的态度来应用在人生中,即教人在日常生活中看出艺术的情味来。倘能因艺术的修养,而得到了梦见这美丽世界的眼睛,我们所见的世界,就处处美丽,我们的生活就处处滋润了。

——《活着本来单纯》

我每到一处地方，不论碑上的、额上的、壁上的、柱上的，凡是文字，都喜观玩。但有的地方实在汗牛充栋，尽半日淹留之长，到底不能一一读遍所有各家的大作。我想，倘要尽读全西湖上发表着的所有的文字，恐非有积年累月的闲工夫不可。

——《读书》

倘读书与看字有共通的情形，就让读者"闻一以知二"吧。

——《读书》

写与读

老舍（1899—1966），文学家、剧作家。原名舒庆春，字舍予，北京人。1936年发表的《骆驼祥子》，表现被侮辱、被损害者的奋斗与挣扎，为现代文学史上杰出的作品之一。1950年创作话剧《龙须沟》，获北京市人民政府授予的"人民艺术家"称号。1957年写作《茶馆》，为中华人民共和国成立后的杰出话剧作品之一。作品善于刻画市民阶层的生活和心理，同时也努力表现时代前进的步伐；文笔生动、幽默，富有浓郁的地方色彩。主要作品还有小说《猫城记》《离婚》《牛天赐传》《四世同堂》《正红旗下》等，剧本《方珍珠》《春华秋实》《女店员》等。

要写作，便须读书。读书与著书是不可分离的事。当我初次执笔写小说的时候，我并没有考虑自己应否学习写作，和自己是否有写作的才力。我拿起笔来，因为我读了几篇小说。这几篇小说并不是文艺杰作，那时候我还没有辨别好坏的能力。读了它们，我觉得写小说必是很好玩的事，所以我自己也愿试一试。《老张的哲学》便是在这种情形下写出来的。无可避免地，它必是乱七八糟，因为它的范本——那时节我所读过的几篇小说——就不是什么高明的作品。

一边写着"老张"，一边抱着字典读莎士比亚的《韩姆烈德》（注：《哈姆雷特》）。这是一本文艺杰作，可是它并没有给我什么好处。这使我怀疑：以我们的大学里的英文程度，而必读一半本莎士比亚，是不是白费时间？后来，我读了英译的《浮士德》，也丝毫没得到好处。这使我非常的苦闷，为什么被人人认为不朽之作的，并不给我一点好处呢？

有一位好友给我出了主意。他教我先读欧洲史，读完了古希腊史，再去读古希腊文艺，读完了古罗马史，再去读古罗马文艺……这的确是个好主意。从历史中，我看见了某一国在某一时代的大概情形，而后在文艺作品中我看见了那一地那一时代的社会光景，二者相证，我就明白了一点文艺的内容与形式都是事有必至，理有固然。不过，说真的，那些古老的东西往往教我瞪着眼咽气！读到半本英译的《衣里亚德》（注：《伊利亚特》），我的忍耐已用到极点，而想把它扔得远远的，永不再与它谋面。可是，一位会读希腊原文的老先生给我读了几十行荷马，他不是读诗，而是在唱最悦耳的歌曲！大概荷马的音乐就足以使他不朽吧？我决定不把它扔出老远去了！他的《奥第赛》（注：《奥德赛》）比《衣里亚德》更有趣一些——我的才力，假若我真有点才力的话，大概是小说的，而非诗歌的；《奥第赛》确乎有点像冒险小说。

希腊的悲剧教我看到了那最活泼而又最悲郁的希腊人的理智与感情的冲突，和文艺的形式与内容的谐调。我不能完全明白它们的技巧，因为没有看见过它们在舞台上"旧戏重排"。从书本上，我只看到它们的"美"。这个美不仅是修辞上的与结构上的，而也是在希腊人的灵魂中的；希腊人仿佛是在"美"里面呼吸着的。

假若希腊悲剧是鹤唳高天的东西，我自己的习作可仍然是爬伏在地上的。一方面，古希腊的三大悲剧家是世界文学史中罕见的天才，高不可及；一方面，我读了阿瑞司陶风内司（注：阿里斯托芬）的喜剧，而喜剧更合我的口味。假若我缺乏组织的能力与高深的思想，我可是会开玩笑啊，这时候，我开始写《赵子曰》——一本开玩笑的小说。

在悲剧喜剧之外，我最喜爱希腊的短诗。这可只限于喜爱。我并不敢学诗。我知道自己没有诗才。希腊的短诗是那么简洁，轻松，秀丽，真像是"他只有一朵花，却是玫瑰"那样。我知道自己只是粗枝大叶，不敢高攀玫瑰！

赫罗都塔司（注：希罗多德）、赛诺风内（注：色诺芬）与修西地第司（注：修昔底德）的作品，我也都耐着性子读了，他们都没给我什么好处。读他们，几乎像读列国演义，读过便全忘掉。

古罗马的作品使我更感到气闷。能欣赏米尔顿（注：弥尔顿）的，我想，一定能喜爱乌吉尔（注：维吉尔）。可是，我根本不能欣赏米尔顿。我喜爱跳动的、天才横溢的诗，而不爱那四平八稳的功力深厚的诗。乌吉尔是杜甫，而我喜欢李白。罗马的雄辩的散文是值得一读的，它们常常给我们一两句格言与宝贵的常识，使我们认识了罗马人的切于实际，洞悉人情。可是，它们并不能给我们灵感。一行希腊诗歌能使我们沉醉，一整篇罗马的诗歌或散文也不能使我们有些醉意——罗马伟大，而光荣属于希腊。

对中古时代的作品，我读得不多。北欧、英国、法国的史诗，我都看了一些，可是不感兴趣。它们粗糙、杂乱，它们确是一些花木，但是没经过园丁的整理培修。尤其使我觉着不舒服的是它们硬把历史的界限打开，使基督前的英雄去做中古武士的役务。它们也过于爱起打与降妖。它们的历史的、地方的、民俗的价值也许胜过了文艺的，可是我的目的是文艺呀。

使我受益最大的是但丁的《神曲》。我把所能找到的几种英译本，韵文的与散文的，都读了一会儿，并且搜集了许多关于但丁的论著。有一个不短的时期，我成了但丁迷，读了《神曲》，我明白了何谓伟大的文艺。论时间，它讲的是永生。论空间，它上了天堂，入了地狱。论人物，它从上帝、圣者、魔王、贤人、英雄，一直讲到当时的"军民人等"。它的哲理是一贯的，而它的景物则包罗万象。它的每一景物都是那么生动逼真，使我明白何谓文艺的方法是从图像到图像，天才与努力的极峰便是这部《神曲》，它使我明白了肉体与灵魂的关系,也使我明白了文艺的真正的深度。

文艺复兴时期的作品永远给人以灵感。尽管阿比累是那么荒唐杂乱,尽管英国的戏剧是那么夸大粗壮,可是它们教我的心跳,教我敢冒险去写作,不怕碰壁。不错,浪漫派的作品也往往失之荒唐与夸大,但是文艺复兴的大胆是人类刚从暗室里出来,看到了阳光的喜悦,而浪漫派的是失去了阳光,而叹息着前途的黯淡。文艺复兴的啼与笑都健康!

因为读过了但丁与文艺复兴的文艺,直到如今,我心中老有个无可解开的矛盾:一方面,我要写出像《神曲》那样完整的东西;另一方面,我又想信笔写来,像阿比累那样要笑就笑个痛快,要说什么就说什么。细腻是文艺者必须有的努力,而粗壮又似乎足以使人们能听见巨人的狂笑与嚎啕。我认识了细腻,而又不忍放弃粗壮。我不知道站在哪一边好。我写完了《赵子曰》。它粗而不壮。它闹出种种笑话,而并没有在笑话中闪耀出真理来。《赵子曰》也会哭会笑,可不是巨人的啼笑。用不着为自己吹牛啊,拿古人的著作和自己的比一比,自己就会公平地给自己打分数了!

在我做事的时候,我总愿意事前有个计划,而后一一的"照计而行"。不过,这个心愿往往被一点感情或脾气给弄乱,而自己破坏了自己的计划。在事后想起自己这种愚蠢可笑,我就无可如何的名之为"庸人的浪漫"。在我的作品里,我可是永远不会浪漫。我有一点点天赋的幽默之感,又搭上我是贫寒出身,所以我会由世态与人情中看出那可怜又可笑的地方来;笑是理智的胜利,我不会皱着眉把眼钉在自己的一点感触上，或对着月牙儿不住地落泪，因此，我很喜欢十七八世纪假古典主义的作品。不错，这种作品没有浪漫派的那种使人迷醉颠倒的力量；可是也没有浪漫派的那种信口开河、唠里唠叨的毛病。这种作品至少是具有平稳、简明的好处。在文学史中，假古典主义本来是负着取法乎古希腊与罗马文艺的法则而美化欧西各国的文字的责任的；对我，它依样的还有这个功能——它使我知道怎样先求文字上的简明及思路上的层次清楚，而后再说别的。我佩服浪漫派的诗歌，可是我喜欢假古典派的作品，正像我只能读咏唐诗，而在自己作诗的时候却取法乎宋诗。至于浪漫派小说，我没读过多少，也不想再读。假若我在十六七岁的时候就接触了浪漫派的小说，我也许能像在十二三岁时读《三侠剑》与《绿牡丹》那样的起劲入神，可是它们来到我眼中的时候，我已是快三十岁的人，我只觉得它们的侠客英雄都是二黄戏里的花脸儿，他们的行动也都配着锣鼓。我要看真的社会与人生，而不愿老看二黄戏。

　　1928年至1929年，我开始读近代的英法小说。我的方法是：由书里和友人的口中，我打听到近三十年来的第一流作家和每一作家的代表作品。我要至少读每一名作家的"一"本名著。这个计划太大。近代是小说的世界，每一年都产生几本可以传世的作品。再说，我并不能严格的遵守"一本书"的办法，因为读过一个名家的一本名著之后，我就还想再读他的另一本；趣味破坏了计划。英国的威尔斯、康拉德、美瑞地茨（注：梅瑞狄斯）和法国的福禄贝尔（注：福楼拜）与莫泊桑，都拿去了我很多的时间。在这一年多的时间中，我昼夜地读小说，好像是落在小说阵里。它们对我的习作的影响是这样的：（1）大体上，我喜欢近代小说的写实的态度，与尖刻的笔调。这态度与笔调告诉我，小说已成为社会的指导者，人生的教科书；他们不只供给消遣，而是用引人入胜的方法作某一事理的宣传。（2）我最心爱的作品，未必是我能仿造的。我喜欢威尔斯与赫胥黎的科学的罗曼司，和康拉德的海上的冒险，但是我学不来。我没有那么高深的学识与丰富的经验。"读"然后知"不足"啊！（3）各派的小说，我都看到了一点，我有时候很想仿制。可是，由多读的关系，我知道摹仿一派的作风是使人吃亏的事。看吧，从古至今，那些能传久的作品，不管是属于哪一派的，大概都有个相同之点，就是它们健康、崇高、真实。反之，那些只管作风趋时，而并不结实的东西，尽管风行一时，也难免境迁书灭。在我的长篇小说里，我永远不刻意地摹仿任何文派的作风与技巧；我写我的。在短篇里，有时候因兴之所至，我去摹仿一下，为是给自己一点变化。（4）多读，尽管不为是去摹仿，也还有个好处：读的多了，就多知道一些形式，而后也就能把内容放到个最合适的形式里去。

回国之后，我才有机会多读俄国的作品。我觉得俄国的小说是世界伟大文艺中的"最"伟大的。我的才力不够去学它们的，可是有它们在心中，我就能因自惭才短地希望自己别太低级，勿甘自弃。

对于剧本，我读过不多。抗战后，我也试写剧本，成绩不好是无足怪的。

文艺理论是我在山东教书的时候，因为预备讲义才开始去读的；读得不多，而且也没有得到多少好处。我以为"论"文艺不如"读"文艺。我们的大学文学系中，恐怕就犯有光论而不读的毛病。

读书而外，一个作家还须熟读社会人生。因为我"读"了人力车夫的生活，我才能写出《骆驼祥子》。它的文字、形式、结构，也许能自书中学来的；他的内容可是直接的取自车厂、小茶馆与大杂院的；并没有看过另一本专写人力车夫的生活的书。

【内容提要】

要写作，便须读书。读书与著书是不可分离的事。文艺的内容与形式都是事有必至，理有固然。文艺复兴时期的作品永远给人以灵感，啼与笑都健康。细腻是文艺者必须有的努力，而粗壮又似乎足以使人们能听见巨人的狂笑与嚎啕。阅读知道写作怎样先求文字上的简明及思路上的层次清楚，看到真的社会与人生。从古至今，那些能传久的作品，都健康、崇高、真实。

多读不为是去摹仿，读的多了，就多知道一些形式，而后也就能把内容放到个最合适的形式里去。"论"文艺不如"读"文艺。读书而外，一个作家还须熟读社会人生。

【阅读感悟】

品读老舍先生的这篇文章，不由自主联想到另外两位大师的论述。叶圣陶先生说:"阅读是吸收,写作是倾吐,倾吐能否合乎于法度,显然与吸收有密切的联系。"著名学者张中行先生认为:"多读,熟了,笔未着纸,可用的多种表达方式早已蜂拥而至,你自然可以随手拈来,不费思索就顺理成章。"

老舍先生与前面两位大师的看法大同小异。例如,"读的多了,就多知道一些形式,而后也就能把内容放到个最合适的形式里去";阅读"使我知道怎样先求文字上的简明及思路上的层次清楚,而后再说别的";"阅读使我明白了肉体与灵魂的关系,也使我明白了文艺的真正的深度。"

如果不是语文教师,也不太在意写作,大师们的观点未必能引起我们的注意,但老舍有一个感受值得我们研究。老舍是文学大家,曾经经过了一段时间的阅读却产生了这样的困惑:"我非常的苦闷,为什么被人人认为不朽之作的,并不给我一点好处呢?"我记得我十七八岁的时候,通读《鲁迅全集》(不是附庸风雅,而是当时没有别的书可读),除了记得一些只言片语,总的感觉就是很难读懂,什么好处也没有,直到后来看法才有一些改变。显然经历了一个很长的过程才有这个改变。是什么原因引起这个改变?老舍给了我们一个答案:"读书而外,一个作家还须熟读社会人生。"这就是说,当我们具有一定的社会阅历或者是人生体验以后,原来那些没有读懂的东西开始发酵了,似乎找到了一个重新认识的窗口,也有了一种表达的愿望。我们阅读《鲁迅全集》,就是做到熟而能诵,也当不了鲁迅那样的作家,就是模仿也无法像其十分之一,但是鲁迅对我们的影响确实是客观存在的。当我在《湖北日报》(1978年7月13日)发表第一篇小杂文(后来连续发表了几篇杂文)以后,我深深地体会到这一点。

我们是教师,一般没有当作家的基础和愿望,但是我们都在阅读。有人说,从一个人喜欢读怎样的书,就可以判断他是怎样一个人,这是很有道理的。阅读使老舍明白了肉体与灵魂的关系,于是他在写作中表达了出来,也成就了老舍的作品。谁说我们只有阅读,没有写作?我们的人生不就是自己"写作"的一篇大"文章"吗?

(黄德灿)

【大师名言】

随读随做笔记。这不仅大有助于记忆,而且是自己考试自己,看看到底有何心得。我曾这么办过,确有好处。不管自己的了解正确与否,意见成熟与否,反正写过笔记必得到较深的印象。

——《谈读书》

我们必须多读书,可是工作又很忙,不易博览群书。假若有读书小组呢,就可以各将所得,告诉别人;或同读一书,各抒己见;或一人读《红楼梦》,另一人读《曹雪芹传》,另一人读《红楼梦研究》,而后座谈,献宝取经。我想这该是个不错的方法,何妨试试呢。

——《谈读书》

我有我的爱与不爱，存在我自己心里。我爱念什么就念，有什么心得我自己知道，这是种享受，虽然显得自私一点。……但是我准知道，书是别人的好。别人的书自然未必都好，可是至少给我一点我不知道的东西。

——《读书》

谈谈我的学词经历

夏承焘(1900—1986),词学家。浙江温州人。1921年任北京《民意报》编辑,后历任西北大学讲师和之江文理学院、无锡国学专科学校、太炎文学院、浙江大学、浙江师范学院、杭州大学等校教授。毕生致力于词学研究和教学,在词人年谱、词论、词史、词乐、词律、词韵以及词籍笺校诸方面均取得突破性成果,构筑起超越前人的严整的词学体系,拓展了词学研究的疆域,是现代词学的开拓者和奠基人。著有《唐宋词人年谱》《唐宋词论丛》《唐宋词欣赏》《姜白石词编年笺校》等。另有《夏承焘词集》《天风阁学词日记》。

关于我的学词经历以及学词心得，六十年代初，曾经在杭州大学语言文学研究室，向研究生们介绍过。我是个天资很低的人，从事教育、文化工作，六十余年间，如果说在学词方面还取得了某些成绩的话，那就是依靠一个"笨"字。我曾经告诉一位朋友："'笨'字从'本'，笨是我治学的本钱。"因此，提起治学经历，还得从这个"笨"字说起。

从十五岁到二十岁，是我读书很努力的时期。当时，一部《十三经》，除了其中的《尔雅》以外，我都一卷一卷地背过。记得有一次，背得太疲倦了，从椅子上摔倒在地。我在求学阶段，举凡经、史、子、集，乃至小说、笔记，只要弄得到书，我都贪婪地看。我体会到：如果不刻苦读书，就谈不上治学，谈不上什么科学研究。

二十岁在师校毕业后，我到北京、西安等地谋职，花费了五六年时间，进行做学问的尝试。

二十五岁时，我回到温州，那时瑞安孙仲容先生的"玉海楼"藏书及黄仲弢先生的"蓼绥阁"藏书已移藏于温州图书馆，我将家移至图书馆附近，天天去借书看。二十五岁至二十九岁，我在严州第九中学任教。严州第九中学原来是座州府书院。我到学校，拿了钥匙，一个房间、一个房间打开看，发现一个藏书楼，里头尽是古书，真是喜出望外。尤其是，其中有涵芬楼影印《二十四史》、浙局三通《啸园丛书》，在严州得此，如获一宝藏！课余时间，我就在此地扎扎实实地读了几年书。有关唐宋词人行迹的笔记、小说以及有关方志，我几乎全看了。就这样，天天读书，天天将读书心得札入日记，直到三十岁前后，才逐渐试做专门学问。

刻苦读书，积累资料，这是治学的基础。但是，究竟何时试手做专门学问较为合适呢？从前人主张，四十岁以后才可以著书立说，以为四十岁之前，"只许动手，不许开口"。这虽是做学问的谨严态度，而四十岁才开始专，却几乎太迟了。我自师校毕业后，因为家庭经济等各方面条件的限制，未能继续升学，苦无名师指点，才走了一段弯路，花费了将近十年的探索时间。我想，如果有老师指导，最好二三十岁时就当动手进行专门研究工作。要不，一个人到五十岁以后，精力日衰，才开始专，那就太晚了。我见过一些老先生，读了大量的书，知识十分渊博，但终生没有专业，这是很可惜的。因此，在刻苦读书的基础上，还必须根据自己的性情、才学，量力而行，选定主攻目标，才能学有专长。

最近几年，报上经常表彰社会青年坚持自学、著书立说的事迹，我看过深受感动。我也没念过大学，在自学的道路上，可以说与这些青年同志，有着相同的甘苦和希望。

第一，买不起书怎么办？

我当时，除了依靠图书馆，就是借和抄。因为得来不易，每一书到手，不论难易，必先计何日可完工，非迅速看完不可。同时，看过之后不是就此了事，而是坚持天天写日记。

温州师校的国文教员张震轩先生曾对我说："为诗学力须厚，学力厚然后性灵出。"在师校时读元遗山诗，我曾一首一首抄录下来，朝夕咏诵。以后作《白石歌曲旁谱辨》、札词例，也离不开"抄"的功夫。任何天才，都离不开后天的努力。在自学过程中，我利用各种机会抄书读书，为以后研究工作打下了基础。

第二，没有名师指点怎么办？

师校毕业时，我才十九岁。离开学校时，才更加觉得学生生涯的短促和宝贵。我多么渴望能有机会继续深造啊！

第二年，南京高等师范开办暑假学校，我和几位同学前往旁听。如胡适之、郭秉文等新学巨子，当时都亲自为暑假学校开课。一个多月里，听了胡适《古代哲学史》《白话文法》，梅光迪《近世欧美文学趋势》以及其他许多新课程，大开眼界。返回温州后，苦于失去进修机会，时时感到困惑。但是，在自学过程中，我也找到了许多老师，其中包括不会说话的老师。比如，我看了李慈铭《越缦堂日记》，就以李氏为榜样，坚持写日记，锻炼自己的意志力；又比如，读《龙川文集》，便为陈亮平生抱天下志的大丈夫气概而感动，着意效法。同时，经常与同学朋友一起探讨，也大受其益。在温州任教期间，我先后参加了当时的诗社组织——慎社、瓯社。社友中如刘次饶、林鹍翔、刘景晨、梅雨清、李仲骞等，于诗学都有甚高造诣，经常与他们在一起谈论诗词，收获很大。我的诗词习作也开始在《慎社》杂志上刊载。

为了争取名师指点，一九二九年（三十岁）冬，由龙榆生介绍，我开始与近代词学大师朱彊村老人通信。彊村老人对后学尽力栽培。我寄去的论词文稿，他都细心审阅，给我的鼓励极大。我的第一本专著《白石道人歌曲考证》，彊村老人亲为题签。彊村老人并约我"相访"。能有机会得到彊村老人的教诲，对于我这个由自学入门的词学爱好者说来，实在难得。那期间,直到彊村老人病逝为止,我们通了八九回信,也见了面。我去求教时,老人十分诚恳地给予开导。老人博大、虚心,态度和蔼,这对于培养年轻人做学问的兴趣,关系极大。至今这位老人仍给我留下深刻的印象。

在词学研究过程中,除了利用书信的形式各处求教,我还曾特地外出访师问友。近代文坛先辈吴梅、夏敬观、冒广生、蔡嵩云、陈匪石、马一浮等,我都登门拜访。对于词学同行,我都尽量争取向他们求教。当我闻知江都任中敏、南京唐圭璋于词学素有研究,就马上与他们取得联系,共同探讨问题。

此外,在具体研究工作中,既要多读书,又要力忌贪多不精。

怕书多,读不了,是一个错误的想法。章学诚《文史通义》里有一篇文章,题目叫《假年》("假年"是用孔子"假我数年以学易"这句话),文章说:有人认为古代书少,后来书一代多一代,后人要把所有的书读完,就要有古代人几倍的年龄。章学诚批评这种人说:"读书犹如饮食,如果有人要多活几十年吃光天下的好食物,这不是很狂妄可笑的吗?"怕书多的,实是对学问没有入门的人。我们读文学作品,若是为了欣赏,并不要读许多书。若做专业研究工作,就是很大的图书馆,也只怕书太少。

专家做研究工作怕书太少,而一般初学者却不要贪多。近代扬州有一位《文选》学家李详,少年时家贫无书,却读熟了一部《文选》。古人说:"案头书要少,心头书要多。"其实,这两句话是有因果关系的。案头书少,所以心头的书会多起来；案头书多，不能专精，心头的书便多不起来。但是，心头的书，乃是平时于案头积累起来的，看问题不可持片面观点。

我在治学过程中，也常出现多与少的矛盾。师校毕业后，带着一股年轻人的锐气，雄心勃勃，曾发愿研究宋代历史，妄想重新编写一部《宋史》，并且花了五六年时间，看了许多有关资料，后来知道这个巨大工程绝非个人力量所能完成，方才放弃。但是，我又想编撰《宋史别录》《宋史考异》，想著《中国学术大事表》等。对于如何做学问，我常处在矛盾斗争当中，早晚枕上，头绪万千：专心治何业，始能不再旁骛呢？常苦无人为予一决。经过反复探索，我发现了自己"贪多不精"的毛病，根据平时的兴趣爱好和积累，决定专攻词学。

最后，谈谈如何做读书笔记。我依自己的体会把它概括成三字诀："小、少、了。"

（一）小，是说用小本子记。我从前用过大本子做笔记，读书心得和见到、想到的随时记在一个案头大本子上，结果不易整理，不易携带。后来读章学诚的《章氏遗书》，其中有一段讲到做读书笔记，说读书如不即做笔记犹如雨落大海没有踪迹。我就用此意把自己的笔记簿取名为"掬沤录"。我开始改用小本子，一事写一张，便于整理，如现在的卡片。苏东坡西湖诗曰："作诗火急追亡逋，清景一失后难摹"。创作如此，写心得体会做笔记亦当如此，有用的知识才不致任其逃走。

（二）少，是说笔记要勤，但要记得精简些。做笔记要通过自己思考，经过咀嚼，然后才落笔。陆机《文赋》中有两句话："倾群言之沥液，漱六艺之芳润。"这是说做文章。我以为做笔记也应有"倾沥液""漱芳润"的工夫。如果不经消化，一味抄书，抄得再多，也是徒劳。顾炎武著《日知录》，自比采铜于山，往往数月只成数条，可见精练之功。这里，我所说笔记要记得少，是指每条的字数而言，条数却要记得多。每一个问题陆续记下许多条。孤立的一小条，看不出学问，许多条汇拢来，就可成为一个专题，为一篇论文。顾炎武的《日知录》、钱大昕的《十驾斋养新录》、王念孙的《读书杂志》，都是这样积累起来的。

（三）了，是说要透彻了解。记下一个问题，应经过多次思考，要求做彻底的了解。有时要经过漫长的时间才会有接近于实际的认识。浅尝即止，半途而废，便前功尽弃。所谓"了"，就是要让所学到的东西，经过思考，在自己头脑里成为"会发酵"的知识。如果是思想懒汉，即使天天做笔记，也难有多大心得，因为那只能叫作"书抄"，叫作"知识的流水账"，严格说来，不配称为"读书笔记"。

以上所谈是我在学词方面用的"笨"办法，所下的"笨"功夫，仅供青年朋友参考。

【内容提要】

总结学词的心得，全在一个"笨"字。年轻时求学，要刻苦读书，积累资料，并把这当作治学的基础。在刻苦读书的基础上，根据自己的性情、才学，量力而行，选定主攻目标，做到学有专长。

在自学的道路上，如果买不起书，除了依靠图书馆，还可以借书和抄书。没有名师指点，可以到暑假学校旁听，阅读前人书籍，还可以经常与同学、朋友一起探讨，亦可以与大师通信，外出访师问友。

在具体研究工作中，既要多读书，又要力忌贪多不精。要处理好"多"与"少"的矛盾。关于如何做读书笔记的经验，可概括成三字诀："小、少、了。"小，就是用小本子记。小本子易整理，易携带。少，就是笔记要勤记，但要记得精简些。了，就是要做透彻的了解。经过思考，让所学到的东西，在头脑中成为"会发酵"的知识。

【阅读感悟】

夏承焘先生没有上过大学，但后来却走上了大学的讲台，成为一名国学大师。他将自己的成功归为一个"笨"字。一位词学宗师，却把自己称为"笨"人，把自己的求学方法归为"笨"方法，与之相比，平凡的我们岂不是更应该有"笨"的精神？

把自己看作"笨"人，实则是一种谦虚的态度。真正的聪明者犹如大海，明白只有放低自己的姿态，才能汇聚百川。一个人对知识了解得越深入，越是感受到它的博大精深，越是会感受到自己的无知。

肯下"笨"功夫的人，体现的是他勤奋、踏实、吃苦、认真的精神。夏承焘先生所说的"笨"方法，归结起来就是"读""背""写""问"四字。

"读"，真正有大智慧的人从来不认为自己是聪明人。在读书上,他们总是反复琢磨,进而做出比别人更深刻的学问。教师很多时候都在重复教授着相同的文章、相同的知识点,切不可产生思维惰性,而应该勤于思考。

"背",是很多聪明人的"笨"办法。夏承焘先生背《十三经》,因为背得太疲倦,而从椅子上摔倒在地。互联网的高速发展给我们读书带来了便利,任何一个知识点,只需要敲敲键盘,就能一览无余。于是我们越来越懒惰,哪里还肯去下苦功夫一遍遍地背诵?殊不知,离开了网络,我们的大脑便如白纸一张。

"写",要勤于做读书笔记,是很多聪明人的"笨"办法。"教授之教授"陈寅恪、"文化昆仑"钱锺书,"百科全书式人物"梁启超,都有着数量巨大、内容庞杂的读书笔记。他们渊博的学识绝非天赐,而是靠这一笔一画的"笨"功夫积累而成。记笔记、做卡片、写体会,说起来容易,要坚持下去,非得有一股子锲而不舍的劲儿不可。

"问","笨人"总是向前辈和友人请教切磋。把自己看作"笨人",才会看到别人身上的长处,才会有一颗虚心求教之心。与聪明人交朋友,从聪明的朋友那里汲取知识的营养,愚笨的我们也能变得聪明一些。

世上所有的成功都没有捷径可走。"笨"方法看起来慢,其实却是最快的。越是聪明的人,越是知道只有一步一个脚印,花苦力、下苦功,才能把别人远远甩在身后。在读书之路上,让我们做一个老老实实的肯下"笨"功夫的"笨人"吧!

(邹丽娟)

【大师名言】

关于博与专的问题:二者本是相辅相成的。要在博的基础上求专,在专的指导下求博。问题在于二者孰先孰后?应从何时开始求专?前人所谓"由博返约",是主张先博后专的。

——《我的治学经验》

每天所读的书,应该有一种是精读的,另一种是泛读的,不可同一对待。比如我们交朋友,有泛泛的朋友,也要有知己的朋友。前者只要了解大概,后者应该读透它。正如交友一样,不能只有泛泛之交而无知己,也不能只有几个知己,对其余的人一点也没有接触和了解。

——《我的治学经验》

凡是自以为学问已经足够了的,那是没有学过的人;说教学没有什么困难的,那是没有做过教学工作的人。

——《我的治学经验》

谈谈怎样读书

王力（1900—1986），语言学家。字了一，广西博白人。曾就读于清华大学国学研究院，师事梁启超、王国维、赵元任。历任清华大学、广西大学、西南联大、中山大学、岭南大学、北京大学等校教授，中国文字改革委员会副主任。一生从事汉语教学与研究工作，对汉语语音、语法、词汇的历史和现状研究精深，兼擅诗文、翻译。著有《中国文法学初探》《中国现代语法》《汉语诗律学》《汉语音韵学》《汉语史稿》《中国语言学史》《同源字典》《龙虫并雕斋琐语》等。其论著汇编成《王力文集》。

首先谈读什么书。

中国的书是很多的,光古书就浩如烟海,一辈子也读不完,所以读书要有选择。清末张之洞写了一本书叫《书目答问》,是为他的学生写的,他的学生等于我们现在的研究生。他说写这本书有三个目的:第一个目的是给这些学生指出一个门径,从何入手;第二个目的是要他们选择良莠,即好不好,好的书才念,不好的书不念;第三个目的是分门别类,再加些注解,以帮助学生念书。从《书目答问》看,读书就有个选择的问题,好书才读,不好的就不用读。他开的书单子是很长的,我们今天要求大家把他提到的书都读过也不可能,今天读书恐怕要比《书目答问》提出的书少得多。我们没有那么多时间,因此,选择书很重要。不加选择,如果读的是一本没有用处的书,或者是一本坏书,那就是浪费时间。不只是浪费时间,有时还接受些错误的东西。到底读什么不读什么?这要根据各人的专业来定。如对搞汉语史的来说,倘若一本书是专门研究六书的,或者专门研究什么叫转注的,像这样的书就不必读,因为对研究汉语史没什么帮助。而像《说文段注》《马氏文通》这样的书就不可不读了。因为《马氏文通》是我国最早的一部语法书,而读了《说文段注》,《说文解字》就容易理解多了,这对研究汉语史很有帮助。读书要有选择,这是第一点,可以叫去粗取精。

第二点叫由博返约。对于由博返约,现在大家不很注意,所以要讲一讲。我们研究一门学问,不能说限定在那一门学问里的书我才念,别的书我不念。你如果不读别的书,只陷于你搞的那一门的书里边,这是很不足取的,一定念不好,因为你的知识面太窄了,碰到别的问题你就不懂了。过去有个坏习惯,研究生只是选个题目,这题目也相当大,但只写论文了,别的书都没念,将来做学问就有很大的局限性。如果将来做老师,那就更不好了。搞汉语史的,除了关于汉语史的一些书要读,还有很多别的书也要读,首先是历史,其次是文学。多了,还是应该从博到专,即所谓由博返约。

第三点,要厚今薄古。这是什么意思呢?这是因为前人的书,如果有好的,现代人已经研究,并加以总结发挥了。我们念今人的书,古人的书也包括在里边了。如果这书质量不高,没什么价值,那就大可不念。《书目答问》就曾提到过这一点,他说他选的大多是清朝的书,有些古书,也是清朝人整理并加注解的。比如经书,十三经,也是经清朝人整理并加注解的。从前,好的书,经清朝人整理就行了,不好的书,清朝人就不管它了。他的意思,也就是我上面说的那个意思。他的话可适用于现在,并不需要把很多古书都读完,那也做不到。

再谈谈怎样读书。

首先应读书的序例,即序文和凡例。过去我们有个坏习惯,以为看正文就行了,序例可以不看。其实序例里有很多好东西。序例常常讲到写书的纲领、目的。替别人作序的,还讲书的优点。凡例是作者认为应该注意的地方。这些都很好,而我们常常忽略。《说文段注》的序是在最后的,我建议你们念《说文段注》把序提到前面来念。《说文序》，段玉裁也加了注，更应该念。《说文段注》有王念孙的序，很重要，主要讲《说文段注》之所以写得好，是因为作者讲究音韵，掌握了古音，能从音到义。王序把《说文段注》整部书的优点都讲了。再如《马氏文通》序和凡例是很好的东西，序里有句话："会集众字以成文，其道终不变。"意思是说许多单词集合起来就成文章了，它的道理永远不变。他上面讲到了字形常有变化，字音也常有变化，只有语法自始至终是一样的。当然，他这话并不全面，语法也会有变化的，但他讲了一个道理，即语法的稳定性。我们的语法自古至今变化不大，比起语音的变化差得远，语法有它的稳定性。另外，序里还有一句话："字之部分类别，与夫字与字相配成句之义。"这句意思是说研究语法，首先要分词类，然后是这些词跟词怎么搭配成为句子。语法就是讲这个东西，这句话把语法的定义下了，这定义至少对汉语是适用的。《马氏文通》的凡例更重要，里边说，《孟子》有两句话："亲之欲其贵也，爱之欲其富也。""之"是"他"的意思，"其"也是"他"的意思，为什么不能互换呢？又如《论语》里有两句话："爱之能勿劳乎？忠焉能勿诲乎？"两句格式很相像，为什么一句用"之"，一句用"焉"？《论语》里还有两句话："俎豆之事，则尝闻之矣；军旅之事，则未之学也。"这两句话也差不多，为什么一句用"矣"，一句用"也"呢？这你就非懂语法不可。不懂，这句话就不能解释。从前人念书，都不懂这些，谁也不知道提出这个问题来，更不知怎么解答了。这些问题从语法上很好解释，根据马氏的说法，参照我的意见，可以这样解释："亲之欲其贵也，……"为什

"之""其"不能互换，因为"之"只能用作宾语，"其"相反，不能用作宾语。"之""其"的任务是区别开的，所以不能互换。"爱之能勿劳乎？忠焉能勿诲乎？"为什么前一句用"之"，后一句用"焉"？因为"爱"是及物动词，"忠"是不及物动词，"爱"及物，用"之"，"之"是直接宾语；"忠"不及物，只能用"焉"，因为"焉"是间接宾语。再有，"俎豆之事，则尝闻之矣；军旅之事，则未之学也。""矣"是表示既成事实，事情已完成；"未之学也"，是说这事没完成，没这事，所以不能用"矣"，只能用"也"。凡没完成的事，只能用"也"，不能用"矣"。从语法讲，很清楚。不懂语法，古汉语无从解释。他这样一个凡例有什么好处呢？说明了人们为什么要学语法，他为什么要写一本语法书。不单是《说文段注》和《马氏文通》这两部书，别的书也一样，看书必须十分注意序文和凡例。

其次，要摘要做笔记。现在人们喜欢在书的旁边圈点，表示重要。这个好，但是还不够，最好把重要的地方抄下来。这有什么好处呢？张之洞《书目答问》中有一句话很重要，他说："读书不知要领，劳而无功。"一本书，什么地方重要，什么地方不重要，你看不出来，那就劳而无功，你白念了。现在有些人念书能把有用的东西吸收进去，有的人并没有吸收进去，看了就都忘了。为什么？因为他就知道看，不知道什么地方是好的，什么地方是最重要的、最精彩的，这个书就白念了。即张之洞所谓的要领，他不知道，这个书就白念了。有些人就知道死记硬背，背得很多，背下来有没有用处呢？也还是没有用处。这叫劳而无功。有些人并不死记硬背，有些地方甚至马马虎虎就看过去了，但念到重要的地方，他就一点不放过，把它记下来。所以，读书要摘要做笔记。

　　第三点，应当考虑试着作眉批，在书的天头上加自己的评论。看一本书如果自己一点意见都没有，可以说你没有好好看。你好好看的时候，总会有些意见的。所以，最好在书眉，又叫天头，即书上空的地方做些眉批。试试看，我觉得这本书什么地方好，什么地方不合适，都可以加上评论。昨天，我看从前我念过的那本《马氏文通》，看到上面都写有眉批，那时我才二十六岁。我在某一点不同意书的意见，有我的看法，就都写在上边了。今天拿来看，拿十年前批的来看，有些批的是对的，有些批错了，但没关系，因为经过了你自己的考虑。批人家，你自己就得用一番心思，这样，对那本书的印象就特别深。自己做眉批，可以帮你读书，帮你把书的内容吸收进去。现在，我们自己买不到书，也可以用另外的办法，把记笔记和书评结合在一起，把书评写在笔记里，这样很方便。用笔记本一方面把重要的记下来，另一方面，某些地方我不同意书里的讲法，可以写上一段自己的看法，表示自己的意思，把笔记眉批并为一个东西。

　　另外，要写读书报告，如果你作了笔记，又做了眉批以后，读书报告就很好写了。最近看了一篇文章，一篇很好的读书报告，就是赵振铎的《读〈广雅疏证〉》，可以向他学习。《广雅疏证》是怎么写的，有什么优点，他都讲到了。像这样写个读书报告就很好，好的读书报告简直就是一篇好的学术论文。

【内容提要】

读书怎么读？第一点，去粗取精。好书才用读，读坏书可能接受到错误的东西。第二点，由博返约。也就是要博览群书与深入研究相结合。只读自己的专业书，知识面难免会窄，做学问就会有很大的局限性。第三点，厚今薄古。我们大可借助今人之研究成果，在浩如烟海的古籍中挑选精华。

怎样读书？首先应读书的序例，即序文和凡例。序例常常讲到写书的纲领、目的。替别人作序的，还讲书的优点。凡例是作者认为应该注意的地方。其次，要摘要做笔记。读书时要圈点批注，但是还不够，最好把重要的地方抄下来。第三是应当考虑试着作眉批，最好在书眉处记下自己的看法。另外，要写读书报告。好的读书报告简直就是一篇好的学术论文。

【阅读感悟】

教文科的教师不懂自然科学；教数理化的教师不知晓文学历史，在当下似乎是一种通病。教师们每天埋首于自己的专业领域，收集资料、备课刷题。想想我自己，求学时读书，只要感兴趣的，无论是文学历史，还是天文地理，甚至是科学知识，都会找来读一读。可是到了教书育人时，书却越读越窄了。自然科学类的书，看着便觉得头晕目眩，即使是文学类的书籍，也只看诸子百家、史学名著、唐诗宋词等与课堂教学重点密切相关的篇目。其他的知之甚少。"对于由博返约，现在大家不很注意"，王力先生说的就是我。

纵观古今中外的学有所成者，哪一个不是博览群书、学富五车？孔子留下"汗牛充栋"的佳话；屈原"博闻强识"；大文豪苏轼是书法家、画家、文学理论家，在金石、农田水利、教育、数学、医药、烹饪等方面也都有不小的建树。《红楼梦》一书涉及医学、心理学、音乐、诗词、地理、建筑、服饰、园林艺术、风俗、烹调等方面的知识，曹雪芹若没有渊博的知识，如何能写成这本旷世佳作？亚里士多德的研究领域包含了物理学、形而上学、诗歌、戏剧、生物学、动物学、逻辑学、政治学、政府学和伦理学。达·芬奇是位多才多艺的美术家、雕塑家、建筑家、工程师、科学家、天文学家、哲学家、诗人、音乐家和发明家。

可能有的教师会说，我只想做好我的本职工作，从来没想过要成为名家，因此并不需要博览群书。还记得在学习《记梁任公先生的一次演讲》时，秃头顶、宽下巴、幽默风趣、旁征博引的梁启超，让学生们佩服不已。梁启超先生被公认为是中国历史上一位百科全书式的人物，做演讲自然游刃有余。相反，教师知识贫乏，只埋头于自己的"一亩三分地"，上课难免会枯燥无味。只有博学多才的教师，才能出口不凡，教学也才会有魅力。

做一位博览群书者吧！读读泰戈尔的诗，看看关于西方建筑的书，在书中学习摄影艺术，研究人工智能，探索人类的历史……你会成为一位兴趣爱好广泛、充满生活情趣的人，也会成为一位深受学生欢迎的人。

(邹丽娟)

【大师名言】

中国的文化是悠久的，我们拥有极其丰富的文化遗产，必须批判地予以继承。要继承文化遗产，就要读古书，读古书就要具有阅读古书的能力，所以我们必须学习古代汉语。

——《古代汉语》

感性认识是学习语言的必要条件，感性认识越丰富越深刻，语言的掌握也就越牢固越熟练。要获得古代汉语的感性认识，就必须大量阅读古代的典范作品。

——《古代汉语》

如果我们不了解古人的思想，也就无法了解古人的语言；如果我们对某一作品的思想内容没有正确的认识，也就不能认为我们已经真正读懂了它。

——《古代汉语》

要把金针度与人

姜亮夫（1902—1995），语言文字学家，楚辞学家、敦煌学家、语言音韵学家、历史文献学家、教育家。云南昭通人。清华大学国学研究院毕业。历任大夏大学、暨南大学、复旦大学、河南大学、云南大学、杭州大学教授，浙江省语言学会会长，中国音韵学研究会顾问等职。潜心于汉语音韵文字和《楚辞》研究。著有《瀛涯敦煌韵辑》《中国声韵学》《诗骚联绵字考》《文字朴识》《楚辞通释》《成均楼论文辑》《昭通方言疏证》等。出版有《姜亮夫全集》。

一、怎样读书

今天我先给大家讲讲读书的问题。读书有两个要点应当注意：（一）是要找一部书来精读，把这书的内容全部了解；再找若干部其他的书来略读。譬如读《楚辞》，先把王逸注精读，再找几部重要的注来略读，同自己精读的王注比较一下，看看有何差别。我们研究、学习，一定要有个比较，如果没有比较，就断定不了好与坏，所以一定要找两本书来略读。过两天等大家把书借齐后，每人要把自己所精读的与几部略读的做一比较，这样你们就可以知道某句话可用几种方法、可按几个系统来说。譬如"帝高阳之苗裔"中的"高阳"，某人是怎么讲的，而第二个人又是怎么讲的，两相比较，我们求学问就可以钻进去了，分析事理也可以更深刻一点。当然这是初步的读书法。（二）如果你要真正做学问，一定还需要做综合性的研究，要综合许许多多的科目……

那么怎样选书呢？选书并不是乱选，选书有个标准。这个标准不但适用于《楚辞》，对一切别的书也是适用的。……我希望每人都根据自己的基础弄明白自己到底是语言的基础厚实些呢，还是文学理论的基础厚？要好好衡量一下，如果你觉得语言的基础厚，想从语言的角度搞《楚辞》，甚至还有自己的见解，那就从语言开始。如果你的文学基础较好，那就从文学角度钻进去……如果你的语言文字基础好，就可以先读洪兴祖的《楚辞补注》，因为这书里的语言文字资料非常多，再读戴震的《屈原赋注》。戴震是语言学家，他的注在语言文字方面有许多新发现，超过了洪兴祖的《楚辞补注》。之后还要读朱骏声的《离骚补注》，可看他运用文字通假等语言知识注释《楚辞》的方法。这些书读过之后，就可以从语言学的角度来做我们选的某部书的提要了。甚至还可以在里边找出两个小题目，深入地研究一下。如果自己文学基础好，那就在这些书里衡量一下，看哪部书讲文学多。如蒋骥《山带阁注楚辞》讲文学多，林云铭的《楚辞灯》也几乎完全从文学的角度来讲《楚辞》，可以读这两本书。如果自己历史知识多，那就在这些书中找一部考证历史史实的书来读。洪兴祖《楚辞补注》中考证历史的资料很多，是必读的。朱熹的《集注》也有很多是考证历史的，也应当读。又如陈本礼的《屈辞精义》是考证历史的，刘梦鹏的《屈子章句》有考证历史的，王闿运的《楚辞释》也有，都可选。假若我们搞的和政治历史有关系，也可以找这一类楚辞研究的书来读。在中国过去的文学研究中，有个风气，好借古讽今，或借古发牢骚。在《楚辞》研究中，借古讽今和发牢骚的就很多。朱熹的《集注》有很多就是借古讽今。黄文焕的《楚辞听直》也是如此。黄是黄道周的弟子，而黄道周因被仇家所陷，含冤入狱，黄文焕也坐了多年监狱，在狱中注《楚辞》，他的注是专门影射着黄案的。《楚辞》被后人用来做政治工具的也是有的。大家可看他们是怎样运用《楚辞》来为政治目的服务的。总之，大家要考虑自己有何基础，今后有何抱负、有何想法，然后认真来选书。……

二、怎样写文章

写文章之前我们应考虑几个问题，首先要看写的这篇文章有没有发展的生机。如果这篇文章被你写下去就写完了，好的可算是个总结，也就是没有发展的生机了，这样的文章要少写。而要选择最有生机、最活泼的题目来写，写出这一篇，还能引出几十篇文章。这关系到我们今后的研究的问题。如果生机不够，需要的材料找不着，只限于《楚辞》上的材料，这是一个初步的办法，只知其然，而不知其所以然。譬如解释一个词，在许多词中可以解释通，这还不够，还应找出其历史的根源、语言的根据，说明它为什么要这样解释。找不出根源就不是学问。因此一定要究其根源，要知其然，更要知其所以然。要知其所以然，一定要把知识放宽点，这就是一辈子的题目。如果你一下子说完了，就没有生机了。因此写文章第一件事就是要选一个有生机、活泼的题目。不要选一下子说到底的题目。当然某个问题被你解决了，总结了它的历史任务这也是好事，也是可以写的。但你们现在正当壮年，不要写这样的文章，这样的文章，让老头子去写。

写文章的第二道功夫是搜集材料。材料一定要搜集得比较完整一些。譬如搞《楚辞》，最好把《楚辞》全部有用的资料都找来，还要找一些同它有关系的东西，面要宽一些。有许多问题，你从正面来论证，可能证不出来，还要从反面、从侧面、从上下四方来包围它。假如你搜集的只是正面的资料,就不能包围它了,就有欠缺了。因此选材料的范围要扩大一点。现在我要求大家初步把《楚辞》本身的资料搜集全一点,将来大家要把整个社会学有关的材料都搜集起来……总之,第二个问题就是要把阐明核心问题的主要资料搜集得全一些,同时将围绕核心问题的有关资料也搜集起来。

写文章的第三道功夫是分析资料的方法。每个人的脑子里都有个底,有的语言基础好,有的文学基础好,各不相同。如果语言底子好,那么搜集来的资料只要一摆出来,就会自然而然地知道这些材料属于哪一类、那些材料属于哪一类,以及可分为几个大类,很自然就出来了。从历史和文学的角度着眼也是一样,材料一摆出来,就知道这些东西是讲文学的哪一个问题、讲哪一类问题。……另外,问题一个个摆出来了,你要看看哪个是核心,要抓这个核心。核心抓住后,再看剩下的几个问题,哪个是次要的,哪个是不重要的。那么这篇文章大概分三段或四段写,也就出来了。但在写时,也有技巧。有的文章写得非常动人,让人心服口服;有的写得不动人,也让人口服心服。这并不一定与这个人水平高低或对学问了解的深浅有关,也可能和这篇文章的布局有关系。有些文章要先把文章的主要问题突出出来,底下再慢慢说;有的文章先用归纳的办法,一件件地写,最后再把主要的问题突出出来,这样的文章有说服力;还有一种办法是先在主要问题前边写一段,第二段再把主要问题写出来,第三段再来写次要问题。文章就显得活泼。用第一种方法写,文章显得爽朗。第二种方法把主要问题放到后面说出来,使人家看了大吃一惊,这种文章宣传力量强。现在有许多宣传性的文章都是采用这种写法的。这可能是这些宣传者的特殊本领。第三种办法是慢慢引导，让读者不觉得你是在向他做宣传。这三种方法的采用，要看你这个题目适合哪一种而定。比如你为某一件事、某一个政治性的问题、某一个学理而谈而写，而这个主题又很特别，你就要先把主要的东西写出来，人家一看就很注意，说这个问题他还从来没有看到过，然后你再慢慢引导他。假如题目不是太惊人，甚至是平淡或一般的，那你就采取慢慢地一步步引导的方法，引导到一定时候就水到渠成了，再点出主题。写文章不过就是这几种办法，大家可以选择。

关于学校向大家要的文章，你们首先写出个读书提要。这个提要要写得特别活泼，要写得鲜明。我们写学术文章，宣传是可以的，要让人家看出你是在对他宣传，在对他教育，你是在给他深刻的知识。一般读者，只要你讲一个道理，讲得很活泼，很鲜明，哪怕结论过分一点，也不要紧。其次，要把文章写得简单扼要，三五百字、千把字，把问题说得简而明，很有层次，尽管里边没有什么例证，是一片理论，但是人家驳不倒，这就行了。

【内容提要】

读书讲究精读。没有读透一部书的过程，连读书的门都没有真正进，但精读完了，还要找若干其他的书来略读，为的是能够形成比较，能够做参照分析。但真正做学问还要再拓宽阅读领域，要找其他的书来读，才能进行综合评价与深入研究。但到底应该读什么样的书？选书不是乱选的，是要根据个性来选择，要基于自己的知识基础、抱负、想法等来选择。

写文章的方法：第一要看文章有没有发展的生机，据此确定选题与标题；第二要搜集材料；第三是掌握分析材料的方法，分析材料要有一定的方法和技巧，如进行材料分类、抓住核心材料、注意文章布局等。

【阅读感悟】

元好问在《论诗》里说："晕碧裁红点缀匀，一回拈出一回新。鸳鸯绣出从教看，莫把金针度与人。"

古代的家传绝技一般秘不外泄。是啊，如果这门手艺别人都会了，自家还有哪门子优势？所以在元好问那里，你就是拿奇珍异宝来换，他也不会将金针给你。但姜亮夫先生却不同，他说："要把金针度与人。"

金针在手，且不论这金针是织女送的，还是自己用铁杵磨的，自然技优于人，便算"技高为师"了。但能把金针"度与人"，却是为师者的胸怀，才堪称"身正为范"。就凭这种胸怀，我们也要好好向先生学习。

听说，中国一个国画师的画被国外买家看中了，买家欲出高价，但要求画家当场画。画家很快画成了，但买家后悔了，他以为优秀的作品，不说画三年五载，也总该画个十天半月吧，未曾想到就是黑笔在白纸上横来竖去、水来墨往这样简单！所以我为姜先生也捏了一把汗，因为他讲读书、写书之法真是轻描淡写，如同大白话，没有一点神秘感！

不过，真理都是大白话，就像1+1=2，还需要什么其他的修饰呢？

读书没有具体规定的书目，正如江浙人喜甜，川湘人嗜辣；青年人喜油腻，老年人须清淡。读书的人因其爱好、兴趣、目的不一样，选的书也不一样。

我一向不太赞成那些说不读精深的全本就不是读书的人。毕竟我小时候就是先读《红楼梦》绘本小人书，然后学画书中的美女，之后才真正喜欢上《红楼梦》的；初中时读遍了琼瑶阿姨的言情小说，然后开始背家中一本叫《宋词的花朵》的书；近一两年读了《哲学家们都干了些什么》，买了《不疯魔，不哲学》，甚至默默地拿出了十多年前买的《西方哲学十五讲》，拂去上面的灰尘，细细品读起来。

反正别人让我推荐书，我的原则是"己所欲，慎施于人；己所不欲，亦勿施于人"。

至于写书，万变不离其宗，要多积累、勤梳理。

教师倘若不动笔，总是像做路边排档的，很难有提升；而作为教阅读和写作的语文教师，自己都不下水游泳，岂能教好学生？

写作贵在积累和梳理，但我们的积累与梳理工作到哪去了？技巧只是"术"，而平时的思考才是写作的"道"，"有道无术，术尚可求，有术无道，止于术。"自勉且共勉！

（杨幼萍）

【大师名言】

我一生业绩只是读书、编书、写书，但我是个兴趣广博的人。对中国的学术,我几乎都要尝尝味道。

——《姜亮夫自传》

作诗万不可从读诗话、读史万不可从读史论入手。

——《姜亮夫自传》

抄书也很重要。把报刊上有关文章剪辑下来,分类装订,也很重要。此外,写提纲、写卡片、作图表,这些都应在心里先有个底。

——《我是怎样做研究工作的》

读书方法与思想方法

贺麟（1902—1991），哲学家。生于四川金堂。先后任北京大学讲师、副教授、教授。在20世纪30年代曾作《朱熹与黑格尔太极说之比较观》，自谓走中西哲学融会贯通的道路。1944年写成《近代唯心论简释》，认为心是经验的统摄者、行为的主宰者、知识的组织者、价值的评价者，时人称之为"新心学"。中华人民共和国成立后专注于西方哲学的教学、翻译、研究。著有《现代西方哲学演讲集》《黑格尔哲学讲演集》，译有黑格尔的《小逻辑》《精神现象学》等，并任《黑格尔全集》编译委员会主编。

就读书而言，不同学科的书籍，应有不同的读法。如读自然科学书籍的方法与读社会科学书籍的方法，必有不同处。又如读文学书的方法，与读史学书、哲学书的方法，亦不尽相同。从前梁任公著《要籍解题及其读法》一书，选出中国几种重要的经书和子书，提示其内容大旨，指出读每一种书的特殊方法，更足见读书的方法，不但随人而异，而且随书而异。

因此，一人既有一人读书的方法，一书也有一书的特别读法。所以贵在每人自己根据他平日读书的经验，去为他自己寻求一个最适宜、最有效率的读书方法。而每遇一种新书，我们也要贵能考查此书的特殊性质，用一种新的读书方法去把握它、理解它。

故本文不能精密地就不同的人和不同的书，指示特殊的、不同的读书方法。此事须有个别的指导，只能概括地就广义的读书的方法，略说几句。

读书，若不是读死书的话，即是追求真实学问的工作，所谓真实学问，即是活的真理、真的知识。而真理或知识即是对于实在或真实事物的理智的了解、思想的把握。换言之，应用思想或理智的活动，以把握或理解真实事物，所得即为知识、真理、学问。故读书即所以训练思想、应用理智，以求得真实学问。读书并不是求记诵的博雅，并不是盲从古人，作书本的奴隶。书广义讲来，有成文的书和不成文的书。对于成文的书，用文字写出来的书，贵能用自己的思想于字里行间，探求作者言外之意。所谓不要寻行数墨，不要以词害意。至于不成文的书，更是晦昧难读，更是要我们能自用思想。整个大自然、整个人生都是我们所谓不成文的书。能够直接读这种不成文的书，所得的学问将更为真实，更为创新，更为灵活。须以读成文的书所得，作读不成文的书的参考。以读不成文的书所得，供给读成文的书的指针。这样，我们就不会读死书，这样，我们就可得真的、活的学问。中国旧日的书生，大概就只知道有成文的书，而不知道有更广博、更难读、更丰富而有趣味的不成文的书。更不知道读成文的书与读不成文的书，须兼程并进，相辅相助；所以只能有书本知识，而难于得到驾驭自然、指导人生、改革社会的真实学问。所以无论读哪一种的书，关键在于须自己用思想。

要操真实学问，首先须要有一个基本的确切认识。要确切认识：真知必可见诸实行，真理必可发为应用。要明白见得：知识必然足以指导我们的行为，学术必然足以培养我们的品格。有了真知灼见，认识透彻了，必然不期行而自行。一件事，知道了，见到了，真是会欲罢不能。希腊思想史家常说"理论是行为的秘诀"一语，最足以代表希腊人的爱智的科学精神。所谓"理论是行为的秘诀"，意思就是要从理论的贯通透彻里去求行为的动力，要从学术的探讨、科学的研究里，去求征服自然、指导人生的丰功伟绩。我们要见得，伟大的事功出于伟大的学术，善良的行为出于正确的知识。

简言之，要走上真学问纯学问的大道路，我们首先要能认识知先行后、知主行从的道理和孙中山先生所发挥的知难行易的学说。必定须有了这种信念，我们才不会因为注重力行而反对知识，因注重实用而反对纯粹学识，更不会因为要提倡道德而反对知识、反对科学。反之，我们愈要力行，愈要实用，愈要提高道德，我们愈其要追求学问、增加知识、发展科学。

求学应抱为学问而学问、为真理而真理的态度，亦即学者的态度。一个人不可因为将来目的在做实际的政治工作，因而把学问当作工具。须知一个人处在求学的时候，便应抱学者的态度。犹如上操场时，就应该有运动家的精神；受军事训练时，就应有军人的气概。因为每一样事，都有其标准，有其模范。要将一事做好，就应以模范作为鹄的。所以我们求学就应有学者的态度，办事就应有政治家的态度。譬如，曾国藩政治上、军事上虽说走错了道路，然而当他研究哲学时，则尊崇宋儒，因为他认为程朱是中国哲学思想的正宗；学文则以司马迁、韩愈为其模范，以桐城古文为其依归；治考证学则推崇王念孙父子。他每做一门学问，就找着那一门的模范来学。一个人在社会上做实际工作，无论如何忙迫，但只要有一个钟头，可以读书，则在那一个钟头内，即须做纯学问的探讨，抱着为真理而学问的态度。要能领会学问本身的价值，感觉学问本身的乐趣。唯有抱着这种态度，才算是真正尊崇学术，方可以真正发挥学术的超功用之功用。

我刚才已经说过，读书、做学问贵自用思想。因为读书要能自用思想才不会做书本的奴隶。能自用思想，则不但可以读成文的书得益处，且进而读不成文的书，观察自然、理会人生，也可以有学术的收获。所以我首先需要很简略地讲一点，如何自用思想的方法。因为要知道读书的方法，不可不知道思想的方法。

关于思想的方法，可分三方面来讨论。

（一）逻辑的方法

逻辑与数学相依为命，逻辑方法大都采自数学方法，特别是几何的方法。逻辑方法即是应用数学的方法来研究思想的概念，来理解自然与人生的事实。逻辑方法的目的在能给我们有普遍性、有必然性、有自发性的知识。换言之，逻辑方法要给我们坚实可靠、颠扑不灭、内发而非外铄的知识。必定要这种知识才够得上称为科学知识。

逻辑方法与数学方法一样，有一个特点，就是只问本性，不问效用如何、目的何在，或结果好坏、满足个人欲望与否等实用问题。只问理论的由来，不问事实上的由来。譬如，有一三角形于此，数学不问此三角形有何用处，不问画此三角形之人目的何在，不问此三角形是谁画的、是什么时候画的，更不问画三角形、研究三角形有何利益或有何好的结果等。数学只求证明三角之合必等于两直角，就是三角形之所以成为三角形的本性或本质，就是一条有普遍性必然性的真理。所以一个人是否用逻辑方法思想，就看他是否能扫除那偶然性的事实，摆脱实用的目的，而去探讨一物的普遍必然的本质。

中国人平日已养成只重一物的实用、目的、效果，而不去研究一物之本性的思想习惯。这种思想上的成见或习惯如不打破，将永远不会产生科学知识。譬如：《大学》上"物格而后知致，知致而后意诚，意诚而后心正，心正而后身修，身修而后家齐，家齐而后国治，国治而后天下平"，一大串推论，就不是基于知识本质的推论，而只是由效果推效果、由功用推功用的方法。这种说法即使是对的，但这只是效果的研究。而效果是无必然性的，所谓成败利钝的效果，总是不可逆睹的。由不可逆睹的效果，推不可逆睹的效果，其所得的知识之无必然性与普遍性，可想而知。但假如不去做效果的推论，而去做本性的探讨，就可以产生纯学术知识。譬如，对于格物的"物"的本性，加以系统的研究，可成物理学，或自然哲学；对于致知的"知"的本质，加以研究，可成为知识论；研究心或意的本性，可成心理学；研究身的本性，可成生理学；研究家国天下的本性，可成社会哲学或政治哲学。由此足见要求真学问，求纯科学知识，须注重研究本性的逻辑方法，而不可采取只问效果的实用态度。

逻辑方法的实际应用，还有一特点：可用"据界说以思想""依原则而求知"两句话包括。我们思想不能不用许多概念。我们说话作文，不能不用很多名词。界说就是对于所用的这些概念或名词下定义。那是指出一个概念或名词所包括的确切意义，规定一个概念或名词所应有的界限范围。每一个界说即是指出一个概念或事物的本性。据界说以思想，就是我们思想中所用的概念，都是有了确定的意义、明晰的范围的。如是我们的思想可以条理而有系统。界说即是规定一物的本性，则据界说以思想即是去发挥那物的本性，而形成纯学理的知识。一个人对于某一项学问有无学术上的贡献，就看他对于那门学问上的重要概念有无新的界说。伟大的哲学家就是界说大家。伟大的工厂，一切物品，皆本厂自造。伟大的思想系统，其中所用的主要名词，皆自己创造的、自己下过界说的。一个人能否理智的把握实在，对于自然人生的实物的本质有无真认识，就看他能否形成足以表示事物的本性的界说。平时我们所谓思想肤浅、说话不得要领，也就是指思想不能把握本质、说话不能表示本质而言。单是下界说，也就是难事。但这也许出于经验的观察、理论的分析、直觉的颖悟，只是武断的命题。要使其界说可以在学理上成立起来，颠扑不破，还要从各方面将此界说发挥成为系统。无论千言万语，都无非是发挥此界说的义蕴。总之，要能把握事物的本性，对于事物有了明晰的概念，才能下界说。并且要能依据界说以思想，才能构成有条理有系统的知识。

至于所谓依原则而求知，就是一方面用原则原理作指导去把握事实，另一方面，就是整理事实、规定材料，使它们符合原理。不以原理作指导而得的事实，或未经理智整理不符合原理的事实，那就是道听途说、虚幻无稽、模糊影响的事实，而不是有学理根据的科学事实。先从特殊的事实去寻求解释此事实的普遍的原则，次依据此原则去解释其他同类的事实，就叫作依原则而求知。我们相信一件事实，不仅因为它是事实，乃因为它合理。我们注重原理，乃是因为原理足以管辖事实，以简驭繁，指导事实。总之，有一事实，必须能找出解释此事实的原则；有一原则，必须能指出符合此原理或遵守此定律的事实。单研究事实而求不出原则，或不根据原则而任意去盲目的尝试，胡乱的堆集事实，均不能获得科学知识。科学的实验，就是根据理性的原则或假设，去考验事实是否遵守此原则。

（二）体验的方法

体验的方法即是用理智的同情去体察外物，去反省自己。要了解一物，须设身处地，用同情的态度去了解之。体验法最忌有主观的成见，贵忘怀自我，投入认识的对象之中，而加以深切沉潜的体察。体验本身即是一种生活、一种精神的生活，因为所谓体验即是在生活中去体验，离开生活更无所谓体验。体验法即是教人从生活中去用思想。体验法是要人虚心忘我，深入事物的内在本质或命脉，以领会欣赏其意义与价值，而不从外表去加以粗疏的描写或概观。体验是一种细密的、深刻的、亲切的求知方法。体验即是"理会"之意。所谓理会即是用理智去心领神会。此种方法，用来体察人生、欣赏艺术、研究精神生活或文化创造，特别适用。宋儒最喜欢用体验。宋儒的思想可以说皆出于体验。而朱子尤其善于应用体验方法以读书。他所谓"虚心涵泳""切己体察""深沉潜思""优游玩索"皆我此处所谓体验的方法。

(三) 玄思的方法

所谓玄思的方法，也可以说是求形而上学的知识的方法。此种思想方法，甚为难言。最简易地讲来，可以谓为"由全体观部分，由部分观全体"之法，也可以称为"由形而上观形而下，由形而下观形而上"之法。只知全体，不知部分，则陷于空洞。只知部分，不知全体，则限于支离琐碎。必由全体以观部分，庶各部分可各安其分、各得其所，不致争执矛盾。必由部分以观全体，庶可见得部分的根本所寄，归宿所在，而不致执着一偏。全体有二义：一就复多的统一言，全体为万殊之一本；一就对立的统一言，全体为正反的综合、矛盾的调节。全体与部分息息相通，成为有机的统一体。譬如，由正而反而合的矛盾进展历程，即是由部分观全体的历程。反之，由合、由全体以解除正反的矛盾，以复回双方应有的地位，即是从全体观部分的历程。譬如，读一篇文字，由一字一句以表明全篇的主旨，就是由部分观全体之法。由全篇文字的主旨，以解释一字一句应有的含义，便是由全体观部分之法。如朱子之今日格一物、明日格一物，而达到豁然贯通的境界，事物之本末精粗无不到，而吾心之全体大用无不明，就是能由部分而达全体、由枝节达贯通、由形而下的一事一物而达形而上的全体大用。又朱子复能由太极之理、宇宙之全，而观一事一物之理，而发现本末精粗、条理井然，"枝枝相对，叶叶相当"。这就是由全体观部分而得到的境界。

总结起来说，我们提出的三种思想方法，第一种逻辑的方法，可以给我们条理严密的系统，使我们不致支离散漫；第二种体验的方法，可以使我们的学问有亲切丰富的内容，而不致干燥空疏；第三种玄思的方法，可以使我们有远大圆通的哲学识见，而不致执着一偏。此处所谓逻辑方法完全是根据数学方法出发，表示理性的基本作用。此处所论体验，实包含德国治文化哲学者如狄尔泰（Dilthey）等人所谓"体验"和法国柏格森所谓直觉。此处所论玄思的方法，即是最平时最简要的叙述一般人所谓辩证法。此种用"全部观部分""部分观全体"的说法以解释辩证法，实所以发挥黑格尔"真理乃是全体"之说的精义，同时亦即表示柏拉图认辩证法为"一中见多，多中见一"（多指部分，一指全体）之法的原旨。这三种方法并不是彼此孤立而无贯通处，但其相通之点，殊难简单说明。概括讲来，玄思的方法，或真正的辩证法，实兼具有逻辑方法与体验方法而自成为寻求形而上学的系统知识的方法。

知道了一般的思想方法，然后应用思想方法来读书，那真是事半而功倍。

第一，应用逻辑方法来读书，就要看能否把握其所讨论的题材的本质，并且要看著者所提出的界说，是否有系统的发挥，所建立的原则是否有事实的根据，所叙述的事实是否有原则作指导。如是就可以判断此书学术价值的高下。同时，我们读一书时，亦要设法把握一书的本质或精义，依据原则，发疑问，提假设，制范畴，用种种理智的活动以求了解此书的内容。

第二，应用体验的方法以读书，就是首贵放弃主观的成见，不要心粗气浮、欲速助长，要使自己沉潜浸润于书籍中，设身处地，切己体察，优泳玩索，虚心涵泳，须用一番心情，费一番神思，以审美、以欣赏艺术的态度去读书。要感觉得书之可乐可好，智慧之可爱。把读同代人的书，当作就是在全国甚或世界学术之内去交朋友，去寻老师，与作者或国际友人交流思想、沟通学术文化。把读古书当作尚友千古与古人晤对的精神生活，神游冥想于故籍的宝藏里，与圣贤的精神相交接往来，即从这种读书的体验里去理会，去反省，去取精用宏，含英咀华，去体验古人真意，去绍述古人绝学，去发挥自己的心得。这就是用体验的方法去读书，也可以说是由读书的生活去体验。用这种的读书法，其实也就是一种涵养功夫。由此而深造有得，则其所建立的学说、所发出的议论，自有一种深厚纯朴中正和平之气，而不致限于粗疏浅薄偏激浮嚣。

第三，应用全体看部分，从部分看全体的方法以读书，可以说是即是由约而博、由博返约之法。譬如，由读某人此书，进而博涉及此人的其他著作，进而博涉及与此人有关之人的著作（如此人的师友及其生平所最服膺的著作），皆可说是应用由部分到全体观的方法。然后再由此人师友等的著作，以参证、以解释此人自己的著作，而得较深一层的了解，即可说是应用由全体观部分的方法。此外如由整个时代的文化以观察个人的著作,由个人的著作以例证整个时代的趋势,由某一学派的立场去观认某一家的地位,由某一家的著作以代表某一学派的宗旨,由全书的要旨以解释一章一节,由一章一节以发明全书的精义,均可以说是应用由全观分、由分观全、多中见一、一中见多的玄思的方法以读书。

此法大概用来观察历史,评人论事,特别适用。因为必用此法以治史学,方有历史的透视眼光或高瞻远瞩的识度。由部分观全体,则对于全体的了解方亲切而具体;由全体观部分,则对于部分的评判,方持平而切当。部分要能代表全体,例证全体,遵从全体的规律,与全体有有机关系,则部分方不陷于孤立、支离、散漫无统纪。全体要能决定部分,统辖部分,指导部分,则全体方不陷于空洞、抽象、徒具形式而无内容。

因为此种玄思的方法,根本假定著作、思想、实在,都是一有机体,有如常山之蛇击首则尾应,击尾则首应。故读书,了解思想,把握实在,须用以全体观部分,以部分观全体的方法。

总之,我的意思,要从读书里求得真实学问,须能自用思想,不仅可读成文的书,而且可读不成文的书。指导如何自用思想,有了思想的方法,则读书的方法,自可䌷绎推演出来。必定要认真自己用思想、用严格的方法来读书,方可以逐渐养成追求真实学问、研读伟大著作的勇气与能力,即不致为市场流行的投机应时耳食袭取的本本所蒙蔽、所欺骗。须知不肯自用思想,未能认真用严格的方法以读书,而不知道真学术唯有恃艰苦着力、循序渐进，方能有成，实不能取巧，亦是没有捷径可寻的。如果一个人，能用艰苦的思想，有了严密的读书方法，那缺乏内容、肤浅矛盾的书，不经一读，就知道那是没有价值的书了，又何至于被蒙蔽呢？

末了，我还要说几句关于读书的价值、读书的神圣权利和读书的搏斗精神。

人与禽兽的区别，虽有种种不同的说法，但根据科学的研究，却只有两点：一、人能制造并利用工具，而禽兽不能；二、人有文字，而禽兽没有文字。其实文字亦是一种工具：传达思想、情感、意志，精神上人与人内在交通、传久行远的工具。说粗浅一点，人是能读书著书的动物。故读书是划分人与禽兽的界限，也是划分文明人与野蛮人的界限。读现代的书即所以与同时的人作精神上的沟通交谈；读古人的书即所以承受古圣先贤的精神遗产。读书即可以享受或吸取学问思想家多年的心血的结晶，所以读书实人类特有的神圣权利。

要想不放弃此种神圣权利，堂堂正正地做一个人，我们唯有努力读书。读书如登高山，非有勇气，绝不能登至山顶，接近云霄。读书如撑船上滩，不可一刻松懈。读书如临战场，不能战胜书籍、利用书籍，即会为书籍所役使，做书本的奴隶。打仗失败只是武力的失败。而读书失败，就是精神的失败。朱子说："读书须一棒一条痕，一掴一掌血。"最足以表示这种如临战阵的读书精神，且足以作我们读书的指针。

【内容提要】

学问之道在于知先行后，知主行从。故要学习理论，要学习科学等纯粹学识，用它们来引领我们的实践。但学问不是工具，求学得为学问而学问、为真理而真理。

学问和真理都离不开读书，成文的书和不成文的书都是我们要读的书，但无论读哪种书，都须运用自己的思想。读书要如临战场，如撑船上滩，不可一刻松懈，才能战胜书籍，而不是被书籍所役使。

要知道读书的方法，不可不知道思想的方法。思想的方法包括逻辑的方法、体验的方法和玄思的方法。知道了思想方法，然后应用思想方法来读书，会事半而功倍。读书最终让我们区别于禽兽，从野蛮变得文明。

【阅读感悟】

读了文章，想到了一个词："务虚"。

贺麟先生在文章中反复谈到的便是——我们要多读点书，尤其是"无用"的书；多思考点问题，尤其是远离名利的问题。或许你会觉得，这太"虚"了吧。

我们的世界已经太"务实"，教育也如此。

学生觉得读书不如刷题实在，教师认为做学问不如作报告划算。"高考工厂"的"成功"更引起了很多教育单位的模仿。教育单位为了所谓的"成功"，只注重考试，把学生变成了考试机器。我们在教育上太想赢，于是将教育的终极目的抛在了脑后。

我们的读书模式也愈来愈趋向扁平化。于学生而言,"阅读"的文章多被肢解成习题、分割成考点;于教师而言,如果还有时间读书,基本读的都是那些教学案例、教学参考书、习题集等被认为是"100％干货"的东西。

教师们不妨问问自己,一年坚持下来读了几本书?哲学、科学、文化、教学等方面的书籍,每年能读上几本?

教育在竞争的氛围的影响下,总想快点、再快点,但是却忘了,教育不是列车,教育的最高目的不是快速到达目的地,而是培育人才,不是要走得快,而是要走得远。

贺老建议我们读科学、哲学、逻辑等纯学问的东西。如果换作我说,估计会成为"箭垛",极易被讽刺为"站着说话不腰疼",但先生就是要求我们读书思考都应以模范作为"鹄的"。他告诫我们:成天"埋头拉车",根本不能领略大海星辰。

思想理论和学术类的书,更像是现实中析出的某种结晶体,如果你仔细领略,它们其实有着被我们忽略了的美。我们不能因为自己不能看见就妄断某些东西根本不存在或无意义。

从我自己读得不多的理论书籍所带来的感受来说,纯理论的东西有时会让我们模糊的行为清晰起来;让看似简单重复的行为产生巨大的力量,让我们在理想与现实的巨大间隙中找到前进的动力。

所以,多读点书,并且再多读点纯学问的"虚"书很有必要。读后还得"虚想",从逻辑上想、从体验中想、在玄思中想。"虚"到某种境界,便是老子所言的"虚而不屈"。

(杨幼萍)

【大师名言】

总结起来,一个人要认真生活、认真做人,就需要有自觉的正大的使命,这样生活才有意义与价值。从知的方面说,要认识什么是人的使命,须从知物、知自然、知天或知天道着手,使人生观建筑在宇宙观上。从行的方面说,要完成人的使命,需要有鞠躬尽瘁、死而后已的终身工作。

——《文化与人生》

最概括简单地说,凡有学问技能而又具有道德修养的人,即是儒者。儒者就是品学兼优的人。我们说,在工业化的社会中,须有多数的儒商、儒工以作柱石,就是希望今后新社会中的工人、商人,皆成为品学兼优之士。

——《文化与人生》

一个没有学问的民族,是要被别的民族轻视的。

——《贺麟学术思想论述》

漫谈读书

苏步青（1902—2003），数学家、教育家。浙江平阳人。日本东京高等工业学校毕业，东北帝国大学理学博士。中国科学院院士。长期担任中国数学会副理事长和《中国数学会学报》《数学年刊》主编。主要从事仿射微分几何学研究，在射影曲线论、曲面论、共轭网论方面有重要贡献；引进并决定了仿射铸曲面和旋转曲面，以"苏锥面"著称。1956年以"K展空间和一般度量空间几何学、射影空间曲线论"获国家自然科学奖二等奖。因开展计算几何的应用研究，获1978年全国科学大会奖。发表数学论文160多篇，专著10余部。

晚报"读书乐"专版还未与读者见面之前，编者就来约我写稿，我说看看再写。转眼已是中秋了，月光千里，不由勾起我对自己读书生活的回忆。

我从四五岁在私塾里读书识字算起，同书本打交道已有八十来年的历史。古人说，读书破万卷，如果计算字数的话，肯定不只"万卷"了。说实在，小时候看书无所谓选择。《三国演义》《水浒传》之类的小说自不必说，甚至《聊斋志异》这样难念的书竟被翻阅了一二十遍。

我还记得十三岁那年春天，小学毕业，利用暑假的时间，就把一部《左传》从头到尾熟读了。幸亏在这之前看过《东周列国志》，对《左传》的阅读起了一些辅导作用。进了中学，曾经立志读完《资治通鉴》，将来当一个历史学家。可是随着年级的升高，读书趣味逐渐由文学转到理科，尤其是对数学十分喜爱。因此，中学毕业后的二十年间，几乎不读文史诗词，直到抗日战争开始。

我以为，读书不能光靠趣味，更主要的必须有其目的性。说穿了，读书是为了求知。很多事实表明，一个人的知识多寡，与能否实现崇高理想，关系十分密切。知识是通向理想的阶梯。当然，除了读书外，还要多实践，使理性认识与感性认识相结合。不然的话，死读书，会变成书呆子。回顾自己在数学教育的五十多年期间，一直以刻苦学习严格要求自己，也严格教导学生要多读书，更要精读，学了就用，用中再学，使学生尽快超过我。这些年来，一批又一批的人才被培养了出来，人家说："名师出高徒"，不，是"严师出高徒"。高徒多起来了，把我这个老头奉为"名师"，那就是高徒出"名师"。

我虽然成了数学专家，但仍然爱好语文。我经常吟诵唐宋诗词，特别是在抗战期间，连清朝《二十四家词集》在没有标点的情况下也通读了一遍。当时，自己写了不少诗，填了一些词，目的在于通过它，表达对日本侵略者的愤怒和流离失所的痛苦、对抗战必胜的信心。解放后，把吟诵唐宋诗词作为调剂脑力之用，还写了一些歌颂祖国秀丽河山的诗篇。

在中秋节的今天，让我把四十年前接收台湾大学之后将归大陆时的七律诗一首录写于下，作为对台胞的怀念吧。

蜀云黔雨久离居，草席纸窗三月余。
望隔层楼青椰子，潮香淡水赤鲷鱼。
心悲形役聊从俗，老被人嘲尚读书。
惟有归欤新赋好，宁忘安步可当车。

【内容提要】

小时候看书无所谓选择。立志读完《资治通鉴》，将来当一个历史学家。随着年级的升高，读书趣味逐渐由文学转到理科，尤其是对数学十分喜爱。读书不能光靠趣味，必须有其目的性。读书是为了求知。一个人的知识多寡，与能否实现崇高理想，关系十分密切。知识是通向理想的阶梯。除了读书外，还要多实践，使理性认识与感性认识相结合。死读书，会变成书呆子。要多读书，更要精读，学了就用，用中再学。

【阅读感悟】

　　苏步青是数学家，也是一位十分重视语文学习的教育家。他曾经说过："有人认为只要学好数理化就可以了，语文学得好不好没关系。这个看法不对。数理化当然重要，但语文却是学好各门学科的最基本的工具。语文学得好，有较高的阅读写作水平，就有助于学好其他学科，有助于知识的增广和思想的开展。"反之，如果语文学得不好，数理化等其他学科也就学不好，常常是一知半解的。就算其他学科学得很好，你要写实验报告、写科研论文，没有一定的语文表达能力也不行。在做复旦大学校长时，苏步青先生说："如果允许复旦大学单独举行招生考试，我的意见是第一堂先考语文，考后就判卷子。不合格的，以下的功课就不要考了。语文你都不行，别的科目是学不好的。"

　　苏步青先生重视语文学习的原因是多方面的，我认为他更主要的是重视学习一种阅读能力。这种阅读能力是学习（乃至终身学习）的前提。作为一位数学家，苏步青先生能够背诵《史记》中的不少文章，像《项羽本纪》那样的长文，也背得滚瓜烂熟，他还喜欢读《昭明文选》。他说他"经常吟诵唐宋诗词，特别是在抗战期间，连清朝《二十四家词集》在没有标点的情况下也通读了一遍"。他已经养成了一种读书习惯：每晚睡觉前，他总要花二三十分钟时间读读诗词。我想他之所以成为一位杰出的数学家，应该与他的这种喜欢阅读的习惯有很大的关系。

不知道大家注意过没有，我们身边很多优秀的理科教师，他们往往是阅读能力和表达能力都很强的人。换一个角度来说，一个人如果不喜欢阅读，人文视野很狭窄，对本学科知识的理解能力有限，那他会是一名优秀的教师吗？可以肯定地说，他的教学水平一定会受到阅读能力（也可以说是读书能力）的限制。过去因为文理过早分科的原因，很多学生不重视语文学习，很多学生欠缺阅读、表达能力，等到走入社会，甚至会在实际工作中阻碍自身成长。为什么高考制度要改革？目前全社会为什么对语文学科的重视程度迅速提高？还不是因为语文是一个工具，还不是因为阅读能力（读书能力）是我们学习任何知识的一种基本能力。

苏步青这样的数学家早就认识到语文的重要性，至今还有很多人对此不以为然。可惜啊！糊涂啊！危险啊！

（黄德灿）

【大师名言】

我念过的书都有笔记，并且注明某月某日看的。这些笔记我都保存着，有的笔记现在还常常用到。

——《读书与做题》

读书，第一遍可先读个大概，第二遍、第三遍逐步加深体会。……起初，有些地方不懂，又无处查，我就读下去再说，以后再读，就逐步加深理解。

——《略谈学好语文》

读书不必太多，要读得精。要读到你知道这本书的优点、缺点和错误了，这才算读好、读精了。

——《略谈学好语文》

漫谈读书（两篇）

梁实秋（1902—1987），散文家、文学评论家、翻译家。浙江杭县（今杭州）人。1923年留学美国。回国后，曾先后任教于东南大学、暨南大学、青岛大学、北京大学等校，主编《时事新报》副刊《青光》、《益世报》副刊《文学周刊》、《中央日报》副刊《平明》等。曾主编《新月》月刊。创作以散文小品著称，风格朴实隽永，有幽默感，以《雅舍小品》为代表作。主要著作有散文集《雅舍小品》（续集），文学评论集《浪漫的与古典的》《文学的纪律》《秋室杂文》，译著《莎士比亚全集》（戏剧37集，诗3集）等。主编《远东英汉大辞典》。

我们现代人读书真是幸福。古者，"著于竹帛谓之书"，竹就是竹简，帛就是缣素。书是稀罕而珍贵的东西。一个人若能垂于竹帛，便可以不朽。孔子晚年读《易》，韦编三绝，用韧皮贯联竹简，翻来翻去以至于韧皮都断了，那时候读书多么吃力！后来有了纸，有了毛笔，书的制作比较方便，但在印刷之术未行以前，书的流传完全是靠抄写。我们看看唐人写经，以及许多古书的钞本，可以知道一本书得来非易。自从有了印刷术、刻板、活字、石印、影印，乃至于显微胶片，读书的方便无以复加。

物以稀为贵。但是书究竟不是普通的货物。书是人类的智慧的结晶、经验的宝藏，所以尽管如今满坑满谷的都是书，书的价值却不是用金钱可以衡量的。价廉未必货色差，畅销未必内容好。书的价值在于其内容的精到。宋太宗每天读《太平御览》等书二卷，漏了一天则以后追补，他说："开卷有益，朕不以为劳也。"这是"开卷有益"一语之由来。《太平御览》采集群书一千六百余种，分为五十五门，历代典籍尽萃于是，宋太宗日理万机之暇日览两卷，当然可以说是"开卷有益"。如今我们的书太多了，纵不说粗制滥造，至少是种类繁多，接触的方面甚广。我们读书要有抉择，否则不但无益而且浪费时间。

那么读什么书呢？这就要看个人的兴趣和需要。

在学校里，如果能在教师里遇到一两位有学问的，那是最幸运的事，他能适当地指点我们读书的门径。离开学校就只有靠自己了。读书，永远不恨其晚。晚，比永远不读强。有一个原则也许是值得考虑的：作为一个道地的中国人，有些部书是非读不可的。这与行业无关。理工科的、财经界的、文法门的，都需要读一些蔚成中国文化传统的书。经书当然是其中重要的一部分，史书也一样的重要。盲目的读经不可以提倡，意义模糊的所谓"国学"亦不能餍现代人之望。一系列的古书是我们应该以现代眼光去了解的。

黄山谷说："人不读书，则尘俗生其间，照镜则面目可憎，对人则语言无味。"细味其言，觉得似有道理。事实上，我们所看到的人，确实是面目可憎语言无味的居多。我曾思索，其中因果关系安在？何以不读书便面目可憎语言无味？我想也许是因为读书等于是尚友古人，而且那些古人著书立说必定是一时才俊，与古人游不知不觉受其熏染，终乃收改变气质之功，境界既高，胸襟既广，脸上自然透露出一股清醇爽朗之气，无以名之，名之曰书卷气。同时在谈吐上也自然高远不俗。反过来说，人不读书，则所为何事，大概是陷身于世网尘劳，困厄于名缰利锁，五烧六蔽，苦恼烦心，自然面目可憎，焉能语言有味？

当然，改变气质不一定要靠读书。例如，艺术家就另有一种修为。"伯牙学琴于成连先生，三年不成。成连言吾师方子春今在东海中，能移人情。乃与伯牙偕往，至蓬莱山，留伯牙宿，曰：'子居习之，吾将迎师。'刺船而去，旬时不返。

伯牙延望无人，但闻海水湏洞崩拆之声，山林穹冥，群鸟悲号，怆然叹曰：'先生将移我情。'乃援琴而歌，曲成，成连刺船迎之而返。伯牙之琴，遂妙天下。"这一段记载，写音乐家之被自然改变气质，虽然神秘，但不是不可理解的。禅宗教外别传，根本不立文字，靠了顿悟即能明心见性。这究竟是生有异禀的人之超绝的成就。以我们一般人而言，最简便的修养方法还是读书。

书，本身就有情趣，可爱。大大小小形形色色的书，立在架上，放在案头，摆在枕边，无往而不宜。好的版本尤其可喜。我对线装书有一分偏爱。吴稚晖先生曾主张把线装书一律丢在茅厕坑里，这偏激之言令人听了不大舒服。如果一定要丢在茅厕坑里，我丢洋装书，舍不得丢线装书。可惜现在线装书很少见了，就像穿长袍的人一样的稀罕。几十年前我搜求杜诗版本，看到古逸丛书影印宋版蔡孟弼《草堂诗笺》，真是爱不释手，想见原本之版面大、刻字精，其纸张墨色亦均属上选。在校勘上笺注上此书不见得有多少价值，可是这部书本身确是无上的艺术品。

书

从前的人喜欢夸耀门第，纵不必家世贵显，至少也要是书香人家才能算是相当的门望。书而曰香，盖亦有说。从前的书，所用纸张不外毛边连史之类，加上松烟油墨，天长日久密不通风自然生出一股气味，似沉檀非沉檀，更不是桂馥兰薰，并不沁人脾胃，亦不特别触鼻，无以名之名之曰书香。

书斋门窗紧闭,乍一进去,书香特别浓,以后也就不大觉得。现代的西装书,纸墨不同,好像有一股煤油味,不好说是书香了。

不管香不香,开卷总是有益,所以世界上有那么多有书癖的人,读书种子是不会断绝的。买书就是一乐。旧日北平琉璃厂隆福寺街的书肆最是诱人,你迈进门去向柜台上的伙计点点头便直趋后堂,掌柜的出门迎客,分宾主落座,慢慢地谈生意。不要小觑那位书贾,关于目录版本之学他可能比你精。搜访图书的任务,他代你负担,只要他摸清楚了你的路数,一有所获立刻专人把样函送到府上,合意留下翻看,不合意他拿走,和和气气,书价过节再说。在这样情形之下,一个读书人很难不染上"书淫"的毛病,等到四面卷轴盈满,连坐的地方都不容易匀让出来,那时候便可以顾盼自雄,酸溜溜的自叹"丈夫拥书万卷,何假南面百城?"现代我们买书比较方便,但搜访的乐趣、搜访而偶有所获的快感,都相当的减少了。挤在书肆里浏览图书,本来应该是像牛吃嫩草,不慌不忙的,可是若有店伙眼睛紧盯着你,生怕你是一名雅贼,你也就不会怎样的从容,还是早些离开这是非之地好些,更有些书不裁毛边,干脆拒绝翻阅。

"郝隆七月七日,出日中仰卧,人问其故,曰:'我晒书'。"(见《世说新语》)郝先生满腹诗书,晒书和日光浴不妨同时举行。恐怕那时候的书在数量上也比较少,可以装进肚里去。司马温公也是很爱惜书的,他告诫儿子说:"吾每岁以上伏及重阳间视天气晴明日,即净几案于当日所,侧群书其上以晒其脑。所以年月虽深,从不损动。"书脑即是书的装订之处,翻页之处则曰书口。司马温公看书也有考究,他说:"至于启卷,必先几案洁净,藉以茵褥,然后端坐看之。或欲行看,即承以方版,未曾敢空手捧之,非唯手污渍及,亦虑触动其脑。每至看竟一版,即侧右手大指面衬其沿,随覆以次指面,捻而夹过,故得不至揉熟其纸。每见汝辈多以指爪撮起,甚非吾意。"(见《宋稗类钞》)我们如今的图书不这样名贵,并且装订技术进步,不像宋朝的"蝴蝶装"那样的娇嫩,但是读书人通常还是爱惜他的书,新书到手先裹上一个包皮,要晒,要揎,要保管。我也看见过名副其实的收藏家,爱书爱到根本不去读它的程度,中国书则锦函牙签,外国书则皮面金字,皮置柜橱,满室琳琅,书变成了陈设、古董。

有人说:"借书一痴,还书一痴。"有人分得更细:"借书一痴,惜书二痴,索书三痴,还书四痴。"大概都是有感于书之有借无还。书也应该深藏若虚,不可慢藏诲盗。最可恼的是全书一套借去一本,久假不归,全书成了残本。明人谢肇编《五杂俎》记载一位"虞参政藏书数万卷,贮之一楼,在池中央,小木为彴,夜则去之。榜其门曰:'楼不延客,书不借人。'"这倒是好办法,可惜一般人难得有此设备。

读书乐,所以有人一卷在手往往废寝忘食。但是也有人一看见书就哈欠连连,以看书为最好的治疗失眠的方法。黄庭坚说:"人不读书,则尘俗生其间,照镜则面目可憎,对人则语言无味。"这也要看所读的是些什么书。如果读的尽是一些猥亵的东西,其人如何能有书卷气可言?宋真宗皇帝的劝学文,实在令人难以入耳:"富家不用买良田,书中自有千钟粟。安居不用架高堂,书中自有黄金屋。出门莫恨无人随,书中车马多如簇。娶妻莫恨无良媒,书中自有颜如玉。男儿欲遂平生志,六经勤向窗前读。"不过是把书当作敲门砖以遂平生之志,勤读六经,考场求售而已。十载寒窗,其中只是苦,而且吃尽苦中苦,未必就能进入佳境。倒是英国十九世纪罗斯金,在他的《芝麻与白百合》第一讲里,劝人读书尚友古人,那一番道理不失雅人深致。古圣先贤、成群的名世的作家,一年四季的排起队来立在书架上面等候你来点唤,呼之即来挥之即去。行吟泽畔的屈大夫,一邀就到;饭颗山头的李白、杜甫也会联袂而来;想看外国戏,环球剧院的拿手好戏都随时承接堂会;亚里士多德可以把他逍遥廊下的讲词对你重述一遍。这真是读书乐。

  我们国内某一处的人最好赌博,所以讳言书,因为书与输同音,读书曰读胜。基于同一理由,许多地方的赌桌旁边忌人在身后读书。人生如博弈,全副精神去应付,还未必能操胜算。如果沾染上书癖,势必呆头呆脑,变成书呆,这样的人在人生的战场之上怎能不大败亏输?所以我们要钻书窟,也还要从书窟里钻出来。朱晦庵有句:"书册埋头何日了,不如抛却去寻春。"是见道语,也是老实话。

【内容提要】

　　现在的图书印刷方便、种类繁多,为读书人带来了许多方便。但是读书要有选择,否则就是浪费时间。选择书籍要看个人的兴趣和需要。作为一个地道的中国人,一些宣扬中国传统文化的书是非读不可的。读书等于尚友古人,受他们的熏染,我们的气质、谈吐都会得到提升。于一般人而言,读书是最简便的提升修养的方法。

　　读书使人快乐。搜访图书是为一乐,晒书、藏书是为二乐,而一卷在手,往往废寝忘食地读着,并能与古圣先贤为友,则为读书之至乐。然而读书若只能钻进去,不能钻出来,变得呆头呆脑,却是不可取的。

【阅读感悟】

　　读书有很多实际的好处,宋真宗的劝学文尽管功利俗气,却也道出了许多人读书的真实目的。但是,读书真正的乐趣恐怕是不在其中的。"吃得苦中苦,方为人上人""学海无涯苦作舟",这些我们耳熟能详的句子,尽管是成功者对后辈语重心长的劝告,却也透露出了诸多读书人的真实感受,那就是读书苦!

　　那么,读书真正的乐趣在何处呢?综合梁实秋先生的观点,我认为乐趣有三:结识古圣先贤,收获良师益友;提升谈吐气质,方便修身养性;摆脱名缰利锁,远离世俗尘劳。

常言道："听君一席话，胜读十年书。"但生活中能让我们"胜读十年书"的人并不是那么容易遇见。与其等待可遇不可求的良师益友，不如亲近古圣先贤，品读其故事，思索其文字，和他们一起去经历、去思考、去选择，从而理解他们，了解他们的思想，形成自己的认识。你需要时，这些伟大的灵魂永远在那里；你不需要时，他们也不会打搅你。你主动亲近，他们会给你启示，指引你成长，让你变得更有智慧；你孤独无助，他们能给你耐心的陪伴。有如此良师益友，安能不乐？

　　孔子云："与善人居，如入芝兰之室，久而不闻其香，即与之化矣。"读古圣先贤之书，也如"与善人居"。我们读其故事，品其语言，感其人格，不知不觉受其熏染。渐渐地，自己的气质也会发生变化。奥地利心理学家阿尔弗雷德·阿德勒关于自卑与超越的观点影响深远。他认为：人生来具有超越当下、追求卓越的意识。这一观点或许可以从心理学的角度解释为何我们会见贤思齐，为何阅读好书可以改变人的气质，提升人的境界，提高人的修养。当一个人的内在气质与境界得到提升，其谈吐自然也会不俗。名将吕蒙"士别三日，当刮目相看"的故事可以作为证明。因读书而让自己变得更好，安能不乐？

　　人生在世，难免为俗务烦心。名利二字，自古扰人。当今消费主义盛行，世人对物质的热情空前高涨，但也因追求物质而深感疲惫。许多人一面歌唱"生活除了眼前的苟且，还有诗和远方"，一面自嘲"生活除了眼前的苟且，还有未来的苟且"。然而当一个人能与古圣先贤为友，能因读书而改变气质，其实他就有了摆脱名缰利锁、远离世网尘劳的能力。就像美国女诗人狄金森的小诗所言："没有一艘船能像一本书/也没有一匹骏马能像/一页跳跃着的诗行那样/把人带往远方……"

梁实秋先生广为传播的一本散文集《雅舍小品》就是在战火纷飞、四处逃难的情形下写的。动荡的时代并没有泯灭先生对人世的热情，他总能以一种超脱的眼光来看待琐碎的日常，并能从中发现人生的趣味与生活的哲理。连普通的男人、女人、孩子，生活中的理发、握手、送行，都能激发他的创作热情。住在不蔽风雨、尘泥渗漏的破屋，却能称之为雅舍，境界不可谓不高。置身于世网尘劳却不被其束缚，安能不乐？

作为教师，我们有责任引导学生去感受读书的真正乐趣，只有感受到了读书的真正乐趣，为读书所付出的努力才不会令人感到痛苦，才能理解何为"人充满劳绩，但还诗意地栖居在大地上"。

(李红玉)

【大师名言】

知识无涯，而生命有限。既要博古，又要通今，时间实在不够用。所以，用功读书开始要早。青年不努力，更待何时？

——《少年心，无处寻》

一个人在学问上果能感觉到趣味，有时真会像是着了魔一般，真能废寝忘食，真能不知老之将至，苦苦钻研，锲而不舍，在学问上焉能不有收获？

——《学问与趣味》

　　大概趣味云云，是指年长之后自动做学问之时而言，在年轻时候为学问打根底之际恐怕不能过分重视趣味。学问没有根底，趣味也很难滋生。

——《学问与趣味》

年轻人应该如何读书?

徐复观（1903—1982），学者。湖北浠水人，新儒家学派的大家之一。原名秉常，字佛观，后由熊十力更名为复观，取意《老子》"万物并作，吾以观复"。1926年参加国民革命军。1943年任军令部联络参谋，派驻延安。1958年元旦，徐复观与唐君毅、牟宗三、张君劢联名发表《为中国文化敬告世界人士宣言》。主要著作有《中国人性论史》《中国经学史基础》《中国艺术精神》等。

我是读书毫无成绩的人，所以只有失败的经验，绝无成功的经验。但从失败的经验中所得的教训，有时比从成功的经验中所得的，或更为深切。同时从民国三十六年（1947年）办《学原》起，在整整的十二年中，读过各个方面、各种程度的许多投稿，也常由作者对问题的提出和解决，而联想到各人读书的态度和方法问题，引起不少的感想。这便是不足言勇的败军之将，还敢提出此一问题的原因。

不过，我得先声明一下：我的话，是向着有诚意读书的青年学生而说的。所谓有诚意读书，是恳切希望由读书而打开学问之门，因而想得到一部分的真实知识。若不先假定有这样的一个起点，则横说竖说，都是多事、白费。

首先，我想提出三点来加以澄清。

第一，读书的心情，既不同于玩古董，也不同于看电影。玩古董，便首先求其古；看电影，便首先求其新。仅在古与新上去作计较，这只是出于消遣的心情，若读书不是为了消遣而是为了研究，则研究是以问题为中心，不论是观念上的问题，或是事实上的问题。问题有古的，有新的，也有由古到新的，问题的本身便是一种有机性的结构。研究者通过书本以钻进问题中去以后，只知道随着其有机性的演进而演进，在什么地方安放得上古与新的争论、计较？

第二，"读书应顺着个人的兴趣去发展"的原则，我认为不应当应用到大学生的必修课程上面。一个人的兴趣，不仅须要培养，并且须要发现。人从生下来知道玩玩具的时候起，因生活接触面的扩大,每个人的兴趣,实际是在不断地变更修正。就求知识的兴趣来说,大学各院系的必修课程,正是让学生发现自己真兴趣的资具。假定一走进大学的门,便存心认为哪一门功课是合于我的兴趣,哪一门却是不合的,这便好像乡下人只坐过板凳,就认定自己坐的兴趣只是板凳一样。就我年来的观察所得,觉得真正用功的大学生,到了四年级,才能渐渐发现自己真正兴趣之所在。

凡在功课上,过早限定了自己兴趣的学生,不是局量狭小,便是心气粗浮,当然会影响到将来的成就。何况各种专门知识,常须在许多相关的知识中,才能确定其地位与方向,并保持其发展上的平衡。所以认真读书的大学生,对大学的必修课程,都应认真地学习;并且课外阅读,也应当以各课程为基点而辐射出去。对于重要的,多辐射出一点;其次的,少辐射或只守住基点。随意翻阅,那是为了消磨时间,不算得读书。

第三,一说到读书,便会想到读书的方法。不错,方法决定一切,但我得提醒大家,好的方法,只能保证不浪费工力,并不能代替工力。并且任何人所提出的读书方法,和科学实验室中的操作方法并不完全相同,因受各人气质、环境的影响,再好的方法,也只能给人以一种启示。并非照本宣科,便能得到同样的效果。真正有效的方法,是在自己读书的探索中反省出来的。师友乃至其他的帮助,只有在自己的探索工作陷于迷惘、歧途时,才有其意义。希望用方法来代替工力的人,实际是自己欺骗自己。

谈到方法,或者有人立刻想到胡适先生"大胆假设,小心求证"的有名口号，尤其是最近正对此发生争论。其实，假设与求证，无疑地，是科学解决问题的两个重要环节；把这两个环节特别凸显出来，也未尝不可以。但是将杜威的《思考的方法》及《确实性的探求》两部三十多万字的著作，乃至许多与此同性质的著作，简化为两句口号，这是从中国人喜欢简易的传统性格中所想出的办法。

简易，有其好处，也有其坏处，我不愿多说下去。不过有一点我得加以指出，即是读书和做自然科学研究，在一下手时，便有很大的差异。自然科学的研究，是从材料的搜集与选择开始。材料只能呈现其现象于观察者之前。至于现象系如何变成，及此现象与彼现象之间有何相互关系，材料自身并不能提出解答。于是研究者只好用假设来代替材料自身的解答，并按研究者的要求，来将材料加以人工的安排、操作，即系从事于实验，以证实或否定由假设所作的解答。但我们所读的书，除了一部分原始数据外，绝大多数，其本身即是在对某问题做直接的解答。因此，读书的第一步，便不能以假设来开始，而只能以如何了解书上所作的解答来开始。

在了解书上所作的解答遇到困难，或对其解答产生疑问，亦即是遇到问题、解决问题时，大体上用得到假设；但一般地说，在文献上解决问题，多半是以怀疑为出发点，以相关的文献为线索，由此一文献探索到彼一文献，因而得到解决。在此过程中，如有假设，则其分量也远不及在自然科学研究中的假设的重要。有时可能只有疑问而无假设，并且这种对文献所发生的疑问、解决，只是为了达到读书目的的过程，而且也不是非经过不可的过程；我们可能读某一部书，并不发生此类疑问，或者前人已解决了此类的疑问。如读此一部书觉得不满意，尽可再读其他的书来补充，犯不着去假设什么。读书真正的目的，有如蜜蜂酿蜜，是要从许多他人的说法中，酿出新的东西来，以求对观念或现实作新的解释，因此而形成推动文化的新动力，在此一大过程中，分析与综合的交互使用，才占了方法上的主要地位。

方法，实际即是一种操作；操作是要受被操作的对象的制约的；被操作的对象不同，操作的程序亦自然会因之而异。许多人似乎忽略了这一点，于是无意中把方法过于抽象化，不仅将文献上的求证，混同于自然科学中的实验，忽略了在中国文化中不是缺乏一般的求证的观念，而是缺乏由实验以求证的观念，并且将自然科学研究中的假设，以同样的分量移用到读书上面来，于是产生了：

（一）读书专门是为了求假设，做翻案文章，便出了许多在鸡蛋中找骨头的考据家。

（二）把考据当作学问的整体，辛苦一生，在文献中打滚，从来没有接触到文化中的问题，尤其是与人生、社会有关的文化问题。

（三）笨人将不知读书应从何下手假设，聪明人为了过早的假设而耽搁一生。因此，我觉得胡先生这两句口号，可以有旁的用场，但青年学生在读书时，顶好不必先把它横亘在脑筋里面。

现在，我简单提出一点积极的意见。我觉得一个文科的大学生，除了规定的功课以外，顶好在四年中彻底读通一部有关的古典，以养成良好的读书习惯，并借此锻炼自己的思考能力，因而开辟出自己切实做学问的路。读书最坏的习惯，是不把自己向前推动、向上提起，去进入到著者的思想结构或人生境界之中，以求得对著者的如实的了解；却把著者拉到自己的习心成见中来，以自己的习心成见作坐标，而加以进退予夺，于是读来读去，读的只是自己的习心成见；不仅从幼到老，一无所得，并且还会以自己的习心成见去裁诬著者，裁诬前人。始而对前人作一知半解的判断，终且会演变而睁着眼睛说瞎话，以为可以自欺欺人。这种由浮浅而流于狂妄的毛病，真是无药可医的。

所以我觉得每人应先选定一部古典性质的书，彻底把它读通。不仅要从训诂进入到它的思想，并且要了解产生这种思想的历史社会背景；了解在这些背景下著者遇到些什么问题，他是通过怎样的途径去解决这些问题；了解他在解决这些问题中，遇到些什么曲折，受到了哪些限制，因而他把握问题的程度及对问题在当时及以后发生了如何的影响；并且要了解后来有哪些新因素，渗入到他的思想中，有哪种新情势对他的思想发生了新的推动或制约的力量，逐步地弄个清楚明白，以尽其委曲，体其甘苦，然后才知道一位有地位的著者，常是经历着一般人所未曾经历过的艰辛，到达了一般人所未曾到达的境界。不仅因此可免于信口雌黄的愚妄，并且能以无我的精神状态，遍历著者的经历，同时即受到由著者经历所给予读者的训练，而将自己向前推进一步，向上提高一层。再从书本中跳了出来，以清明冷静之心，反省自己的经历；此时的所疑所信，才能算是稍有根据。自然这须要以许多书来读一部书,必须花费相当的时日,万万不可性急的。

　　但是费了这大的力来读一部书,并非即以这一部书当作唯一的本钱,更不是奉这一部书为最高的圭臬;而是由此以取得在那一门学问中的起码立足点;并且由此知道读这一部书是如此,读其他的书也应当如此;以读这一部书的方法,诱导出读其他书的方法。钻进到一部书的里面过的人,若非自甘固蔽,便对于其他的书,也常常不甘心停留在书的外面来说不负责的风凉话,读书的大敌是浮浅,当今最坏的风气也便是浮浅。说起来,某人读了好多书,实际却未读通一部书;这才是最害人的假黄金、假古董。我过去有三十年的岁月,便犯过这种大罪过。读书有如攻击阵地,突破一点,深入穷追,或者是避免肤浅的一条途径。至于进一步的读书方法,我愿向大家推荐宋张洪、齐熙同编的《朱子读书法》。朱元晦真是投出他的全生命来读书的人,所以他读书的经验,对人们有永恒的启发作用。

【内容提要】

　　读书要有诚意。读书不是为了消遣而是为了研究,过早限定了自己兴趣的人,不是局量狭小,便是心气粗浮,当然会影响到将来的成就。好的读书方法,只能保证不浪费工力,并不能代替工力。真正有效的读书方法,是在自己读书的探索中反省出来的。希望用方法来代替工力的人,实际是自己欺骗自己。读书的第一步,只能以如何了解书上所作的解答来开始。读书真正的目的,是要从许多他人的说法中,酿出新的东西来，以求对观念或现实作新的解释。在此过程中，分析与综合应交互使用。费了这大的力来读一部书，并非即以这一部书当作唯一的本钱，由此取得在那一门学问中的起码立足点；并且由此知道读这一部书是如此，读其他的书也应当如此；以读这一部书的方法，诱导出读其他书的方法。

【阅读感悟】

　　谈及读书，必然面临方法问题。方法在哪里？我也算是一个读了几十年书的人，如今垂垂老矣，要问我读书的方法，还是一片茫然，勉强回答的也完全是"老生常谈"。有时我想，有学问的人，他们的读书方法肯定是对的，不然他们怎么会成功？徐复观是大学问家，在读书的方法上，他终于帮我解开了一个心结。

　　我们经常说读书要有方法，有了方法才能把书读好。的确如此。可是在徐复观先生看来，"好的方法，只能保证不浪费工力，并不能代替工力"。徐先生还提到，读书方法"会受各人气质、环境的影响，再好的方法，也只能给人以一种启示。""真正有效的方法，是在自己读书的探索中反省出来的。""希望用方法来代替工力的人，实际是自己欺骗自己。""大胆假设，小心求证"是胡适的方法，这一方法的影响力很深远。可是胡适的这个方法就不值得怀疑吗？徐先生认为"读书的第一步，便不能以假设来开始，而只能以如何了解书上所作的解答来开始"。如果按照胡适的这个方法去做，读书是为了求假设，做翻案文章，你势必会在鸡蛋中找骨头，你很难接触到文化中的问题，尤其是与人生、社会有关的文化问题。笨人将不知读书应从何下手假设，聪明人为了过早的假设而耽搁一生。

我一直对胡适的方法坚信不疑，谁知徐复观先生却对此持怀疑态度，且言之有理。究其原因，胡适是费了"工力"的国学大师，是"工力"支持了"大胆假设，小心求证"的方法。如果不费"工力"，想"大胆假设"，能做得到吗？不花"工力"的"大胆假设"势必会是盲目怀疑，会否定一切；不花"工力"，"小心求证"也找不到入门的途径，不知道从何处下手求证。你"工力"不够，拥有的知识有限，你怎么去求证他人的观点的正误呢？

也许我们会说，教师不是学问家，但是我们担负着指导学生做学问的责任。如果我们只是告诉学生某某名人的某种学习方法，而不是引导他们使用"工力"，不是培养学生的正确质疑的优秀品质，那么我们有可能教育出的是一批浮躁的"愤青"，这些人未来也很难成为一名真正的学问家。现在"大胆假设"的人很多，"小心求证"的人很少，是不是要引起我们的反思？

（黄德灿）

【大师名言】

读中国的古典或研究中国古典中的某一问题时，我一定要把可以收集得到的后人的有关研究，尤其是今人的有关研究，先看一个清楚明白，再细细去读原典。因为我觉得后人的研究，对原典常常有一种指引的作用；且由此可以知道此一方面的研究所达到的水准和结果。

——《我的读书生活》

书上许多地方，看的时候以为已经懂得；但一经摘抄，才知道先前并没有懂清楚。所以摘抄工作，实际是读书的水磨工夫。……摘抄一遍，可以帮助记忆，并便于提挈全书的内容，汇成为几个重要的观点。这是最笨的工作，但我读一生的书，只有在这几年的笨工作中，才得到一点受用。

——《我的读书生活》

一个人读了书而脑筋里没有问题，这是书还没有读进去；所以只有落下心来再细细地读。读后脑筋里有了问题，这便是叩开了书的门，所以自然会赶忙地继续努力。

——《我的读书生活》

谈读书

钟敬文（1903—2002），作家、民间文艺学家、民俗学家。广东海丰人。先后在中山大学、浙江大学、香港达德学院等处任教。曾发起成立广州中山大学民俗学会和杭州中国民俗学会，参与编辑中山大学《民间文艺》《民俗》周刊、杭州《民间月刊》《民俗学集镌》等。一生从事民间文学和民俗学教学与研究，是中国民俗学的奠基人之一。著有《钟敬文民间文学论集》和《新的驿程》等，主编《民间文学概论》《民俗学概论》。著有诗集《海滨的二月》《未来的春》，散文集《荔枝小品》《西湖漫拾》《湖上散记》等。

谈读书

我对于书籍开始感兴趣，是从蒙馆转到区镇小学之后。那时候的小学，尽管说是一种新式教育，实际上旧的气味还相当浓厚。教的自然是国文、算术、格致、图画、体操等功课。但做起文章来，往往还是议论之类，课外读的书也是那些《古文析义》《古文辞类纂》《纲鉴易知录》等。这些总算稍稍引起我的兴味了，而更加有引诱力的是那种读诗和作诗的空气。这自然不是在课程内的，可是，由于旧日读书界风气多少还遗留着，而所谓教员也多半是秀才或者进过旧日试场的，因此学校里一些高年班的同学——他们的年纪有的已经二十以上，在正式功课之外多少不免哼几首或者来几句。有时候，抓到一个题目，你唱我和，闹得"不亦乐乎"。我年纪尽管小，兴致却不比他们弱。因此，就拼命搜读着诗集和诗话（《随园诗话》，是那时候读得最熟的一部，差不多能够随便背出那里面自己喜欢的许多诗句）。这在我后来的生活上差不多成了一种支配的兴趣。尽管在做着什么工作，如果有点闲工夫看看书，总是拿起一本诗集或诗论的东西来。读起这方面的作品，在心理上不单单是最少抵抗力的，而且是最容易感觉快乐的。这种情形，恐怕要维持到我活着的最后那一天。

可是，由于社会情势的不同，由于个人经历和心情的变迁，过去在这方面所读的书，前后自然有很大的不同，从古近体诗到小令散曲，从白居易、苏东坡、陈简斋到惠特曼、卡彭脱、马雅科夫斯基，从《石林诗话》《说诗晬语》到亚里士多德的《诗学》、波阿罗的《诗的艺术》、会田毅的《转型期的诗论》……真是五花八门。可是寻找起来,也并不是没有一点线索,因为一个人到底是他所生息其中的社会的孩子。他的阅读思考和一切行动,都不能够不受它的制约,而社会本身又是有着严明的规律的。

我的读书,主要是凭个人的兴趣和暗中摸索,因此不免有许多地方是走了冤枉路的。

最初耽爱的是文学方面、历史一类的书籍,这些也曾打动过我少年时期的心情,可是到底敌不过诗歌、散文和小说等的吸引力量。出了小学堂,我曾经有一整年时间,躲在光线暗弱的楼棚角诵读着《唐宋诗醇》《国朝六家诗钞》和《八家四六文选》等。

进了中学校,我的兴趣却稍稍转变了,尽管书案上还放着《禅月集》《渔洋精华录》,可是更迷惑我的,却是赫克尔的《宇宙之谜》("一元哲学")、克鲁泡特金的《互助论》和罗素的《哲学问题》等。往后有一个相当长的时期,我的诵读的主要对象是神话学、民俗学、土俗志、人类学和宗教学等。在这方面,我杂读了欧美和日本的好些名著。这个时期,我的阅读多少是有意识的,因为我妄想在民俗学和民间文艺学方面建立自己的学绩。

自从日本侵略的铁骑闯进国门以后,辛辛苦苦搜集的许多图书、资料丢散了,生活的安定失去了。因为战斗情绪的昂扬,我暂时走出了书斋,去做谈政治、写宣言的工作。可是"英雄梦不许诗人做",书呆子到底只会回到书斋去。因为过去那种学问上的野心,一时挨战火烧毁了,而教的又总是文艺方面的功课,这时候,我重新细心地研读起《文心雕龙》《艺术哲学》《拉奥孔》《从社会学观点看的艺术》《科学的艺术论》等。身边尽管还带着吕淮·布鲁的《原始人心理的机能》一类的名著,可是已经很少打开来读了。

粗粗地回顾一下,我过去诵读书籍的杂乱就很明白了。我为什么不能够专心些呢?假如我一向就把精力集中在文艺理论或文学作品上,现在不是该有比较满意的一点成就么?这是我近年有时候要在心上浮起的感叹。可是认真想起来,过去的杂乱诵读也不是完全白费金钱和脑力的。比如我现在对于文学的起源、文学的功利性以及民众创作力等的认识,能够比较深入一些,这多少就靠了过去对于原始艺术和民间文艺多用了一点工夫。那些民俗学、人类学和土俗志的名著并不是白读的。如果当年不诵读那些书籍,也许在别的点上可能比较有些心得,可是在这方面却未必有现在的收获了。幸和不幸,往往是互相倚伏的。

现在一般谈到读书方法的人,大都主张要有计划。比如说,某些入门书应该先读,某些比较深沉的著作应该放在后面。某些书是一定要读的,某些则可以不读,或者根本不该提到它。我们读书正像造房子或缝衣服一样,要有一定的选择和工作的程序。这种说法自然很有道理。能够照着做去,成绩也许会很显著。可是,就我个人的经验说,却不是这样循规蹈矩的。我已经提过,我的读书趋向并不是很固定的。在这个时期这类的书是我的女皇。在另一个时期里,她可能已经变成弃儿,而另一类的东西完全代替了她的地位。和这相像,我的诵读某一类书也并不是怎样严密计划过的。有时候我的心意忽然整饬起来，要给自己的诵读一个"理想的"程序。开起书单，规定进展，好像一定会照着实行的样子。可是，结果呢，事实和理想总是差得很远。这自然要怪我的毅力不够，或者客观的条件不凑巧，而我的不规矩的读书法，也没有疑问是有毛病的。

可是，我多少有点怀疑，读书究竟和造房子之类比较机械的工作，在性质上是否"完全"一样？读书是一种偏于心理的活动，它该有它相对的自己的规律。事实上，我们预定要读的，往往倒没有去过眼。那些由于偶然的兴味或者迫于某种特殊需要去读的，却占着很大数目。在效果上，我们也不能够说后者定不如前者。平心地检查起来，我自己倒是从后者得到许多好处的。例如我因为研究民俗，就自然地读起先史学、考古学和宗教学一类的书来，而这方面的阅读，并不一定是由浅入深，或者非名著不读的。又因为对于涂尔干的《宗教生活的雏形》感兴趣，就尽量搜读着他的（连到他那一派的）社会学的许多著作。这种"瓜蔓式"的读书法，也许有不少浪费或危险，可是，我们也不能够太看轻它的自然性和可能的益处。我决不反对有计划的阅读，只认为它不一定是唯一的道路。许多在学问上有成就的人，恐怕未必只是从那条路上走过来的。

【内容提要】

自幼喜好广泛读书，长大后不禁渐渐产生了是否"走了冤枉路"的疑惑。其实有多少人是从一开始就有计划地在读书呢？往往到了某个特定的时期，我们才会有目的地去选取书籍来进行阅读，那么无计划的阅读，究竟应不应该？这种方式的阅读是不是一种精力上、时间上的浪费呢？读书是一种偏于心理的活动，它该有它相对的自己的规律。事实上，我们计划要读的书，往往没有看过。那些由于偶然的兴味或者迫于某种特殊需要去读的书，却占着很大数目。不反对有计划的阅读，只认为它不一定是唯一的道路。许多在学问上有成就的人，恐怕未必只是从那条路上走过来的。

【阅读感悟】

　　作为语文教师，平时总有学生让我给他列个书目，这样他可以按计划、有步骤地进行课外阅读。我一方面高兴，高兴于学生对我的认可，但一方面却也觉得为难：除非我很了解他的能力和需求，否则我实在列不出书目。就算列出了，也不能确保他满意，说不定会"误人子弟"。所以我通常会说："对不起，我只能向你介绍些我喜欢的书。"

　　就我个人而言，也曾经依据某些人列的书目，有计划地读过一些书，收获自然是有，但总觉得不是滋味，始终有一种"先领结婚证，再来谈恋爱"的感觉。远不如读自己随意撷取、任性翻阅的书那般开心愉悦。

　　其实，读书无非两种——有目的地读和无目的地读。有目的地想去了解某种知识，自然是需要有计划地阅读相关书籍，至于是读哪些书，那自然是要咨询在这方面比较有造诣的人。但我始终认为，有目的地读书，只可能是"一时"的，而不可能是"一直"的。有一个名叫"西西弗（Sisyphe）"的书店，书店的名称源于希腊神话中受永世惩罚的西西弗斯。西西弗斯每天周而复始地将巨石推向山顶。他从不放弃，坚忍不拔。店主仿佛是在告诫读书的人应该具有牺牲精神，负重前行，否则难有所成。我们倡导的阅读就是如此。但如果太过于强调"目的性"，而忽略了"随意性"，从而使阅读变成一种如西西弗斯推石上山一样的苦差事，会让很多人不敢阅读，更不愿把阅读作为自己生活的一部分。这是阅读的悲哀，也是阅读"功利化"的恶果。读书本应该是一件无比快乐的事，倘若没有甘之如饴的心境，恐怕也难有欧阳修"马上、枕上、厕上"构思文章的惬意与逍遥，更不会有于谦"书卷多情似故人，晨昏忧乐每相亲"的感慨了。

钟敬文先生说："不反对有计划的阅读，只认为它不一定是唯一的道路。许多在学问上有成就的人，恐怕未必只是从那条路上走过来的。"我认为我们不必急于在阅读中为人生找到出路，因为在人类历史上，迷路总是生活的一部分。如果说生活中的随意漫步，从来都不是毫无意义的，那么我们为什么不能随意地去阅读？让我们随意地去阅读，因为在我们读过的所有书里，都藏着我们的快乐。

（刘　祺）

【大师名言】

在读书的过程中，要给思考留下余地。你在求知时，学进来的东西，如果没有同你原有的知识碰头，就只能摆在那里，不发生"化学作用"，无法变成你自己的养料。

——《读书与思考》

学生读书，老师也在读书。老师要教好书，就要多读书，不能天天在那里吃老本，不进步。

——《读书的方法》

我决不反对有计划的阅读，只认为它不一定是唯一的道路。许多在学问上有成就的人，恐怕未必只是从那条路上走过来的。

——《谈读书》

我的"仓库"

巴金（1904—2005），文学家。祖籍浙江嘉兴，生于四川成都。第一部长篇小说《灭亡》于1929年以"巴金"的笔名在《小说月报》发表，引起广泛关注。20世纪30年代初创作长篇小说《激流》（即《家》），反映封建家庭内部两代人的冲突，揭露封建礼教对青年的戕害，赞美青年知识分子的觉醒和抗争，产生广泛而深远的影响，具有激进的批判现实的意义。后来又创作长篇小说《春》和《秋》以及"爱情三部曲"。1946年完成长篇小说《寒夜》，对抗战期间知识分子的苦难寄予深切的同情，在艺术上更趋成熟。反思自我的五卷《随想录》产生了重大的影响。2003年被国务院授予"人民作家"荣誉称号。

我的"仓库"

我第二次住院治疗,每天午睡不到一小时,就下床,坐在小沙发上,等候护士同志两点钟来量体温。我坐着,一动也不动,但并没有打瞌睡。我的脑子不肯休息,它在回忆我过去读过的一些书、一些作品,好像它想在我的记忆力完全衰退之前,保留下一点美好的东西。

我大概不曾记错吧,苏联作家爱伦堡在一篇演说中提到这样一件事情:卫国战争期间,列宁格勒长期被德军包围的时候,一个少女在日记中写着"某某夜,《安娜·卡列尼娜》"一类的句子。没有电,没有烛,整个城市实行灯火管制,她不可能读书。她是在黑暗里静静坐着回想书中的情节。托尔斯泰的小说帮助她度过了那些恐怖的黑夜。

我现在跟疾病作斗争,也从各种各样的作品中得到鼓励。人们在人生道路上的探索、追求使我更加热爱生活。好的作品把我的思想引到高的境界;艺术的魅力使我精神振奋;书中人物的命运让我在现实生活中见到未来的闪光。人们相爱,人们欢乐,人们受苦,人们挣扎,……平凡的人物,日常的生活,纯真的感情,高尚的情操激发了我的爱、我的同情。即使我把自己关在病房里,我的心也会跟着书中人周游世界、经历生活。即使在病中我没有精力阅读新的作品,过去精神上财富的积累也够我这有限余生的消耗。一直到死,人都需要光和热。

人们常说:"作家是人类灵魂的工程师",我有深的体会,我的心灵就是文学作品塑造出来的。当然不是一部作品,而是许多部作品、许多部内容不同的作品，而且我也不是"全盘接受"，我只是"各取所需"。最近坐在小沙发上我回忆了狄更斯的小说《双城记》。

我最后一次读完《双城记》是1927年2月中旬在法国邮船"昂热"上，第二天一早邮船就要在马赛靠岸，我却拿着书丢不开，一直读到深夜。尽管对于1789年法国大革命，我和小说作者有不同的看法；尽管书中主要人物怀才不遇的卡尔顿是现实生活中所没有的，但是几十年来那个为了别人幸福自愿地献出生命从容走上断头台的英国人，一直在我的脑子里"徘徊"，我忘不了他，就像我忘不了一位知己朋友。他还是我的许多老师中的一位。他以身作则，教我懂得一个人怎样使自己的生命开花。在我遭遇厄运的时候他给了我支持下去的勇气。

我好久不写日记了。倘使在病房中写日记，我就会写下"某某日《双城记》"这样的句子。我这里没有书，当然不是阅读，我是在回忆。我的日记里可能还有"某某日《战争与和平》""某某日《水浒》"等等。安德烈公爵受了伤躺在战场上仰望高高的天空；林冲挑着葫芦踏雪回到草料场……许多人物的命运都加强了我那个坚定不移的信仰：生命的意义在于付出，在于贡献；不在于接受，不在于获取。这是许多人所想象不到的，这是许多人所不能理解的。"文革"期间要是"造反派"允许我写日记，允许我照自己的意思写日记，我的日记中一定写满书名。人们会奇怪：我的书房给贴上封条、加上锁、封闭了十年，我从哪里找到那些书阅读？他们忘记了人的脑子里有一个大仓库，里面储存着别人拿不走的东西。只有忠实的读者才懂得文学作品的力量和作用。这力量，这作用，连作家自己也不一定清楚。

托尔斯泰的三大长篇被公认为19世纪世界文学的高峰，但老人自己在晚年却彻底否定了它们。高尔基说得好："我不记得有过什么大艺术家会像他这样相信艺术（这是人类最美丽的成就）是一种罪恶。"可是我知道从来没有人根据作家的意见把它们全部烧毁。连托尔斯泰本人，倘使他复活，他也不能从我的"仓库"里拿走他那些作品。

【内容提要】

住院治疗，脑子不肯休息，它在回忆过去读过的一些书、一些作品，保留下一点美好的东西。跟疾病作斗争，从各种各样的作品得到鼓励。好的作品把人的思想引到高的境界；艺术的魅力使人精神振奋；书中人物的命运让人在现实生活中见到未来的闪光。一个人怎样使自己的生命开花？生命的意义在于付出，在于贡献；不在于接受，不在于获取。人的脑子里有一个大仓库，里面储存着别人拿不走的东西。只有忠实的读者才懂得文学作品的力量和作用。这力量，这作用，连作家自己也不一定清楚。

【阅读感悟】

"一直到死，人都需要光与热。"

巴金写下这句话的时刻，内心必定对书充满了感激，那是历尽沧桑之后对书之于人最真切的体会，而我竟也能感知一二：在读书的路上踽踽独行，多少人是孤独的，离开了学生时代，那读过的书逐渐成为疲累心灵的慰藉，鲁迅的犀利、张爱玲的透辟甚至还能让我在嘈杂的世界中保持头脑的相对清醒。

在进入教师这个行业后，我经常与学生谈情怀，期望他们真正爱上读书，但情怀毕竟难以被动接受。将读书与学生暂时相对枯燥的生活相结合，使得他们自身对文学的"光与热"有所认识便显得格外重要。如果从一开始便搬出《红楼梦》，可能并不具备普适性。毕竟，我们不再处于秉烛夜读的时代，而每个时代有每个时代的特点，一些青年作家也许能为沉溺于快餐文学的孩子们开启"向上之路"。譬如能从同样"不曾经历沧桑"的蒋方舟的书中读到王尔德、菲茨杰拉德、马尔克斯、沈从文、白先勇、木心而进行知识的迁移，也能殊途同归，就像读研时询问教师们应该读什么书，教师们皆言专著后的参考文献，更要求以此进行反复的延伸阅读，只有这样，读书的三重境界才最终可臻。

此外，如巴金所言，读书非"全盘接受"，应"各取所需"。于研究者而言，悖论值得注意；于普通读者而言，文学作品传达出来的力量则更为重要。读者是文学作品的接受者，所思、所感却未必要与作家写作的初衷相契合，文学作品的魅力在于文本本身。读书的第一要义是广博，若能在此基础上结合自身经验做出新的阐释，能从琐碎的生活中逃离，做到"与君同舟渡，达岸各自归"，这或许是书籍带给人类的意义之一。马可·奥勒留在《沉思录》中言："如果心中自有丘壑，只消凝神一顾，立刻便可获得宁静。"巴金的"仓库"，是他从浩如烟海的文学作品中寻找到的一个新的自我，于你我亦能共勉。

(彭　婉)

【大师名言】

倘使我一生就只读这一部书，而且反复地读，可能大中其毒。"不幸"我有见书就读的毛病，而且习惯了为消遣而读各种各样的书，各种人物、各种思想在我的脑子里打架，大家放毒、彼此消毒。我既然活到七十五岁，不曾中毒死去，那么今天也不妨吹一吹牛说："我身上有了防毒性、抗毒性，用不着躲在温室里度余年了。"

——《文学的作用》

用自己的脑子思考，越过种种的障碍，顺着自己的思路前进，很自然地得到了应有的结论。

——《随想录》

感谢我那两位强迫我硬背《古文观止》的私塾老师。这两百多篇"古文"可以说是我真正的启蒙先生。……自然我后来还读过别的文章，可是并没有机会把它们一一背熟，记在心里。不过读得多，即使记不住，也有好处。

——《小时背书有好处》

书太多了

吕叔湘（1904—1998），语言学家、语文教育家。江苏丹阳人。中华人民共和国成立后历任清华大学教授、中科院哲学社会科学部委员、中国文字改革委员会副主任、中国社会科学院语言研究所所长和《中国语文》杂志主编、《现代汉语词典》主编、《汉语大词典》首席顾问、中国语言学会会长。致力于语言教学和语言研究，主持和参与了许多重大语文活动和语文工作计划的制订，对现代汉语的规范化作出杰出贡献。著有《中国文法要略》（三卷）、《语法修辞讲话》（合作）、《汉语语法分析问题》《汉语语法论文集》等。论著汇编成《吕叔湘文集》等。

书太多了

今年春节期间,因为感冒,在床上躺了几天,感觉无聊,随手拿来几本书消遣。其中有一本是《现代英国小品文选》(牛津大学出版社《世界名著丛书》第二八〇种),共收文章四十七篇,其中有两篇谈的是书多为患,很有点意思。

一篇的题目就叫作《书太多了》,作者吉尔伯特·诺伍德(1880—?)。大意是说千百年来出版了无数的书,现在每年还在大量增加,"我们被书压倒了,憋死了,埋葬了。"(以下撮叙,免加引号。)请不要误会。我不是指那些"博学"之书,也不是反对那些无聊的低级趣味的小说。我说的是那些好书,英国的和外国的种种名著。相传有句话:萨福的诗少,但都是玫瑰花。可是如果每张桌子上都铺满玫瑰花,每棵行道树上、每根路灯柱子上都挂满了玫瑰花,走进电梯,铺满了玫瑰花,打开报纸,掉出来一堆玫瑰花,怎么办?要不了几天就得发起一个消灭玫瑰花运动。

书,好书,名著,多得不得了,怎么办?对待这个问题,大致有四种办法。一种人是干脆放弃。他说:"我没有时间。"可是他一辈子内心惭愧,人怎么能不读书呢?

第二种人是心里盘算,哪一类作品他读得了,然后找个似乎说得过去的理由把其余的书全都给否了。如果有个青年向他求教:"您觉得吴尔芙夫人怎么样?"他就回答:"亲爱的先生,关于吴尔芙嘛,我的意见恐怕对您没什么用。我怕我是落伍了。这些现代派在我看来是迷路了。我觉得菲尔丁和奥斯丁更合我的胃口。"那个青年想,吴尔芙大概不怎么样。

第三种人面对这无法解决的问题,采取随大溜的办法。他把《泰晤士报文学副刊》里谈到的作品全都拿来拼命读;拼命读,因为他怕有比他更拼命的人跟他讨论他没读过的书。这第三种人在知识分子里占多数,到处都有。他们最坏事。文学有两大用处:主要的用处是引起并满足人们对生活更敏锐的感受;较肤浅的用处是在社交场所提供谈助。这第三种人不但是对第一种用处全无认识,连第二种用处也让他搞糟了。人们走到一起,谈谈彼此看过的书,目的是找个共同的题目交换彼此的乐趣。可是这第三种人往往与此相反。他挑选一个多产的作家,盘问他的俘虏,终于找着一本后者没读过的书,于是大发议论,说这本书怎么怎么的好,是这位作家首屈一指的杰作。我们崇拜商业,把读书这个高贵的艺术也给毁了,因为虽然竞争是做生意的命根子,它可是破坏社交及其艺术的毒药。生活中最好的东西的繁荣,有赖于共享而不是通过垄断。

第四种人最可尊敬。他们的主张可以称之为精华主义。他们说:"我们既然无法读所有的好书,那就让我们认识一下从古到今东西各国的最好的东西吧。"他们先饱尝一顿英国文学,然后转向但丁、歌德、托尔斯泰、拉辛、易卜生、塞万提斯、维吉尔、荷马。这些读者令人尊敬,但不足效法。事实上他们是大大的误会了。不能因为一位作家举世尊崇,就断定每一个读者都能够从他得益。一个十二岁的孩子,尽管聪明,却无法领会弥尔顿或者萨克雷的奥妙。为什么?因为他还没有为了领会他们的作品必不可少的生活经验。这个道理适用于精华主义的信从者。把一位刚刚浏览过英国文学的读者匆匆领到那些外国大作家面前去,他会丝毫不感兴趣。熟读莎士比亚戏剧的人会觉得拉辛傻头傻脑;受过英国诗歌传统熏陶的人会觉得维吉尔扭捏,荷马幼稚,但丁根本不是诗人;在英国心理教条里泡大的人会认为易卜生是个老混蛋。他们苦闷,然而不敢不读下去,因为这些人是伟大的作家。他们不知道要领会这些作家的作品,得先熟悉他们的文学传统,熟悉他们的民族文化,而初次接触的人是不具备这种条件的。任何作家都要求他的读者有一定的装备,越是大作家,对读者的要求越大。这些大作家总结了他们的民族的政治上、宗教上、哲学上、文学上的丰厚经验。精华主义是一种海市蜃楼。文学不能这样来领会,生活也不能这样来领会。比如阿尔卑斯山的少女峰,把六尺峰顶锯下来,搁到您府上的后院里,邀请您的朋友们来鉴赏它的宏伟景色,能行吗?这种方法用到旅游上,大家都知道是不行的。一个人熟悉伦敦、巴黎、纽约、罗马,不等于认识了英国、法国、美国、意大利。还有,在文学里边也像在生活里边一样,真正打动人的是细节。明白地狱里的地形是一回事,让但丁成为你的精神财富的一部分是完全另一回事,得通过注意、理解、消化那些个恰好是你说"没时间,顾不上"的细微情节。

精华主义的最有代表性的表现是那些可怕的"世界最佳书目"。谁看见了这种书目都会头痛。为什么?因为这种书目不近人情。没有人能照单全收,虽然每个人都会喜欢其中的这几种或那几种。拼凑这样的书目有点像在世界著名的雕像中这儿截取一个最美的脑袋,那儿截取一只最美的胳膊,拼成一座最好的雕像。这能行吗？可就是有那样的书目。结果呢？成千上万的人在追求合成文化，正如有人买合成珠宝一样，在他们的普普通通的西方脑筋里嵌上几块"梨俱吠陀"，像一个霍吞托人戴上一顶丝绒礼帽。正是由于有这些书目，才让基本上读不下去的书留在人们的手上。

这四种读者都没能解决书太多的问题。怎么办？有人说："能读多少读多少，读不了的让他去。"这也不成，因为那一大堆读不了的书发挥坏作用。它叫老实人心里烦，悲观；它让不老实的人煞有介事，生骄傲心。只有一个办法：大批的销毁。好书，烧掉它十分之九；坏书，不用咱们操心，有一种力量像地心吸力那样把它往造纸厂拽。倒是会出现两个问题：销毁哪些书？用什么程序进行销毁？诺伍德说，他都有答案。

以下，他回答这两个问题，一板三眼，把笑话当正经话来说，有点斯威夫特的味道，我就不介绍了。下面介绍第二篇文章，题目就叫作《毁书》，作者斯夸尔。这篇文章不长，抛去头上一段，译抄如下。虽然加了引号，可也不是一字不落的翻译。

书这东西，毁起来也不是很容易，有一回差点儿把我带到绞架的影子里。那时候我住在彻尔西的一家公寓的顶层小套间。不高明的诗集一本一本的聚集成堆，到后来我不得不在两个办法之中进行选择：要么把这些书赶出去，要么把房子让给它们，我自己另找住处。这些书卖不出去，没人要。所以我只有把它们扔出去，或者把它们彻底消灭。可是用什么办法消灭呢？我没有厨房里的大炉灶，我不能把它们放在小煤气圈上烤，或者把它们撕开，一片一片的放进我书房里的小火炉里烧，因为不把一本书拆开就想烧掉它，就跟要烧掉一块花岗石一样难。我没有垃圾桶；我的垃圾倒在楼梯拐角的一个活门里，顺着一条管道往下走。我的困难是有些书的开本大，会把管道堵住；事实上，房管处已经在门上写好"只准倒脏土"。并且我也不想让这些书囫囵着出去，让哪位倒霉的清洁工家里人从这些书里对英国的诗坛得出错误的印象。所以最后我决定用许多人对付小猫的办法来对付这些诗集：把它们捆起来送到河里去。我缝了一个大口袋，把那些书塞进去，往肩膀上一背，走下楼梯，走进黑夜。

我到了街上，差不多已经是午夜。满天星斗，黄里透绿的灯光在马路上发亮。街上很少行人，拐角处的树底下一个兵士搂着一位姑娘告别，时而听到要过白特西大桥回家的行人的脚步声。我把大衣的领子竖起，把我的口袋在肩膀上安顿好，大步走向一个咖啡店有亮的窗户，那是大桥这一头的标记，桥上的钢梁依稀可见。往前经过几家门面，我跟一位警察对面走过，他正在用电筒检查人家地下室窗户上的钉锔。他回过脸来。我觉得他有点怀疑之色，不禁微微发抖。我想，他会不会怀疑我口袋里边是赃物？我不害怕，我知道我禁得起检查，没有人会怀疑我这些书是偷来的，虽然它们全都是初印本。然而我免不了还是有点不自在，谁让警察用怀疑的眼光看上一眼都会不自在，谁让人发现在偷偷摸摸干什么，不管多么无害，都会有点不自在。那警察又往前走，显然他认为我是清白的。我继续前进，竭力抑制自己，不让走快，一直走到堤岸。

"这个时候我才忽然明白我的行动意味着什么。我靠在堤岸的短墙上,朝下看那河里的淡淡的发亮的漩涡。忽然在我附近响起了脚步声,我不由得一步跳离短墙,又开始向前走,装出一副满不在乎而若有所思的样子。那过路人走过我身边,一眼也没看我。那是个流浪汉,他有他的思虑。我又站住,骂我自己没出息。我想:'该动手了。'可是正当我要把书扔进河里去的时候,又听见脚步声——慢而整齐。忽然一个念头,像可怕的蓝色的闪电,在我脑子里出现:'掉进水里去的泼剌一声怎么办?'一个人深夜靠在堤岸的短墙上,他的俩胳膊一挥,水里大大的一声泼剌。任何看见或者听见的人(好像总是有人在附近)一定并且有充分理由,都会立刻冲过来抓住我。他们准会以为我扔下去的是一个婴儿。我要是告诉一个伦敦警察,说我冒午夜严寒偷偷地走到河边,为的是摆脱一口袋诗集,他能信吗?我几乎能听见他的粗糙的嘲笑声:'你去说给水上警卫队听吧,你小子!'

"就这样,我走过来,走过去,也不知过了多大工夫,越来越怕让人瞧见,一会儿鼓起勇气去干,又在最后一分钟退却。最后我还是干了。在彻尔西大桥的中段有几个伸出去的带座椅的半圆形。我憋足了气离开堤岸一直走向第一个半圆形。到了那儿,我跪在了座椅上。朝下一看,我又迟疑了。可是我已经没有退路。我咬牙对自己说:'怎么?你一向在朋友面前充好汉,可实际是个缩手缩脚的胆小鬼?你这回干不成,以后再也抬不起头来了!不管怎么样,即使你为此而被绞死,那又怎么的?天哪,你这没出息的东西!比你好的人上绞刑架的有的是!'使上绝望带来的勇气,我把肩膀上的东西朝下一扔。那口袋垂直往下掉。大大的泼剌一声。过后恢复了静悄悄的。没有人来。我走回家,边走边想,那些书掉进冰冷的水流,慢慢地沉下去,最后停留在河底淤泥里,无人理会,被人忘却,无情的世界若无其事的朝前去。

"可怕的蹩脚的书,可怜的无辜的书,你们现在还躺在那儿,现在已经盖上一层淤泥。也许,也许有那么一小块麻布片儿从装你们的麻袋里伸出来,在浑浊的河水里飘荡。献给达爱娜的颂歌,赠给爱赛尔的十四行诗,以兰斯洛骑士的恋爱为题材的剧本,远望威尼斯感赋,你们躺在那儿不生不死,你们也许不该遭遇这样的命运。我待你们太狠了。我很抱歉。"

这两篇文章都从书太多了说起,都归结为要毁掉一些书。可是理由不同:前一篇是说书多了看不过来,后一篇是说书多了没地方搁;前一篇是替众人着急,后一篇是为自己辩解。两篇文章的用意也不同:前一篇评论几种读者的不同读书法,后一篇刻画一个人事涉嫌疑时的心理状态。两篇文章都是寓庄于谐,这是英国小品文常用的手法,有悠久的传统。

好书太多,读不过来,怎么办?照我看,这也跟游泳一样,走进水里去再说。免不了要喝两口水。多数人都是这样学会游泳的,也有人学不会,那也没办法。

至于书多搁不下,我有切身的体会。并且我看《光明日报》的《东风》副刊上登的《我的书斋》系列文章,有不少是为不能把书全上书架诉苦。有人把书搁到衣柜顶上,有人把书塞到床底下。我深深感觉,空间、时间、金钱这三样东西可以交换。空间大,书摆得开,要哪本书,顺手拿来;没有这个条件，就只能拼时间，从柜顶上、床底下一摞一摞取出来，一本一本找。你有钱，可以请人抄材料，省下自己的时间，也可以扩大居住面积，不但是不必跟老婆（或丈夫）儿女争座位，还可以坐拥书城，"顾而乐之"。但愿在不久的将来，这不再是痴人面前说梦。

【内容提要】

书太多了，怎么办？或直接放弃读书，留下此生遗憾；或随性粗选，到头来一知半解；或跟随大众，可一旦思想"误入歧途"，反而破坏了读书的本意；或取其精华，最好的书总是没错的，可是若难以理解，到头来也只能拼凑出"不伦不类"的完美。这些都不是切实可行的计划。只有一个办法了：销毁。书多了看不过来，先看看再说，自然会寻得读书之法；书太多了没地方搁，等有空间了再摆开了放。有金钱自是最好，可以坐拥书城，"顾而乐之"。这有点儿似痴人说梦，但梦想终究是要有的，万一实现了呢？

【阅读感悟】

学者永远不会为自己书读得太多而抱怨，却总会为自己还有很多未读之书而苦恼。时间是最大的收藏家，古今中外的好书早已不是汗牛充栋可以形容的。好书，自然是越多越好，不过却苦了读书的人。吕叔湘先生道出了众人共同的困惑：书，好书，多得不得了，怎么办？

求学之人总希望能多读点书，问题在于读什么书，所以他们会选择一些大众推荐的书目。刚开始觉得并没有什么问题，后来才发现这未必是一种好的方式。世上好书，何止千万，不同的人自会有不同的推荐，可却未必都适合自己。这一长串的书目，自己看的总归是那么几本，其他的也都不读了。书舍了，但心舍不下，总觉得舍下的书也是值得看的，不读总归是不完美的。可不舍，硬着头皮看完，到头来一无所获，这"完美"总有些不切实际。

私以为，当"舍"即"舍"才是最可取之道。在这飞速发展的时代，书多了，哪怕最爱读书的人，终其一生都没有办法读完所有的书，所以必定是要有所选择。书可舍得，读书的心舍不得。如果你已"心有所属"，只需将所爱之书一一品味，不用苦恼好书太多而时间太少，至少你从未停止读书，这也算是乐在其中；如果你还迷茫于书途，只要不放下手中之书，哪怕是"泛读"，但凡有一书能得己青睐，也算得其乐趣，至少你已寻得方向，只需继续寻趣便是。至于书目，未必一定要照单全收，毕竟真正的目的是读书而不是读完书目上的书。所以，从你拿起书的那一刻开始，就已实现心中所愿，只要尽情畅游于书海，那便是"完美"。

作为教育者，难免会有学生来请教有关读书的问题。能来请教，必是有求读之心。求读之心是最重要的。至于推荐的书目，与其列一些耳熟能详的名著，不如从人开始，了解学生平时的喜好，"因人荐书"。喜欢，是难得的情感；兴趣，是最好的向导。能闻之向往、读来欢喜，岂不美哉！

诗人博尔赫斯说："如果有天堂，应该是图书馆的模样。"对爱书者来说，有书的地方，便是天堂，所以好书再多都不为过。可惜书读不完，必定是要舍，但徜徉书境、品书味终有所得，舍得之间，方悟读书之方法！

(蔡 青)

【大师名言】

　　人类语言的特点就在于能用变化无穷的语音，表达变化无穷的意义。这是任何其他动物办不到的。

——《语文常谈》

　　说话的人，尤其是写文章的人，要处处为听者和读者着想，竭力把话说清楚，不要等人家反复推敲。在听者和读者这方面呢，那就要用心体会，不望文生义，不断章取义，不以辞害意。

——《语文常谈》

　　少数语文水平较好的学生，你要问他的经验，异口同声说是得益于课外看书。

——《当前语文教学中两个迫切问题》

书和读书

冯至（1905—1993），诗人、学者。直隶涿州（今属河北）人。1925年参与创办沉钟社。1930年参与创办《骆驼草》杂志，同年赴德国留学。回国后先后在同济大学、西南联大和北京大学任教授。1964年任中国科学院外国文学研究所所长。1979年被选为中国作协副主席。诗作前期受唐诗、宋词及德国浪漫派影响，轻柔婉约；后期深受里尔克等西方现代诗人影响，艺术上更为纯熟。在德国文学的翻译研究方面亦有成就。著有诗集《昨日之歌》《北游及其他》《十四行集》，散文集《山水》，小说《伍子胥》，论著《论歌德》《杜甫传》等。有《冯至全集》行世。

读书人与书的关系，不像人们想得那样单纯。有人买书成癖，琳琅满架，若是你问他："这些书都读过吗？"他将难以回答，或者说："哪里能读这么多？"或者说："先买下来，以备不时之需。"与此相反，有人身边只有少量的几本书，你问他："近来读些什么？"他会毫不迟疑地回答："读的就是这几本。"这两种情况我都有过。前者是在当年的北平即现在的北京，后者是在战争时期的昆明。这正如在一个地方住久了的人，对那里所有的特点失去敏感，经常注意不到，纵使有什么名胜古迹，总觉得随时都能去看，结果往往始终没有去过，倒不如短期来游的旅客，到一个地方便探奇访胜，仔细观察，留下深刻的印象，甚至一生难忘。我在昆明，仅只有摆在肥皂木箱里的几十本书，联大图书馆里的书也很贫乏，若相信开卷有益，任意浏览，是不可能的。幸而清华大学带来一部分图书，外文书放在外文系的图书室里，都是比较好的版本，我经常借阅，这是我读书的一个主要来源。其次是昆明为数不多的旧书店，里边好书也很少，但我在出卖用过的旧书时，也会偶然发现一两种稀奇或有用的书籍。此外，我在一九四二年三月出乎意料在法律系办公室里看到几十本德语文学书，这是法律系教授费青在德国留学时买的，由此可见这位法学家读书兴趣的广泛，也许是因为生活困难，他把这些书卖给学校了。书放在法律系，无人借阅，可能我是唯一的借阅者。总之，书很有限，而且得来不易，那么，自己带来的书，就翻来覆去地读；借来的书要按期归还，就迅速地读；旧书店里买来的书，就爱不释手地读。这样，我读书就不能随意浏览，而要专心致志了。

前边提到过，我从一九四一年春起始翻译并注释《歌德年谱》，从外文系图书室借用四十卷本的《歌德全集》。这部《歌德全集》是德国科塔出版社为了纪念出版歌德著作一百周年于本世纪初期约请研究歌德的专家们编纂的，虽然有些过时，但还有学术上的权威性。那时我下午进城，次日早晨下课后上山，背包里常装着两种东西，一是在菜市上买的菜蔬，一是几本沉甸甸的《歌德全集》。我用完几本，就调换几本，它们不仅帮助我注释《歌德年谱》，也给我机会比较系统地阅读歌德的作品。实际上也不能全读，有时只查一查与年谱有关的地方，参照我随身带来的袖珍本《歌德书信日记选》《歌德与爱克曼的谈话》《歌德谈话选》等，解决了不少问题，也加深了我对于歌德的理解。而且外文系的图书室不只有这部《歌德全集》，还有几部研究歌德的专著，若是没有这些书，我自从一九四三年以后发表的几篇关于歌德的论文是写不出来的。

至于法律系办公室里的德语文学书，我只看作是一个意外的发现，里边不是没有好书，却不是我当时迫切需要的。我借阅过几次，是些什么书我记不清了。

值得怀念的是青云街的一个旧书店，它并没有什么珍本奇书，但我在那里买了几本书，对我很有意义。一九四二年三月十七日的日记："卖旧书 130 元，买《圣经辞源》20 元。"一九四三年六月二十六日的日记："购《清六家诗钞》。"这两种书都是袖珍本，便于携带，至今还收藏在我的书橱里。《圣经辞源》可能人们认为是一种不值一顾的书，在米价一石超过千元的一九四二年，仅用二十元就能买到，几乎等于白送。可是它对我很有用，这是一本《圣经》里人名、地名、重要事件和词汇的索引，并有较为详细的解释，用它查阅中文版《圣经》，非常方便。直到现在我还常常使用它。《清六家诗钞》是日本印的清刘执玉编的清初六诗人宋琬、施闰章、王士禛、赵执信、朱彝尊、查慎行的诗选，线装袖珍四册，几乎每首诗都有日本近藤元粹的眉批，前有近藤的序文，写于明治四十年（1907），序文里声明他并不喜欢清诗，所以他的评语有褒有贬。我对于这六位诗人也不感兴趣，不过看看日本学者怎样评论他们，也不无意义。

在我购买《清六家诗钞》的前两天，我六月二十四日的日记写道："欲买杜少陵诗已售出，知为丁名楠购去。"二十五日的日记："丁名楠持来杜少陵诗相让，盛情可感。"这可能是我在二十四日以前就看到了杜少陵诗，由于袋里的钱不够没有买，再去时书已卖出，当时遇到丁名楠的一位同学，他把丁名楠买去的事告诉了我，又把我没有买到的事告诉丁名楠。在书籍非常缺乏的时期，丁名楠肯把刚买到的书让给我，真是盛情可感，同时我也要感谢那位传递消息的好心人。丁名楠是联大历史系同学，现在是很有成就的历史学者。

这部杜少陵诗是仇兆鳌的《杜少陵诗详注》，合订二册，属于商务印书馆的"国学基本丛书"，不是什么好版本。自从抗战以来，我就喜读杜诗，苦于身边没有杜甫的全集，如今得到这部平时很容易买到的仇注杜诗，我却视如珍宝。我一首一首地反复研读，把诗的主题和人名、地名以及有关杜甫的事迹分门别类记录在前边已经提到过的"学生选习学程单"的背面，这种"卡片"我积累了数百张。杜甫的诗和他的为人深深地感动我，我起始想给杜甫写一部传记，这时《歌德年谱》的注释工作中断已将及两年了。

歌德的著作与杜甫的诗是我在昆明时期主要的读物，读得比较仔细，比较认真。我之所以能这样，不是由于书多，而是由于书少的原故。此外，我也以热情和兴趣读我随身带来的陆游的诗、鲁迅的杂文、丹麦思想家基尔克郭尔的日记、德国哲学家尼采的个别著作、奥地利诗人里尔克的诗和书信。这些读物对于我的写作都有或多或少的影响。尤其是写杂文，虽然针对现实，有时也需要从书本里得到一些启发，或是摘引一两句名言警句，给自己的文章增加点分量。

《十四行集》里有三首诗分别呈献给鲁迅、杜甫和歌德，现在看来，这三首诗未能较好地体现出他们的伟大精神，我只是在当时认识的水平上向他们表达了崇敬的心情。而且这部诗集里有些篇章，字里行间也不难看出里尔克的影响。

陆游诗中有许多脍炙人口、广泛流传的名句，《示儿》一诗，在抗战时期更为人所称道。但是我最钦佩他《送芮国器司业》一诗："往岁淮边虏未归，诸生合疏论危机。人材衰靡方当虑，士气峥嵘未可非。万事不如公论久，诸贤莫与众心违。还朝此段宜先及，岂独遗经赖发挥。"这种政见，忧国忧民的杜甫不曾有过，辅佐魏玛公爵的歌德也不曾有过。又如《西村醉归》里的诗句："一生常耻为身谋"和"剑不虚施细碎仇"，都曾给我以教育。

比较复杂的是基尔克郭尔和尼采。前者生活在欧洲十九世纪中叶,后者在十九世纪末期。他们在世时非常孤立,死后也是毁誉参半。他们透视资产阶级社会的虚伪、欺骗和庸俗气,如见肺肝,他们毫不容情的揭露与批判无不入木三分。可是他们目无群众,把人民群众跟资产阶级社会混为一谈,这是他们的致命伤。最后基尔克郭尔在丹麦成为众矢之的,在哥本哈根街上散步时昏倒死去,尼采患神经错乱与世长辞。我读他们笔锋锐利的论战文字,时常想到鲁迅在《坟》的《题记》和《写在〈坟〉后面》里的两段话。鲁迅说:"我的可恶有时自己也觉得,即如我的戒酒,吃鱼肝油,以望延长我的生命,倒不尽是为了我的爱人,大半乃是为了我的敌人,……要在他的好世界上多留一些缺陷。"他还说:"先前也曾屡次声明,就是便要使所谓正人君子也者之流多不舒服几天,……"我并不要把基尔克郭尔与尼采跟鲁迅相比,甚至给人以替他们辩解的印象。他们的确给他们那时代的伪善者和乡愿们的"好世界"多留下了一些缺陷,使他们的日子过得不那么舒服。这是他们值得肯定的积极的方面。我看到社会上光怪陆离难以容忍的种种现象感到苦闷时,读几段他们的名言隽语,如饮甘醇,精神为之振奋。至于他们蔑视群众、强调个人、自命非凡的方面,往往在我的兴奋中被忽略了。记得在一九四一年秋,可能是参加一次欢迎老舍的聚会,会后晚了,不能回山,我和闻一多在这天夜里住在靛花巷教员宿舍里。我们过去并不熟识,只因他读了我写的一篇介绍基尔克郭尔《对于时代的批评》的文章,甚为赞许,我们一直谈到深夜。

我在昆明读的书不多，那些书的作者却对我说了些真心话。话的种类不同，有过时的老话，有具有现实意义的新话；有的给我以教育，有的给我以慰藉。如今我怀念和它们的交往，也跟怀念当年与朋友和同学们的交往没有两样。

【内容提要】

读书人与书的关系，不像人们想得那样单纯。有人买书成癖，琳琅满架，若是你问他，"这些书都读过吗？"他将难以回答。若相信开卷有益，任意浏览，是不可能的。书很有限，而且得来不易，那么，自己带来的书，就翻来覆去地读；借来的书要按期归还，就迅速地读；旧书店里买来的书，就爱不释手地读。这样，读书就不能随意浏览，而要专心致志了。这些读物对写作都有或多或少的影响。尤其是写杂文，虽然针对现实，有时也需要从书本里得到一些启发，给人以教育、以慰藉。

【阅读感悟】

"书非借而不能读也。"清朝诗人袁枚对黄允修说的这句话流传至今。现代翻译家冯至亦通过讲述自己在北平和昆明的际遇，向读者传达着"书非少而不能细读"的道理。在物质资料极为丰富的今天，我们大可设想一下，从买书到读书的过程真的只是翻开书那一步吗？又或者是拥有的书多了，反而成为我们静心读书的掣肘？

菜少做些，吃得香些；书少屯些，读得更有味儿。借书或挑书，从表面上看导致了信息之池缩水，但是读书人"借"或"挑"的动作，本就彰显了读书行为主体对于所读对象的严谨态度，这本就是一个去粗取精、去伪存真的过程。反观所屯的书，对外成了自己"品位"的藻饰，对内又成为自己延迟读书的借口。还是少花点钱屯书，多花点心思挑书，有目的地借书，而后才能系统地读书，有效地用书。

读书人在"借"或"挑"书中，选出了属于自己的"一亩三分地"，若想收获，还得心系于书。冯至为翻译《歌德年谱》，会精读与歌德有关的书籍。在昆明艰苦的读书环境中，凡是有用的书籍，"自己带来的书，就翻来覆去地读；借来的书要按期归还，就迅速地读；旧书店里买来的书，就爱不释手地读"。而看似与翻译《歌德年谱》无关的《圣经辞源》《清六家诗钞》等，冯至也从中查阅资料，获取其中的有用信息及学习其中的评论方法。

倘若学生能在有限的时间里对教科书做到精学细读，而后举一反三；倘若教师能在繁重的教学任务之余有针对性地选书、读书，反思教学架构是否牢固，知识体系是否全面，那么，主动探索以及解决问题的过程将会形成提高师生能力的良性循环。

冯至读书以及《黄生借书说》告诉我们，忙碌、困窘都不应成为自己不读书的借口。精挑细选书籍抑或借阅，都是我们对时间的尊重、对知识的重视、对未来美好人生的构筑。但若有一天，你想挽起袖子大干一场，确切地知道自己的未来在何方，我相信纵然是图书满壁，那绝不再是繁饰，而是你走向成功的基石。

书其实不在于你有多少，而在于你怎么去读。读进去了，这书才是你的，摆在那儿做装饰，你能够说你拥有这些书吗？

(胡 晶)

【大师名言】

所谓一般的读书界多半是盲目的，他们不大能够区分真假，他们需要旁人的指点；他们买一本书，看一次电影或一出戏，跟吃一次馆子没有多大分别，或是自命有经验的人能够给他们一些指点，他们就觉得可靠了。

——《读书界的风尚》

有些体验，永远在我的脑里再现；有些人物，我不断地从他们那里吸收养分；有些自然现象，它们给我许多启示。我为什么不给他们留下一些感谢的纪念呢？……凡是和我的生命发生深切的关联的，对于每件事物我都写出一首诗。

——《冯至全集（第一卷）》

我不迷信，我却相信人世上，尤其在文艺方面常常存在着一种因缘。这因缘并不神秘，它可能是必然与偶然的巧妙遇合。

——《冯至全集（第五卷）》

广博与专精

傅振伦（1906—1999），历史学家、考古学家、陶瓷专家。河北新河人。1929年毕业于北京大学史学系。曾任中国历史博物馆研究员，中国地方史志协会、中国敦煌吐鲁番学会顾问，中国博物馆学会、中国考古学会、中国古陶瓷研究会名誉理事。主要著作有《新河县志》《中国方志学通论》《中国史志论丛》《博物馆学概论》《刘知几年谱》《中国史学概要》《明代瓷器工艺》等。

问：傅先生，您是著名的历史学家、考古学家、档案专家，我们想请您和我们的读者谈谈您的治学经验。

答：我先说明一下，有人说我是历史学家、考古学家、方志专家、陶瓷专家，这些都不太准确。最根本的，我想我应是一位爱国的历史学者。我国是六大文明古国之一，我无时无刻不为此而感到骄傲和自豪。我进行历史研究，从事考古、科技史、方志的研究，都是出于对祖国、对家乡的热爱。热爱祖国，是我从事社会科学研究的精神力量。

问：谈谈您的经历好吗？

答：我6岁就学，启蒙师逊清冯克己先生品学兼优，蜚声乡里，自以为迂拘不合时用，终其身以教育后生为己任。生平循规蹈矩、表率一方。尝教以儒家修齐治平之道，一言一行深深刻印在我的脑海里。我10岁那年，考入新河县立高级小学。校长吴永培长于文史，治校严明。尝以韩昌黎"业精于勤荒于嬉，行成于思毁于随"之语训示生徒，要求苦心学习，以为世用。国文教员宋德炳还教以文以载道，当推敲文义文理，要言简意赅、奔放有致，切戒《二郎庙碑记》式的陈词滥调（相传昔有士人撰此碑云："吾乡有二郎庙，建于三百年前，已历五花甲，盖由来久矣。夫二郎者，乃大郎之弟，三郎之兄而老郎之子也。庙前有树五株，人皆曰树在庙前，余独曰庙在树后……"）。这些师长谆谆告诫之言，至今仍不敢忘。

之后，考入冀县省立中学。校长杨廷桂亦治校严格之士，督导学生成为德智体三育俱佳的人才。之后，初试西沽（指北洋大学）备取，再考入北京大学预科甲部（理科），学习了英文、解析几何、应用排列法则及运筹之术，培育了我的智力和细腻的思维能力。后来因故甲部不准我毕业，不得已转入乙部（文、法科）留级学习。这样我又学习了乙部特有的公民学、生物学大意、社会学大意，树立了社会科学的基础。尤其是文科基础课目，对我文史修养有莫大的好处。例如"国学论著要集"课，选读先秦以迄清代关于学术思想等论著，使我明白了历代学术的系统及其变迁，附以批评，兼及训诂、考证、校勘。"文论集要"课，选习了中国文学史上文章源流、体制及其作法等文章，了解到文学的传授及流变系统，也选习了中国文学史上平实明辨的论议、记叙文品和诗歌，初步掌握了修辞谋篇等技术。"选文"课先授训诂条例及字书利用等方法，再选授每个时代的代表作品，附以互相发明及不同的论点。"文法"课讲述研究文法的目的及方法，次述文法与文字学、国语学、修辞学、论理学等关系。内容有定词品及析句读等例及词品用法。句读一章论述句的构造类别及析句的方式和古籍文句的异例，使我读古典书籍能洞悉文义，不致模糊不清或曲解，以致属辞成文，差免不当律令之讥。

在北大史学系读书时，中国上古史教授象山陈汉章先生出俞曲园先生之门，教我以章学诚"学于众人，斯为圣人"之训及其"方智圆神"之理（指史学记注与撰述之业。一见《文史通义·原道上》，一见《书教下》），加强了我向群众学习和博采多识的意识。历史系主任朱希祖教授出章太炎先生之门，不仅指导我在北大研究所国学门研究刘知几《史通》，还启发我从事于方志之学。陈垣先生有一次在中国史学名著选读课堂上讲：治学要有恒，要勤读、勤问、勤动手。邓之诚先生研究中国通史及笔记小说，尝告以读书要用叶子（以纸签夹于书中所需材料处）的札记之法。师友们这些治学之道，对我都大有启迪，终生行之，收效不小。

在我的前辈导师中，袁同礼、马衡、朱希祖、邓之诚、徐鸿宝、伦明诸先生，对我循循诱导，教诲不倦。我走上研究目录学、方志学、文物考古的道路，都是受他们的启示。诸位师长的道德品行，也是我们的好榜样。

1929年夏，我从北大史学系毕业，受聘为北大研究所国学门考古学会助教，从马衡教授研究金石考古，参加易县燕下都发掘工作。其后，由于政局动荡，战火不断，我的工作也经常调动，很难安下心来，作专门的科研。直到中华人民共和国成立后，我任中国历史博物馆保管部主任，才算安定下来。1957年，错划为"右派"，两次降职，由研究员降为助理员，1959年9月调到中华书局古代史组为编辑。粉碎"四人帮"以后，1979年又回到中国历史博物馆，直到1989年退休。

总的来说，师长的教导和启发，对我一生有极大的帮助。只可惜我的兴趣广泛，对历史、史学史、简牍、文物、考古、博物馆学、科技史、陶瓷史，都有兴趣，下至民俗歌谣、世界语、拳术也极爱好。因此，白头而一无所专精，成就不大，以致辜负了师长的期望。

问：傅先生，您从事科学研究已经六十余年了，在这六十多年中，您感受最深的又是什么呢？

答：有两句话，我感受最深。一句是"独学而无友，则孤陋而寡闻"，一句是"读万卷书，行万里路"。这说明学习的方法应当多请教于良师益友，还要多多读书，特别重要的是调查考察，深入实践。我在北大读书时，就力求遵循这些方法。每天课余之暇，就在图书馆的日报、期刊、图书等阅览室看报看书，遇到有用材料就摘录下来，偶有心得就写下来。北大第二寄宿舍（在沙滩红楼西，俗称东斋）订有京津沪等埠日报，月终归号房工友售去分款。我毕业后有了薪水，就与号房约定，把这些旧报卖给我，我把有用资料剪下，其余仍归还他们。这样，所写日记及剪报资料积有四十余册。另外，我还亲自访求古迹，必有所得。抗战胜利后，经陕晋北上，旅途又在临汾城内发掘宋代平阳窑址，得瓷片及窑具。这样的读书和实地考察，多少年来，我一直坚持着。它们对我的研究工作有着直接的帮助。还有一点也很重要，就是广交益友。前些年我的身体尚好，在京的同学师长，一个月总要拜访一次。大家在一起纵情畅谈，各抒己见，可以互相交流信息，弥补各自闻见之不足，也可启发思维，丰富知识，对于自己的学术水平的提高有很大促进作用。当然，这种聚会与那种闲聊空谈是有根本区别的。

问：傅先生，您学识渊博，涉猎广泛，在很多学科，您都是举世公认的专家。您的这些成就，也令后辈学子仰慕。您能具体地介绍一下您治学的方法吗？

答：我兴趣广泛，对各个不同的领域，都愿意做些尝试。我认为，尽管各个学科的内容不同，但各科成果的形成过程应该是一致的。即不外乎选题的确定，资料的搜集，资料的甄别，最后形成文字的东西。选题确定以后，最重要的就是搜集资料，这是整个研究的基础。材料的搜集一定要博而真。博就是广博，材料越多越好。宋代郑樵在《通志·校雠略》中说："求书之道有八：一曰即类以求；二曰旁类以求；三曰因地以求；四曰因家以求；五曰求之公；六曰求之私；七曰因人以求；八曰因代以求。"这就基本上为我们指明了史料搜集的大致范围。但由于年代关系，有些史料可能在书本上难以找到，这又需要借助于文物的考察和到民间去寻找。总之，材料的搜集方面要尽可能多，要不遗余力。

材料搜集固然重要，但并不是搜集到的材料就是可以利用的材料，这还需要对所掌握的材料进行鉴别。这是一个艰苦而复杂的过程，需要运用多方面的知识。一般来讲，材料出处越早，就越可靠。有些材料，是古人亲眼看见或亲身经历的，这样的材料的运用当然不成问题。问题在于，同是古人的叙述，有的因为避讳而有意回避某个问题，有很多史实，就是由于避讳而给后人造成麻烦。这就要求我们必须懂点避讳学。有些材料前人相互引用，有的是古人的夸张，这些都需要我们作认真的分析和研究。陈垣先生在《校勘学释例》中提出"四种校勘"方法，这对于校勘工作有很大帮助，也使我在资料的鉴别方面获益匪浅。另外，同样的史实，由于资料来源不同，又存在古今之分、官私之不同、中外之差异，这又要求我们用史料学的知识加以分辨。通过这些工作，可以对已掌握的资料进行去伪存真，从而获得最确实可靠的材料，为科研工作打下坚实的基础。

与此同时，需要做的一项工作是对资料进行梳理编排。我以前一直用西洋人的方法，将资料进行年代排列。这样做的好处是可以使材料年代一目了然，可以按材料的先后顺序不同进行推证。近年才学到用近人习用的卡片之法，同样按图索骥，方便快捷，不失为资料工作之良法。

这些工作完成以后，就可以使自己的观点见诸笔端，一篇论文即可写成了。

问：您在科学研究领域不断耕耘，成就辉煌，积累了很多宝贵的经验。您能给我们的读者谈谈您的成功经验吗？

答：我一生受古代贤哲言行及良师益友等影响，勤学好问，谨严治学。有一特点，即爱惜光阴，善于安排利用，不敢浪费。以为为人不仅要节约人力、物力，尤其要节约时光，这也等于延长寿命。古人讲，勤能补拙。可见治学，"勤"字也很要紧。清人陆以湉《冷庐杂识》卷一"秘法"条说：生虱断根，必须勤捉。所以，我读书也非常重视"勤"字。"勤"含有勤读、勤问、勤写等方面。我还以为，整理古籍或从事科研，当先以有用之学为主。我写《孙膑兵法译注》不仅以其有裨军事，亦以其有助于经济、政治、外交等方面。我研究瓷器史，不仅阐述祖国灿烂的文化艺术，同样有关实业与民生。我研究方志，因为方志可以存史料，资治道，有裨实用，且可宣扬爱乡爱国教育。科技是第一生产力，所以也研究祖国古代科技。

最后，我还想和青年朋友们说几句。从事科研工作是一项很苦的差事。要有恒心、毅力，不要浅尝辄止，不要半途而废。治学既要有广博而雄厚的基础，更要由博返约，能精专一门，则对社会贡献之大必能超越前人。希望在青年，我企足待之。

【内容提要】

"业精于勤荒于嬉，行成于思毁于随"，学习的关键是一个"勤"字。读书要博采众收，一则多请教于良师益友，"学于众人，斯为圣人"。二则还要多多读书，可以多多收集一些剪报资料，并进行一定的重新编排与整理；另外，特别重要的是调查考察，深入实践。需要对所掌握的材料进行鉴别，这是一个艰苦而复杂的过程，需要运用多方面的知识。从事科研工作是一项很苦的差事。要有恒心、毅力，不要浅尝辄止，不要半途而废。治学既要有广博而雄厚的基础，更要由博返约，能精专一门，则对社会贡献之大必能超越前人。

【阅读感悟】

古人说："一日不读书，尘生其中；两日不读书，言语乏味；三日不读书，面目可憎。"想想若一个教师，感其思，迂腐不堪；听其语，味同嚼蜡；观其颜，猥琐可憎——如何让学生"亲其师，信其教"。反之，我一向认为，好的教师，当个人素养与人文底蕴能令学生称赞时，学生会"信其教"，也必将"亲其师"。就是到现在，我们教师谈自己当年的读书经历时,还常常有个相同的笑料:某个教师只知道按照教参照本宣科,甚至答案错了还能额上青筋突起地自圆其说。

任何学术上的那些令人发笑的"盲从"与"盲反"都是源于无知。反之,在评价教师的文化底蕴时,我们最爱用的褒扬词是"知识渊博"。"渊"即"专精","博"即"广博"。这种观点并无新意,但恰恰是具有普适性的。

我个人当教师的一个基本原则不过是"不怕先生骂,却怕后生笑"。故我简短的读书史,也正是人生的祛昧除弊史。我本天资愚钝,不过是在时间的力量下,聚沙成塔,竟被人误以为聪慧,偷笑之余,今有感于傅先生之言,也分享自己的浅薄之见,或于人有所裨益。但自知我不是范本,权算一样本罢:

一、资料整理。十多年前我自己曾经将很多和教学相关的杂志报纸复印,然后按照教材篇目和高考复习要点将资料分类,每次备课寻找参考资料时,就非常便捷,包括新加入的资料,也可以快速找到归属。我现在的手机上也有很多文件,这些文件包含了我读过的好的素材或文章,我将它们按类别汇编,它们都是我课堂教学或落笔成文的"源泉"。

二、读书笔记。我依然提倡用手书写,"Ctrl+C"(复制)和"Ctrl+V"(粘贴)的简便方法,同手写留的印象相比,真不能同日而语。我有多个笔记本,放在办公室、卧室、客厅,读到什么好的文章,就拿起本子记下来,将摘抄当作一件"好玩"的事来消遣。我读书时常常为一个好的句子或观点停留,并写下自己的一点感悟。有时自己存档,有的时候放在朋友圈或公众号上与人分享一下。读书最终不是为了成为"两脚书橱",而是与圣贤争争高下,与友人论论短长,岂不热闹?

当年先生文尾说的"我企足待之"的青年,今天也成了端着泡着枸杞的保温杯的中年。先生关于科研"要有恒心、毅力,不要浅尝辄止,不要半途而废"的警语,我们除了借来对现在的学生们进行劝勉之外,教师自己更应当"躬身行之"才是。

(杨幼萍)

【大师名言】

同学大笑,因戏呼我"be a man",乃攻读益力,日夜背诵词汇单字。编成歌诀,天天朗诵,如"b、u、t——但,s、k、y——天,来是卡目去是构,你是谁胡阿油,多谢你三克油范里麻汁",以俚语代英语之音。及在北大预科习法文,也用此法,……自是同学都以"英文小字典"呼我。

——《蒲梢沧桑·九十忆往》

人不可苟生,当勤学致用,生命不息,学习不止,即老亦当求所用,否则与行尸走肉何异?

——《蒲梢沧桑·九十忆往》

治学既要有广博而雄厚的基础,更要由博返约,能精专一门,则对社会贡献之大必能超越前人。

——《广博与专精》

书

吴伯箫（1906—1982），文学家和教育家。出生于山东省济南市莱芜吴花园村。原名熙成，笔名山屋、天荪，他的作品主要收集在《羽书》《黑红点》《北极星》《忘年》《吴伯箫散文集》中。散文《早》《南泥湾》《一坛血》《记一辆纺车》《菜园小记》《我还没有见过长城》等，曾被作为范文收录在语文课本中，其数量之多在同代作家中首屈一指。

"神农的梦呓,只是咂咂嘴的声音。"这是日本什么人的一首俳句吧,玩味起来是很有趣的。为什么梦呓只简单到咂咂嘴呢?原来神农是尝百草的,天天在山野里采撷着,品味着,慢慢成了习惯了。而且那时候怕除了适当的手势表情而外,也还没有确确实实能传达意思情感的语言啊。

语言还不一定有,文字就更是靠后的事了。所以远古的人曾必须结绳记事。据说那方法是大事记大结,小事记小结的。一串一串结满了疙瘩的绳子就是一部一部小小的历史了。但这种历史自己看或许是有用的,像搔到伤疤就引起一段痛苦的回忆一样;交给别人呢,就要费些思量与揣测。譬如说,有古物发掘家,从深深的地层里掘到了一段绳头的化石,麻缕的纤维还分明可见呢,就算考古的学识极渊博,而又广征博引研究得极仔细吧,但也只能说这是十万年前或百万年前的遗物,而不能知道那绳结记载的是一次渔猎还是一个恋爱故事。因此,"河图""洛书"才成了远古时候的神迹,而伏羲画八卦,而仓颉造字,才成了值得万古讴歌的大事。原因是哪怕无论怎么简单呢,它总算给了人以记录思想、以传达感情的最初的符号啊!

拿这作根据,譬如说才有了史籀的大篆(姑且只说中国;书的故事,那是有专书的),人们把字用刀刻在竹板上;用漆涂在木片上,用皮子穿起来,于是有了像书一类的东西。孔子读《易》,韦编三绝,从字意解,那《易经》怕就是用皮子穿着木板的玩意。一部《易经》堆起来不会有小小一窑洞？不容易啊！不然为什么古人著书总是那么寥寥数语，老子全部学说，不过《道德经》五千言（字也）；而现在的人却能"下笔千言，离题万里"地"夸夸其谈"呢。那是千千万万古人卜昼卜夜的劳绩、苦心焦虑的发明所积累的成果，像蒙恬造笔啊，蔡伦造纸啊，像印刷术、活字版的发明啊，都是了不起的。拿来糊糊窗户的一点纸，随便谈谈说说的一句话，都还不知道费过多少人的心血和劳动才成功的呢，别的就不用说了。

有了书，才将古今距离的时间拉近了。"东门有人，其颡似尧，其项类皋陶，其肩类子产，然自要（腰）以下不及禹三寸，累累若丧家之狗。"从这几句话，我们看见了两千四百一十九年前一个名叫孔丘的老头子的形象和疲惫倒霉的样子（读《孔子世家》）。

有了书，才将地域的远近缩短了。在黄土高原上我们能望见驶向冰岛的渔船和大海里汹涌的波涛（读《冰岛渔夫》）。读但丁的《神曲》，一个在尘世的人可以认识天堂和地狱。读吴承恩的《西游记》，一个最现实的人也能像孙猴子，可以入地、腾空。书，什么不给你呢？足不出户，而卧游千山万水；素不相识，可以促膝谈心。给城市的人以乡村的风光，给乡村的人以城市的豪华。年老的无妨读血气刚盛的人的冒险故事，年轻的也可以学饱经世故的长者的经验。一代文豪高尔基说："请爱好书本吧，它将使你的生活容易化，它将友爱地帮助你了解感情、思想、事变的各方面和复杂的混合。它将教你尊敬别人和你自己。它将带着对于世界和人类的爱的感情，给予智慧和心灵以羽翼。"是啊，"日出而作、日入而息"，就算鸡犬之声相闻，生活过得相当舒适吧，但生了，死了，像春夏来在风雨里摇曳而一到秋冬就枯黄了的花草，有什么区别呢？最痛苦的是有痛苦、有快乐说不出来的人。最痛苦的是不能了解和不会了解别人的痛苦的人。有一个"笑话"，说一个穷读书人娶了一个乡下姑娘做老婆，读书人总常常嫌他老婆不说话。有一天夜里，他问她："你怎么老不说话？""说什么啊，不知道。"老婆忸怩地回答了。"现在你心里想什么就说什么好了。"读书人给她一种启示。她想了半天说："我饿得慌！"——这个"笑话"你听了如何？稍一设想，你会于笑声里落下泪来的哩！因此，我读了《一个不识字的女人的故事》，很受感动。

　　书籍是会提高人的：从野蛮到文明，从庸俗到崇高。高尔基又曾这样说过："每一本书都是一个小小的梯子，我向这上面爬着，从兽类到人类，走到更好的理想的境地，到那种生活的憧憬的路上来了。"真是这样，读书愈多，应当愈富于睿智，愈具有眼光。因为那样可以经验得多，见闻得广啊！小气的人该会大方一点，狭隘的人该会开旷一些。"学问就是力量！"有人这样强调说过。自然，也还是有俗不可耐的读书人的，正像有博雅的文盲一样。但原是博雅的人再多读一些好书呢，我想他会像纯钢之出于生铁，更近乎炉火纯青了。

因而有了黄庭坚"三日不读书,便觉语言无味,面目可憎";有了梁高祖"三日不读谢玄晖诗,便觉口臭"那样的话。

真有读书有癖的人哩。法朗士就说过,他自己是一个图书馆的老鼠。他的最大的幸福是在一本又一本地吞噬过许多书籍之后,发现吐着一点遥远世纪的芳香的奇妙的东西,发现任何人不曾注意到的东西(据卢那卡尔斯基《论法朗士》)。中国古时孔丘"发愤忘食"以至"乐以忘忧,不知老之将至"。董仲舒"三年不窥园",怕就都是读书读上瘾来的人。"吾儿,久不见若影,何竟日默默在此,大类女郎也。"这是归有光在项脊轩读书,他祖母对他说的话。为了这种情节,我就喜欢起老老实实读书的人来了——车胤把萤火虫装在纱袋里照着读书,孙康在寒天里用雪光映着读书,还有家里寒苦点不起灯把邻家的墙壁凿孔偷光的。"如负薪,如挂角",这些刻苦嗜读的故事被人不知几千次几万次地征引过,但好好地思索一下那情景,还是可以发人深省的。

从俄国诗人舍甫琴科或高尔基的传记里,我们知道有农奴社会家童读书而挨鞭挞的事;但从虽然有鞭挞等待着,却还是在夜深人静的时候,在一天做了十四小时的苦工之后,偷偷地在僻静的柴仓里点起豆大的小灯读起书来的那样的家童,被梦也似的足迹牵引着,被看不见的人物慰藉着之中,你看得见那苦孩子泪影中的微笑吗?这精神将是一切成功的发端。所以在革命队伍里,看见一个老伙夫皱了眉头学划阿拉伯字码,或一个十一岁的小鬼在朗朗上口读《边区群众报》

的时候，便每每令人起一番敬意、起一番鼓励。身上看来穷苦，灵魂却是富的。这比之有书读，能读书而不认真读的人是有很大差别的。

读书吧，从书里找认识世界、改造世界的东西吧。……富有真理的书是万能的钥匙，什么幸福的门用它都可以打开。

【内容提要】

人类传达意思情感的语言起源很晚，文字的出现就更为靠后。而书的出现，那得是千千万万古人卜昼卜夜的劳绩、苦心焦虑的发明所积累的成果，极其珍贵。

有了书，才将古今距离的时间拉近了。有了书，才将地域的远近缩短了。有了书，才将人的素质提高了：从野蛮到文明，从庸俗到崇高。读书愈多，愈富于睿智，愈具有眼光。经验得以厚积，见闻得以广蓄。"学问就是力量。"

刻苦者读书成癖的故事发人深省，穷苦者战胜苦难创造条件读书的故事令人生敬。读书吧，从书里找认识世界、改造世界的一切吧！富有真理的书是万能的钥匙，什么幸福的门用它都可以打开。

【阅读感悟】

读一本书是什么呢？

是一个许多年不曾见过的友人从漫漫的飞雪中跋涉而来，

在你面前脱下落白的斗笠，你们相视一笑，无须多言，绿蚁新醅酒，红泥小火炉，听窗外簌簌的一夜落雪声。

又或是一个与你一样同在天涯辗转漂泊的旅人，你们如浮萍的聚散一样相遇在江湖的一角，白衣倾故里，杯盏奉为君，天明后又别过。

是三月春风里第一枝在墙头张望的杏花，是深夏里寂寂的蝉鸣，是满院残荷在清秋里受了雨打，是寒冬里一地素白的怅然肃杀。

是一切美。

我喜爱吴伯箫先生文中这两句：有了书，才将古今距离的时间拉近了，才将地域的远远缩短了。

你去看吧。

看远方朝阳初升，流云变幻，朔风呼啸。看山顶苍穹阔远，举手可触，金光照顶，万丈光芒。看江南杏花烟雨，乌篷流水人家绕。看铁甲凛然，尽诛宵小，长枪染血。一曲羌笛唱着回不去的家乡，狼烟与烽火烧过了整个天际，英雄如诗。

书卷多情似故人。那个许多年不曾见过的友人，带着远方的好酒和故事来看你，在温着酒的梨花木小桌对面，将那么多年他走过的地方、行过的桥、看过的云、喝过的酒、爱过的人一点点婉转道来，那些你不曾去过的地方从他口中缓缓道来，织成一张极美的画卷。你方才知道这个世界这样大，你该去看看。

吴伯箫先生在文中说书籍是会提高人的，从野蛮到文明，从庸俗到崇高。换句话说，就是自我救赎从读书开始。

从书里找认识世界、认识自我的东西吧。再没有什么能比读一本书更迅速、便捷，甚至廉价地去获取前人皓首穷经所得的智慧，你在窗前释卷沉思的那一刻，曾有人日日夜夜沉吟，落笔写下这一行字。

阅读改变我们的一切。雕刻我们的容颜，重塑我们的气质，焕发我们的芳华，这就是阅读的力量。

愿你我将各自对阅读的深爱，去点燃学生的阅读热情，唤醒学生生命蕴藏的美好，让他们也山高水阔、气象万千。最浪漫的事，是实现师生共同与人类崇高精神的对话，形成师生共同的精神家园。最终，我们将可见到"学生在教师发展中成长，教师在学生成长中发展"的教育胜景！

如此，教育幸甚，师者幸甚，生者幸甚！

（姚　玲）

【大师名言】

那个时候，物质生活曾经是艰苦的、困难的吧，但是，比起无限丰富的精神生活来，那算得了什么！凭着崇高的理想、豪迈的气概、乐观的志趣，克服困难不也是一种享受吗？跟困难作斗争，其乐无穷。

——《记一辆纺车》

书桌上刻了那个小小的字："早"。把一个字轻轻地刻在书桌上，实际是把一个坚定的信念深深地埋藏在内心里。从那以后，鲁迅上学就再也没有迟到过，而且时时早，事事早，奋斗了一生。

——《早》

读书吧，从书里找认识世界、改造世界的东西吧。……富有真理的书是万能的钥匙，什么幸福的门用它都可以打开。

——《书》

论读书（两篇）

唐君毅（1909—1978），哲学家，现代新儒学代表人物。四川宜宾人。曾就读于中俄大学和北京大学，毕业于中央大学哲学系，历任华西大学、中央大学、金陵大学等校教授。曾受业于熊十力，深受其影响。为学注重对中西哲学、文学、道德伦理做比较研究，主张发扬以儒学为核心的中国传统文化的价值系统，以实现现代新儒家关于中国文化精神"重建"的愿望。主要著作有《中国哲学原论》《生命存在与心灵境界》《中国文化之精神价值》《心物与人生》《人文精神之重建》等。

说读书之难与易

书易读，亦难读。

（一）书易读，亦难读。易则甘，难则苦。历甘苦，能读书。太平之世读书，易；马乱兵荒年，亦能读书，难。静穆的乡村读书，易；在城市闹中取静，亦能读书，难。明窗净几读书，易；败屋茅棚亦能读书，难。于教室、图书馆读书，易；于车上、船上、旅途中，亦能读书背书，难。闲时读书，易；忙时放下事立刻能读书，难。

（二）书易读，亦难读。浅尝易，深入难。见文字平铺纸上，易；见若干文字自纸面浮起凸出，难。见书中文字都是一般大小，易；见书中文字重要性有大小，而如变大或变小，难。顺书之文句之次序读书，易；因识其义理之贯通，见前面文句如跑到后面，后面文句如跑到前面，平面之纸变卷筒，难。于有字处见字而知其意义，易；心知著者未言之意，于字里行间无字处见出字来，难。于无字处见字，易；将一切文字之意义，综合融化为我自己之思想，而不复见有书，因而不觉是我读书，而似是书曾读我，难。只觉书曾读我，易；再能将书中之意，另用不同之文字写出，横说竖要，珠不离盘，难。

（三）书易读，亦难读。泛览易，精读难；取各书参考，易；读一本书而专心致志，如天地间只此一书，难。读一本书而专心致志，易；读持论不必同之一类之书，而皆能分别如实了解之，难。分别如实了解持论不必同之书，易；再凌空地提出其同异之点何在，难。一一举出同异之点，而排列之，易；知其所以有同异之关键，其差毫厘而距千里之所在，难。知其同异之关键犹易；评判其得失与是非，难。以主观之标准自己之成见，评判其得失是非，易；举事实材料，以评判其是非得失，难。而指出书中思想本身之矛盾，或引出书中之思想之涵义，而见其自相矛盾，即以其本书之义，料正本书，则恒更难。评判一书之缺点，易；知此书之缺点，如何以其他之书中所说，加以补足，难。左右采获，兼取诸书之所说使相补足，犹易；而另创新说，以包涵各旧说之长，使各旧说之长，在新说中各得其所，难。

（四）书易读，亦难读。买书易，选书难。以一时代流行之标准选书，易；以超流俗之标准选书，难。选历史上公认之名著而读之，易；能选未经公认之有价值之书而读之，难。治学而先有问题在心，见某书能答我之问题，而搔着我之痒处，即能有眼光知何书真有价值，于我有益，而后选书，易；知其有价值，而深研之，不震慑于流俗之标准与传统之标准，难。

（五）书易读，亦难读。想读之好书，都在案头，则读书易；想读之好书不在案头，而只得读第二流以下之书，则读书难。读第一流之书能得益，易；读第二流以下之书亦能得益，难。读第二流以下之书得益，易；读三四流以下，以至读坏书，亦觉开卷有益，难。人读坏书，而能知其所以坏，即反照出好的当如何，如见人之恶而知善的当如何，则读坏书亦能得益,而难者不难。读坏书而能得益,易;读坏书而反照出好之当如何,而看出第一流第二流之好书,难。

(六) 书易读,亦难读。读"易读书"易,读"难读书"难。读本市新闻易,读国际大势新闻难。读国际大势新闻易,读历史难。读历史易,读瞻往而察来之历史哲学难。读历史与历史哲学易,于本市新闻知其历史意义难。读描述具体之事物,表达具体之情感之小说诗歌,易;读充满抽象之理论之数学自然科学社会科学哲学书,难。读理论之书,循序渐进则难而易。读理论之书,欲自恃聪明而跨大步,则难上难。读明明是难之书,而以不畏难之精神读之,则有心得犹易;读似较易而实更难之书,能有心得还要难。如读明白提出抽象之理论之书而有得,易;读未提出抽象理论,而融理于事,待读者自悟其理之书而有得,难。读文字繁之好书有所得,易;读文字简之好书有所得,难。故《论语》似较《孟子》易而实更难,《庄子》似较《荀子》易而实更难,《诗经》似较《楚辞》易而实更难,《史记》似较《汉书》易而实更难,禅宗似较天台法相易而实更难,新旧约似较多玛氏奥古斯丁之著作易而实更难。读似较易之文学诗歌而有心得,亦可较读理论之书有心得更难。此皆如行于似较平坦广阔疏朗之道路,而随处有所得,比翻过崔嵬险峻之重峦叠嶂,随处有所得更难。

(七) 书易读,亦难读。知书之难读,而先读难读书,则书亦易读。以书为易读,只读易读书,则书愈读愈难。如人能不畏难以登彼高山,则到了平地,自然健步如飞;如只喜求轻松流畅易读之书而读之,先习于顺水行舟,不肯费力,则将来在平地上行长路,亦将如登山之难。然遇难读书,不畏难而奋力以登山,犹易;既惯读难书,乃身轻如燕,能登山如履平地,犹难。登山如履平地易,而再到平地读易读之书,仍如狮子之搏兔用全力,不以轻心遇之,难。

(八)书易读,亦难读。只读书易,读书而兼欲著书难。为著书而读书,易;为读书而著书,以著书求自己学问之进步,以便更能读懂古今之好书,难。著书以成当世之名,易;成当世之名不自矜,难。成名不自矜,易;人不知而不愠,难。人不知而不愠,犹易;人不知仍自努力,以其所学贡献于世,著书以求于世有益,难。著一时之于世有益书,易;及其发生流弊,或觉心有所未安,理有未得,而能自改正错误,难。改正错误,易;自信从今不再错,而能百世以俟圣人不惑,难。不敢有绝对之自信,乃好学不厌,易;好学不厌而知后生可畏,乃教人不倦以启迪来学自任,望其能补己之所不足,难。

(九)书易读,亦难读。读书以成学者,易;坐能言,起能行,以致用,难。读书以致用,易;读书而真能自己受用,真有读书之乐,难。有读书之乐易,变化气质难。变化气质而有学者之书卷气,易;化学者之书卷气为圣贤之气,渐渐胸中无一字,难。渐渐胸中无一字,易;临终之际,对平生所著书所从事之事业,皆视如人间之公物,于我皆若浮云过太虚,只还父母生我之本来面目之身心于天地,难。

(十)书易读,亦难读。说难说易都容易,各人甘苦各人知。

说读书之重要

（一）

　　学问之道，本不限于读书。德性的修养、内心的开悟，是一种学问。这并不必须要读书。所以，不认字的武训，可以成圣成贤；不识字的慧能，也能悟道。艺术的创造、诗歌的写作，也是一种学问。然天才的艺术家与诗人，亦可不必读许多书，识许多字。如八指头陀作诗中有酒壶，写不出壶字，即画上一酒壶，仍不碍其为一绝代的诗人。此外，办事才能的训练、人情世故的历练洞达，也并非必须多读书。科学上的观察实验，为求科学真理之要道，此亦不是读书。听人演讲，与人讨论学术，亦是造学问，而非读书。而且，我们还可说，一切对自然宇宙、对人生社会的知识，最初都是由人之仰观俯察、思想反省而得。所谓"尧舜以前，更读何书？"当初原只有自然宇宙人生社会一部大书。我们所谓书，乃人类思想文化已发展至某阶段才有的后起之物，则"何必读书，然后为学"呢？

（二）

　　但是，我们须知：我们不是在尧舜以前。我们是生于已有书的时代之后。我们既生于有书的时代之后，我们就必须要由读书以了解人类文化，通过人造的书之了解，去进一步求更了解自然宇宙人生社会那部大书。武训、慧能、八指头陀，固不识字或未读多少书，但是我们今日仍只可由书上以知武训、慧能与八指头陀。已往的人，如何训练其办事才能，如何历练人情、洞达世故，与科学的观察、实验之报告、哲学思想之记录，亦大多皆载在书中。如果你有特殊办事才能，或对自然宇宙人生社会有特殊的观察实验及思想，你亦必将希望写成文字、著成书，以行远而垂久。由此便知，书籍虽是后于人类文化而有，然而却是整个人类文化之镜子。人必须要从此镜子中，才能了解整个人类文化之大体，而由自然世界走入人文之世界。这不是很明白的吗？

（三）

我们千万不要以为我们不读书，只凭我们之天赋的聪明智慧或思想能力，真可直接去读自然宇宙人生社会这部大书，而自己读出其深微广大的意义来。这部大书，似易懂而实难。其所以似易懂，是因为我们自己心灵的聪明智慧思想能力，亦可说是一面镜子，因而对此大书之内容，总能照见一些。其所以实难，是因这本大书，早经无数古往今来的有更高聪明智慧思想能力之人读过了，经无数更好的心灵之镜子照过了，还未照清楚而读懂哩。

（四）

然而书籍之为一镜子，却是一大镜子。从此大镜子中，可以了解整个人类之文化之大体，亦即可以了解古往今来无数有聪明智慧思想能力的人，其心灵之镜中所照见的世界中之事物与真理。读书，即是把我们的小镜子，面对书籍之大镜子，而重加反映古往今来无数聪明智慧的心灵所已照见之世界中之事物与真理于我们之小镜子中。

一个心灵之镜子照不见的事物与真理，另一心灵之镜子可以照见。如果我们能透过书籍而将无数的心灵之镜子所照见者重加反映，我们不是更能了解自然宇宙人生社会这部大书，而把我们之小镜子也变成大镜子一般大了吗？这是从读书以增加思想之广度上说。但是更重要的是：只有读书才可以增加我们思想之深度。

（五）

读书之可以增加我们思想之深度，这可以读者与著者之心灵之镜之光明，互相渗透，则光之强度增加，来作比喻。但最好是以不同凹凸之度的镜子互相反映，则可看见我们原看不见之事物作比喻。我们都知道，显微镜与望远镜之所以能使人看见更细微更深远之事物，乃由于利用凹凸镜之互相重叠，乃能使光线深入事物内部，将事物内部之情形清楚地反映出来，为我们所见。但是我们常不知读书正使我们心灵自身化为重叠凹凸镜之一，而使我们之聪明智慧的光辉，能照察到更细微更深远的自然宇宙人生社会之事物与真理者，由此才培养出我们思想之深度。

直接单纯的一个思想，从来不会深的。只有对一个思想再加思想，才能使思想深。读书即是在思想古往今来的他人的思想。人只有走过他人所已走过的，才走得远。人亦只有思想过前人所思想的，才能思想得深。我思想前人的思想，而前人的思想，又是思想更前之人的思想来的。人类的文化史与思想史是无尽的后代人对于以前人之思想再加思想之成果。当人思想前人所思时,其心灵是凹镜。凹镜聚合一切来的光线。当人表出其思想,留给后人交与他人时,其心灵是凸镜而分散出光线。重重叠叠的心灵之凹凸镜之互相反映,形成人类之思想史与文化史,人乃对自然宇宙人生社会中之真理,一步一步,更能达微显幽而极深知远。人不经显微镜与望远镜,只凭肉眼,莫有人能了解细胞之构造,亦莫有人能看清天上的星云。人不多读书,只凭自己一点聪明智慧去判断自然宇宙人生社会,又如何能达于细微深远之事物与真理?所以不多读人所著的书,而以直接读大书自许,这只是学人的懒惰,必将误人误己。

好多年来,因中国社会急遽变化,许多人主张读书不是学问中最重要的。所谓死读书,读死书,读书死。这诚然有毛病。但是不读书而只自恃聪明智慧以思想一切,判断一切,亦恒不免肤浅。这样虽未必死,但亦是不能真活的。必须要以自己之活的聪明智慧,与书中人聪明智慧合起来。书活了,我自己亦才真活了。

【内容提要】

读自然之书固然无不当,但以此便成为不读文字之书的托辞,则大谬。有人说读书则"死",其实是其不知如何"活"读的缘故。

书易读,亦难读。客观上,条件好,读书自然易,反之实难;主观上,不求甚解实易,期求通达则难。

更难的是，读到深处能专攻精读；能同异比较；能学中有破，破中有立；能杂取种种，勾联生义。

读书之难其实还与选书及读书之进程安排相关，故不可怠慢。

除此之外，读书之外亦该追求著书。著书不为成就名声，而为有献于世。著书要多反思己过之处，查己陋，甚至能大度地期望、启迪后学补己之缺——这是读书的胸襟。

而读书之最高境界，乃是所读之"书"最终化为无字，成为自己的气度与气质。

【阅读感悟】

半篇下来，都是"书易读，亦难读"，真"饶舌"！

容我捋捋，却原来唐老不是为了界定"难易"，而是想告诉我辈，怎样的读书是"难于事功"，怎样的读书是"难能可贵"。前者是读书的"陷阱"，知其难，则要力避之，避免"事倍功半"；后者是读书的"险峰"，知其难，愈要力求之，是为"探骊得珠"。

这"难易"之辨，实为脚手架，搭建的是读书为学的多维度原则，维度多到仿佛一张全息经络图。循它，说不准可以打通我们读书治学的思维通道。

借着唐老的余音，我也不揣鄙陋，再唱和两句。

因这世上总还不少人，批"读书"令人"死"，仿佛他只用睥睨宇宙与人生，则一切尽在其中。殊不知，就算是达摩祖师面壁9年而悟道，也发生在他来中土之后，那时已经一百多岁的他，之前还不知读过多少经书呢！而且达摩对我们而言似乎太玄妙，我们不如学学孔子、鲁迅更靠谱一点；并且我们无须像他们"韦编三绝"、嚼红辣椒驱寒即可读书。现在纸媒、网媒、暖气中、空调下，都有得读，幸矣！在这样的对比下，他们读书仍是"易"事，我们读书还成了"难"事，岂不怪哉？

那些"读死书""死读书""读书死"的持论者谬端所在，恰不是因为书"死"，而是读书之人不"活"。窦桂梅老师也说："读有字之书，是光合作用；读无字之书，是一种化学反应。""作用"也好，"反应"也好，都是动态的、变化的，从来与"死"字无必然关系。

而读无字书和有字书的关系，正如水车的运作，不能只执一端，须半截"水里"、半截"空中"，只在有字的"水"里，或都在无字的"空"中，水车都做的是无用功。

再谁谁谁说读书把人读"死"了，"diss（反驳）"他！

正经一点说吧，读易书和读难书的关系，亦不可断章取义。读书不能只停留在自己熟悉或喜爱的"舒适区"，但也无须执意追求"读不懂"的。"强不知以为知"的读书方式，会使读书进入"恐慌区"，而只有两者中间的延展地带是读书真正的"学习区"。简言之，读书只读难的，怕会虚不受补；读书只读易的，不能减脂增肌。

最后加一句，"天下事有难易乎？为之，则难者亦易矣；不为，则易者亦难矣"。

（杨幼萍）

【大师名言】

　　对一切人之话与书中思想皆相信者,必至无一真信。这样治学问,永不会有自己的思想,至多只能记得他人的话或书中之文字而已。

——《学问之五个阶段》

　　故人之学问,到了想当教育家的阶段,人将重新再感到他自己的无知……到学问的最高境界的人,看来便与无知无识的人一样。

——《学问之五个阶段》

　　必须要以自己之活的聪明智慧,与书中人聪明智慧合起来。书活了,我自己亦才真活了。

——《说读书之重要》

读经与读子

张岱年（1909—2004），哲学家。河北献县人。历任清华大学、北京大学教授，兼任中国社会科学院研究员、清华大学思想文化研究所所长，中国哲学史学会会长、名誉会长，孔子基金会副会长等。长期致力于中国哲学和中国文化的研究，注重阐发中国先秦以来的唯物论和辩证法思想，提出"综合创新"论的主张，兼取中西文化之长，创造新的中国文化。1936年写成《中国哲学大纲》，为中国近代第一本系统论述中国哲学范畴的专著。主要著作还有《求真集》《真与善的探索》《中国哲学发微》《中国哲学史史料学》《中国哲学史方法论发凡》《中国伦理思想研究》等。

中国古代经学，由来已久。《庄子·天下篇》述"古之道术"云："其在于《诗》《书》《礼》《乐》者，邹鲁之士、缙绅先生多能明之。《诗》以道志，《书》以道事，《礼》以道行，《乐》以道和，《易》以道阴阳，《春秋》以道名分。"《荀子·劝学篇》云："学恶乎始？恶乎终？曰：其数则始乎诵经，终乎读礼。……故《书》者，政事之纪也；《诗》者，中声之所止也；《礼》者，法之大分、类之纲纪也。……《礼》之敬文也，《乐》之中和也，《诗》《书》之博也，《春秋》之微也，在天地之间者毕矣。"这些都是关于战国时期儒家经学的论述。

汉武帝实行"独尊儒术、罢黜百家"的政策，于是经学成为学术的正统。《汉书·儒林传》说："自武帝立五经博士，开弟子员，设科射策，劝以官禄，讫于元始，百有余年，传业者浸盛，支叶蕃滋，一经说至百余万言，大师众至千余人，盖禄利之路然也。"经师讲学，听众常有千百人，所讲亦常常流于烦琐。

汉代以后，经学经过多次演变，迄于清末，才逐渐丧失其正统的地位。五四运动之后，儒学独尊的局面结束了。但是仍有少数人鼓吹"尊孔读经"，事实上，以经学为学术正统的时代已经过去了。

《诗》《书》(《尚书》)、《易》(《周易古经》)、《礼》(《礼记》)、《春秋》五经，是中国最古的文化典籍，"六经皆史也"，确有重要的历史价值。但是，到了今天，六经与我们的距离太远了。经书的一个特点是文辞古奥，不易理解。其中《尚书》的文字更是佶屈聱牙、晦涩难读。时至今日，五经只能作为专门之学、由专家学者来研究，不能是一般知识分子的必读书了。

五四时期，曾有人反对读古书，甚至有人反对读中国书，这事实上是偏激之谈，是难以推行的。不读中国书，专读外国书吗？外国书是应该读的，但是中国书不可不读。作为一个中国人，尤其是作为一个中国的知识分子，对于中国的传统的精神文明应有所了解。只有对中国精神文明的基本内容有所了解，才能燃起热爱祖国的激情。世界上各先进国家莫不尊重自己的民族传统，当然也重视别的国家的文化成就。而近年一些鼓吹"全盘西化"的人们却偏偏唾弃自己的文化传统，实际上这是可悲而又可笑的！

对于本民族的文化传统，还是应该批判地继承，弃其糟粕，弘扬其中的精华。

我们要想理解中国文化的精粹思想，读经不如"读子"。先秦诸子实为中国文化精华之所在。我认为，有十部子书，乃是中国知识分子所必读。这十部书是：《论语》《孟子》《老子》《庄子》《墨子》《荀子》《管子》《韩非子》《孙子兵法》和王充的《论衡》。

这十部书中，《论语》《老子》字数不多，可以全读；其余《孟》《庄》等书，都宜选读。例如《孟子》的哲学思想主要集中于《告子》《尽心》两篇，但是关于"富贵不能淫、贫贱不能移、威武不能屈"的大丈夫的言论，见于《滕文公》篇，也是必读的。《庄子》可选读《逍遥游》《齐物论》以及

《马蹄》《秋水》等篇。《荀子》的《劝学》《王制》《天论》《正名》等篇，《墨子》的《兼爱》《非命》以及《经上》《经下》等篇，都能益人神智。《管子》书中提出全面的治国安邦的政治学说，其中《牧民》《形势》《权修》《枢言》等篇，兼重法制与道德教化，确实具有深切意蕴。韩非专讲"法、术、势"，排斥道德教育，未免陷于偏谬，但是他的议论往往"切于事情"，如《显学》《五蠹》等篇，犀利透辟，仍然值得阅读。《孙子兵法》系千古名作，不仅仅适用于军事。王充《论衡》文词冗赘，但其《自然》《物势》《论死》《订鬼》等篇乃是宣扬无神论、破除迷信的光辉文献，至今仍有重要的理论价值。（以上仅举各家的代表作，阅读当不限于这些篇，这里不必详列）

《汉书·艺文志》中《论语》在"六艺略"，《孟子》在"诸子略"，后来都列入"十三经"，在本质上属于子书。五经中的《周易》又分经传，其中《周易大传》（"十翼"）传说是孔子所著，事实上应是孔子再传弟子所著，本质上亦属于子书，其中精粹之语很多，是每一个中国知识分子所应理解的。《礼记》本是孔门七十子后学所著，许多篇章取自儒家子籍，亦应选读。

自16、17世纪以来，西方学术突飞猛进，但是西方学者并未诋毁西方的古代传统，许多学者仍赞扬柏拉图、亚里士多德。近代西方学术确已推陈出新，超越了传统，但是并不标榜"反传统"。超越传统是必要的，但是超越传统，必须先理解传统。正如列宁所说："只有确切地了解人类全部发展过程所创造的文化、只有对这种文化加以改造，才能建设无产阶级的文化，没有这样的认识，我们就不能完成这项任务。"中国传统文化是人类文化的一部分，作为一个中国人，能忘记自己的民族传统，甘心自卑自贱、自暴自弃吗？

近年有些人写文章论述哲学问题，从古希腊讲起，一直讲到西方近代，却只字不提中国本土的思想，好像中国是一片荒漠。这种"数典忘祖"的作风，能促进文化的发展吗？一个有良知的中国学者应不会忘记先秦诸子的精湛思想。当然，先秦诸子距离我们也已二千年了，我们应超越他们的局限，达到新的高度。

【内容提要】

经学文辞古奥，不易理解，时至今日，五经只能作为专门之学、由专家学者来研究；一般知识分子要想理解中国文化的精粹思想，须知先秦诸子实为中国文化精华之所在，故读经不如读子。

有十部子书，乃是中国知识分子所必读：《论语》《孟子》《老子》《庄子》《墨子》《荀子》《管子》《韩非子》《孙子兵法》《论衡》。《易传》和《礼记》本质上仍为子书，也应选读。

读经也罢，读史也罢，别动不动"反传统"，先读懂了，再谈超越。

【阅读感悟】

"读经不如读子"。其实可以咂摸出两层意思：一、读经典是核心；二、太古奥佶屈的"经典"，不妨放一放。这其实同我们目前中小学教材及通识教育推广古代经典的遴选标准是一致的。

我们教语文的得多读"子"，但也少不了"经""史""集"，还要想方设法地让学生多读。从"权宜"的角度考虑，这也是没错的——毕竟还有高考这根指挥棒在。在最新课标的要求中，古诗文篇目小学增加至124篇、初中133篇，高中"古诗文背诵推荐篇目"从原来的14篇增加至72篇，已全面达到"课内阅读篇目中，中国古代优秀作品应占1/2"的目标。

但孟子说过，"义者，宜也"。这里的"宜"不是"权宜"的变通或求其次，而是应然、责任和正义，是"风物长宜放眼量"之"长宜"。读"子"、读"传统经典"终究不是大学之门的撬棍，也不是门套包装上的饰金，而是丰满灵魂的饲哺。

当世，我们已经步入了网络时代，信息量呈几何级数的增长使知识的获取变得越来越容易，此乃这个时代的幸福。但阅读的轻便化、简易化，也造成流量为王的"方向偏移"，我们常常是放下手机入眠，摸到手机睁眼：瞟瞟微信、读读段子、瞅瞅图文、看看新闻，这基本就是我们一天的阅读量了！

记得一个学生在一次古诗鉴赏中赏析月亮的意象时,他说意境阴森恐怖,我打趣他说:"你是看《吸血鬼日记》了吧?"(其间有西方中世纪传说,狼人在月圆之夜会回复成狼形)他摸着后脑勺"嘿嘿"地笑。

黑格尔在《历史哲学》中说:"有许多的事物,当欧洲人还没有发现的时候,中国人早已知道了。"可是我们很多孩子的大脑皮层已经收不到先人在书本中给我们发来的智慧波了,甚至我们教师自己。

其实,教师在《论语》"侍坐章"中便可以学到民主式教学、启发式教学、课堂讨论、平等对话等,而不是必须寻找西方大咖才能给我们的教育改革背书。

或者将《韩非子》的"法、术、势",配上道家的"道术器用",用作学校、班级等教育教学管理,庶几可以寻出点新道道。

教师的理想常常不外是成己达人,或者成人达己,那么,多读点书,尤其是这些经典的"书中之书"。我辈带上后生们,且向那些经史子集致敬,也算咱文化上的"认祖归宗"吧!

(杨幼萍)

【大师名言】

在浩瀚的书海中,我们不可能也不必一一阅读。读书要有选择性,有些书是必读的,有些则可以浏览。

——《张岱年全集》

中国古代的"学"不仅指书本知识,而且指对于道德修养的身体力行。

——《张岱年全集》

今日固然是国家艰难之秋,实亦民族中兴之机,个人不应颓唐丧气,因此勤力攻读,专心撰述,以期有补于来日。

——《张岱年:将爱国之心转化为求真之志》

读伊索寓言

钱锺书（1910—1998），学者、文学家。江苏无锡人。中华人民共和国成立后历任清华大学教授，中国科学院文学研究所研究员、哲学社会科学部委员，中国社会科学院文学研究所研究员、副院长、院特邀顾问。长期致力于人文社会科学研究，形成贯通中西、古今互见的治学方法，并取得多方面的学术成就。文学作品有散文集《写在人生边上》、短篇小说集《人·兽·鬼》、长篇小说《围城》。学术著作《谈艺录》《管锥编》（5卷），旁征博引，探幽入微，对中西诗论、文论，以及中西文化有深入研究。另有《宋诗选注》，在诗评和注释上颇多创见。

比我们年轻的人，大概可以分作两种。第一种是和我们年龄相差得极多的小辈，我们能够容忍这种人，并且会喜欢而给予保护；我们可以对他们卖老，我们的年长只增添了我们的尊严。还有一种是比我们年轻得不多的后生，这种人只会惹我们的厌恨，他们已失掉尊敬长者的观念，而我们的年龄又不够引起他们对老弱者的怜悯；我们非但不能卖老，还要赶着他们学少，我们的年长反使我们吃亏。这两种态度是到处看得见。譬如一个近三十的女人，对于十八九岁女孩子的相貌，还肯说好，对于二十三四岁的少女们，就批判得不留情面了。所以小孩子总能讨大人的喜欢，而大孩子跟小孩子之间就免不了时常冲突。一切人事上的关系，只要涉到年辈资格先后的，全证明了这个分析的正确。

把整个历史来看，古代相当于人类的小孩子时期。先前是幼稚的，经过千百年的长进，慢慢地到了现代。时代愈古，愈在前，它的历史愈短；时代愈在后，它积的阅历愈深，年龄愈多。所以我们反是我们祖父的老辈，上古三代反不如现代的悠久古老。这样，我们的信而好古的态度，便发生了新意义。我们思慕古代不一定是尊敬祖先，也许只是喜欢小孩子，并非为敬老，也许是卖老。没有老头子肯承认自己是衰朽顽固的，所以我们也相信现代一切，在价值上、品格上都比了古代进步。

这些感想是偶尔翻看《伊索寓言》引起的。是的，《伊索寓言》大可看得。它至少给予我们三种安慰。第一，这是一本古代的书，读了可以增进我们对于现代文明的骄傲。第二，它是一本小孩子读物，看了愈觉得我们是成人了，已超出那些幼稚的见解。第三呢，这部书差不多都是讲禽兽的，从禽兽变到人，你看这中间需要多少进化历程！我们看到这许多蝙蝠、狐狸等的举动言论，大有发迹后访穷朋友、衣锦还故乡的感觉。但是穷朋友要我们帮助，小孩子该我们教导，所以我们看了《伊索寓言》，也觉得有好多浅薄的见解，非加以纠正不可。

例如蝙蝠的故事：蝙蝠碰见鸟就充作鸟，碰见兽就充作兽。人比蝙蝠就聪明多了。他会把蝙蝠的方法反过来施用：在鸟类里偏要充兽，表示脚踏实地；在兽类里偏要充鸟，表示高超出世；向武人卖弄风雅，向文人装作英雄；在上流社会里他是又穷又硬的平民，到了平民中间，他又是屈尊下顾的文化分子：这当然不是蝙蝠，这只是——人。

蚂蚁和促织的故事：一到冬天，蚂蚁出晒米粒；促织饿得半死，向蚂蚁借粮，蚂蚁说："在夏天唱歌作乐的是你，到现在挨饿，活该！"这故事应该还有下文。据柏拉图《对话篇·菲德洛斯》（Phaedrus）说，促织进化，变成诗人。照此推论，坐看着诗人穷饿、不肯借钱的人，前身无疑是蚂蚁了。促织饿死了，本身就做蚂蚁的粮食；同样，生前养不活自己的大作家，到了死后偏有一大批人靠他生活，譬如，写回忆怀念文字的亲戚和朋友，写研究论文的批评家和学者。

狗和它自己影子的故事：狗衔肉过桥，看见水里的影子，以为是另一只狗也衔着肉，因而放弃了嘴里的肉，跟影子打架，要抢影子衔的肉，结果把嘴里的肉都丢了。这篇寓言的本意是戒贪得，但是我们现在可以应用到旁的方面。据说每个人需要一面镜子，可以常常自照，知道自己是个什么东西。不过，能自知的人根本不用照镜子；不自知的东西，照了镜子也没有用——譬如这只衔肉的狗，照镜以后，反害它大叫大闹，空把自己的影子当作攻击狂吠的对象。可见有些东西最好不要对镜自照。

　　天文家的故事：天文家仰面看星象，失足掉在井里，大叫"救命"。他的邻居听见了，叹气说："谁叫他只望着高处，不管地下呢！"只向高处看，不顾脚下的结果，有时是下井，有时是下野或下台。不过，下去以后，决不说是不小心掉下去的，只说有意去做下属的调查和工作。譬如这位天文家就有很好的借口：坐井观天。真的，我们就是下去以后，眼睛还是向上看的。

　　乌鸦的故事：上帝要拣最美丽的鸟作禽类的王，乌鸦把孔雀的长毛披在身上、插在尾巴上，到上帝面前去应选，果然为上帝挑中。其他鸟类大怒，把它插上的毛羽都扯下来，依然现出乌鸦的本相。这就是说：披着长头发的，未必就真是艺术家；反过来说，秃顶无发的人，当然未必是学者或思想家，寸草也不生的头脑，你想还会产生什么旁的东西？这个寓言也不就此结束，这只乌鸦借来的毛羽全给人家拔去，现了原形，恼羞成怒，提议索性大家把自己天生的毛羽也拔个干净，到那时候，大家光着身子，看真正的孔雀、天鹅等跟乌鸦有何分别。这个遮羞的方法至少人类是常用的。

　　牛跟蛙的故事：母蛙鼓足了气，问小蛙道："牛有我这样大吗？"小蛙答说："请你不要涨了，当心肚子爆裂！"这母蛙真是笨坯！她不该跟牛比伟大的，她应该跟牛比娇小。所以，我们每一种缺陷都有补偿，吝啬说是经济，愚蠢说是诚实，卑鄙说是灵活，无才便说是德。因此世界上没有自认为一无可爱的女人，没有自认为百不如人的男子。这样，彼此各得其所，当然不会相安无事。

老婆子和母鸡的故事：老婆子养只母鸡，每天下一个蛋。老婆子贪心不足，希望它一天下两个蛋，加倍喂她。从此鸡愈吃愈肥，不下蛋了——所以戒之在贪。伊索错了！他该说，大胖子往往是小心眼。

狐狸和葡萄的故事：狐狸看见藤上一颗颗已熟的葡萄，用尽方法，弄不到嘴只好放弃，安慰自己说："这葡萄也许还是酸的，不吃也罢！"就是吃到了，他还要说："这葡萄果然是酸的。"假如他是一只不易满足的狐狸，这句话他对自己说，因为现实终"不够理想"。假如他是一只很感满意的狐狸，这句话他对旁人说，因为诉苦经可以免得旁人来分甜头。

驴子跟狼的故事：驴子见狼，假装腿上受伤，对狼说："脚上有刺，请你拔去了，免得你吃我时舌头被刺。"狼信以为真，专心寻刺，被驴子踢伤逃去，因此叹气说："天派我做送命的屠夫的，我何苦做治病的医生呢！"这当然幼稚得可笑，他不知道医生也是屠夫的一种。

这几个例子可以证明《伊索寓言》是不宜做现代儿童读物的。卢梭在《爱弥儿》（Emile）卷二里反对小孩子读寓言，认为有坏心术，举狐狸骗乌鸦嘴里的肉一则为例，说小孩子看了，不会对被骗的乌鸦同情，反会羡慕善骗的狐狸。要是真这样，不就证明小孩子的居心本来欠好吗？小孩子该不该读寓言，全看我们成年人在造成什么一个世界、什么一个社会，给小孩子长大了来过活。卢梭认为寓言会把纯朴的小孩子教得复杂了，失去了天真，所以要不得。我认为寓言要不得，因为它把纯朴的小孩子教得愈简单了，愈幼稚了，以为人事里是非的分别、善恶的果报，也像在禽兽中间一样公平清楚，长大了就处处碰壁上当。缘故是，卢梭是原始主义者，主张复古，而我呢，是相信进步的人——虽然并不像寓言里所说的苍蝇，坐在车轮的轴心上，嗡嗡地叫道："车子的前进，都是我的力量。"

【内容提要】

看了《伊索寓言》，也觉得有好多浅薄的见解，非加以纠正不可。《伊索寓言》是不宜做现代儿童读物的。小孩子该不该读寓言，全看我们成年人在造成什么一个世界、什么一个社会，给小孩子长大了来过活。寓言要不得，因为它把纯朴的小孩子教得愈简单了，愈幼稚了，以为人事里是非的分别、善恶的果报，也像在禽兽中间一样公平清楚，长大了就处处碰壁上当。但是要相信人的进步。

【阅读感悟】

我们如何读书，尤其是如何阅读名著？钱锺书读《伊索寓言》就与众不同。他读出了新意，读出了个性，值得我们学习。

在钱先生看来，古代好比是人类的小孩子时期，是幼稚的，现代的我们反而年龄长、阅历深，在价值上、品格上都比古代进步。正因为如此,古代的观点是浅薄的、幼稚的,是必须要纠正的。《伊索寓言》就是一本古代的书,里边就有好多浅薄的见解,须要加以纠正。你看,这个观点是不是有一点惊世骇俗？虽然我们不可否认世界上不少民族在文明的早期创造出来的文化艺术令后人难以企及,把古代比作人类的小孩子时期说法不是很严谨、科学,但是钱先生所言不是没有道理的,更何况他的目的是借此发端,生发下文。再说《伊索寓言》真的不宜作现代儿童的读物吗？肯定不是。作者认为,"寓言要不得,因为它把纯朴的小孩教得愈简单了,愈幼稚了,以为人事里是非的分别、善恶的果报,也像在禽兽中间一样的公平清楚,长大了就处处碰壁上当。"在钱先生看来,现代社会的人事里是非的分别、善恶的果报,并不像寓言中所讲的在禽兽中间一样公平清楚,情形要复杂得多——是非颠倒,善无善报、恶无恶报的情形是常有的。很显然,作者针砭的是社会现实。钱先生提出了一个读寓言的前提：能不能读,怎么读,全看成年人在造成什么一个世界、什么一个社会,给小孩子长大了来过活。从目的上来看,作者的本意是说对儿童的教育不能只讲真善美,不能把真善美简单化和理想化,以致脱离了社会实际,这样对孩子有害无益。同时,作者呼吁净化社会环境,为下一代创造良好的生活空间。

　　不可否认,《伊索寓言》早已成了世界名著,无论是儿童抑或是成人,都可以从中得到许多教益。《伊索寓言》中的许多故事,正如许多文学名著一样,有着不可限定的丰富的意义指向,作者能从中读出如许新意,这是最宝贵的。

我们是教师，不能充当一个人云亦云的传声筒，要鼓励并引导学生在阅读过程中提出疑难问题，让学生"于无疑处生疑"，多问几个"为什么"，经过质疑解难，获得属于自己的个性化见解。这是课程标准和发展学生核心素养对我们提出的要求，也是人才教育的根本要求。

（黄德灿）

【大师名言】

不受教育的人，因为不识字，上人的当；受教育的人，因为识了字，上印刷品的当。

——《围城》

话是空的，人是活的；不是人照着话做，是话跟着人变。

——《围城》

大抵学问是荒江野老屋中二三素心人商量培养之事，朝市之显学必成俗学。……读书人如叫驴推磨，若累了，抬起头来嘶叫两三声，然后又老老实实低下头去，亦复踏陈迹也。

——1989年《钱锺书研究》编委会成立，钱锺书的抗议

我最喜爱的书

季羡林（1911—2009），语言学家、翻译家、作家。山东清平（今并入临清）人。中国敦煌吐鲁番学会、中国东方学会会长。中国社会科学院哲学社会科学部委员。精通梵、巴利、吐火罗等多种古文字，在佛教文化、印度历史与文化、中印文化关系史等领域颇有建树。著有《中印文化关系史论丛》《印度古代语言论集》《佛教与中印文化交流》等，译著有《沙恭达罗》《优哩婆湿》《罗摩衍那》《五卷书》等。在散文创作上亦有成绩，有回忆录《牛棚杂忆》《留德十年》等。有《季羡林文集》（24卷）行世。

我在下面介绍的只限于中国文学作品。外国文学作品不在其中。我的专业书籍也不包括在里面，因为太冷僻。

一、司马迁的《史记》

《史记》这一部书，很多人都认为它既是一部伟大的史籍，又是一部伟大的文学作品。我个人同意这个看法。平常所称的《二十四史》中，尽管水平参差不齐，但是哪一部也不能望《史记》之项背。

《史记》之所以能达到这个水平，司马迁的天才当然是重要原因；但是他的遭遇起的作用似乎更大。他无端受了宫刑，以致郁闷激愤之情溢满胸中，发而为文，句句皆带悲愤。他在《报任少卿书》中已有充分的表露。

二、《世说新语》

这不是一部史书，也不是某一个文学家和诗人的总集，而只是一部由许多颇短的小故事编纂而成的奇书。有些篇只有短短几句话，连小故事也算不上。每一篇几乎都有几句或一句隽语，表面简单淳朴，内容却深奥异常，令人回味无穷。六朝和稍前的一个时期内，社会动乱，出了许多看来脾气相当古怪的人物，外似放诞，内实怀忧。他们的举动与常人不同。此书记录了他们的言行，短短几句话，而栩栩如生，令人难忘。

三、陶渊明的诗

有人称陶渊明为"田园诗人"。笼统言之,这个称号是恰当的。他的诗确实与田园有关。"采菊东篱下,悠然见南山",这样的名句几乎是家喻户晓的。从思想内容上来看,陶渊明颇近道家,中心是纯任自然。从文体上来看,他的诗简易淳朴,毫无雕饰,与当时流行的镂金错彩的骈文迥异其趣。因此,在当时以及以后的一段时间内,对他的诗的评价并不高,在《诗品》中,仅列为中品。但是,时间越后,评价越高,他最终成为中国伟大诗人之一。

四、李白的诗

李白是中国文学史上最伟大的天才之一,这一点是谁都承认的。杜甫对他的诗给予了最高的评价:"白也诗无敌,飘然思不群。清新庾开府,俊逸鲍参军。"李白的诗风飘逸豪放。根据我个人的感受,读他的诗,只要一开始,你就很难停住,必须读下去。原因我认为是,李白的诗一气流转,这一股"气"不可抗御,让你非把诗读完不行。这在别的诗人作品中,是很难遇到的现象。在唐代,以及以后的一千多年中,对李白的诗几乎只有赞誉,而无批评。

五、杜甫的诗

杜甫也是一个伟大的诗人,千余年来,李杜并称。但是二人的创作风格却迥乎不同:李是飘逸豪放,而杜则是沉郁顿挫。从使用的格律上，也可以看出二人的不同。七律在李白集中比较少见，而在杜甫集中则颇多。摆脱七律的束缚，李白是没有枷锁跳舞；杜甫善于使用七律，则是戴着枷锁跳舞，二人的舞都达到了极高的水平。在文学批评史上，杜甫颇受到一些人的指摘，而对李白则绝无仅有。

六、南唐后主李煜的词

南唐后主李煜的词传留下来的仅有三十多首，可分为前后两期：前期仍在江南当小皇帝，后期则已降宋。后期词不多，但是篇篇都是杰作，纯用白描，不做雕饰，一个典故也不用，话几乎都是平常的白话，老妪能解；然而意境却哀婉凄凉，千百年来打动了千百万人的心，在词史上蔚然成一大家，受到了文艺批评家的赞赏。但是，对王国维在《人间词话》中赞美后主有佛祖的胸怀，我却至今尚不能解。

七、苏轼的诗文词

中国古代赞誉文人有三绝之说。三绝者，诗、书、画三个方面皆能达到极高水平之谓也，苏轼至少可以说已达到了五绝：诗、书、画、文、词。因此，我们可以说，苏轼是中国文学史和艺术史上最全面的伟大天才。论诗，他为宋代一大家；论文，他是唐宋八大家之一，笔墨凝重，大气磅礴；论书，他是宋代苏、黄、米、蔡四大家之首；论词，他摆脱了婉约派的传统，创豪放派，与辛弃疾并称。

八、纳兰性德的词

宋代以后,中国词的创作到了清代又掀起了一个新的高潮。名家辈出,风格不同,又都能各极其妙,实属难能可贵。在这群灿若明星的词家中,我独独喜爱纳兰性德。他是大学士明珠的儿子,生长于荣华富贵中,然而却胸怀愁思,流溢于楮墨之间。这一点我至今还难以得到满意的解释。从艺术性方面来看,他的词可以说是已经达到了完美的境界。

九、吴敬梓的《儒林外史》

胡适之先生给予《儒林外史》极高的评价。诗人冯至也酷爱此书。我自己也是极为喜爱《儒林外史》的。

此书的思想内容是反科举制度,昭然可见,用不着细说,它的特点在艺术性上。吴敬梓惜墨如金,从不做冗长的描述。书中人物众多,各有特性,作者只讲一个小故事,或用短短几句话,活脱脱一个人就仿佛站在我们眼前,栩栩如生。这种特技极为罕见。

十、曹雪芹的《红楼梦》

在古今中外众多的长篇小说中,《红楼梦》是一颗璀璨的明珠,是状元。中国其他长篇小说都没能成为"学",而"红学"则是显学。《红楼梦》描述的是一个大家族的衰微的过程。本书特异之处也在它的艺术性上。书中人物众多,男女老幼，主子奴才，五行八作，应有尽有。作者有时只用寥寥数语而人物就活灵活现，让读者永远难忘。读这样一部书，主要是欣赏它的高超的艺术手法。那些把它政治化的无稽之谈，都是不可取的。

【内容提要】

　　司马迁的《史记》是一部伟大的史籍和伟大的文学作品。《世说新语》每一篇几乎都有几句或一句隽语，表面简单淳朴，内容却深奥异常，令人回味无穷。陶渊明的诗简易淳朴，毫无雕饰，与当时的骈文迥异其趣。李白的诗一气流转，不可抗御，让你非把诗读完不行。杜甫的诗沉郁顿挫，善于使用七律，则是戴着枷锁跳舞。南唐后主李煜的词篇篇都是杰作，纯用白描，不做雕饰，意境却哀婉凄凉，打动人心。苏轼达到了诗、书、画、文、词五绝，是中国文学史和艺术史上最全面的伟大天才。纳兰性德的词胸怀愁思，流溢于楮墨之间，已经达到了完美的境界。吴敬梓的《儒林外史》惜墨如金，从不做冗长的描述。书中人物众多，各有特性，极为罕见。曹雪芹的《红楼梦》是一颗璀璨的明珠。作者有时只用寥寥数语而人物就活灵活现，让读者永远难忘。读这样一部书，主要是欣赏它的高超的艺术手法。

【阅读感悟】

　　如果有人提出这样一个问题：作为教师，有哪几本书给你印象极为深刻，请你简要说明一下理由。能够列举十部经典著作，并且评价这十部书一语中的，这样的教师能找得到吗？诚然，读完十几部书并不困难，可是要真正读进去，读出自己的见解，并自觉对自己的人生或事业产生较大的影响，那我们很多人，自然包括我在内，都要脸红了。

季羡林是国学大师，是兼容百家、学贯中西的学界泰斗。他通英文、德文、梵文、巴利文，能阅俄文、法文，尤精于吐火罗文（当代世界上分布区域最广的语系印欧语系中的一种独立语言），是世界上仅有的精于此语言的几位学者之一。推想一下，他一生要读多少书，他的研究多么广博。可以肯定的是，所有的大师都是"爱书如命"的人，所有的大师都是钻研精深的人。季羡林就把阅读视为生命。在他看来，不管你探究的范围多么窄狭、多么专门，只有在知识广博的基础上，你的眼光才能放远，你的研究才能深入。

在仰慕国学大师的时候，我不由得感慨，现在还能出像季羡林一样的大师吗？很难。看看我们周围，有多少人在读书、在研究？为什么？因为社会功利化了、世俗化了，最根本的原因是物质化了、金钱化了。主体意识的高扬和自身素质的低下导致我们整个社会表现出一种浮躁的性格。我们都在忙于赚钱，把钱装进口袋以后，就忙于看手机，从手机上偶尔抬起头来，聊的就是八卦。坐冷板凳，皓首穷经，在当下的环境里，谁有这样的定力？所以，在今天真正读书、读经典，做学问，有点难。出大师，更难。别说大师，就是在我们教师队伍中找到一个真正的教育家同样很难。

教师的最高追求是成为教育家。由季羡林大师我联想到：

一位教师是不是很有学问,是不是一位非常优秀的教师,只需要听听他介绍自己读过的书。如果他读过的书很有品位,并且读出了自己的境界,我们应该向他致敬。

(黄德灿)

【大师名言】

我们必须认真继承这个在世界上比较突出的优秀传统,要读书,读好书。只有这样,我们才能上无愧于先民,下造福于子孙万代。

——《藏书与读书》

书能给人以知识,给人以智慧,给人以快乐,给人以希望。

——《我和书》

人必须读书,才能继承和发扬前人的智慧。人类之所以能进步,靠的就是能读书又写书的本领。

——《季羡林谈读书与做人》

书读完了

金克木（1912—2000），文学家、翻译家、梵学研究家、印度文化研究家。字止默，笔名辛竹，安徽寿县人。与季羡林、陈玉龙并称"北大三支笔"，和季羡林、张中行、邓广铭一起被称为"未名四老"，精通英语、法语、德语、世界语等多种语言。就是这样一位学贯古今、博通中西的奇才，少时却因家贫辍学，只上过一年的中学，晚年填写学历一栏时依旧是"安徽寿县第一小学毕业"。

有人记下一条逸事，说是历史学家陈寅恪曾对人说过，他幼年时去见历史学家夏曾佑，那位老人对他说："你能读外国书，很好；我只能读中国书，都读完了，没得读了。"他当时很惊讶，以为那位学者老糊涂了。等到自己也老了时，他才觉得那话有点道理：中国古书不过是那几十种，是读得完的。说这故事的人也是个老人，他卖了一个关子，说忘了问究竟是哪几十种。现在这些人都下世了，无从问起了。

中国古书浩如烟海，怎么能读得完呢？谁敢夸这海口？是说胡话还是打哑谜？

我有个毛病是好猜谜，好看侦探小说或推理小说。这都是不登大雅之堂的，我却并不讳言。宇宙、社会、人生都是些大谜语，其中有层出不穷的大小案件；如果没有猜谜和破案的兴趣，缺乏好奇心，那就一切索然无味了。下棋也是猜心思，打仗也是破谜语和出谜语。平地盖房子，高山挖矿井，远洋航行，登天观测，难道不都是有一股子猜谜、破案的劲头？科学技术发明创造怎么能说全是出于任务观点、雇佣观点、利害观点？人老了，动弹不得，也记不住新事，不能再猜"宇宙之谜"了，自然而然就会总结自己一生，也就是探索一下自己一生这个谜面的谜底是什么。一个读书人，比如上述的两位史学家，老了会想想自己读过的书，不由自主地会贯穿起来，也许会后悔当年不早知道怎样读，也许会高兴究竟明白了这些书是怎么回事。所以我倒相信那条逸事是真的。我很想破一破这个谜，可惜没本领，读过的书太少。

据说二十世纪的科学已不满足于发现事实和分类整理了，总要找寻规律，因此总向理论方面迈进。爱因斯坦在1905年和1915年放了第一炮，相对论。于是科学，无论其研究对象是自然还是社会，就向哲学靠拢了。哲学也在二十世纪重视认识论，考察认识工具，即思维的逻辑和语言，而逻辑和数学又是拆不开的，于是哲学也向科学靠拢了。语言是思维的表达，关于语言的研究在二十世纪大大发展，牵涉到许多方面，尤其是哲学。索绪尔在1906年到1911年的讲稿中放了第一炮。于是二十世纪的前八十年间，科学、哲学、语言学"搅混"到一起，无论对自然或人类社会都仿佛"条条大路通罗马"，共同去探索规律，也就是破谜。大至无限的宇宙，小至基本粒子；全至整个人类社会，分至个人语言心理，越来越是对不能直接用感官觉察到的对象进行探索了。现在还有十几年便到二十世纪尽头，看来越分越细和越来越综合的倾向殊途同归，微观宏观相结合，二十一世纪学术思想的桅尖似乎已经在望了。

本文开始说的那两位老学者为什么说中国古书不过几十种，是读得完的呢？显然他们是看出了古书间的关系，发现了其中的头绪、结构、系统，也可以说是找到了密码本。只就书籍而言，总有些书是绝大部分的书的基础，离了这些书，其他书就无所依附，因为书籍和文化一样总是累积起来的。因此，我想，有些不依附其他而为其他所依附的书应当是少不了的必读书或者说必备的知识基础。举例说，只读过《红楼梦》本书可以说是知道一点《红楼梦》，若只读"红学"著作，不论如何博大精深，说来头头是道，却没有读过《红楼梦》本书，那只能算是知道别人讲的《红楼梦》。读《红楼梦》也不能只读"脂批"，不看本文。所以《红楼梦》就是一切有关它的书的基础。

如果这种看法还有点道理，我们就可以依此类推。举例说，想要了解西方文化，必须有《圣经》（包括《旧约》《新约》）的知识，这是不依傍其他而其他都依傍它的。这是西方无论欧美的小孩子还是大人在不到一百年以前人人都读过的。没有《圣经》的知识几乎可以说是无法读懂西方公元以后的书的，包括反宗教的和不涉及宗教的书，只有一些纯粹科学技术的书可以除外。古希腊和古罗马的书与《圣经》无关，但也只有在《圣经》的对照之下才较易明白。许多古书都是在有了《圣经》以后才整理出来的。因此，《圣经》和古希腊、古罗马的一些基础书是必读书。对于西亚，第一重要的是《古兰经》。没有《古兰经》的知识就无法透彻理解伊斯兰教世界的书。又例如读西方哲学书，少不了的是柏拉图、亚里士多德、笛卡尔、狄德罗、培根、贝克莱、康德、黑格尔。不是要读全集，但必须读一点。有这些知识而不知其他，还可以说是知道一点西方哲学；若看了一大堆有关的书而没有读过这些人的任何一部著作，那不能算是学了西方哲学，事实上也读不明白别人的哲学书，无非是道听途说、隔靴搔痒。又比如说西方文学茫无边际，但作为现代人，有几个西方文学家的书是不能不读一点的，那就是荷马、但丁、莎士比亚、歌德、巴尔扎克、托尔斯泰、高尔基，再加上一部《堂吉诃德》。这些都是常识了，不学文学也不能不知道。文学作品是无可代替的，非读原书不可，译本也行，决不能满足于故事提要和评论。

若照这样来看中国古书，那就有头绪了。首先是所有写古书的人，或说古代读书人，几乎无人不读的书必须读，不然就不能读懂堆在那上面的无数古书，包括小说、戏曲。那些必读书的作者都是没有前人书可替代的，准确些说是他们读的书我们无法知道。这样的书就是：《易》《诗》《书》《春秋左传》《礼记》《论语》《孟子》《荀子》《老子》《庄子》。这是从汉代以来的小孩子上学就背诵一大半的，一直背诵到上一世纪末。这十部书若不知道，唐朝的韩愈、宋朝的朱熹、明朝的王守仁（王阳明）的书都无法读。连《镜花缘》《红楼梦》《西厢记》《牡丹亭》里许多地方的词句和用意也难于体会。这不是提倡复古、读经。为了扫荡封建残余非反对读经不可，但为了理解封建文化又非读经不可。如果一点不知道"经"是什么，没有见过面，又怎么能理解透为什么鲁迅那么反对读经呢？所谓"读经"是指"死灌""禁锢""神化"；照那样，不论读什么书都会变成"读经"的。有分析、批判地读书，那是可以化有害为有益的，不至于囫囵吞枣、人云亦云的。

以上是算总账，再下去，分类区别就比较容易了。举例来说，读史书，可先后齐读，最少要读《史记》《资治通鉴》，加上毕沅等的《续资治通鉴》、马端临的《文献通考》。读文学书总要先读第一部总集《文选》。如不大略读读《文选》，就不知道唐以前文学从屈原《离骚》起是怎么回事，也就看不出以后的发展。

这些书，除《易》《老子》和外国哲学书以外，大半是十来岁的孩子所能懂得的，其中不乏故事性和趣味性。枯燥部分可以滑过去。我国古人并不喜欢"抽象思维"，说的道理常很切实，用语也往往有风趣，稍加注解即可阅读原文。一部书通读了、读通了，接下去越来越容易，并不那么可怕。从前的孩子们就是这样读的。主要还是要引起兴趣。孩子有他们的理解方式，不能照大人的方式去理解，特别是不能抠字句、讲道理。大人难懂的地方孩子未必不能"懂"。孩子时期稍用一点时间照这样"程序"得到"输入"以后，长大了就可腾出时间专攻"四化"，这一"存储"会作为潜在力量发挥作用。错过时机，成了大人，记忆力减弱，理解力不同，而且"百忧感其心，万事劳其形"，再想补课，读这类基础书，就难得多了。

　　以上举例的这些中外古书分量并不大。外国人的书不必读全集，也读不了，哪些是其主要著作是有定论的。哲学书难易不同，康德、黑格尔的书较难，主要是不懂他们论的是什么问题以及他们的数学式分析推理和表达方式，那就留在后面，选读一点原书。中国的也不必每人每书全读，例如《礼记》中有些篇，《史记》的《表》和《书》，《文献通考》中的资料，就不是供"读"的，可以"溜"览过去。这样算来，把这些书通看一遍，花不了多少时间，不用"皓首"即可"穷经"。依此类推，若想知道某一国的书本文化，例如印度、日本，也可以先读其本国人历来幼年受教育时的必读书，却不一定要用学校中为考试用的课本。孩子们和青少年看得快，"正课"别压得太重，考试莫逼得太紧，给点"业余"时间，让他们照这样多少了解一点中外一百年前的书本文化的大意，并非难事。有这些做基础，和历史、哲学史、文学史之类的"简编"配合起来，就不是"空谈无根"、心中无把握了，也可以说是学到诸葛亮的"观其大略"的"法门"了。花费比"三冬"多一点的时间，就一般人而言大约是"文史足用"了。没有史和概论是不能入门的，但光有史和概论而未见原书，那好像是见蓝图而不见房子或看照片甚至漫画去想象本人了。本文开头说的那两位老前辈说的"书读完了"的意思大概也就是说，"本人"都认识了，其他不过是肖像画而已，多看少看无关大体了。用现在的话说就是，主要的信息已有了，其他是重复再加一点，每部书的信息量不多了。若用这种看法，连《资治通鉴》除了"臣光曰"以外也是"东抄西抄"了。无怪乎说中国书不多了。全信息量的是不多，若为找资料、作研究，或为了消遣时光、增长知识，书是看不完的；若为了寻求基础文化知识，有创见、能独立的旧书就不多了。单纯资料性的可以送进计算机去不必自己记忆了。不过计算机还不能消化《老子》，那就得自己读。这样的书越少越好。封建社会用"过去"进行教育，资本主义用"现在"，社会主义最有前途，应当是着重用"未来"进行教育，那么就更应当设法早些在少年时结束对过去的温习了。

  一个大问题是，这类浓缩维他命丸或和"太空食品"一样的书怎么消化？这些书好比宇宙中的白矮星，质量极高；又像堡垒，很难攻进去；也难得有密码本。古时无论中外都是小时候背诵，背五经，背《圣经》，十来岁就背完了，例如《红与黑》中的于连。现在怎么能办到呢？看样子没有"二道贩子"不行。不要先单学语言，书本身就是语言课本。

古人写诗文也同说话一样是让人懂的。读书要形式、内容一网打起来，一把抓。这类书需要有个"一揽子"读法。要"不求甚解"，又要"探骊得珠"，就是要讲效率，不浪费时间。好比吃中药，有效成分不多，需要有"药引子"。参观要有"指南"。入门向导和讲解员不能代替参观者自己看，但可以告诉他们怎么看和一眼看不出来的东西。我以为现在迫切需要的是生动活泼、篇幅不长，能让孩子和青少年看懂并发生兴趣的入门讲话，加上原书的编、选、注。原书要标点，点不断的存疑，别硬断或去考证；不要句句译成白话去代替；不要注得太多；不要求处处都懂，那是办不到的，章太炎、王国维都自己说有一部分不懂；有问题更好，能启发读者，不必忙下结论。这种入门讲解不是讲义、教科书，对考试、得文凭毫无帮助，但对于文化的普及和提高、对于精神文明的建设，大概是不无小补的。这是给大学生和研究生做的前期准备，节省后来补常识的精力，也是给工人、农民、知识分子放眼观世界今日文化全局的一点补剂。我很希望有学者继朱自清、叶圣陶先生以《经典常谈》介绍古典文学之后，不惜挥动如椽大笔，撰写万言小文，为青少年着想，讲一讲古文和古书以及外国文和外国书的读法，立个指路牌。这不是《经典常谈》的现代化，而是引导直接读原书，了解其文化意义和历史作用，打下文化知识基础。若不读原书，无直接印象，虽有"常谈"，听过了，看过了，考过了，随即就会忘的。"时不我与"，不要等到二十一世纪再补课了。那时只怕青年不要读这些书，读书法也不同，更来不及了。

【内容提要】

陈寅恪年轻的时候去看望史学前辈夏曾佑，夏先生感慨自己不懂洋文，只会看中文书，结果把中文书都读完了，没得读了。陈先生当时觉得不可思议，等他到了晚年，也感到书是可以读完的。两位大学者所说的"读完"并不是指所有的书，而是那些最精华、最根本的书，因为"总有些书是绝大部分的书的基础"。这些书应该越早进行阅读越好，有了这样的底了，再去认知世界、理解人生，就会容易很多。教育者对孩子们"正课别压得太重，考试莫逼得太紧，给点业余时间"，当然，教育者若能提升孩子们的阅读兴趣，并给予一定无功利的阅读指导就更好了。

【阅读感悟】

喜欢读书的人之间极易产生一种对书籍贪婪的共鸣。我想大多从事教师职业的人都喜欢买书、读书，却也常发出"买书如山倒，读书如抽丝"的感慨，然后就很自然想起随园主人的告诫："书非借不能读也。"可一去图书馆，面对着无尽的书籍，又会想起庄子那句话——"吾生也有涯，而知也无涯。以有涯随无涯，殆已！"

我们真的需要读那么多书吗？或者说，我们到底应该读多少书才够用？

其实这样的问题一点也不新鲜。叔本华就在他的《孤独读书术》中说过，"我们读书时，是别人在代替我们思想，我们只不过重复他的思想活动的过程而已……"叔本华并不反对读书,他反对的是拿读书来代替思考。

《易经》有云:"形而上者谓之道,形而下者谓之器。"读书之目的也不过是为"道"和"器":"道"乃为做人,"器"是为做事。当然,道与器,一而二,二而一,不可割裂。做人做好了,才会做事;做事做对了,做人方无憾。

若为做事,钻研学问技能,那确实有读不完的书。在这个日新月异的时代,知识技能门类越分越细,每一门类也越钻越深,任何一门学科的任何一个知识点,都没有人能完全精通。不管你做哪一行,只要愿意不断钻研,就有一生也读不完的书在等着你。对有些人而言,读书做学问,不断学习新知识,就是生活的一部分,是"死而后已"的事。书读不完,不为遗憾,而是幸事。

若为做人,那实在不必皓首穷经。古人说一个人有文化,会拿"学富五车"来夸赞。"五车"有多少书?古代竹简一卷体积有多大?稍有历史常识的人都知道,五车书并不多,如今随便一部网络小说可能也有几十万字。有人做过统计,"四书五经"合计字数也不到21万,但古人就靠着这点文字所承载的知识去理解人生、认识社会,甚至是治理天下,可见书读得多,远不如书读得深。传统知识里包含着的生命层面的自我省察,在如今这样一个知识爆炸的时代,反而被我们丢失了。我们失去了对自身心灵的主宰,在无尽的知识中产生了无尽的焦虑;我们忘了"博学之"之后,更要"审问之,慎思之,明辨之,笃行之"。阳明先生说"知行合一",我想,若不能在社会中实践"为人之道",书,怕也是白读了。

当然，不论读书的目的是什么，"腹有诗书气自华"，手不释卷之人，总是会受人青睐的。作为教师，我们能明白这个道理，无论对自己还是对学生而言，都是一件特别重要的事。

（刘　祺）

【大师名言】

书是特种朋友，只有你抛弃它，它绝不会抛弃你。你怎么读它都行，它不会抗议、绝交。

——《与书对话：〈礼记〉》

各有才能偏向，各有目的不同，能适合自己而有效的，我认为就是好的读书法，就可以"得其所哉"。硬套用别人的方法，只怕会"麻雀跟着蝙蝠飞，熬眼带受罪"。

——《读书法》

一本书若满是字，岂不是一片油墨？没有空白是不行的，像下围棋一样。古人和外国人和现代人作书的好像是都不会把话说完、说尽的。不是说他们"惜墨如金"，而是说他们无论有意无意都不说尽要说的话。

——《读书·读人·读物》

谈读书

叶 曼（1914—2017），学者。原名刘世纶。1935年由时任北京大学文学院院长胡适先生亲点，就读于北大法学院经济系。在北京大学就读期间，叶曼选修胡适、陶希圣、钱穆、闻一多和叶公超等大师的课程，打下深厚的学术基础。叶曼接触过基督教、伊斯兰教等不同西方宗教，后并研学佛教、道家、儒家多年，对东方和西方文化、哲学与宗教有独到的见解；中年为明了生死而学佛，先后师事南怀瑾、陈健民等。著有《叶曼拈花》《世间情》《叶曼随笔》等。

笨方法也管用

我在沙特阿拉伯时,那儿有一个华人子弟学校,我把他们组成三个班,大家都是从《三字经》开始念起。《三字经》涵盖了基本的中国哲学、思想及历史,背会了以后,其他中国古书都可以知道了。我劝大家趁着年轻,多背多记。书背下来,就成为自己的东西,用时也就不必翻书了。"口耳之间不过四寸",即使听了、看了、说了,都还会忘记,所以还要完全吸收消化,变成自己的血肉,使自己像一个档案似的,累积贮藏很多别人和自己的智慧成果,一旦需要就能随传随到。

此外,读书要注意方法。孔子说:"学而不思则罔,思而不学则殆。"看书囫囵吞枣,不经过思考,那就成了书的奴隶,书错了我们也跟着错,读书会愈读愈糊涂!这就是"学而不思则罔",自以为书读得很勤,反而变得非常狂妄执着,脑子也十分糊涂紊乱。如果对书本不屑一顾,自己枯坐冥想,那就会"思而不学则殆"。殆就是怠惰,成天做白日梦。闭门造车的结果,会看不到别人的好处,变得灰心懒惰而孤僻。

读书会有些偏见。特别喜欢某人就专门读他的作品;假如某个作家说错了话,就讨厌他而不读他的东西了;如果某人的风格对了我们的口味,他所有的话我们也就盲目地照单全收:这都不是聪明的读书方法。读书切忌"以言废人,以人废言"。我们应该就事论事,他这句话好,哪怕他是"王八兔子贼",说的话还是好的。假若他的言论有偏差,纵使他是圣人,我们也不可一味盲从。譬如孔子曾说过一句话:"唯女子与小人为难养也,近之则不逊,远之则怨。"从前小人和女人都没什么知识,就如同小孩子一样,太过亲近他,他就爬到你头上;不理他,他就会无理取闹、喋喋不休。孔子的婚姻并不圆满,直到现在仍是个谜。据说,他因为太太蒸梨不熟而把她休了,理由实在是很牵强,他对女人似乎存有成见。假如现在还将"唯女子与小人为难养也"奉为圭臬,就未免太食古不化了。

不赶时髦

读书也不要赶时髦。像时下流行电脑,大家就一窝蜂地跟进,偏废了其他领域,这不免有赶时髦的成分。魏镛先生曾说过很有道理的话,他说现在文科的学生大半都是女生,理工科是男生的天下,管理众人之事需要文法科的训练,恐怕将来男生都要受制于女子了!我认为大家不必只顾着玩电脑,应该看看除了电脑,自己是否还有其他兴趣。读书不要违背个性,倘若非自己所好,就不必勉强。

另外,看某人的书,不要老想作者一定是"书如其人"。我念大学的时候,写戏剧最享盛名的是曹禺,我们都拿他的剧本当文学作品读，当时那是我们最好的消遣，大家对他十分崇拜。有位同学知道我是曹禺迷，要介绍我见见曹禺，我一口回绝了。我想自己可能不够超然，见了面也许会破坏我原来对他的印象，所以还是保持点神秘感的好！

不做蛀书虫

别以为写书的人都是十全十美，也别将书本看作是绝对的真理。今天大家听完我的讲演，各自回家写一篇报告，一定都不尽相同。即刻记录下当天发生的事，都会出错，何况是历史？再加上个人的主见，更是各有不同。所以我们读书要有判断力，不要人云亦云，否则就是蛀书虫，书都细读过了，却没有一点好处，这就是"尽信书不如无书"了。

前人说开卷有益，那是因为古时候印刷术不发达，书籍都是辛辛苦苦抄成的，所以只要能成为书，一定是本好书。现在就不同了，滥书充斥坊间，大家应当有所选择。我选出几本必读的书，供诸位参考。

古书方面：《论语》《孟子》《老子》《庄子》《史记》《左传》《汉书》是必读的。无法全读，可以选读，趁着各位尚有余力、闲暇，应多多吸收。也许大家没察觉，我们平时说的话许多出自《论语》《孟子》。宋朝的赵普以"半部《论语》治天下"，《论语》包含诸多做人、为政的道理。我们不读古书，就无从了解中国几千年的历史文化是如何延续的，源头为何。这不是古板，也不是开倒车，在国外读"经"

（classics）也是必修课程。两千五百年前，中外思想家辈出，那时大约五十年间，老子、孔子、释迦牟尼、苏格拉底等人交相辉映，一直到现在，大多数的著作还是在为这几位思想家做注解，不出其窠臼。《老子》一书只有五千余字，有人统计，每一个字至少有一万字去注解诠释。除了《圣经》之外，各国语言译本最多的书就是《老子》。

很多年前，我在船上遇见一位在中国台湾留学多年的外国人。他手上老捧着一本线装书，向赴美留学的中国学生讨教，大家都摇头耸肩无以回答，原来他正在研读《老子》。他对我说："真奇怪，我问很多中国学生，他们都说没看过这本书。恐怕数年而后，你们要派学生到美国研究老子了！"

《左传》《史记》《汉书》三本史书，文字之美美不胜收，各位只要好好熟读几遍其中的好文章，保证下笔如有神，写散文没问题。

我的老师胡适之则说："世界上最要紧的是历史。""观今宜鉴古，无古不成今。"先人的错误是我们前车之鉴，所以大政治家必定读史。十三经要全读是不可能的，我列举以上数本，希望各位有空能多翻翻，养成习惯后，必定有斩获。

也要读闲书

至于读闲书，不必像金圣叹所谓的遍读"六才子书"。小时候，我总喜欢躲在被窝里，拿手电筒或点根洋蜡，津津有味地看小说。像《七侠五义》《小五义》《江湖七侠传》都是我喜欢看的，后来没变成近视眼，我自己也觉得奇怪。真正的好小说，像《红楼梦》《水浒传》《西游记》《老残游记》等，即使不是绝后，也是空前的好小说。《水浒传》里描写一百零八条好汉，个个不同、活灵活现的，真叫人叹为观止！《西游记》中的人物，各有不同的隐喻：唐僧代表人，孙悟空是心，猪八戒是欲，沙和尚代表理智，所以沙和尚最不出色，唐僧不太理睬他，就像我们少用理智，任由欲望扩张或是任从心飞。唐僧的白马代表意志，没有它，无法完成西天取经的任务。下辈子在六道轮回里如果我注定要变为畜牲，我希望能变做马，其次是牛，这是我最喜欢的两种动物。

另外，诗、词、曲也很值得一读。短短数语竟能描绘那么多的景物，抒发如许丰富的情感，那是真美！词比诗自由，曲又比词自然。元曲《天净沙·秋思》："枯藤老树昏鸦，小桥流水人家，古道西风瘦马。夕阳西下，断肠人在天涯。"整首曲除了"在"字，全都是名词，读起来一幅幅图画都在脑中涌现，真是绝好的写实作品。

宗教的书也要读。隋唐时代影响中国最深的是佛教，佛教传入中国，不仅导致宗教上的改革，也影响文学至深。当时接收佛教文化的人都是研究老庄的博学鸿儒，他们用老庄的文字翻译佛经，文字很美，又以《楞严经》为最，有道是"自从一见楞严后，不读世间糟粕书"。《六祖坛经》文字平实简易，也是佛经中的上乘之作。在美国喜好研究形而上学的人，都是一手禅宗、一手老子，他们相当肯下功夫研究，这是我们祖宗留下的家产，我们可不要瞠乎其后了！

《旧约》和《新约》也值得一读。中东今天为什么会打得一塌糊涂，从这里可以寻出一些蛛丝马迹。这两本书是西方的历史，《新约》中更详尽地记录了耶稣的言论事迹，值得我们学习借鉴。

除了历史，该看看中外的伟人传记。我们中国人写伟人传记会犯一种毛病，就是将伟人太过于美化，其实如果把一些小缺点写出来，倒也蛮可爱的，让我们觉得他是人，而不是高不可攀的神。将相无种，人皆可为尧舜，读传记就成为一种鼓励、一种启发。

读书也要有教学相长的观念，看到一本好书，要能不吝与人分享。和别人一同讨论，甚或教他，对自己都有莫大的帮助。除了读书，多听好的演讲，总胜过看那些一开机便知道结局的电视连续剧。有人问孔子："你是圣人吗？"他谦虚地回答："我只是好学不厌、诲人不倦而已！"他的意思是："我从来没有说我讨厌读书，我从来没有说我教你们教烦了，从来没有过！"如果我们也能做到好学不厌、诲人不倦，我们也都是孔子了。

读书会值得推广

在外国，几乎每一条街或是每一个小小的朋友圈中间，都组织一个读书会，太太、先生都一同参加，每个月共同决定读一本书，下个月大家轮流报告。平常我们能够偷懒，但是该你报告心得，就非好好读书不可。有些人加入好几个读书会，每个读书会性质不同，有专门研究莎士比亚的，有研究哲学的，有研究宗教的；大家凑在一起聚会，定期报告读书经过，用这种方法来读书更好。

中国台湾的读书风气很令人惭愧，我们常把 Ph. D 叫作博士，说实在的，我们有很多的"专士"，却没有"博士"。现在要得到博士学位，常常拿最小最小，简直是钻牛角尖的小问题来做博士论文，所以造就了专门人才，而没有"通儒"。通儒是念书念通了的人，念书念通的人他知道过去的事，也知道现在的世界大势。他背负历史的责任，为国家万世谋太平。这样的人才不可能不博览群书。

【内容提要】

读书要注意方法，有时候多记多背这样的笨办法是很管用的。读书要多思考，不能闭门造车；也要读闲书；也不能带着偏见读书；读书不能赶时髦，要坚持自己的个性；读书要有判断力，不做人云亦云的"蛀书虫"。《论语》《孟子》《老子》《庄子》《史记》《左传》《汉书》这些古书是必读的，也要读小说、诗、词、曲、历史、人物传记等闲书。读书会值得推广。念书念通的人，知道过去的事，也知道现在的世界大势。他背负历史的责任，为国家万世谋太平。这样的人才不可能不博览群书。

【阅读感悟】

读叶曼先生的《叶曼拈花》和《世间情》，我非常震惊。这两本书都是《妇女杂志》"叶曼信箱"的编读往来合集，叶曼先生就是知心大姐，帮助那些在生活中被各种事情困扰而迷茫的女性同胞。这位被胡适先生亲点进入北大，后师从南怀瑾、陈健民的才女，不应该潜心研究学问、妙笔生花，然后著作等身、流芳百世吗？可是，她老人家居然把一肚子的学问用在了家长里短、一地鸡毛上，这简直就是暴殄天物啊！

我本以为我会看不下去，但没想到我竟然越看越觉得有意思，越看越入迷，一口气看完了两本书不说，居然还想看第二遍。的确，我们站的角度不一样，处理为情所困、择业困惑、婆媳矛盾等问题的方法差异就很大。一般人也就按照自己的评价标准，判断一下对错，然后苦口婆心地劝慰一番。但叶曼不是这样。她不愧是国学大师，学贯中西、博古通今，又研究过佛学，所以处理问题非常艺术化。她不一味地一团和气劝人委曲求全，也不像有些女权主义者那样替人决定生死。她不仅一针见血地指出问题之根由，而且还能帮助读者认清自己、权衡利弊。既有旁观者的清醒，又有换位思考的感同身受；既有快刀斩乱麻的果决，又有顾全大局的隐忍……谁说做学问和过生活是矛盾的？世尊在灵山会上，拈花示众，是时众皆默然，唯迦叶尊者展颜微笑。世间最美的情就是这些普普通通的人情，学问最高的人就是这些平平凡凡的生活中人啊！

原来如此！我为我的浅薄脸红。年过不惑，从教二十余载，自认为无论生活再怎么鸡毛蒜皮，我还是那个清高的读书人。可是，为什么读书？怎样读书？我真的很清楚吗？的确，叶曼先生的《谈读书》里的建议，似乎是每个读书人都懂得的道理：多记多背，多思多想；不盲从，不钻牛角尖；既要广泛涉猎，又要有所专攻……可是，我真的做到了吗？我真的教学生做到了吗？

这世上，本就没有什么深不可测的读书之道。有些人学个三板斧就故弄玄虚，有些人附庸风雅人云亦云，殊不知，真正的大师就是把简单的事情坚持下来，踏踏实实、聚沙成塔，做成大学问的。

这世上，也没有什么一成不变的为学之法。学问，象牙塔中可以研究，市井之间也一样可以探究。找规律、探成因是学问，谈古人、论今人亦是学问，帮助被生活琐事困扰的女性走出迷茫又何尝不是学问？

越朴素越真诚，越普通越实在，做学问和过生活是一个理儿。

（张　娟）

【大师名言】

在单调的工作中，你如果有敬业的精神，有使自己超越自我的情操，你将发现单调中有许多可以使自己头脑驰骋的天地，人类的文化和文明，就是如此发展的。

——《叶曼拈花》

念书念通的人他知道过去的事，也知道现在的世界大势。他背负历史的责任，为国家万世谋太平。这样的人才不可能不博览群书。

——《谈读书》

读书也要有教学相长的观念，看到一本好书，要能不吝与人分享。和别人一同讨论，甚或教他，对自己都有莫大的帮助。

——《谈读书》

朋友们的书

于光远（1915—2013），经济学家。原姓郁，名锺正，加入中国共产党后改名于光远。上海人。1935年参加"一二·九运动"。1936年毕业于清华大学物理系。1937年初加入中国共产党。1939年兼任延安中山图书馆主任。历任中共中央图书馆主任、北京大学图书馆系教授等。中国社会科学院研究员。长期从事经济研究工作，从20世纪80年代起，致力于哲学、社会科学等多学科的研究和推进其发展的组织活动，并积极参加多方面的社会活动。

在我读的书中，有一类是"朋友们的书"。

——有一些朋友，久疏问候，不了解这些年都在从事怎样的创造性活动，他正感兴趣的是什么。接到书看了，一下子知道许多。

吴承明，是"一二·九"时清华同学，他学的就是经济。我开始研究经济学是1942年后的事情，现在才说得上与他是同行。中华人民共和国成立后他一直在中国科学院经济研究所研究近代中国经济史——特别是资本主义工商业史。他是一位资深的专家，1991年寄给我的一本书却是诗作和诗论。读了，知道他在这方面完全是行家。在医院里本想写封信给他，不知道这本书被什么人拿走了，后来一直没有找到，信也就没有完成。

李庚，"一二·九"时他不在北平，而是在南京从事抗日救亡活动。抗战后在武汉见面，他在救国会和全国学联，我在中华民族解放先锋队总队部。为了共同回忆1938年初上海、北平南北救国会合流建立民盟前身"抗战建国协进会"这段历史，前几年通过信、见过面。那时知道他在文联工作，正主编一部多卷本《中国新文艺大系》。他得脑血栓后行动不便，这几年又因不知改为七位数后的他家的电话号码，没有联系。不久前收到他的《真情集》，从诗中知道武汉见面后他走过的道路和这些年的真情实感。

——有一些朋友,是多年来一直没有联系的老朋友。彼此了解,但是接到书,读了,还是有新鲜的感觉。平时见面,许多事不可能谈得那么细,那么深。读了书,在本来相互了解的基础上更了解,在本来接近的基础上更加深切了。

黄秋耘,他同我的关系不寻常。他是"一二·九"时的清华同学,又是我的入党介绍人。全国解放后,他在北京人民文学出版社工作过相当长一段时间,那几年有时见面。后来他一直在广州工作,见面就不那么容易了。不过他每出一本书都寄给我。他的那本《风雨年华》写的就是我们这一代人青年时期的事,书中还讲到我。书的前言中引用了法国百科全书派的话:"欲语唯真,非真不语,非全真不语。"我在自己写的一篇超短文中引用了,并且就用"欲语唯真"作为文章的题目。近年又收到他的《作品选萃》,散文、小说、杂文、文艺随笔,每一篇都看了。看了之后,秋耘之作为秋耘,他的人格,更具体地、更生动地,也更鲜明地显示在我的眼前。去年冬天去广州到他家见他之后,我写了一篇《秋耘和我》在《羊城晚报》上发表了。其中写我在他家里想起他的那篇《雾失楼台》。

韦君宜,我与她相识,同与黄秋耘相识可以说是同时的。我们都是清华同学,一起参加"一二·九"运动,一起参加民先队,后来先后入党。这些年,她每出一本书就送我一本。长篇小说、中篇和短篇小说,还有散文随笔。现在摆在我案头的就有她的一本《海上繁华梦》。书中收有五十一篇散文、杂文，大部分是 1986 年她突发脑溢血后写的，其中三篇分别写于 1936、1945 和 1948 年。最近我又收到她的《露莎之路》。这一本完全是在病后开始写的。她这样描绘自己写这本书的情景："一天写一点点，今天记住明天要写的内容，用了过去写两个长篇的劲，写了这十来万字。"冰心说韦君宜"是一个极好的作家，她的作品非常质朴真挚"。这几年她的作品还表现她的顽强和毅力。的确如她在《露莎的路》后记中所写的那样："这本书写的时候，已经是脑溢血发作过，半身不遂、手脚都不方便了，只有脑子还一部分管用。心想，人活着，能做多少就做多少吧。谁病到这样还写小说呢！但是我得写。"她的这种精神，对我也是一种鼓励。由于我对她的历史了解得不少，读了我就有把握地说那是一本自叙性的小说。虽然用的是第三人称，不用真名，而且最后还编造出一个梦装扮了一下。她写这部小说，不仅显示了她的毅力，而且也显示了她的勇气。把延安抢救运动的情景写进小说的，我还没有见到过。读了这本书，我写了一篇《读罢〈露莎的路〉》，准备到她家里听听她的意见，再拿出去发表。

——有一些朋友，是因为这种或那种原因和我建立起了友谊。他们出了书，就很自然地想到了我，寄书给我。我和他们经常互赠作品，以文会友。

邓伟志，社会学家。我同他成为朋友是因为我们都反对所谓"人体特异功能"这种伪科学的宣传。从对四川唐雨"耳朵识字"的报道开始，这种伪科学的宣传已经历时十五个年头多了。应该说眼下不但没有停下来,而且越演越烈,已经到达了难以收拾的地步。我是学物理学的,长期做党的科学工作,任内我对这类伪科学宣传处理过几次。我又是自然辩证法的研究者,对这种伪科学的欺骗,我看得非常清楚,这是完全应该反对的。邓伟志没有我这样的经历,但也对这件事看得很清楚,认识很坚定。我认为这是不容易的。从这件事开始接触后,我发现我们对许多社会文化现象的看法很近。我写的东西他注意看,他寄给我的东西我也看。最近他送我一本《我就是我》的随笔文集。书名不知道是否受我的影响。我写过一篇超短文,用的题目就是《我便是我》。文中我写道:"凡是属于我的好的东西,不论遇到多大压力,都不能放弃,咬紧牙关,我就是我。"冯玉祥将军的白话诗《我》,刻在泰山石壁上,几年前看过,其中这一句留下特别深刻的印象。邓伟志的这本一百七十来篇、将近三十万字的书我只看过一部分,但是我知道他写的是真实的自己。在自序中他说,"'真'字在这本书中是大写的。"

王元化,是文化界很熟悉的人物。他担任过上海市委宣传部部长。我同他的结交是在1983年纪念马克思逝世一百周年之后。他来北京,也许还去了天津,帮助周扬写那篇论及异化与人道主义的纪念文章。这篇文章引起的轩然大波,许多人还记忆犹新,但已是十年以前的事情了。为了留下一个历史记录,让后人评论是非曲直,在1988年春我义不容辞地选了周扬、于光远、黎澍、苏绍智、廖盖隆、丁守和六个人在1983年纪念马克思逝世一百周年时写的论文，由人民出版社出版了一部《关于马克思主义的几个理论问题的探讨——马克思逝世一百周年纪念论文选》。在这之前，我和元化还没有见过面。在这之后，由于所见略同，就经常见面，不论他来京或者我去沪总要找时间会面。他出的书也总寄给我。他是个严肃、深刻的学者。他涉及的范围如《文心雕龙》的研究，我没有任何知识。对西方文学我也极为生疏。但是我喜欢读他给我的书。读了可以使我增进我原先缺少的知识，我也多少有些考据的爱好，也喜欢多知道些掌故。见面时由于自己既没有足够的知识，又没什么见解，谈他书的时候比较少。但我还是喜欢他的书，常放在枕旁，今天读一篇，过些时候再读一篇。

　　李冰封，五年多以前他还是湖南省出版局局长。我同他原来只是一种很一般的工作上的关系。彼此成为朋友，却是在他离开出版局局长工作岗位之后，这时我对他的思想、他的人格，有了理解。最近他给了我《李冰封散文随笔初集》，读了他的这本书之后，我写了一篇《〈李冰封散文随笔初集〉读后》。文中我写道，从他"离休"后写的文章看来，他始终没有因为那样的遭遇有消极情绪。书中他引了陆游的《书愤》"壮心未与年俱老，死去犹能作鬼雄"来赞扬湖南籍的一些老同志创办"老战士林场"的壮举。我读了1991年他写的这篇七千字的散文时，就看出他也以此自勉。

——还有一些朋友是文学家。1989年3月我在"邵燕祥杂文作品讨论会"上,偶然看了一本杂志《杂文界》,就随手写了一篇不到一千字的《我慕杂文家》给了坐在我右手边的顾骧。他拿去《光明日报》发表了。在这篇文章中我就表达了自己对杂文有"仰慕之情",虽然"不敢挤到这个行列中",不过有时我又有点"不甘心","觉得自己多少具备争取做一个杂文家的条件,那就是我常有不少可以写成杂文,而且对于杂文最适宜的题材和思想,不过总是写不成。看来还是要和杂文家交朋友,这样也许可以使自己增加一些杂文家的气质,希望有朝一日写出几篇被读者认为够格的杂文出来"。

于是我和牧惠、邵燕祥等就交了朋友。他们也就把他们写的书寄给我。尤其是牧惠,我手边就有他的好几本书。他们的书也就成为我学写杂文的"参考书"。牧惠和邵燕祥的作品常常引起我的共鸣。牧惠的《歪批水浒》引起我对"文革"后期我在国务院政策研究室工作时的回忆,写了一篇《使我回到了1975年秋天》。这篇文章在报刊上发表了。对邵燕祥的那篇《一瞥钟情过温州》我也写过读后感。

后来我又结识了老烈。他是个很风趣的人。说话写文章有他自己的风格。他送了我一本文如其人的《老烈杂文》,后又送我一本《诗文会》。看了《诗文会》我又知道他对京戏很有研究。拿到他的这本书,我的第一个反应是他"赠非其人",因为我是个对京戏没有兴趣的人,把岭南美术出版社出版的这么一本印刷很精美的书送给我，真怪可惜的。不意书中老烈的文章再配合上图画、诗、题名、篆刻，竟引起我的兴趣，使我写了一篇文章给《羊城晚报》的《书趣》副刊。

我还结识了漫画大师廖冰兄。原先我不认识他，不知他从何处看了我写的《碎思录》，就画了十来张与我的文章相配的画在《羊城晚报》上发表。于是我开始与他通信并称兄道弟。后来读了介绍他的文章，看了他的画册，并且两次去广州和他见面。不过我们两个人都有相当水平的"聋"，交谈多少有些障碍。他是画家，同时是文学家，在这里就把他的作品列入我的文学家的"朋友们的书"之列。

原先我觉得用"朋友们的书"作为这篇文章的题目挺不错，可是写到这里，我又觉得颇有缺点。我的朋友很多，送给我的书也很多。在这篇文章里写不全。比如我的哲学和经济学朋友送给我的书，数量上最多，在这篇文章中就没有涉及。又比如已经过世的朋友如孙冶方、黎澍给我的书，对它们我有比较多的话说。可是说来话长，我不能在这篇文章中写了。再比如我也应该写写外国朋友的书，这样的书不多，如果为了求全，也应写而未写。还有一些朋友——像李锐、曾彦修等的书，应该写在黄秋耘、韦君宜那一类里的，也没有写。因此题目没有能够同文章的内容一致，太不全了。不过我不想修改题目了，文章已经写得不短，也就"到此为止"了。

朋友们的书

【内容提要】

有一些朋友，久疏问候，不了解这些年都在从事怎样的创造性活动，他正感兴趣的是什么。接到书看了，一下子知道许多。有一些朋友，是多年来一直没有联系的老朋友。彼此了解，但是接到书，读了，还是有新鲜的感觉。平时见面，许多事不可能谈得那么细，那么深。读了书，在本来相互了解的基础上更了解，在本来接近的基础上更加深切了。有一些朋友，是因为这种或那种原因建立起了友谊。他们出了书，就很自然地想到了朋友，寄书给朋友。朋友之间经常互赠作品，以文会友。读"朋友们的书"，受到很大影响。

【阅读感悟】

不知道大家有没有这样的体会，自己买的书（无论买书时多么激动）往往摆在书架上一直没有阅读，可是朋友新出版的书一拿到手，马上就看完，再怎么样忙，也至少会看一个大概。这是什么原因呢？根据我的体会，那就是面对朋友的书，有一份惊讶，有一份羡慕，有一份"见贤思齐"的渴望，于是就有一种急切地想要了解书中内容的冲动，同时也想通过这本书了解一下朋友的有关情况。这应该是重视阅读朋友的书的一个根本动机。于光远先生的体会就是一个明证。在他看来，朋友的创作、思想、友谊、影响，这些都是阅读朋友的书带来的。

于光远是著名的经济学家,和他往来的朋友,除同行以外,有著名社会学者,有文学大家,有政界重要领导,有文化名人,都是饱读诗书之人。《礼记·学记》上讲:"独学而无友,则孤陋而寡闻。"如果学习中缺乏学友之间的交流切磋,就必然会导致见识狭隘,目光短浅。这里的学友也可以称为朋友。可是这样的朋友到哪里去找呢?物以类聚,人以群分。我想,如果你是一个真正爱读书的人,这样的朋友一定会找上门来。你是一个学识渊博的人,别人就会自然地羡慕、崇拜你,就会愿意与你交朋友,因为与你交朋友可以提升自己。要是你身边有一个爱读书且能著书立说的朋友,给你的感受是如果自己的脑袋里没有装几本歌德、莎士比亚、雨果、马尔克斯、鲁迅、老子等大师的书,如果自己不能动笔写几篇文章,你都不好意思和他们交流。试想,这两种人在一起不就是最好的朋友吗?

由朋友说到教师,"终身学习"是一个教师的职业标准要求之一。作为一名教师,却没有几个爱读书的朋友,不能不说是我们人生的遗憾;如果有几个很有学问的朋友,还经常可以读到朋友的书,那就是我们的造化和福气。在这样的朋友圈,用不着他人点赞,你也一定是一名优秀的教师。

(黄德灿)

【大师名言】

我想说一句我过去说过的话"做研究学问的有心人"。这种有心人，就是对许多事情心里有问号的人，就是对许多值得研究的问题高度注意和高度敏感的人。

——《我一生的9个治学方法》

过去学者很自豪地说他"读万卷书，行万里路"，因此学问大。我把它改一下，说自己的学问有两种来源，一是坐出来的，二是走出来的。一个人坐着也可以做学问。

——《我一生的9个治学方法》

一个人的生命的时间很有限，能够有效地工作学习的时间更短。作为一个学者希望能够有比较充裕的时间研究学问，因此与"惜时"对立的就是浪费时间。治学的人非常懂得这一点。

——《我的学术自传》

读书在于明理，而非谋生

南怀瑾（1918—2012），诗文学家、佛学家、教育家、中国古代文化传播者、学者、诗人、武术家、中国文化国学大师。出生于浙江温州。精通儒、释、道等多种典籍，致力于中国传统文化的建设与传播。代表作有《论语别裁》《孟子旁通》《原本大学微言》《易经杂说》等，其作品被翻译成多种语言流通于世界各地。

孔子的一生，三千弟子、七十二贤人，但是真正有成就的，十来个人而已。

释迦牟尼佛一生也是这样，真有成就的就是十大弟子，尽管经典讲得那么热闹。

教育是个牺牲，很难有成果，可是虽然如此，它的影响还是非常大。

我一辈子，受旧式教育出身，然后又受到新的学堂教育，还受过军事教育、武术教育。我专门学武功两三年，那很费时间，学出来做什么？学武功出来可以做总教官、教练。

可是我的目的呢？是兴趣，我不想出去教人家练拳，我是兴趣，学会了再说。我学军事，带过兵，也教过兵，也做过官，文的武的。大学也听过课，也去上过研究所，所有的教育我都受过了，清清楚楚，那么我个人的总结下来：教育无用论，教不好一个人的。

我的经验，人不是学校教育能够改得了的。一个了不起的孩子，你不给他读书，给他按在泥巴里头，他都会站起来，成为一个有用的人；站不起来的孩子，你怎么培养，怎么教育也只能成为一个很平庸的人。

教育首先要知道孩子的秉性

教育，首先要知道孩子的性向，即先了解一个孩子的性情方向。看《大学》《中庸》，"性"在学理上叫秉性。秉，就是生下来带来的，父母遗传的是其中一部分，分成两方面，生理、身体上的，还有思想情绪上的。

教育只是一个增上缘，老师尽量帮他、培养他，使他依靠自己的禀赋站起来，这是教育的目的。

像我的学生里头有很多了不起的人，当时读小学的时候，谁知道他啊，现在觉得很伟大，教育就是这个道理。

中国几千年都是私人办教育，现在是政府办学校。推翻清朝之后，所谓最好的学校，你们知道北大、清华第一名的同学有几位啊？他们做出了什么事业？

不要迷信了，教育不是这个道理！不管哪一行业，在社会上有贡献的，或者成名的，不一定是很好的学校出来的。

读书是为明理，而非谋生

一个人为什么要读书？从中国的传统文化来说，这是一个重要的老问题。一个人为什么要读书？传统中最正确的答案，便是"读书明理"四个字。

明理，是先要明白做人的道理。如果要问中华民族、中国人素来的教育目的是什么，让我们再重复一句：是为了"做人"，而不是为了"生活"。

因为"生活"的意义，是人要"生存"在这个世界上，怎样设法来维持自己的生命，同时，使人人都有更好的"生活"，过得很舒适快乐的一生。

这都是在"读书明理"以后，因为"智慧""智识"开发了，就容易懂得了"谋生"的"技术"和各种有利"谋生"

的"智识",也都属于"读书明理",明白了"人伦"之道以后,那是当然、必然的事。

很可惜,现代人所认识文化教育的基本目的,只是为了"谋生"。我们要孩子们去学习、读书受教育,就是为了孩子们将来的前途,有好的职业、有高的待遇,或是能够赚很多的钱,过得很好的"生活"。

甚至有的人,还把自己一生的失意,或一生做不到的事,都寄托希望在孩子们身上,拼命迫他去上学读书。

完全不考虑孩子们的"性向"个性的所好和兴趣,也不了解孩子们的脑力和健康,一味地迫孩子们读书学习,不知道"爱之反而害之",因此,妨害了孩子的一生。

超负荷教育是"竭泽而渔"

尤其是现代化的学校和课外补习等的教育方法,简直是"竭泽而渔"的办法,使一般还未成年童子们的脑力健康,受到过分负荷的伤害,最为严重。

望子成龙、望女成凤,是几千年人类基本的错误观念。从古至今,外国也一样,这是一个自私的想法,天下事为什么要你的儿女好,别人的怎么办?

中国历史上有多少状元?你们知道几个?现在都要考清华北大,一百年后大家知道清华的第一名是谁?

我曾公开讲过,现代教育没有方向的。现在大学生那么多,就业有问题,教了知识,没有教他谋生的技能,(毕业了)按理说应该贡献社会,但是现在找"婆家"(工作)也成了教育部的责任,这是什么社会啊。

现在几千个大学培养出来的学生,都希望到北京、上海,拿高薪,他自己的本事能不能拿到高薪,自己也不清楚。

学校当然可以承担(人的品德修养的教育),现在学校哪有管这些啊?但现在很多中年以上的家长本身就没有资格做家长啊!

他们受白话文教育开始,中国传统文化的影子都没有,西方的也不懂,大家向钱看,赚钱、买房子、买股票最重要,怎么教育啊?

孩子成长要靠自己,不要过分要求,让他自由发展。教育不在于他将来成功不成功,先希望他长大做个好人。什么叫修佛修道?规规矩矩做事,老老实实做人,有好的人品和教育修养。

古语说,"良田千顷,不如一技在身"。孩子将来能有自我谋生的技术,比如做木匠、泥水匠,跟学问、身份、地位没有关系,这是起码的。学问归学问,吃饭归吃饭。

中国原来有很多有学问、有本事的人,但是不出来做"仕"的,因为他有谋生的本事。

读经无法代替心性修养

现在社会上大家带领儿童读经,乱读。儿童读经,我在中国台湾提倡了几十年,李素美、郭姮晏她们到不发达地区去推广,现在差不多普及了。

但是大家不要弄错了,不要把读经和学习现代知识技术对立,不要以为读经可以代替做人做事的修养,不要以为读经就可以当饭吃了,也不要每天读很久,免得读烦了,反感了,一二十分钟快乐地朗诵,慢慢就容易背下来了,不要变成负担。

孔子的心法弟子是曾参,曾子著《大学》。我前几年出了《原本大学微言》就是讲这个。"大学"就是大人之学,是讲身心修养的。

所以"大学之道在明明德,在亲民,在止于至善",这是纲要,是身心修养的"三纲"。

下面接着讲修养阶段程度,"知止而后有定,定而后能静,静而后能安,安而后能虑,虑而后能得",就是为什么要静坐。我叫它七个阶段:知、止、定、静、安、虑、得。

这个修行不一定要静坐,不一定要盘腿,随时都可以修养,站在那里也好,走路也好,都可以修养心性的宁静。

《大学》接下来讲,"自天子以至于庶人,一是皆以修身为本"。身心修养是做一个人的根本。《大学》讲的内容,就是触动中国教育的一个方法。什么是教育的目的?先教做人。做人从什么开始啊?从心性修养开始。

【内容提要】

教人读书就是一个教育的过程。教育是个牺牲,很难有成果,可是它的影响还是非常大。把很难做好的教育做得尽量好一点,现代人应该在以下几个方面加以注意。一是教育人首先要知道孩子的秉性,在孩子秉性的基础上去帮他、提升他;二是懂得读书是为明理,而非谋生;三是教育人是教他做个规规矩矩的好人,而不是"竭泽而渔"地叫他做个牺牲健康人品的所谓的"成功人";四是教育的根本是心性修养,读经之目标在修身养性上,而不是"读"上。

【阅读感悟】

　　说好的谈读书,全篇却一半以上在谈教育,实在有"偏题"之嫌。然而跑偏的是你我众生,大师南怀瑾就如金刚一般坚定,他要破除读书迷惑,拉世人回到读书正轨。

　　如所有教育哲人一样,南师告诉我们读书不是教育目标,修身养性去做个健康人才是教育的目标,为达到这个目标,读书只是其中一种方法。这种话,先哲们说得少吗?孟子说"尽信书不如无书",释迦牟尼说"一切有为法,如梦幻泡影,如露亦如电",先哲们写书授法不是让我们买书或是弘法的,而是希望我们通过书与法的传承去寻找人生、社会的幸福之道的。然而,人世间虽常有"师者,传道受业解惑也"这类声音的唱响回应,但更多的是,我们错把工具当作目的,制造了许多现代人读书的悲剧。

　　除了为我们破除把读书当成教育的幻影,南师更决绝的是还要破除我们对教育的迷信。当今社会教育比天大,只要有可能,人人都要为教育添砖加瓦:年轻的孕妇要做胎教;做了妈妈就开始全程陪读做"虎妈";这还不够,最近微信贴叫嚷着爸爸也应该加入教娃行列;教育机构去鼓呐喊"不要让孩子输在起跑线上";教师们激情满怀"不破楼兰终不还"……教育热情如此高涨,但随之而来的教育焦虑却引发多少不安。一个重视教育的民族是有希望的,但我呼吁大家在重视之前好好看看南师这篇文章。看到孔子和释迦牟尼的教育也是那么收获甚微，我们是不是应该去去心火，用平常心去做我们的教育？要知道，南师是深知"教育是个牺牲，很难有成果"却毕其一生教育世人的，他的教诲因带着"知其不可为而为之"的觉知而温柔坚强，具有持久的生命力。因此，我们的教育是不是应该从分数技术得失成败的胶着里拔除出来？从爱拼就会赢的幻想中醒过来？

读经典重要不重要？补习班上不上？读名校好不好？教师要不要看重分数？在南师那里，这些都不是事儿！要读好书，必须破除读书迷雾；破迷幻，人们必得经历看清楚的痛苦。这让人痛苦的针砭，他愿意执敲。他有大智，有大勇，有慈悲心，有《金刚经》给他的坚定！因为他是教育者。

（黄　涛）

【大师名言】

学问最难是平淡，安于平淡的人，什么事业都可以做。

——《谈历史与人生》

一个人先要养成会享受寂寞，那你就差不多了，可以了解人生了，才体会到人生更高远的一层境界。

——《金刚经说什么》

读书不只要靠两只有形的眼睛，要用智慧的眼睛去读。

——《论语别裁》

读书与治学

周汝昌（1918—2012），著名学者、资深红学家、古典文学研究家、书法家和诗人。天津人。1953年版《红楼梦新证》为其第一部也是最重要、最具代表性的著作，被誉为"红学史上一部划时代的著作"。其红学代表作还有《曹雪芹传》《〈红楼梦〉与中华文化》《红楼艺术》《〈红楼梦〉的真故事》《石头记会真》等。

我是带着自愧的心情写下这个题目的。因为这好像我就是个读书治学的人了,其实却不是那么回事;而来访的问学之士每每以此为题而下问,以为我可以谈些心得经验,这就使我深感惭愧。我若和真正读书治学的前辈相比,那就简直差得太远、太不够格了。这读书治学得讲真的,怎么冒充得了呢?只有不知愧怍为何物者才敢冒充什么学者。

然后又因我常问而不答,人又说是"谦虚",甚则疑为不肯待人以诚。这么一来,只好姑且就我们一辈人的水准来"卑之无甚高论"一回,聊备参采吧。

理一理平生的"脾性",也有几个特点,或许能从中看到一些问题与得失利弊。

第一是我读大学时所走的路子。大学时我读的是西语系(今日外文系),因此强烈感到中西文化的差异,这使我明白:了解与研究自己的一切,必须尊重自己的特点、特色,而绝不可以盲目地引用一些洋的模式来"硬套",否则,那将会是一个极危险的歪曲或"消灭"自己的做法。外来的、新鲜的、好的(正确的),应该借鉴,而"借鉴"绝不能与"硬搬"画上等号,不然,"借鉴"就变成了"取代",那是很可怕的,也很可悲。

第二是我喜欢用广角度、大视野来观照事物。当然,那所谓"广"与"大",也还只能是个人一己之学力、识力所能达到的自以为的"广"与"大",这种"广"与"大"实际是要随着自己的常识水平而不断向高处逐步提升拓展的。这就是说，我并非不注重把具体的事物本身弄个清楚（哪怕一个字义、一个典故……），而是注意不要停留在这个"就事论事"的基础上，应当进而寻究它的更深远丰厚的历史文化意蕴。我觉得只有这样，读书治学才有真意味，否则就是支离破碎，一堆破烂儿，好像很"渊博"，可实际上难成"气候"。

这样，我就总爱把主题放到大的历史社会文化背景中去了解它——然后才谈得上真正理解，而不是聋人叩磬、瞎子摸象，全不是那么回事。

第三是我总对事物之间的相互关系甚感兴趣，因为我觉得天下任何事物都不是孤立而"自足"的，任何事物都有它的来龙去脉与"三亲六故"，对这些都需要了解，而绝不是什么"枝蔓""累赘"和"烦琐考证"。把主题孤立起来，拒绝和嘲讽人家仔细寻查各种关系，这样的"批评家"的意见，总是令我感到他可能是太浅太简太"显"了些，缺乏足够的必需营养。

由于以上三点，我读书就犯一个"杂"字的毛病。

我这个"杂"，真是杂乱无章，遇上什么读什么，没有太多的选择余地——因为自己一生清寒，没钱买那成本大套的必备之典籍，只是凭机会拣些零本，带着极大的偶然性。这样，手边的书少得可怜，也就杂得可笑起来。这本来"不足为训"，更没有以此为"荣"的情理。但这样居然也有些好处，就是原来以为与自己的研究主题"无"关的书，却发现并非无关，甚至大大"有"关；如非杂读，那么就绝不会去选择它去读了。从此，大致悟及一个道理：读书给自己画一个太严太狭的圈子，并不一定即是良策。

这大约就触及了人们常说的问题：是"专"好，还是"博"好？

这样提问时，已经将专、博二者对立起来了，实际未必那么"敌对"。"由博返约"，也许就是指"先博后专"之意。换言之，倘不博，又何所谓专？比如我研究《红楼梦》，主题既然确立不移，那就只抱着一部小说或几本有关《红楼梦》的书，别的一概不睬，那就叫专吗？但有些人以为"杂"就是"博"，实则二者大有分别。博有二义：一是就研究与主题所有有关之书，将其遍览无遗；二是不限此一主题，范围大得多，几乎"无书不读"，这就不是"杂"所能企及的了。杂之于博，恐怕连小巫大巫之比也够不上。杂的特点是：所读的往往是不登大雅之堂的闲书、不成气候的小著，而鸿篇名著，却"往后靠"了。

在前清科举时，八股"时艺"以外的书都叫作"杂学"，所以贾宝玉被视为"每日家杂学旁收的"，可见"杂"自古含有"不正规""不正统"的意思。

这种读书法，焉能向人"推荐"？但我提到它，也有一点用意，就是此一杂读法培养了我的一个"本领"：能够触类旁通，看出事物之间的各种关联钩互。久而久之，自己头脑里储存的"插电门儿"很多，在杂读之际，随时随地都有合卯对榫的"插销"自己插通了"电流"——便领悟了许多意外的道理，觉得颇有"左右逢源"之乐。而且，自己愈积累，那能接通的"插销"就会愈多，读书时就愈有收获。

这儿需要补充一点。这种"通电"的心得与快乐，也不尽为"守株待兔"式的消极怠惰，还要培养积极主动的"搜索精神"，又还要培养自己的敏锐性。钝觉的人，即便要寻的"东西"明摆在眼前，也不识不知，结果什么都"失之交臂"——以无心得收获而"告终"。

由此又引出一个问题："插销"与"插电门儿"既非天生地就能多，而是靠后天培养积储，那么很显然，无论多么有用的书对你来说，初读时的"通电"肯定不会太多，待到你经过了培储之后，重读时就会发现比初读时多几倍的收益。"好书不厌百回读"，不单指欣赏，而是多读一遍即多悟一番、多获一次。

浅尝辄止，一知半解，似通非通——便自以为是，觉得"天下之美尽在于己"了，论什么事都拿那个"自以为是"的小尺码去衡量鉴定。以此为读书治学的态度，世上是不乏其例的，我们务宜引以为戒。

读书的名言也不少。常被人提起的，如陶渊明的"不求甚解"，有人以为是马马虎虎，其实陶公"奇文共欣赏，疑义相与析"，那实在是十分认真的，所以他才能够每有"会心"，便"欣然忘食"。大诗人杜子美说"读书难字过"，有人也以为"过"就是"放过去"，不管它；其实"过"是把它弄明白的意思（记不清哪本书里，记某人读书"有一字不过"，亦必寻究清楚而后止。可见"过"是"懂"的古语）。

书是人作的，人的脾性、处境、笔调……各有不同。有的"大白话"，直来直往；有的则曲笔微词，行间字里，弦外之音。如"一视同仁"，不知寻绎，昧于中华文字的各种特点，没有领悟体会前人著述的种种特殊背景与行文措词的苦心匠意，那也会是"白读"了一阵子，囫囵吞了个大枣而已。

读书治学，原无什么"秘诀""捷径"可言，各人谈谈各人的经验与看法，是由于各人的天资、环境、条件、机缘……各个不同而各就其一面的特殊情况而略作介绍，供人参考，如此而已，这并非什么"定法"与"奥秘"。但有一点是永恒普遍的真理：读书治学，所为何事？要弄清楚。如果不是为了寻求真理，心境不是纯真高洁，而一心是为了找一个"终南捷径"，抓个"热门"题目，躁进浮夸，假学卑识，只为捞取个人的名位利禄，那就是另外一回事，与真正的学术没有共同之处。为学要诚，用心要洁，品格要高，虽不能至，也必须"高山仰止，景行行止"。

【内容提要】

研究国学必须尊重本国的文化特点，外国模式可以借鉴，但不可生搬硬套。广角度、大视野来观照事物、读书治学，才有真意味。关注事物之间的相互关系有利于治学。

杂读也是有意义的，可以培养触类旁通的本领，但这个过程中要培养积极主动的搜索精神，还要培养自己的敏锐性。读书治学多靠后天培养积储，所以讲究好书多读、认真读、读清楚、读出文字后的匠心和文化。正确理解博和专的含义。读书法因各自情况不同而千差万别,但寻真理的纯真高洁的心应是读书人的共同点。

【阅读感悟】

以前读"高山仰止,景行行止"感觉颇难着地,今天读周公教诲,突然有了真切理解,"仰"与"行"真是饱含人生哲理的大秘密。

周公讲红楼自不必说,四大名著、诗词理解、中华文化的大课题由他讲来,也是那么深入浅出,信手拈来。造诣深厚,跟他年轻时明晰高远的读书目标有关,也与他多年脚踏实地的努力有关。"仰"与"行"二字对老先生的学术来说是研究红楼的目标和一字一句一书一思的积累精进态度,当然,对于他的人生和他对我们读书人的期望来说,这两个字有更高级别的宏阔意义。

目标与态度是我们受教育和教育学生时的老生常谈,然而人到中年认真反省,会发现我们和大家间的距离大多是对这耳熟能详的老话理解、践行的程度欠缺造成的。"仰望星空,脚踏实地",今人何尝不知既要有对高山的仰望,也要有在大道上踏实的行走?但知是一回事,行,难!

"高山仰止"难在理解与坚守。我们的教育似乎很重视理想教育,但实践起来,理想变成了高而飘忽或高而不真的云朵,不是沉稳厚实、曲折可攀的高山。或许正因为将高山等同了白云,我们的仰望已经在缘起上就有了飘忽不定和无所适从的特质，漫长岁月里现实的风吹雨打更让我们对高山的仰望常常被带偏了方向。

"景行行止"难在心态与根基。词句为我们描述的是在宽广的大路上阔步向前的豪迈，但如今许多读书人只将读书当作走路的鞋，路在何方，以后再说。如有别的路可走，换双鞋也在所不惜。单纯读书之路，那真是一条充满尴尬的生存夹缝。所以，怎么可能像周公那样用扎扎实实的步法去走读书路啊，且行且张望，忽高忽低脚下浮浅，没有根基的步法能不摔跤就不错了。

这似乎是时代病，然而并不是。每个时代都有属于那个时代的读书人的艰难，孔子、孟子、王阳明、曾国藩，哪个不是？周公不得已而为之的杂读不也是因为现实的困境？

外境从来坎坷，也从来是圣凡的试金石。既然行走在读书路上，让我们收摄迷蒙的目光，无谓坦途泥泞，一路坚定从容。

不忘初心，砥砺前行。

（黄　涛）

【大师名言】

治学不易，要有才、学、识、德、勇、毅、果、静、谦……也要有悟。悟有顿、渐之分：顿是一见即晓，当下即悟；渐就是涵咏玩味，积功既久，忽一旦开窍，洞彻光明。

——《红楼无限情：周汝昌自传》

以我之诗心，鉴照古人之诗心，又以你之诗心，鉴照我之诗心。三心映鉴，真情斯见；虽隔千秋，欣如晤面。

——《千秋一寸心》

　　浅尝辄止，一知半解，似通非通——便自以为是，觉得"天下之美尽在于己"了，论什么事都拿那个"自以为是"的小尺码去衡量鉴定。以此为读书治学的态度，世上是不乏其例的，我们务宜引以为戒。

——《读书与治学》

书痴

黄裳（1919—2012），散文家、高级记者、藏书家。祖籍山东益都，生于河北井陉，满洲镶红旗。原名容鼎昌，笔名黄裳、勉仲、赵会仪。黄裳学识渊博，文笔绝佳，文化底蕴深厚，被誉为"当代散文大家"，晚年更以藏书、评书、品书著称于文坛。著有《锦帆集》《黄裳书话》《来燕榭读书记》等书。

看题目,这好像是从《聊斋志异》上抄了来的。一个年轻的读书人废寝忘食地在书斋里读书,半夜里,一张少女漂亮的脸在窗外出现了,……后来,自然要有一段曲折、甜蜜的恋爱生活,然后,书生得到少女的帮助,终于考中了状元,做了大官。……

自然,这不过是说笑话。蒲松龄的思想境界是不至如此低下的。但在风起云涌继《聊斋志异》而出现的什么《夜谭随录》《夜雨秋灯录》之类的作品里,这样的故事就不只是可能,而且是必然要出现的了。在那样的社会里,"书中自有黄金屋,书中自有颜如玉,书中自有千钟粟……"的"美妙"幻想,在读书人的头脑里,简直是独霸着的,这就使他们不能不整天价做着此类的白日好梦,也自然要进而写进他们的创作中间。

不过关于读书人真实的并非捏造的故事,也是有的。如果图便捷,不想翻检许多书本,我想,叶昌炽的《藏书纪事诗》是可以看看的。

叶昌炽辛苦地从大量原始纪录中搜罗了丰富的材料,依时代次序,把许多著名藏书家的故事编缀在一起,是煞费苦心的。他的书在这一领域不愧是"开山之作",过去还没有谁就此进行过系统的研究。

叶昌炽的书另一值得佩服的特点是,他在取材时尽量选取的是那种"非功利性"的读书人的故事,因而也较少封建气息的污染。当然这也只能是相对而言。和"为艺术而艺术"一样,百分之百的"为读书而读书"是不存在的。读书,无论在什么时代,总都有它的目的性。但取舍之间,不同作者的眼光是不大相同的。我想这和叶昌炽自己就是一个生性恬淡、习惯于寂寞的研究,因而热爱书本的"书呆子"不无关系。

如果想探索一下,是什么促使人们热爱书本,那原因看来也只能归结为强烈的求知欲。司马光是爱书的,他所藏的万余卷文史书籍,虽然天天翻阅,几十年后依然还像"新若手未触者"一样。他对自己的儿子说过:"贾竖藏货贝,儒家惟此耳。"这是很坦率的话。书是知识分子的吃饭家伙,是不能不予以重视的。这里我把"儒家"译为知识分子。虽然在政治上司马光和王安石是对立的,但他这里所谓"儒家"看来也只是封建社会读书人的泛称,并没有什么格外的"深意"。

司马光自然并不是"为读书而读书"的人,他编写《通鉴》的目的是为了"资治",一点都不含糊。他的得力助手刘恕也是一位藏书家,他受司马光的委托,经常走几百里路访问藏书家,阅读抄写。一次,他到宋次道家看书,主人殷勤招待。刘恕却说,"此非吾所为来也。殊费吾事""悉去之,独闭阁昼夜口诵手抄,留旬日,尽其书而去,目为之翳"。

也是宋代的著名诗人尤袤,则公然声明他的藏书的目的是"饥读之以当肉,寒读之以当裘。孤寂而读之以当友朋,幽忧而读之以当金石琴瑟也"。这个著名的声明，出之诗人之口，很有点浪漫主义的味道。他是道出了"为读书而读书"的真意的。近代著名学人章钰为自己的书斋取名"四当斋"，就是出典于此。

书籍是传播知识的工具，在知识还是私有的时候，知识分子对书的争夺是不可避免的。于是有许多见不得人的勾当干出来了。有一些还被传为"美谈"，其实正是丑史。过去的藏书家喜欢在自己的藏书上加印。除了名号之外，也还有一种"闲章"，有时要长达数十百字，就等于一通宣言。从这些印章中，很可以窥见藏书家的心思。

陈仲鱼有一方白文印，"得此书，费辛苦。后之人，其鉴我"。这是很有名的印记，读了使人有一种无可奈何的印象，觉得陈仲鱼是挺可怜的。他这里所说的后人，并非指自己的子孙，而是后来得到他所藏书籍的人。在这一点上，他还是明智的，比有些人要高明得多。风溪陶崇质藏书，每每钤一楷书长印，文云："赵文敏公书跋云：'聚书藏书，良匪易事。善观书者，澄神端虑，净几焚香。勿卷脑，勿折角，勿以爪侵字，勿以唾揭幅，勿以作枕，勿以夹策。随开随掩，随损随修。后之得吾书者，并奉赠此法。'陶松谷录。"这也是很通脱的。爱书，但私有观念并不怎样浓重，是很难得的。明代著名藏书家、澹生堂主人祁承㸁的印记则说："澹生堂中储经籍，主人手校无朝夕。读之欣然忘饮食，典衣市书恒不给。后人但念阿翁癖，子孙益之守弗失。"则已明显地露出了贪惜之念，而且要向子孙乞怜，把希望寄托在他们身上，结果当然是失望。祁家的藏书后来被黄梨洲、吕晚村大捆地买去，吕还为此作了两首诗，其一云："阿翁铭识墨犹新，大担论斤换直银。说与痴儿休笑倒，难寻几世好书人。"说了一通风凉话，却料不到他自己连同所藏书籍的命运比祁氏还要来得悲惨。

清末浙东汤氏藏书也有一方大印："见即买，有必借，窘尽卖。高阁勤晒，国粹公器勿污坏。"说得更是通脱，而且毫不讳言，必要的时候尽可卖掉。这就分明可以看出，到了封建社会的晚期，"子孙世守"那样的观念已经日趋淡薄，而书籍作为商品，在读书人心目中的地位也已大大改变了。

但在明代或更早，这种通脱的意见是难以遇见的。著名的天一阁，就历世相传着极严格的封建族规。藏书应怎样保管，要经过怎样烦难的手续才能看书，……都规定得十分明确。在清一代，有许多著名的学者想登阁观书都被回绝，这样的纪事是很多的。约略与范钦同时的苏州著名藏书家钱谷有一方印记则说："卖衣买书志亦迂，爱护不异随侯珠。有假不返遭神诛，子孙鬻之何其愚。"就大有咬牙切齿之意。钱叔宝是一位贫老的布衣，也是真正爱书、懂得读书的人，他的这种愤激的言辞是可以理解的。说得更为可怕的是明末清初宁波的万贞一（言），他是万斯同的侄辈。我买到他的藏书，读到他手钤的藏印时，是吃了一惊的。他说，"吾存宁可食吾肉，吾亡宁可发吾椁。子子孙孙永勿鬻，熟此自可供饘粥。"在我浅薄的见闻中，像这样说得斩钉截铁、血肉模糊的可再也没有了。

为了保护藏书，一方面是训斥子孙，另一面则是威胁买主。可以作为代表的是另一方大印，不过已说不清是否是钱叔宝的手笔了。"赵文敏公书卷末云：吾家业儒，辛勤置书。以遗子孙，其志何如。后人不读，将至于鬻。颓其家声，不如禽犊。苟归他室，当念斯言。取非其有，无宁舍旃！"

话虽如此，有些人肚里明白，他们寄以殷切期望的孝子贤孙往往是靠不住的。明代的杨仪吉年老时就将所藏书散给了亲戚、故旧，同时还恨恨地声明："令荡子孱妇无复着手，亦一道也。"他大概看够了官僚地主家庭子孙"不肖"的实例，才想出了这一条计。他是隐约地看出了"君子之泽，五世而斩"的规律的，自然并不明白那原因。

以上通过几方藏书图记，约略勾画了藏书家愉快、痛苦交错的矛盾心情。这些位，如称之为"书痴"，大概是并无不合的。当然具有较为高明的识见者也不是没有。明末的姚叔祥就说过"盖知以秘惜为藏，不知以传布同好为藏耳"这样的话，是很有见地的。可惜的是并不多见。

"嗜书好货，同为一贪。"这是并非藏书家的极平凡的常识性见解，恐怕事实也确是如此。旧记中常常有人们千方百计搜求书籍的故事，有些自然是使人佩服的，有的就难说，比如朱彝尊买通了钱遵王的书童，把《读书敏求记》的手稿偷出来传抄，就被当作"佳话"写入了序文。这其实就是孔乙己著名的自我辩护的蓝本。"佳话"与"笑柄"的区别，完全以是否"名人"为标准，事物的本质往往是被忽略了的。在阶级社会里，人们的行动是不能不受社会阶级地位的制约的。孔乙己如果没有落魄，或有朝一日又阔了起来，他就会使出不同的手段来抢，人们也不但不敢笑，而且还要眼睛望着地面了的。

关于《清明上河图》或"一捧雪"的故事，人们是熟知的，因为有戏曲和小说的宣传。严嵩、世蕃父子的收藏，详细记录在《天水冰山记》里的，恐怕无一不是用同样手段取得的。但很少有人知道，严家父子的前辈，秦桧父子早已玩过同样的花样了。陆游《老学庵笔记》记："王性之（名铚，是作《挥麈录》的王明清的父亲）既卒，秦熺方恃其父，气焰熏灼。手书移郡，将欲取其所藏书，且许以官。其长子仲信名廉清，苦学有守，号泣拒之曰：'愿守此书以死，不愿官也。'郡将以祸福诱胁，皆不听。熺亦不能夺而止。"这是八百多年以前的故事，但今天听来也还耳熟得很。同时还不能不叹息古人到底"淳厚"，王廉清顶了一下，秦熺也就算了。

【内容提要】

书痴，看似只会出现在《聊斋志异》中的有着"美妙幻想"的人物，可现实中亦有此"痴人"。他们执念于书，也因着对书的私心，千方百计在书上留下自己的印证。爱书但私有观念并不怎样浓重的人倒也实属难得了。对于藏书的保管，他们大多也有自家法子，一方面是训斥子孙，另一方面是威胁买主。话虽如此，有些人肚里明白，他们寄以殷切希望的孝子贤孙往往是靠不住的，倒不如"传布同好为藏耳"，还能有个盼头。

【阅读感悟】

  佛家谓痴，曰为不明白事理，是非不明，善恶不分，颠倒妄取，起诸邪行。这是愚痴。而今谓痴，乃是一种境界，一份情结，一方执念。或痴于乐，或痴于画，总归是心有所属。所谓"人必有痴，而后有成。"私以为，痴于书者，必是有大成之人。

  痴于读书的人，书读百遍亦如新。

  是什么促使人们热爱读书？黄先生将其归结为"强烈的求知欲望"。"读书，无论在什么时代，总都有它的目的性。"若不管书好或不好，读或不读，只是买回来放在书架上，看着高兴，那便不是真的爱书。痴心于书的人，得书闻之如醉，失书思之如狂，也正如黄先生所说的那种"愉快、痛苦交错的矛盾心情"的人。痴心于书的人，书读百遍，书如新，所得亦如新。司马光藏书万余卷，即使天天翻阅，几十年依旧"新若手未触者"；才子李建，喜欢反复阅读同一本书，不管"有用"或"无用"，尤其是经典作品，每每品读，都满载而归。所以，痴与否，当自知。

  痴于藏书的人，坐拥百城亦不厌。

  痴于书之人，不仅爱读书，更是想把心仪之书收入囊中。所以，若没有自己的藏书之所，又怎好称自己是书痴呢？从古至今，书斋一直是读书人放飞思想的精神家园。古有杜甫浣花草堂"花径不曾缘客扫，蓬门今始为君开"，有蒲松龄于其聊斋"集腋为裘，妄续幽冥之录；浮白载笔，仅成孤愤之书"。现今，亦有书痴老人高瑞晶，一位普通的退休教师，痴迷藏书，一生囊尽，小屋"听雨斋"集五万余书册。唯一所求，便是为书找到更好的安身之所，能让更多的人分享书籍。藏书者自有贪惜之念。"爱书，但私有观念并不怎样浓重，是很难得的。"如此，高先生算得上这"难得"之人吧！

师者，自己须对读书保有一定的热忱，也须当将这份热忱传递于学生。学生"十年寒窗苦读日"，这份"苦"，在于夜以继日的刻苦，在于双亲师长的期待。可若是自己对世界抱有"求知欲望"，急于去答疑解惑，有了这份念想，自会从书中求得答案，虽然苦于身，但却乐于心。教育者，除了"传道受业解惑"，也当维持这份"求知"念想，让学生能好读书，多读书，读好书。人当要有点痴性，学做一个"痴人"，做一个痴书的人。

（蔡　青）

【大师名言】

工作会迫使你抓紧补充所缺乏的常识，就要读书；工作会不断扩展你的视野，如果你是热爱生活的，你的兴趣、爱好也必然随之而扩大。在这基础上的学习、读书，就不再是被迫的而是自愿的，效果也必然完全两样。

——《读书生活杂忆》

离开学校走入社会，给读书生活带来很大的变化。过去只是读几本小书，现在是开始翻看一本更丰富多彩、无边无岸的大书了；过去的读书是漫无目的的，现在懂得为了工作、学习、写作而确定搜求与阅读的方向了。

——《读书生活杂忆》

喜欢买书，但并不本本细看。就像一个人有不少老朋友，但多半素昧平生，事实上就将和没有朋友一样。因而又时时有"悔之晚矣"之感。这当然是大可不必的。朋友总是越多越好，重要的是要努力去熟悉、了解，弄清其长处与缺点，并采取相应的态度。"知己知彼，百战不殆"，孙子的这两句话，看来在读书上也是适用的。

——《读书生活杂忆》

读书要点、面、线结合（两篇）
——答读者问

吴小如（1922—2014），书法家、历史学家。原名吴同宝，曾用笔名少若，安徽泾县人。北京大学教授。吴小如先后就读于燕京大学、清华大学，于1949年从北京大学中文系毕业。曾受业于朱经畲、朱自清、沈从文、废名、游国恩、周祖谟、林庚等著名学者，是俞平伯先生的入室弟子，跟随俞平伯先生40余年。吴小如在中国文学史、古文献学、俗文学、戏曲学、书法艺术等方面都有很高的成就和造诣，被认为是"多面统一的大家"。

问:很想学古典文学,但作品浩如烟海,不知从何下手?

答:这是个老问题了。在青年同志中,不仅业余爱好者有这个问题,连一些中文系学生也往往为此而苦恼。我想,提这个问题的同志肯定对古典文学是有兴趣的,但更重要的是有决心和信心,锲而不舍,功到自然成。只怕兴趣不专一,信心易动摇,那就难免功亏一篑。

我自己搞古典文学最早也是从兴趣出发的。后来规定了六个字的守则,立志照办:多读,熟读,细读。"多"指数量,亦称之为"博";"细"指质量,又称之为"精"。但不熟读就谈不到深思熟虑,质量不能保证;倘一味背诵,滚瓜烂熟,却不细心琢磨,也还不免浪费精力。所以三者不可偏废。

所谓"多",必须从"少"积累起来,不可能睡一觉就由文盲变成专家。作品是作家写的,要读作品,不仅要"知人论世",还得摸清"来龙去脉",即首先必须了解一个"史"的轮廓。因此我主张读古典文学最好从"线"开始,先知道从古到今一个大致发展演变的过程,然后再顺藤摸瓜去读作品。二十世纪三十年代,我上中学时是从胡怀琛写的一本简陋的文学史(商务印书馆出版)入手的。现在几部较好的文学史著作,部头都太大,只能慢慢来。五十年代,王瑶先生写了一本《中国诗歌发展讲话》,对我很有启发。我曾模仿它写了六章《中国小说讲话》。1980年,我又分别在河南和甘肃的刊物上发表了关于古典散文和戏曲的发展简介,篇幅都不很长。目的就是希望读者在读大量作品之前先了解一点"史"

的梗概。六十年代初,游国恩等先生在他们写的《中国文学史》(全书共四册)问世之前,先出版了一本《中国文学史大纲》,我认为同志们不妨把它当成读整部文学史的"先行"课本。

说到读具体作品,我主张从"面"到"点",即先从选本入手。有的选本不是断代而是通古今的,那就连"线"也有了。近年出版的各种古典作品选本很多,读者尽可各从所好。但照我看,一本《古文观止》和一本《唐诗三百首》也很够了。要紧的是一定要从头到尾把它读完,能熟读、细读更好。如果连一个选本都读不完(或见异思迁,或久而生厌,或因噎废食……),那下一步就不必谈了。读完后回头想想,自己对这选本中的哪一个作家的哪一类作品最感兴趣。比如说,你对李白的古诗比较喜欢,那就把李白的全集找来读。如果还嫌多,目前《李白选集》已出了好几种,可以先挑一种来读。读完选集再读全集,那自然比一上来就啃全集容易多了。这就从"面"过渡到了"点"上。当然,光读原著还不够,还要把古今中外学者研究这个作家的论著尽量找来读,此之谓"点"中有"面"。你不是喜欢李白的古诗吗?那么,他是继承了谁?后来又影响了谁?这样把一个个作家联系起来分析比较,就是"点"中有"线"了。如此循序渐进,各个击破,逐步由"点"向"线"和"面"延续和扩展,然后通过自己的研究、判断,就会有了个人的心得体会。按照这种点、面、线相结合的办法稳步前进,不但入门不成问题,而且肯定会有不少收获的。

多读、熟读、细读

青年朋友每问我读书有什么诀窍。其实答案很简单，只是多读、熟读、细读六字而已。

多读

所谓"多"，多到什么程度、什么范围？我是搞古典文学的，当然这里说的读书的主攻方向是指读这一专业的书。但从我国文化学术的发展源流来看，最初文、史、哲是不分家的，这就要求治古典文学的人多少总要把经、史、子、集这四大部类古籍中最有代表性的著作翻读一些。《论衡·谢短篇》中说，"知古不知今，谓之陆沉""知今不知古，谓之盲瞽"。就我个人说，我国近、现、当代文学诚然不是我研究的范围，但我并非对它们全无兴趣。对外国文学亦然。

从二十世纪三十年代我上中学时起，直到今天，只要有时间，我总是见缝插针，有时有系统、有时无系统地读一些。说到古典文学本身，又分诗歌、散文、小说、戏曲四大门类，当然应该有所偏重；但它们彼此之间是相通的，只顾"单打一"，恐怕也不行。正如刘勰《文心雕龙·知音篇》所说："凡操千曲而后晓声，观千剑而后识器。"一个演员本领再高，只会唱一两出戏，总不能算是表演艺术家，更形成不了艺术流派。从事书法、绘画艺术的人，不但要临摹，而且要博览；不但要亲自动手，而且要大开眼界，读书、做学问理亦相同。

熟读

说到"熟",当然是相对的。拳不离手,曲不离口;快刀不磨黄锈起,胸膛不挺背要驼。我十几岁时背诵过《古文观止》《唐诗三百首》以及《毛诗》《论语》《孟子》之类的线装书,有的早已忘掉。但忘掉也不要紧,它们毕竟使我养成浏览古书的习惯和识文断句的能力。关于能力的培养,这里想多说几句。"知"与"能"二者的关系是辩证的。知而不能,终非真知。上面引述的刘勰的话很可玩味。他不说"听"千曲而后晓声,而说"操"千曲,可见他是主张实践出真知的,即能演奏千曲的人才真正体会到钻研音乐的甘苦。至于下文的"观千剑",应该指有比较鉴别的能力,而不是走马观花。"识器"的鉴赏家必须见过"千剑"才有发言权。

细读

所谓"细",就是反复钻研。其中自然包括博采众长和独立思考两个方面,二者缺一不可。孔子说的"学而不思则罔,思而不学则殆",应该是经验之谈。《礼记·中庸篇》谈学问之道,提出"博学""审问""慎思""明辨""笃行"五个步骤,我以为,可能同我这里所说的熟和细的意思差不多。另外,"熟"和"细"原是"水磨功夫",不宜急于求成,更不要急于自创一派、自成体系。那样只有自己吃亏,最后可能一事无成。1949年我初入大学教书,只能"以述为作""述而不作";进入六十年代,在课堂上偶然谈一点心得体会;近年讲课,则只谈个人一得之愚,此势所必至,非力可强而致也。

【阅读提要】

多读，熟读，细读。"多"指数量，亦称之为"博"；"细"指质量，又称之为"精"。但不熟读就谈不到深思熟虑，质量不能保证；倘一味背诵，滚瓜烂熟，却不细心琢磨，也还不免浪费精力。所以三者不可偏废。所谓"多"，必须从"少"积累起来，不可能睡一觉就由文盲变成专家。说到读具体作品，应该从"面"到"点"，即先从选本入手。说到"熟"，当然是相对的。"知"与"能"二者的关系是辩证的。知而不能，终非真知。所谓"细"，就是反复钻研。其中自然包括博采众长和独立思考两个方面，二者缺一不可。

【阅读感悟】

常常听到家长抱怨："我的孩子很喜欢读书啊，可语文成绩就是不行。"出现这种现象的原因之一，是这样的学生总是带着休闲的心态去读书，是浮光掠影地"看热闹"式的"虚读"，而不是潜心其中的"看门道"式的"研读"，全凭兴致，很少有情绪的调动、意志力的参与和心智的投入。其实，教师的阅读往往也会这样。随着科技的发展、电子产品的普及，我们越来越习惯于点开手机，指尖一划，就进入一个图文并茂的世界。这种快餐式的电子阅读是眼部扫描式的，一晃而过，是浅层的、碎片化的，它可以帮助我们快捷地获取资讯，但它在我们的大脑中留下的往往只是一些朦胧的印象、飘忽的意念和肤浅的感受，很难有精神的养育和思维能力的提高。

吴小如先生所说的"多读""熟读""细读",我觉得"细读"现在尤为需要。反复钻研、独立思考,缺一不可。

阅读是一种间接认识社会和人生的学习活动。我们对文本的理解总要打上个人的烙印,而人的生活阅历、情感经验是不断丰富和发展的。同一本书或同一篇文章,第二次阅读与第一次阅读相比,由于阅读的时间、环境、方法以及读者的心境、阅历、对世界的看法都可能发生变化,因而就可能有新的见识、感受和发现。所以,阅读不是一次就能完成的,要反复磨合和碰撞。

阅读中遇到看不懂的地方肯定是掉过头来,分析、思考,上下文融会贯通,甚至查阅资料,直到把握住要点。遇到特别有共鸣的地方,则可能会停下来,品味、感悟、思索,甚至是创造。遇到需要特别记忆的地方,就要反复地看,默默地背诵。长久有效的记忆也不是一次阅读就能完成的,需要一个"温故"和"强化"的过程。

对文科教师而言,做批注是"细读"的好方法,批注有符号式、质疑式、感想式、补充式,等等。批注就是与作者进行情感和思想的交流,是深层次阅读。现在很多理科教师教学生做思维导图,其实在自己阅读时不妨也用这种方式进行由点到线到面的更精细的阅读。

信息爆炸的时代,并不是所有内容都适合细读,但细读一定是必须有的能力。钻得深,才能悟得透,迁移运用才能得心应手。

(张明兰)

【大师名言】

　　为了了解唐诗发展的全貌,我们有必要从头到尾把它读一遍;但如果为了对古典诗歌发生兴趣,最好先从五、七绝入手。因为这些短诗既好懂又好记,而意境之深远、形象之生动却并不下于长诗。

——《读〈唐诗三百首〉》

　　有人问我,会中国古典的东西有什么必读书?我说过去清朝有一句话:"诗四观。"诗是《唐诗三百首》,四是"四书",观是《古文观止》。要我说,把这三本书从头到尾都看过、都背过,那你的国学基础就是上乘的。多了解中华传统文化,修养也会提高。

——《吴小如的书房》(人民网)

　　说到书法也是一样,功夫在书外,意思就是说,一是多读书,一是做人要好。同样,学做古典诗词也要多读书,要懂韵、平仄、格律,方能知诗词句中每一个字的妙处。格律并不难学。喜欢,读懂就会了。

——《吴小如的书房》(人民网)

我是这样爱上读书的

余光中（1928—2017），作家、诗人、学者、翻译家。出生于南京，祖籍福建永春。余光中一生从事诗歌、散文、评论、翻译，他称这些为自己写作的"四度空间"。余光中被誉为文坛的"璀璨五彩笔"。现已出版诗集21种、散文集11种、评论集5种、翻译集13种。诗作如《乡愁》《乡愁四韵》，散文如《听听那冷雨》《我的四个假想敌》等，广泛收录于语文课本中。

每个人的童年未必都像童话,但是至少该像童年。若是在都市的红尘里长大,不得亲近草木虫鱼,且又饱受考试的威胁,就不得纵情于杂学闲书,更不得看云、听雨,发一整个下午的呆。

我的中学时代在四川的乡下度过,正是抗战时期,尽管贫于物质,却富于自然、裕于时光,稚小的我乃得以亲近山水,且涵泳中国的文学。所以每次忆起童年,我都心存感慰。

我相信一个人的中文根底,必须深固于中学时代。若是等到大学才来补救,就太晚了,所以大一国文之类的课程不过虚设。我的幸运在于中学时代是在纯朴的乡间度过,而家庭背景和学校教育也宜于学习中文。

1940年秋天,我进入南京青年会中学,成为初一的学生。那家中学在四川江北县悦来场,靠近嘉陵江边,因为抗战,才从南京迁去了当时所谓的"大后方"。不能算是什么名校,但是教学认真。我的中文跟英文底子,都是在那几年打结实的。尤其是英文老师孙良骥先生,严谨而又关切,对我的教益最多。当初若非他教我英文,日后我是否能进外文系,大有问题。

至于国文老师,则前后换了好几位。川大毕业的陈梦家先生,兼授国文和历史,虽然深度近视,戴着厚如酱油瓶底的眼镜,却非目光如豆,学问和口才都颇出众。另有一个国文老师,已忘其名,只记得仪容儒雅,身材高大,不像陈老师那么不修边幅，甚至有点邋遢。更记得他是北师大出身，师承自多名士耆宿，就有些看不起陈先生，甚至溢于言表。

高一那年，一位前清的拔贡来教我们国文。他是戴伯琼先生，年已古稀，十足是川人惯称的"老夫子"。依清制科举，每十二年由各省学政考选品学兼优的生员，保送入京，也就是贡入国子监，谓之拔贡。再经朝考及格，可充京官、知县或教职。如此考选拔贡，每县只取一人，真是高材生了。

戴老夫子应该就是巴县（即江北县）的拔贡，旧学之好可以想见。冬天他来上课，步履缓慢，意态从容，常着长衫，戴黑帽，坐着讲书。至今我还记得他教周敦颐的《爱莲说》，如何摇头晃脑，用川腔吟诵，有金石之声。

这种老派的吟诵，随情转腔，一咏三叹，无论是当众朗诵或者独自低吟，对于体味古文或诗词的意境，最具感性的功效。现在的学生，甚至主修中文系的，也往往只会默读而不会吟诵，与古典文学不免隔了一层。

为了戴老夫子的耆宿背景，我们交作文时，就试写文言。凭我们这一手稚嫩的文言，怎能入夫子的法眼呢？幸而他颇客气，遇到交文言的，他一律给六十分。后来我们死了心，改写白话，结果反而获得七八十分，真是出人意料。

有一次和同班的吴显恕读了孔稚珪的《北山移文》，佩服其文采之余，对纷繁的典故似懂非懂，乃持以请教戴老夫子，也带点好奇，有意考他一考。不料夫子一瞥题目，便把书合上，滔滔不绝，不但我们问的典故他如数家珍地详予解答，就连没有问的，他也一并加以讲解，令我们佩服之至。

国文班上，限于课本，所读毕竟有限，课外研修的师承则来自家庭。我的父母都算不上什么学者，但他们出身旧式家庭，文言底子照例不弱，至少文理是晓畅通达的。我一进中学，他们就认为我应该读点古文了，父亲便开始教我魏徵的《谏太宗十思疏》，母亲也在一旁帮腔。我不太喜欢这种文章，但感于双亲的谆谆指点，也就十分认真地学习。接下来是读《留侯论》，虽然也是以知性为主的议论文，却淋漓恣肆，兼具生动而铿锵的感性，令我非常感动。再下来便是《春夜宴桃李园序》《吊古战场文》《与韩荆州书》《陋室铭》等几篇。我领悟渐深，兴趣渐浓，甚至倒过来央求他们多教一些美文。起初他们不很愿意，认为我应该多读一些载道的文章，但见我颇有进步，也真有兴趣，便又教了《为徐敬业讨武曌檄》《滕王阁序》《阿房宫赋》。

父母教我这些，每在讲解之余，各以自己的乡音吟哦给我听。父亲诵的是闽南调，母亲吟的是常州腔，古典的情操从乡音深处召唤着我，对我都有异常的亲切。就这么，每晚就着摇曳的桐油灯光，一遍又一遍，有时低回，有时高亢，我习诵着这些古文，忘情地赞叹骈文的工整典丽、散文的开阖自如。这样的反复吟咏，潜心体会，对于真正进入古人的感情，去呼吸历史、涵泳文化，最为深刻、委婉。日后我在诗文之中展现的古典风格，正以桐油灯下的夜读为其源头。为此，我永远感激父母当日的启发。

不过那时为我启蒙的，还应该一提二舅父孙有孚先生。那时我们是在悦来场的乡下，住在一座朱氏宗祠里，山下是南去的嘉陵江，涛声日夜不断，入夜尤其撼耳。二舅父家就在附近的另一个山头，和朱家祠堂隔谷相望。父亲经常在重庆城里办公，只有母亲带我住在乡下，教授古文这件事就由二舅父来接手。他比父亲要闲，旧学造诣也似较高，而且更加喜欢美文，正合我的抒情倾向。

他为我讲了前后《赤壁赋》和《秋声赋》，一面捧着水烟筒，不时滋滋地抽吸，一面为我娓娓释义，哦哦诵读。他的乡音同于母亲，近于吴侬软语，纤秀之中透出儒雅。他家中藏书不少，最吸引我的是一部插图动人的线装《聊斋志异》。二舅父和父亲那一代，认为这种书轻佻侧艳，只宜偶尔消遣，当然不会鼓励子弟去读。好在二舅父也不怎么反对，课余任我取阅，纵容我神游于人鬼之间。

后来父亲又找来《古文笔法百篇》和《幼学琼林》《东莱博议》之类，抽教了一些。长夏的午后，吃罢绿豆汤，父亲便躺在竹睡椅上，一卷接一卷地细览他的《纲鉴易知录》，一面叹息盛衰之理。我则畅读旧小说，尤其耽看《三国演义》《西游记》《水浒传》，甚至《封神榜》《东周列国志》《七侠五义》《包公案》《平山冷燕》等也在闲观之列，但看得最入神也最仔细的，是《三国演义》，连草船借箭那一段的《大雾迷江赋》也读了好几遍。至于《儒林外史》和《红楼梦》，则要到进了大学才认真阅读。当时初看《红楼梦》，只觉其婆婆妈妈，很不耐烦，竟半途而废。

早在高中时代，我的英文已经颇有进境，可以自修《莎氏乐府本事》，甚至试译拜伦《海罗德公子游记》的片段。只怪我野心太大，头绪太多，所以读中国作品也未能全力以赴。

我一直认为，不读旧小说，难谓中国的读书人。"高眉"（high-brow）的古典文学固然是在诗文与史哲，但"低眉"（low-brow）的旧小说与民谣、地方戏之类，却为市井与江湖的文化所寄，上至骚人墨客，下至走卒贩夫，广为雅俗共赏。身为中国人而不识关公、包公、武松、薛仁贵、孙悟空、林黛玉，是不可思议的。如果说庄、骚、李、杜、韩、柳、欧、苏是古典之葩，则《西游记》《水浒传》《三国演义》《红楼梦》正是民俗之根，有如圆规，缺其一脚必难成其圆。

读中国的旧小说，至少有两大好处。一则是可以认识旧社会的民情风土、市井江湖，为儒、道、释俗化的三教文化作一注脚；另一则是在文言与白话之间搭一桥梁，俾在两岸自由来往。当代学者慨叹学子中文程度日低，开出来的药方常是"多读古书"。其实目前学生中文之病已近膏肓，勉强吞咽几丸《孟子》或《史记》，实在是杯水车薪，无济于事，根底太弱，虚不受补。倒是旧小说融贯文白，不但语言生动，句法自然，而且平仄妥帖，词汇丰富。用白话写的，有口语的流畅，无西化之夹生，可谓旧社会白话文的"原汤正味"；而用文言写的，如《三国演义》《聊斋志异》与唐人传奇之类，亦属浅近文言，便于白话过渡。加以故事引人入胜，这些小说最能使青年读者潜化于无形，耽读之余，不知不觉就把中文摸熟弄通,虽不足从事什么声韵训诂,至少可以做到文从字顺,达意通情。

我那一代的中学生,非但没有电视,也难得看到电影,甚至广播也不普及。声色之娱,恐怕只有靠话剧了,所以那是话剧的黄金时代。一位穷乡僻壤的少年要享受故事,最方便的方式就是读旧小说。加以考试压力不大,都市娱乐的诱惑不多而且太远,而长夏午寐之余、隆冬雪窗之内,常与诸葛亮、秦叔宝为伍,其乐何输今日的磁碟、录影带、卡拉OK?而更幸运的,是在"且听下回分解"之余,我们那一代的小"看官"们竟把中文读通了。

同学之间互勉的风气也很重要。巴蜀文风颇盛,民间素来重视旧学,可谓弦歌不辍。我的四川同学家里常见线装藏书,有的可能还是珍本,不免拿来校中炫耀,乃得奇书共赏。

当时中学生之间,流行的课外读物分为三类:古典文学,尤其是旧小说;新文学,尤其是三十年代白话小说;翻译文学,尤其是帝俄与苏联的小说。三类之中,我对后面两类并不太热衷,一来因为我勤读英文,进步很快,准备日后直接欣赏原文,至少可读英译本;二来我对当时西化而生硬的新文学文体,多无好感,对一般新诗,尤其是普罗八股,实在看不上眼。

同班的吴显恕是蜀人,家多古典藏书,常携来与我共赏,每遇奇文妙句,辄同声啧啧。有一次我们迷上了《西厢记》,爱不释手,甚至会趁下课的十分钟展卷共读。碰上空堂,更并坐在校园的石阶上,膝头摊开张生的苦恋,你一节,我一段,吟咏什么"颠不剌的见了万千,似这般可喜娘的庞儿罕曾见"。后来发现了苏曼殊的《断鸿零雁记》,也激赏了一阵,并传观彼此抄下的佳句。

至于诗词,则除了课本里的少量作品以外,老师和长辈并未着意为我启蒙,倒是性之相近,习以为常,可谓无师自通。当然起初不是真通,只是感性上觉得美、觉得亲切而已。遇到典故多而背景曲折的作品,就感到隔了一层,纷繁的附注也不暇细读。不过热爱却是真的,从初中起就喜欢唐诗,到了高中更兼好五代与宋之词,历大学时代而不衰。

最奇怪的,是我吟咏古诗的方式,虽得闽腔吴调的口授启蒙,兼采二舅父哦叹之音,日后竟然发展成唯我独有的曼吟回唱,一波三折,余韵不绝,跟长辈比较单调的诵法全然相异。五十年来,每逢独处寂寞,例如异国的风朝雪夜,或是高速长途独自驾车,便纵情朗吟"弃我去者昨日之日不可留,乱我心者今日之日多烦忧"或是"长洪斗落生跳波,轻舟南下如投梭。水师绝叫凫雁起,乱石一线争磋磨",顿觉太白、东坡就在肘边,一股豪气上通唐宋。若是吟起更高古的"老骥伏枥,志在千里。烈士暮年,壮心不已",意兴就更加苍凉了。

《晋书·王敦传》说王敦酒后辄咏曹操这四句古诗,一边用玉如意敲打唾壶作节拍,壶边尽缺。清朝的名诗人龚自珍有这么一首七绝:"回肠荡气感精灵,座客苍凉半酒醒。自别吴郎高咏减,珊瑚击碎有谁听?"说的正是这种酒酣耳热、纵情朗吟,而四座共鸣的豪兴。这也正是中国古典诗感性的生命所在。只用今日的国语来读古诗或者默念，只恐永远难以和李杜呼吸相通，太可惜了。

前年十月，我在英国六个城市巡回诵诗。每次在朗诵自己作品六七首的英译之后，我一定选一两首中国古诗，先读其英译，然后朗吟原文。吟声一断，掌声立起，反应之热烈，从无例外。足见诗之朗诵具有超乎意义的感染性，不幸这种感性教育今已荡然无存，与书法同一式微。

去年十二月，我在"第二届中国文学翻译国际研讨会"上，对各国的汉学家报告我中译王尔德喜剧《温夫人的扇子》的经验，说王尔德的文字好炫才气，每令译者"望洋兴叹"而难以下笔，但是有些地方碰巧我的译文也会胜过他的原文。众多学者吃了一惊，一起抬头等待下文。我说："有些地方，例如对仗，英文根本比不上中文。在这种地方，原文不如译文，不是王尔德不如我，而是他捞过了界，竟以英文的弱点来碰中文的强势。"

我以身为中国人自豪，更以能使用中文为幸。

【内容提要】

一个人的中文根底，必须深固于中学时代。若是等到大学才来补救，就太晚了。作者的幸运是他的中学时代是在纯朴的乡间度过的，而家庭背景和学校教育也宜于学习中文，由此，中文和英文底子都是在中学那几年打结实的。英文教师的严谨亲切和国文教师的文采功底令人佩服；同学常携来奇书共赏，互勉的风气浓厚；父母、二舅父的谆谆指点，尤其是讲解之余各自以乡音吟诵对作者的影响很大。纵情吟咏古诗的方式，使诗歌具有超乎意义的感染性，不幸这种感性的教育今已荡然无存。

【阅读感悟】

　　余先生在文章里写到，爱上读书得益于童年时在乡下度过，得以亲近山水，纵情于杂学闲书。除此，还有父母亲人的启蒙、老师的指点和同学之间的相互勉励。说简单点，其实就是我们现在所说的好的社会环境、家庭环境和学校环境给他提供了良好的条件。

　　我曾想让学生看看大师是怎么爱上读书的，拿这篇文章给学生看，让他们看完后写了一篇感悟。结果发现十之八九的学生写的都是，想要拥有这样一段在乡下度过的童年时光，看云、听雨，发一整个下午的呆；羡慕他有这样好的父母，教他以乡音吟哦古文……言语里都是对自己目前处境的不满和挑剔。

　　一方面，我理解学生的感受，现在的读书大多是功利的，来不及细细思索和体味读书情趣。升学压力迫使我们的学生很多时候都是被动地在读书，难以激发心中的热爱，即使想读书，也苦于繁重的学习任务，腾不开时间。可另一方面我也在想，我们给学生提供的环境不好吗？什么才是好的读书环境？好的环境是不是就一定可以让我们的学生爱上读书呢？

　　我们现在的社会环境不好吗？余先生少时读书，处于抗战时期，物质贫乏；我们的孩子生于和平年代，读书的条件不知比他那时好上多少倍，各种读书活动、听书频道、看书软件等应有尽有，随时随地都可以在书海畅游，环境肯定比他当时所处的要好很多倍。获取方便了，我们的孩子倒更喜欢看电影、看综艺、追剧、打电子游戏……我们的家庭教育跟不上吗？余先生小时有父母、家舅在旁娓娓释义，吟哦诵读；我们的孩子，从出生开始已经有很多绘本，晚上还有睡前故事。为了让孩子有一个好的读书环境，家长们在教育上更是倾尽全力，陪读、买学区房。我们的学生从幼儿园到小学、初中、高中、大学、研究生，会有无数个教师，难道就不曾碰到过一个爱读书的教师吗？

要说什么难呢？大概是发自内心的热爱。给孩子创造好的物质环境的同时，我想我们更需要做的是引导他们找到自己，找到渴望和热爱。不如，我们也多读些作品，时不时可以跟学生共读一本书，一起就书中的某个人物形象、某个字词去探讨争论一番，倒也有趣。以前读余先生的诗歌和散文，觉得字里行间尽显浪漫，都是对诗意的向往。忽然想到古人饭桌上行的酒令，生活中的随处吟唱，那些诗歌浸润着生活的时光，真是让人艳羡。

（宋海燕）

【大师名言】

凡是值得读的智慧之书，都值得精读，而且再三诵读。古人所谓的"一目十行"，只是修辞上的夸张。"一目十行"只有两种情形：一是那本书不值得读，二是那个人不会读书。

——《智慧之书》

　　一个人的经验当然以亲身得来的最为真切可靠,可是直接的经验毕竟有限。读书,正是吸收间接的经验。生活至上论者说读书是逃避现实,其实读书是扩大现实,扩大我们的精神世界。

——《开卷如开芝麻门》

　　在知识爆炸的现代,书,是绝对读不完的,如果读书不得其法,则一味多读也并无意义。

——《开卷如开芝麻门》

谈读书与写文章

李泽厚（1930— ），哲学家。湖南长沙宁乡道林人。现为中国社会科学院哲学研究所研究员，巴黎国际哲学院院士，美国科罗拉多学院荣誉人文学博士，德国图宾根大学、美国密歇根大学、威斯康星大学等多所大学客座教授，主要从事中国近代思想史和哲学、美学研究。代表著作有《美学论集》《批判哲学的批判》《中国近代思想史论》《美的历程》《李泽厚对话集》等。

| 送给教师的读书指南

　　今天我和中文系七七级同学座谈，感到很亲切。首先祝大家今后取得远远超过我们这一代人的成就。

　　你们年轻一代人都走过一段自己的不平凡的道路。在过去的若干年中，你们耽误了不少时间，受到很大损失，付出了很大代价。但是，可以把付出的代价变为巨大的财富，把你们所体会的人生，变成人文—社会科学的新成就。要珍惜自己过去的经历，因为它能更好地帮助你们思考问题。你们这一代在自然科学方面要取得很大成就恐怕很难了，恐怕要靠更年轻的一代。但是，我希望你们在文学艺术创作方面，在哲学社会科学方面，以及在未来的行政领导工作方面发挥力量。

　　有些同学刚才跟我说，感到知识太贫乏。我觉得，知识不够，不是太大的问题。其实，一年时间就可以读很多的书。文科和理工科不同，不搞实验，主要靠大量看书。因此我以为有三个条件：一、要有时间，要尽量争取更多的自由的时间读书；二、要有书籍，要依赖图书馆，个人买书藏书毕竟有限；三、要讲究方法。我不认为导师是必要条件。有没有导师并不重要，连自然科学家像爱因斯坦都可以没有什么导师，文科便更是如此，当然有导师也很好。不过我上大学的时候，就不愿意做研究生，觉得有导师反而容易受束缚。这看法不知对不对。不过，我觉得重要的是应尽早尽快培养自己独立研究和工作的能力。

学习，有两个方面。除了学习知识，更重要的是培养能力。知识不过是材料。培养能力比积累知识更重要，我讲的能力包括判断的能力，例如一本书、一个观点，判断它正确与否，有无价值，以定取舍；选择的能力，例如一大堆书，选出哪些是你最需要的，哪些大致翻翻就可以了。培根的《论读书》讲得很好，有的书尝尝味就可以了，有的要细细嚼，有的要快读，有的要慢慢消化。有的书不必从头到尾地读，有的书则甚至要读十几遍。

　　读书的方法很重要。读书也不能单凭兴趣，有些书没兴趣也得硬着头皮读。我说要争取最多的时间，不仅是指时间量上的多，而且是指要善于最大限度地利用时间，提高单位时间的效果。有些书不值得读而去读就是浪费时间。比如看小说，我从小就喜欢看小说，但后来限制只看那些值得看的小说。读书最好是系统地读、有目的地读。比如看俄国小说，从普希金到高尔基，读那些名著，读完了，再读一两本《俄国文学史》。具体材料和史的线索结合起来就组织起你对俄国文学的知识结构。这就是说要善于把知识组织起来，纳入你的结构之内。

　　读书的方法也是多种多样的。要善于总结自己的读书方法和学习经验，在总结中不断改进自己的方法，改进、丰富自己的知识结构，这也就算"自我意识"吧。培养快读习惯，提高阅读速度，也属于争取更多时间，古人说"一目十行"，我看可以做到，未尝不好，对某些书，便不必逐字逐句弄懂弄通，而是尽快抓住书里的主要东西，获得总体印象。看别人的论文也可以这样。

　　文科学生不要单靠教科书和课堂，教科书和课堂给我们的知识是很有限的，恐怕只能占5％到10％，我在大学里基本上没怎么上课，就是上了两年联共（布）党史课，因为你不去不行，他点名。我坐在课堂里没办法，只好自己看书，或者写信，别人还以为我在做笔记，其实，我的笔记全是自己的读书笔记。

　　我上大学时，好多课都没有开，中国哲学史没有开，辩证唯物主义和历史唯物主义则是我没有去听。那时候，苏联专家来讲课，选派一些学生去，我没有被选上，当时我自己暗暗高兴，谢天谢地。当时苏联专家名声高，其实水平不高。他们经常把黑格尔骂一通，又讲不出多少道理，我当时想，这和马克思、列宁讲的并不一致。当时翻译了不少苏联人写的解释马克思主义的小册子，但是我翻读了几本之后就不再看了。现在看起来，我在大学占便宜的是学习的是马列的原著，不是读别人转述的材料。所以还是读第一手材料、读原著好。

　　我在中华人民共和国成立前，偷偷读过几本马克思写的书，那时是当作禁书来读的，比如《路易·波拿巴政变记》等。我从这些书里看到一种新的研究社会历史的方法、一种新的理论，十分受启发。我们读了第一手材料以后就可以作比较判断，不必先看转述的东西。总之，我是主张依靠图书馆，依靠自己，依靠读原始材料。

下面谈谈"博"的问题。这个问题历来存在,也不容易解决好。我以为,知识博一些,知识领域宽泛一些比较好。在上大学的时候,我对文史哲三个系的弱点有个判断。我以为哲学系的缺点是"空",不联系具体问题,抽象概念比较多,好处是站得比较高;历史系的弱点是"狭",好处是钻得比较深,往往对某一点搞得很深,但对其他方面却总以为和自己无关,而不感兴趣,不大关心;中文系的缺点是"浅",缺乏深度,但好处是读书比较博杂,兴趣广泛。

我当时在哲学系,文史哲三方面的书全看。上午读柏拉图,下午读别林斯基,别人认为没有任何联系,我不管它。所以我从来不按照老师布置的参考书去看,我有自己的读书计划。

其中读历史书是很重要的,我至今以为,学习历史是文科的基础,研究某一个问题,最好先读一两本历史书。历史揭示出一个事物的存在的前因后果,从而帮助你分析它的现在和将来。马克思当年是学法律的,但是他最爱哲学和历史。现在一些搞文学史的人,为什么总是跳不出作家作品的圈子?就是因为对历史的研究不够。一般搞哲学史的人不深不透,原因大半也如此。你们的前任校长侯外庐先生的思想史研究,之所以较有深度,就因为他对中国历史比较重视。研究社会现象,有一种历史的眼光,可以使你看得更深,找出规律性的东西。

规律是在时间中展示的。你有历史的感受,你看到的就不只是表面的东西,而是规律性的东西。马克思主义的基本要点就是历史唯物论。对于一个事物，应该抓住它的最基本的东西，确定它的历史地位，这样也就了解了它。

读历史书也是扩展知识面的一个方面。现在科学发展，一方面是分工越来越细，不再可能出现亚里士多德那样的百科全书式的学者；另一方面，又是各个学科的互相融合，出现了很多边缘科学。比如说控制论，是几个学科凑起来搞，这是从二十世纪五十年代以来的科学发展的特点。做学生时的知识领域面宽一些，将来可以触类旁通。

学习上不要搞狭隘的功利主义。学习，要从提高整个知识结构、整个文化素养去考虑。如果自己的知识面太狭窄，分析、综合、选择、判断各种能力必然受影响、受限制。

再来谈谈"专"的方面。这里只就写文章来说。读书要博、广、多，写文章我却主张先要专、细、深，从前者说是"以大观小"，这可说是"以小见大""由小而大"。你们现在搞毕业论文，我看题目越小越好。不要一开始就搞很大的题目。就我接触到的说，青年人的通病是开头就想搞很大的题目，比如说，"论艺术""建立新的美学体系"等，但一般很难弄好。

你们也许会说，你一开始不也是搞体系，什么"研究提纲"之类的吗？其实那不是我的第一篇文章。我在大学里先搞的题目是近代思想史方面的一些很小的题目。着手研究，先搞大而空的题目，你无法驾驭材料，无法结构文章，往往事倍功半。开始搞的研究题目可以具体一点、小一点，取得经验再逐步扩大。所以，虽然有好些热心的同志建议，我现在仍不打算写建立哲学体系的专著。不是不能写，如果现在写出来，在目前思想界也可以出点风头，但是我觉得靠不住，我想以后更成熟时才能写吧。

康德的哲学体系建立至今整整二百年了，今年在西德纪念他的主要著作出版二百周年。康德当时写书的时候，思想界充塞了多少著作啊，而唯有康德的书给予人类思想史以如此长远的影响，所以我们要立志写出有价值的书，写出的东西能经得起时间的检验才好。写出的东西一定要对人类有所贡献，必须有这样的远大抱负。总之，如果读书多、广，又善于用这些较广泛渊博的知识处理一个小问题，那当然成功率就高了，所以可以有一个大计划，但先搞一个点或者从一个点开始比较好。

此外，选择研究题目也很重要，我以为题目不应由别人出。我有某种观点、见解，才去选择题目。写文章和作诗一样，都要有感而发。有的人找不到研究题目，要别人代出题目，自己不知道搞什么，这就搞不好。应该在自己的广泛阅读中，发现问题，找到前人没有解决的问题或空白点，自己又有某些知识和看法，就可以从这个地方着手研究。

选择题目，要想想这个题目有多大意义，成功的可能性有多大，要尽量减少盲目性，不能盲目选择目标。就好像石油钻井，要确实估计这个地方有油，才去打井。如果毫无估计，盲目地打，没有油，又随便挪一个地方，挪来挪去，人寿几何？

学术文章有三个因素，前人早已说过。一是"义理"，用我们的话说，就是新观点、新见解。二是"考据"，也就是材料，或者是新鲜的材料，或者是丰富的材料，或者是旧材料有了新的使用和新的解释。三是"词章"，就是文章的逻辑性强，有文采。

你每写一篇文章，也应该估计一下可以在哪个方面做得比较突出，有自己的特色。总之，写文章要有新意，没有新意，最好不要写文章。

学术研究与各人的气质也有关系，有的人分析能力强，可以搞细致的精深的问题。现在国外的许多研究细极了，一个作家一部作品的细枝末节考证得十分清楚详细，这也是很有用的。不过就我个人来说，不习惯这样，不习惯一辈子只研究某一个人、考证某一件事、钻某个细节。我也是个人，他也是个人，为什么我就得陪他一辈子呢？划不来。（众笑）但是只要有人有兴致，也可以一辈子只研究一个作家、一本书、一个小问题，这也可以做出很有价值的贡献，现在似乎更应该提倡一下这种细致的专题研究。总之，研究题目的途径、方法可以百花齐放，不拘一格。既不能认为只有考据才算学问，其他都是狗屁、空谈（这其实是二流以下的学者偏见）；也不能认为考据毫无用处，一律取消，这是"左"的观点。

（当有的同学反映目前高校教育同李先生读书时的情况没有多大差别，大家普遍感到不大适宜有创造性的人才的培养时，李说）你们现在的情况比我那时要好一些。那时候思想更僵化，全是苏联的那一套。这几十年来，我受到的挫折也是很多的，但是要自己掌握人生的价值，树立自己内在的人格价值观念，毁誉无动于衷，荣辱可以不计。

（有的同学谈到学术研究上的困难时，李说）学术研究要讲究多谋善断，一个小问题可能越钻越小，以至于钻进牛角尖，出不来了。一个小问题也可能越想越大，大到无边，这样一来，也无法搞了。所以要善断，研究问题要一步步地来，否则"剪不断，理还乱"，永无穷尽。要求把一切都搞懂了以得到绝对真理似的研究结果，这是不可能的。

学术研究要善于比较，在比较中发现特点。比较可以看出现象上的规律，但是不等于看出本质规律。研究和学习都要善于扬长避短，要发现自己的能力，发展自己的特长。

【内容提要】

学习，除了学习知识，更重要的是培养能力。要尽量争取更多自由时间，依赖图书馆，进行大量阅读。阅读要有判断和选择，还要注重方法。读书最好系统、有目的地读，要读第一手材料，读原著；同时要善于总结，在总结中不断改进，丰富自己的知识结构。

读书要博，文史哲都可涉猎，其中读历史很重要。历史的眼光，让人更易找出社会现象的规律。合理的知识结构和深厚的文化素养会提升分析、综合、选择、判断能力。

写文章要先专，要"以小见大""由小而大"。应该在广泛的阅读中，找到前人没有解决的有意义的问题和空白点作为研究题目。研究和学习要善于扬长避短,要发现自己的能力,发展自己的特长。

【阅读感悟】

许多年前曾阅读李泽厚先生《美的历程》一书,当时特别钦佩他对器物纹饰、书法、绘画、诗歌等大气而精到的解读,深深折服于作者广阔的视野和深刻的见解。欣赏一番之后,视线被别的书籍吸引,这本书具体讲了什么,便渐渐淡忘。今天读到这篇李先生与中文系学生的谈话,再回想那本书的内容和结构,才意识到作者的广阔视野和深刻见解有其原因:系统的、有目的的广泛阅读构建了他丰富的知识结构,哲学、历史的眼光让他站得高、看得深,使他能从纷繁复杂的艺术现象中找出规律性的东西,其他诸如人类学、社会学等学科素养的积淀,让他在具体分析中既能宏观把握又有精微独到的认识。如此,就有了我们看到的那本磅礴大气、脉络清晰、深入浅出的《美的历程》。

于是想到了自己的阅读,深感惭愧!这些年来,多少也见识过一些好书,但都只停留于欣赏与钦佩,最多也就借用一下书中的观点或词句,然后便将其束之高阁。颇有点五柳先生"好读书,不求甚解"的风范,却缺乏其"常著文章自娱"的习惯与才情,于是,读过的书都成了过客,并没有真正起到启发灵感、提升能力、滋养生命的作用。真可谓暴殄天物!

究其原因,主要在于读得过泛、过浅、过于随意。英国哲学家怀特海在《教育的目的》一书中,将智力的发展描述为"浪漫—精确—综合"的不断循环,若真想依靠读书提升能力,将书之精华化为己有,也必然经历这个循环。遗憾的是,我的阅读长久地停留在"浪漫期",所以多年来并没有感受到阅读能力的提升和专业技能的进步。

对于教师来说,广泛涉猎、浪漫感知,这种带有消遣性质的阅读当然有其作用,但若真想在专业的道路上有所发展,系统的、有目的的深度阅读必须提上日程。与抽象的学术研究不同,我们教师面对的多是实际问题,比如学科的具体问题、班级管理问题、与学生的沟通交流问题等,围绕这些问题寻找书籍阅读,结合实际加以理解运用,应该是专业阅读与研究的一条路径。阅读面要广,但不是漫无目的的广博,围绕问题、有系统、有目的的广泛阅读,既有助于解决问题,又能帮助自己建立比较全面的知识结构。

李先生四十年前与学生的这一席谈话,与怀特海的理论不谋而合,对今天教师的专业发展仍旧有非常现实的指导意义。

(李红玉)

【大师名言】

要给学生很多自由的时间,要让他们对读书本身有兴趣,让他们去自己选择、比较、判断,当然教师可以加以引导、帮助和鼓励。

——《对话李泽厚:谈学校、谈老师、谈读书》

鲁迅教我冷静地、批判地对待世界；冰心以纯真的爱和童心的美给我以慰藉和温暖；而母亲"只问耕耘"的话语，则教我以不求功名富贵，不怕环境困苦。

——《走我自己的路》

我认为，搞文科的应该学好逻辑学，这是中国知识人的弱项，因为中国传统在这方面很欠缺。

——《中国哲学如何登场？——李泽厚2011年谈话录》